W0271092

BASTEI LÜBBE

Von Philipp Vandenberg sind bei Bastei Lübbe Taschenbücher u.a. lieferbar

61454 Cäsar und Kleopatra
61482 Der vergessene Pharao
64180 Auf den Spuren unserer Vergangenheit
61494 Ramses der Große
14771 Purpurschatten
14277 Der Spiegelmacher
11686 Sixtinische Verschwörung

Über den Autor

Philipp Vandenberg, geboren 1941, studierte in München Germanistik und Kunstgeschichte. Er arbeitete als Journalist bei großen deutschen Tageszeitungen und Illustrierten. Zum Bestsellerautor wurde er durch seinen Welterfolg *Der Fluch der Pharaonen* (Bastei Lübbe Taschenbuch Bd. 64067) und hat sich ebenso als Verfasser historischer Thriller wie *Sixtinische Verschwörung* (Bastei Lübbe Taschenbuch Bd. 11686) und aufsehenerregender Sachbücher wie *Der Schatz des Priamos* (Bastei Lübbe Taschenbuch Bd. 61423) einen Namen gemacht. Mit Ausgaben in über 30 Sprachen ist er einer der meistübersetzten Autoren der Gegenwart. Weltweit wurden über 16 Millionen Exemplare seiner Bücher verkauft.

PHILIPP VANDENBERG

Die TOCHTER der APHRODITE

ROMAN

BASTEI LÜBBE

BASTEI LÜBBE TASCHENBUCH
Band 15 050

1. Auflage: November 2003

Vollständige Taschenbuchausgabe

Bastei Lübbe Taschenbücher ist ein Imprint
der Verlagsgruppe Lübbe

© 2003 by Verlagsgruppe Lübbe GmbH & Co. KG,
Bergisch Gladbach
Das Buch erschien unter dem Titel *Die Hetäre*
erstmals 1984 bei Wilhelm Heyne Verlag GmbH & Co. KG, München.
Einbandgestaltung: Tanja Østlyngen
Titelbild: AKG/Zeuxis wählt Modelle/E. Long
Satz: hanseatenSatz-bremen, Bremen
Druck und Verarbeitung: Ebner & Spiegel, Ulm
Printed in Germany
ISBN 3-404-15050-3

Sie finden uns im Internet unter
http://www.luebbe.de

Der Preis dieses Bandes versteht sich einschließlich
der gesetzlichen Mehrwertsteuer.

Kapitel 1

Er fühlte einen Stich in der Herzgegend, als ob ihm ein kaltes, spitzes Messer zwischen die Rippen gestoßen würde, und einen Augenblick glaubte er, die Besinnung zu verlieren. Der staubende Pfad vor seinen Augen verschwamm und löste sich auf in eine undurchdringbare Wolke; er strauchelte und stürzte, den Ellenbogen der Linken schützend vor das Gesicht haltend. Schnaubend wälzte er sich zur Seite, spie den rötlichbraunen Sand, der ihm in den Mund geraten war, von sich und zerrte wie wild am Riemen seines Kampfhelmes; dann schleuderte er ihn weit von sich. Torkelnd kam er wieder auf die Beine. Irgendeine Stimme sagte: »Diomedon, du mußt rennen, du darfst jetzt nicht aufgeben! Lauf, Diomedon, lauf!«

Der Krieger riß sich die ledernen Schulterklappen vom Leib, schälte sich hastig aus seinem Brustpanzer und reckte befreit seinen nackten Oberkörper. Mechanisch, wie von selbst, begannen seine Beine zu laufen, mühsam und schwer zunächst, stampfend, doch dann auf einmal rannte Diomedon und setzte im Sprung über die knorrigen Wurzeln der Ölbäume, die seinen Weg kreuzten. Der rechte Fuß blutete.

Er mochte wohl vier Stunden gelaufen, gehetzt und gestolpert sein, das gnadenlose Licht der sinkenden Herbstsonne im Gesicht, vier Stunden, in denen seine pochenden Schläfen nur das eine Wort hämmerten: Sieg, Sieg, Sieg!

Nun aber löste sich der schmale, unwegsame Saumpfad aus dem Dickicht der silbrigen Ölbäume und führte über spitzes Karstgestein, das schmerzhaft durch seine Laufsohlen drückte; und auf einmal tat sich vor Diomedon ein Anblick auf, der all diese Qualen vergessen machte: Zu seinen Füßen lag Athen, und über der Stadt thronte die Akropolis.

Sieg! Diomedon wollte es herausschreien, aber seine ausgedorrte Kehle brachte keinen Ton hervor, die Lungen keuchten, die Schläfen pochten, als würden sie zerplatzen. Sieg! Miltiades, der siegreiche Feldherr, hatte ihm, Diomedon aus der Phyle Leontis, dem schnellsten Läufer in Attika, den Befehl erteilt: »Lauf, so schnell dich deine Füße tragen, nach Athen und melde dem Archonten: Wir haben gesiegt!«

Acht bis neun Stunden brauchten die athenischen Hopliten von den Sümpfen bei Marathon bis zur Agora. Diomedon war gerade vier Stunden unterwegs, und er hatte sein Ziel schon vor Augen, doch das letzte Stück des Weges schien endlos. Leichtfüßig war er bei den Sümpfen gestartet, jetzt stampften seine Füße nur noch schwerfällig auf dem Pflaster der Hauptstadt. Jeder Schritt schmerzte in der Leistengegend, und die ausgemergelten Wangen zuckten im Laufrhythmus.

Diomedon nahm die Menschen nicht wahr, die in einer Traube hinter ihm herrannten, aufgeregt fragend, welche Botschaft der Läufer wohl bringe. Keiner der Athener, die sich aus den Seitenstraßen dem wie im Traum laufenden Boten anschlossen, wagte ernsthaft auf einen Sieg zu hoffen. Wie sollte das kleine attische Heer, unterstützt von ein paar hundert Platäern aus Böotien, die vielhunderttausendköpfige Phalanx der Perser bezwingen? Dareios, der Perserkönig, hatte von den Athenern zum Zeichen der freiwilligen Unterwerfung zwei

Krüge mit Erde und Wasser gefordert, da hatten sie die Boten des Achämeniden in den Brunnen gestürzt. Jetzt nahmen die Barbaren furchtbare Rache.

Am Zwölf-Götter-Altar, wo Bettler und Arme wie gewöhnlich um hochherzige Spenden ihrer Mitbürger flehten, bog der Läufer, der totalen Erschöpfung nahe, zur Agora, dem Marktplatz der Hauptstadt, ein. Wie durch einen tanzenden Schleier nahm Diomedon das erzene Denkmal der Tyrannenmörder wahr, das in parischem Marmor leuchtende Buleuterion, wo der Senat sich hitzige Redeschlachten lieferte, und die Heliaia, den Volksgerichtshof, wo Tausende Gerechte über einen einzigen Ungerechten richteten.

Diomedons Schritte wurden langsamer und schwerfälliger, aber in traumwandlerischer Sicherheit tappte sein Körper auf die Stoa zu, zum Haus des Archonten. Das Lärmen der Athener, der Frauen, Alten und Kinder, die seinen Weg begleiteten, wuchs zu einem erregten Gebrüll und rief den Archonten auf die Eingangsstufen der Halle.

Diomedon hob den Kopf, erst jetzt schien er das Gedränge der Menschen um sich herum zu bemerken; er reckte seinen entkräfteten Körper, als wollte er dem höchsten Beamten des Staates in würdiger Haltung gegenübertreten. Der Archont, weißgekleidet, hob wohlwollend beide Arme zum Gruß. Da blieb Diomedon stehen – er taumelte. Jäh verebbte das Geschrei der Athener.

Alle Augen richteten sich auf diesen wankenden, entkräfteten Läufer, der krampfhaft versuchte, seine müden Augen auf den Archonten zu richten. Der trat einen Schritt vor und streckte dem Boten die Hände entgegen. Diomedon versuchte, sie zu ergreifen, doch im selben Augenblick versagten seine Beine, die Knie knickten ein. Die Angst, zu guter Letzt seinen Auftrag nicht zu erfüllen, setzte die letzten Kräfte frei, und im

Fallen preßte er einen Schrei aus seiner Brust: »Nenikekamen! – Wir haben gesiegt!«

Sieg! Starr, wie vom Donner des Zeus gerührt, standen die Athener da und blickten auf den zusammengebrochenen Läufer. Das Unerwartete, Unfaßbare lähmte ihre Glieder. »Wir haben gesiegt!« Von irgendwoher kam der leise, zaghafte Ruf. Schließlich ein zweiter: »Wir haben gesiegt!« Und auf einmal scholl er aus Hunderten von Kehlen: »Wir haben gesiegt! Die Perser sind geschlagen!«

Wie trunken stürzten sich die Athener auf den am Boden liegenden Läufer und zerrten an Armen und Beinen; ein paar Männern gelang es, Diomedon hochzuheben, und sie trugen ihn über ihren Köpfen. Jetzt sahen es alle: Der Siegesbote war tot. Kopf und Arme hingen leblos herab. Wortlos bahnten sich die Männer eine Gasse durch die Menge in Richtung auf das Denkmal der Tyrannenmörder. Es galt als Symbol der Freiheit und zeigte den Tyrannen Hipparchos, der von zwei Athenern erdolcht wurde. Behutsam legten die Träger die Leiche des Läufers auf den weißen Marmorsockel des Denkmals. Frauen und Mädchen bildeten eine Schlange, und eine nach der anderen trat vor und küßte den toten Siegesboten.

Dämmerung senkte sich über die Ebene von Marathon. Das millionenfache Zirpen der Zikaden hämmerte in den Köpfen der griechischen Soldaten. Miltiades, der athenische Sieger, hatte den Hauptmann Aristides mit seinen Soldaten auf dem Schlachtfeld zurückgelassen. Sie sollten über Beute und Gefangene wachen und die getöteten Griechen zusammentragen. Er selbst war mit den acht übrigen Feldherrn in Richtung Athen gezogen; denn er erwartete nach der Niederlage der Perser einen Angriff der Achämeniden-Flotte auf die Hauptstadt.

In der Mitte des aus Wagen und Zaungittern gebildeten Heerlagers loderte ein Feuer. Hopliten in schweren Rüstungen lagen herum, kauten Weidenzweige und spuckten die Rinde in die Flammen, daß es zischte. Andere brachten in ihren Helmen Wasser vom nahen Fluß und reichten sie den übrigen zum Trinken.

»Da, seht!« sagte Aristides und zeigte aufs Meer hinaus. Vor der qualmenden Silhouette der Insel Euböa zogen schwarze Schatten in Richtung Süden – Perser-Schiffe. »Sie werden Kap Sunion umrunden und mit der ersten Morgenröte Athen von Süden her angreifen. O popoi – entsetzlich!«

»O popoi!« wiederholte Kallias, der Fackelträger. Man hätte ihn mit seinem langen schwarzen Bart für einen persischen Kriegsgefangenen halten können; dabei war Kallias nach dem Hierophanten der höchste priesterliche Beamte im Mysterienheiligtum von Eleusis. »Wir haben sieben Schiffe erbeutet, aber was bedeuten die schon angesichts der vielen hundert, hinter denen sich die Perser noch immer verschanzen. Wenn uns wenigstens einer ihrer Feldherrn ins Netz gegangen wäre!«

»Die beiden kämpften, umgeben von einer Horde maskierter Schildträger und furchterregender Bogenschützen; nicht einmal Zeus, der Blitzeschleuderer, hätte den Achämeniden niedergestreckt!« Aristides machte eine unwillige Handbewegung.

Kallias blickte zum Horizont, wo die Insel in der Dunkelheit versank: »Sieben Tage hielt Eretria den Belagerern stand. Und heute? Heute ist die Inselhauptstadt ein riesiger rauchender Trümmerhaufen. Möge Zeus' männergleiche Tochter Athene unsere Hauptstadt beschützen!«

»Athene wird es nicht zulassen, daß ihre goldglänzenden Heiligtümer in Schutt und Asche fallen«, antwortete Aristides.

»Denn hätte Athene nicht ihre schützende Hand über unsere Hopliten gehalten, niemals wären wir als Sieger hervorgegangen. Die Schwerbeweglichkeit unserer Schlachtordnung und die Empfindlichkeit unserer Flanken wären ein Leichtes für die geschickte Reiterei der Barbaren gewesen. Doch bei unserem Angriff waren die Pferde des Artaphernes auf ihren Schiffen ...«

Noch immer hallten die Schreie der Verletzten über die Ebene von Marathon. Mit Fackeln bewaffnet, streiften Soldaten des Aristides durch das nächtliche Tal und trafen immer wieder auf Verwundete aus ihrer Truppe. Kallias griff nach einem knorrigen, brennenden Ast im Feuer und suchte sich einen Weg nach Nordosten zu dem Sumpfgelände, in das sie die geschlagenen Perser getrieben hatten. Er stieg über tote Barbaren, die sterbend ihre Waffen umklammert hatten, und manche schauten zu ihm hin und lächelten – ein furchterregender Anblick.

Keine fünf Stadien vom Lager entfernt stolperte Kallias über einen kunstvoll gekrümmten persischen Bogen, der mit funkelndem Perlmutt besetzt war. Als er sich bückte, um ihn aufzuheben, merkte er, daß eine blutverkrustete Hand ihn umklammerte. Kallias stutzte, er trat mit dem Fuß auf den Unterarm des Kriegers, um dem Gefallenen das kostbare Stück zu entwinden, doch der brüllte wie ein auf der Jagd getroffener Löwe, warf sich herum, rappelte sich auf und fiel vor dem Fackelträger auf die Knie. Soweit man seinen Gesten entnehmen konnte, flehte er um Gnade. Kallias griff zum Schwert.

Da riß sich der Barbar in Todesangst ein blinkendes Etwas vom Hals und reichte es dem eleusischen Priester, während er mit dem Kopf ehrerbietig nickte. Kallias begutachtete das Geschenk im Fackelschein: eine Kette, zusammengesetzt aus zahllosen dünnen Goldplättchen. Zufrieden ließ er das Schmuckstück in einer Falte seines Gewandes verschwinden.

Der Perser, noch immer auf den Knien, versuchte sich krampfhaft ein Lächeln abzuringen, fuchtelte unverständlich mit den Armen herum und deutete in Richtung auf die Sümpfe, als könnte er dem Griechen dort eine riesige Menge solcher Kostbarkeiten zeigen. Kallias stutzte. Gold und Reichtum der Achämeniden waren berühmt, und gewiß schleppten die Feldherren der Barbaren auf ihren jahrelangen Beutezügen eine Menge davon mit sich herum, aber schien es nicht unwahrscheinlich, daß sie es ausgerechnet hier in der Bucht von Marathon versteckt haben sollten?

Kallias' Neugierde war größer als die Bedenken vor einem Hinterhalt, in den ihn der Barbar locken könnte. In Rufweite befanden sich griechische Soldaten. Also zog der Priester sein Schwert und ging hinter dem Perser her, mit der Fackel jedes Buschwerk, jeden Erdwall ausleuchtend. Vor zwei freistehenden Zypressen blieb der Barbar auf einmal stehen, scharrte auf dem lockeren Boden und bedeutete, hier sei die Stelle. Der Fackelträger rammte sein Schwert in die umgepflügte Erde und spürte harten Widerstand. »Aufgraben!« herrschte er den feindlichen Soldaten an.

Mit bloßen Händen schaufelte der Perser in dem trockenen Erdreich. Kallias hielt die Fackel näher, und der Barbar zog ein blinkendes Henkelgefäß aus dem Versteck. Strahlend zeigte er es dem Griechen, so als wollte er sagen: Na, habe ich dir zuviel versprochen?

Kallias griff gierig nach dem kostbaren Stück, wog es bedächtig in der Linken und bedeutete dem Barbaren, er solle weiterwühlen. Der Perser kniete nieder und begann erneut zu scharren: Eine Deckelvase, zwei Armspangen und mehrere flache Schalen kamen zum Vorschein. Argwöhnisch blickte der Grieche sich um, hob die Fackel hoch über den Kopf und leuchtete die nähere Umgebung ab, ob ihn auch wirklich niemand beobachtete. Durch das ohrenbetäubende Zirpen der Zikaden drangen vereinzelt die Rufe der griechischen Soldaten, die einen Verletzten auf dem Schlachtfeld entdeckt hatten und Hilfe anforderten.

Kallias steckte seine Fackel in den Boden. Er trat von hinten an den Perser heran, packte sein Schwert mit beiden Händen und stieß es dem Feind in den Rücken. Der gab einen schnarrenden, gurgelnden Laut von sich und sank langsam nach vorne in die Grube. Ein Blutschwall trat aus der Stichwunde, als der Grieche die Waffe aus dem Getroffenen herauszog, und ergoß sich über das goldene Geschirr, das der Barbar unter sich begrub.

Um das Blut abzuwischen, steckte der Priester das Schwert in den Boden. Als er aufsah, stand vor ihm ein zierliches Mädchen. Sein kurzer, ärmelloser Peplos hing naß und zerfetzt an dem wachsgleichen Körper. Eine spitze, kindliche Brust ragte hervor. Das blonde Haar fiel in Strähnen über das schmale Gesicht. Die Beine leuchteten nackt bis zu den Oberschenkeln. Das schöne Kind hielt den perlmuttverzierten Bogen des toten Persers in der Hand und blickte ihn mit großen Augen an.

Kallias wischte sich mit dem Unterarm über die Stirne. War ihm Artemis, die bogenbewehrte Jägerin, die todbringende Schwester Apollons, erschienen? Beim Zeus, das war kein Traum, vor ihm wuchs ein leibhaftiges Mädchen aus dem Boden, schön wie eine junge Göttin. Der Priester fröstelte bei dem Gedanken, daß sie ihn bei dem hinterhältigen Mord beobachtet haben könnte, und er erhob sich.

»Woher kommst du?« fragte der Grieche in seiner Sprache,

denn für ihn schien klar, daß es sich um eine Griechin handelte.

Das Mädchen deutete mit dem Bogen zum Strand. Es schwieg.

»Hast du etwas gesehen?« fragte Kallias ungeduldig.

Das schöne Kind hob die Schultern.

»Ob du etwas gesehen hast, will ich wissen!« rief Kallias drohend und trat ganz nahe vor die Fremde hin.

Sie schüttelte hastig den Kopf. »Ich heiße Daphne«, sagte sie unvermittelt, »ich komme aus Lesbos.«

»Aus Lesbos?«

»Mein Vater ist Artemidos aus Mytilene.«

Kallias nahm die Fackel aus der Erde und leuchtete das Mädchen ab, als wollte er die Geschichte nicht so recht glauben. »Und wie kommst du übers Meer?« fragte er schließlich und steckte die Fackel wieder in den Sand.

Daphne blickte in die Richtung, aus der das Rauschen des Meeres kam, und sagte: »Die Barbaren sind wie wilde Tiere über die Inseln Ioniens hergefallen. Sie haben geraubt und geplündert und auf ihre Schiffe geladen, was ihnen in die Hände fiel, und sie versündigten sich an Hab und Gut, an Männern und Frauen ...«

»Auch an dir?«

Daphne schlug die Augen nieder, sie schwieg. Als Kallias mit tapsigen Fingern ihre kleine Brust berührte, wich das Mädchen zaghaft zurück.

»Wie alt bist du?« erkundigte sich der Fackelträger und faßte Daphne am Kinn.

»Ich kam in der 69. Olympiade zur Welt«, antwortete die Ionierin, während sie die Strähnen ihres Haares aus dem Gesicht strich, »Zeus schenkte mir vierzehn Lebensjahre.«

Über Kallias' bärtiges Gesicht huschte ein süffisantes Lächeln. Wortlos trat er ein paar Schritte zurück. Ohne das Mädchen aus den Augen zu lassen, bückte er sich, zog den toten Barbaren aus der Grube, stieß die Goldgefäße mit dem Fuß in das Erdloch und scharrte etwas Sand darauf. Dann nahm er die Fackel in die Linke, sein Schwert in die Rechte und ging langsam und drohend auf Daphne zu. »Komm!« zischte er leise, als sollte es niemand hören, »komm schon!«

Das Mädchen verfolgte jede Bewegung des Alten mit weit aufgerissenen Augen; aber in diesen Augen verbarg sich keine Angst. Wachsam reagierte die Vierzehnjährige auf jede Bewegung des Fackelträgers, wich selbst einen Schritt zurück, in jeder Sekunde bereit, dem stämmigen Krieger auszuweichen.

»Komm schon!« wiederholte Kallias, und seine Stimme klang kalt und drohend. In einem Augenblick der Unachtsamkeit stolperte der Fackelträger und schlug vornüber in das zertrampelte Steppengras, das sofort Feuer fing. Kallias schien es nicht zu bemerken, vielleicht war er aber auch mit dem Kopf auf den Schaft seines Schwertes gestürzt, so daß er für kurze Zeit ohnmächtig liegenblieb.

Daphne sah gerade noch, wie die Flammen auf das weite Gewand des Alten übergriffen, dann drehte sie sich um und rannte, so schnell sie konnte, in Richtung auf das Heerlager der Griechen. Im gespenstisch fahlen Licht des Mondes stolperte das Mädchen über erschlagene und erstochene persische Soldaten, bis es das im Fackelschein liegende Lager erreichte. Am Eingangstor, aufgetürmt von hochrädrigen Versorgungswagen, kreuzten zwei Hopliten in voller Rüstung ihre Lanzen. Wortlos packten sie das zierliche, halbnackte Kind und zerrten es vor das prächtige Feldherrnzelt in der Mitte des weiten Runds. Jetzt liefen auch andere Soldaten zusammen, um das schöne Mädchen zu begaffen.

Aristides trat aus seinem Zelt. »Wir haben sie vor dem Lager aufgegriffen!« sagte einer der Hopliten und stieß sie vor die Füße des Feldherrn. Daphne schlug mit den Ellenbogen auf, es schmerzte, doch am Boden kriechend, wandte sie den Kopf zur Seite und musterte mit zornglühendem Blick den Mann, der ihr diese Schmach bereitet hatte.

Aristides half dem Mädchen auf die Beine, und noch ehe er eine Frage stellen konnte, sagte das schöne Kind, nach Atem ringend: »Schlagt mich nicht, ich bin eine Ionierin und auf eurer Seite!«

Der Feldherr schob mit einer Armbewegung die Soldaten beiseite. »Woher kommst du?« erkundigte sich Aristides staunend, und Daphne berichtete stockend, persische Horden hätten sie und ihren Vater Artemidos von der Insel Lesbos entführt. Im Schlachtengetümmel von Marathon sei es dann ihr und ihrem Vater gelungen, vom Schiff zu springen. Doch während sie schwimmend die rettende Küste erreicht habe, sei Artemidos im Pfeilhagel der Barbaren untergegangen.

»Gebt sie uns als Siegesgeschenk!« schrie einer der rauhbeinigen Soldaten, und ein anderer grölte: »Das haben wir uns schließlich verdient!« Die übrigen schlugen mit den Schwertern auf ihre Schilde und skandierten: »Her mit dem Mädchen aus Lesbos! Her mit dem Mädchen aus Lesbos!«

Daphne sah den Feldherrn mit flehenden Augen an. Verzweifelt versuchte sie, in den harten Gesichtszügen des Mannes irgendeine Reaktion zu erkennen; aber weder seine schmalen, zusammengepreßten Lippen noch der kühle, durchdringende Blick seiner Augen verrieten, was in Aristides vorging, und vielleicht hatte er auch einen Augenblick gezögert, ob er den Hopliten nachgeben sollte, dann aber gab er mit fester Stimme den Befehl: »Hinaus aufs Schlachtfeld! Entzündet die Totenfeuer!«

Die Soldaten gehorchten widerwillig, sie maulten und fluchten. »Melissa soll kommen!« rief Aristides, und ein Sklave lief eilends zu einem der Zelte in der vorderen Reihe. Er schlug den Vorhang zurück, und hervor trat eine Frau im dünnen Chiton, einem langen ärmellosen Gewand, das ihre üppigen Körperformen mehr dekorierte als verhüllte.

»Du hast mich rufen lassen, Herr«, sagte Melissa mit einem Lächeln, das jäh erstarrte, als sie Daphne sah.

»Wir haben sie auf dem Schlachtfeld aufgegriffen«, erklärte Aristides, »sie behauptet, die Perser hätten sie aus Lesbos entführt. Sie spricht ionischen Dialekt. Du sollst dich ihrer annehmen, jedenfalls fürs erste.«

Melissa trat vor das Mädchen hin, musterte es von Kopf bis Fuß und fragte schließlich: »Wie heißt du, mein Kind?«

»Daphne«, antwortete das Mädchen und starrte bewundernd auf die vollen, großen Brüste Melissas, die sich in langsamen Bewegungen hoben und senkten.

Melissa lächelte: »Daphne – wie die Geliebte Apolls, die sich seiner Liebe durch Flucht entzog. Apollon verwandelte sie in einen Lorbeerbaum. Möge dir ein ähnliches Schicksal erspart bleiben.« Und dabei faßte sie das Mädchen am Arm und führte es in ihr Zelt.

Im Innenraum tat sich eine seltsame Welt auf. Gelb flackernde Öllämpchen verbreiteten von den goldschimmernden Kandelabern in Kopfhöhe ein warmes, weiches Licht und zauberten gleichzeitig skurrile Schatten an die safrangelb verhängten Wände. Von der Decke hing ein vielfarbiger Baldachin, dekoriert mit glitzernden Perlschnüren, und den festgetrampelten Boden deckten kostbare persische Teppiche. Daphne war verzaubert.

Ein gutes Dutzend Frauen von der Schönheit Aphrodites, zwei davon im Mädchenalter wie Daphne, saßen, lagen und rekelten sich auf weichen phönizischen Polstern. Und über allem hing der betörende Duft von Rauchwerk, das in kleinen zierlichen Öfchen glühte, die überall herumstanden. Obgleich es wohlig warm war in dem Zelt, kreuzte Daphne die Arme vor der Brust, als fröre sie – sie kam sich nackt vor.

Melissa schien die Gefühle des Mädchens zu erahnen. Sie wies auf einen Vorhang in der Ecke des Zeltes, hinter dem riesige schwarzrot bemalte Tonkrüge standen, angefüllt mit parfümiertem Wasser. »Hier kannst du dir den Staub des Schlachtfeldes vom Körper spülen, die Badesklavinnen werden dir behilflich sein.«

Willenlos ließ Daphne mit sich geschehen, was den Sklavinnen aufgetragen war. Sie zogen ihr das zerschlissene Kleid aus, gossen duftendes Wasser über sie und massierten ihre Haut von Kopf bis Fuß mit weichem Speckstein. In flauschigen Tüchern getrocknet, mußte Daphne niederknien, damit die Dienerinnen ihr langes Blondhaar kämmen und in zahlreiche dünne Zöpfe flechten konnten. Der nackte Poseidon vor ihren Augen ging auf seine schöne Gemahlin Amphitrite zu, die, wogenumbraust, sich dem Anblick der Meergötter preisgab. Die Malerei auf einem der großen Krüge wurde auf einmal lebendig, und Daphne fiel in eine Art Traum; Zweifel überkamen sie: War es Wahrheit oder Trug, was um sie herum ablief?

Weit, so weit lag ihre Kinderzeit und Jugend jenseits des sonnendurchfluteten Meeres auf der felszerklüfteten Insel Lesbos, wo sie im Kreis der schönen Gongyla aus Kolophon Dichtung und Lebensart der sagenumwobenen Sappho erlernt hatte. Die schönen Künste der Musen, feine Sitten und häusliche Arbeiten waren ihr Lebensinhalt und hatten Tag und Nacht ihres Schülerinnendaseins ausgefüllt, das ihr eine große Zukunft an der Seite eines Mannes versprach. Doch dann, ungeahnt, waren von Süden her am Horizont die hochgetakelten Schiffe der Barbaren aufgetaucht; ein grausamer, nicht enden wollender Regen feindlicher Pfeile hatte sich über die Insel ergossen und die Hälfte von ihnen getötet. Der traurige Rest blieb eine lustvolle Beute der mörderischen Männerhorde aus dem unendlichen Asien. Ihr Schicksal schien besiegelt.

Aber ihre heißen Gebete zu Zeus wurden erhört. Von den Moiren veranlaßt, die das Schicksal der Menschen spinnen, war Daphne mit ihrem Vater vom Schiff der gefangenen Lesbier gesprungen. Im Getümmel, dem Lärm und Chaos der Schlacht von Marathon hatte Daphne das attische Ufer erreicht, jedoch Artemidos, ihren Vater, Poseidons Wogen geopfert. Nach Stunden der Angst, Trauer und Hoffnungslosigkeit war sie tränenleer. Welches Los hatte Lachesis, die Schicksalsgöttin, ihr zugeteilt? Oder hatte Atropos, die »Unabwendbare«, ihren Lebensfaden schon zerschnitten?

Mit einem zartgetönten Peplos auf den Armen trat Melissa hinter den Vorhang. Als sie der ratlose Blick des Mädchens aus Lesbos traf, sprach sie tröstende Worte: »Sei guten Mutes, mein Kind, Athen hat eine Schlacht gewonnen, die jedermann verloren glaubte, ganz Attika jubelt. Miltiades zerschlug das Millionenheer der Perser!«

Daphne reagierte nicht. Als blickte sie durch Melissa hindurch, saß sie da, starr und regungslos – sie hatte Angst. Da trat die Frau hinzu, zog das nackte, feingliedrige Mädchen zu sich und streichelte ihm zärtlich über den Rücken. Melissa spürte, wie sich der zerbrechliche Körper an sie schmiegte, widerspenstig zuerst, dann aber hingebungsvoll und schließlich sich ergebend.

»Hab keine Furcht«, sagte Melissa, »Aristides hat dir das Sklavenschicksal erspart, als er dich aus den Fängen der Hopliten befreite.« Sie trat einen Schritt zurück und musterte

Daphne. »Er hat wohl erkannt, daß ein Mädchen wie du für einen einzigen Mann viel zu schade ist.«

Daphne sah Melissa fragend an. »Man hat mich gelehrt, einem Mann zu dienen in liebender Verbundenheit. Ich beherrsche Flötenspiel, Reigentanz und Gesang und weiß den kurzen Peplos mit gleicher Anmut zu tragen wie das lange Festgewand.«

»Das eben ist es, was ich meinte«, unterbrach Melissa, »du bist kein Mädchen, dem man, vom Gynaikonomos achtsam begleitet, so einfach auf der Agora begegnet. Die meisten Athenerinnen sind schlaff wie ein Mederweib, dumm wie ein Faustkämpfer in der Palaistra und nichtsnutzig wie eine paphlagonische Sklavin. Du hingegen hast einen Körper wie eine durchtrainierte Spartanerin und deine Rede ist klug wie eine Ode der Sappho; die Götter werden nicht zulassen, daß du deine Tage im Frauengemach eines geldgierigen Lustmolchs verbringst, der dich vor aller Welt versteckt hält und dich nur als Gebärerin einer standesgemäßen Anzahl lärmender Kinder betrachtet – vorausgesetzt, du bringst eine Mitgift in die Ehe, die sein eigenes Vermögen übertrifft!«

»Mein Vater hatte ein respektables Vermögen angehäuft, von dem er glaubte, es mir in die Ehe geben zu können; nun aber, nach der persischen Katastrophe ...«

»Darüber mußt du dir keine Gedanken machen. Du bist jung, dein Kopf und dein Körper sind ein Kapital, das ausreicht, Kriege zu finanzieren.«

»Aber ich will mich nicht verkaufen!« entgegnete Daphne. »Zu Hause auf Lesbos hat man mich alle Tugenden des Lebens gelehrt.«

Melissa lächelte. »Tugend! Ist es Tugend, dein Leben irgendeinem Mann zu opfern, nur dafür, daß er für dich sorgt, dich kleidet, dich speist, dein Vermögen verwaltet? Du hast als

Frau dieselben Rechte wie ein Mann; denn du bist nicht weniger klug, nicht weniger stark als ein Ephebe. Sieh sie dir doch an, diese weichlichen Jünglinge. Zur Schule wird ein jeder von einem hohlköpfigen Paidagogos begleitet, der die Schreibtafel trägt und am Unterricht teilnimmt, damit sich das Bürschchen nicht überanstrengt. In Sparta lernen die Frauen den Ringkampf, sie sind kräftig und gelten als die gesündesten und schönsten unter allen Frauen der Hellenen. Sind aber unsere Jünglinge erst einmal dem Kindesalter entwachsen, dann lauern mindestens zehn unserer Männer auf jeden. Und auch die tapferen Feldherrn machen da keine Ausnahme, Miltiades nicht und Aristides nicht und Themistokles ebenso nicht. Man sagt, die Feindschaft zwischen Aristides und Themistokles habe ihren Ursprung in der Rivalität um den schönen Jüngling Stesileos von der Insel Keos. Jeder wollte den Schönling für sich alleine haben. Seither bekämpfen sie sich, wo immer sie nur können. Ein Wunder, daß die Athener die Schlacht gewonnen haben, wo die beiden in der Schlachtreihe nebeneinanderstanden!«

»Aber es ist nichts Schändliches, wenn ein Mann einen Knaben liebt«, entgegnete Daphne, »die olympischen Götter sind uns doch Vorbild: Zeus liebte den Ganymed, Apoll den Hyakinthos und Poseidon den schönen Pelops. Männer sind nun einmal das schönere Geschlecht!«

Melissa machte eine unwillige Handbewegung: »Von Schändlichkeit habe ich nichts gesagt. Wo aber steht geschrieben, der Mann sei das schönere Geschlecht? Ich jedenfalls finde den Reigentanz der Knaben beim Fest der Hyakinthien weit weniger anmutig als den Mädchenreigen im Aphrodite-Tempel von Korinth.«

»Du«, erkundigte Daphne sich vorsichtig, »du ziehst die Frau dem Manne in jedem Falle vor?«

»O nein!« lachte Melissa. »Wäre ich sonst eine Hetäre geworden? Den Penis eines begierlichen Mannes zu spüren, ist noch immer das erregendste Gefühl für eine Frau. Aber schließt das denn aus, daß eine Frau die Anmut, Liebessehnsucht und Zärtlichkeit einer Geschlechtsgenossin sucht?« Bei diesen Worten strich Melissa dem Mädchen sanft über die rosige Wölbung des Bauches, daß Daphne wie zur Abwehr einen kleinen Schritt zurücktrat.

Und hastig erwiderte sie: »Ich bin für die edelsten Empfindungen erzogen ...«

»Beim Zeus und seiner schaumgeborenen Tochter Aphrodite!« Melissa lachte laut. »Niemand will dir deinen Edelmut streitig machen. Nur – Edelmut ist ein übermenschliches Ding und schwankend wie ein Schilfrohr im Wind. Dem einen erscheint als höchste Tugend, was der andere als verwerflich wähnt. Sind wir Hetären denn verwerflich, weil wir mit den Männern in den Krieg ziehen, uns ihnen hingeben, um ihre Kampfmoral zu steigern? Kein Hellene denkt so; denn ihre Ehefrauen meiden die Schlacht. Der Feind hingegen sieht unser Tun als verwerflich an. Dessen bin ich sicher.«

Daphne nickte stumm, zog sich das frische Kleidungsstück über, schob den Vorhang beiseite und meinte mit einem Blick auf die anderen Frauen: »Und sie sind allesamt ...?«

»Gewiß. Die zehn begehrtesten Hetären Athens, für die zehn hervorragendsten Feldherrn der Athener. Und wir – wir sind – stolz ...«

Entsetzt starrte das Mädchen auf Melissa, bei deren letzten Worten sich plötzlich ein Schwall Blut aus ihrem Mund ergoß. Ein breites rotes Rinnsal floß über ihr Kleid.

Daphne wollte schreien, aber sie brachte keinen Laut hervor. Sie blickte in die weit aufgerissenen Augen Melissas, die sich langsam himmelwärts drehten, sah, wie die Frau langsam zusammensackte und schließlich nach vorne fiel. In ihrem Rücken steckte ein Pfeil.

Durch den Sturz aufgeschreckt, schrien die anderen wild durcheinander. Eine der Hetären zeigte auf die Zeltwand, in die ein Loch gefetzt war.

Weiß-rosa Morgenröte umspielte die Säulen des Poseidon-Tempels hoch über den Klippen von Kap Sunion. Von tief unten drang das Schlagen der Wogen herauf zu dem Heiligtum, das still und verlassen dalag, den persischen Horden preisgegeben. Zwei Priester, die sich in den Magazinen versteckt hatten, wischten sich den Schlaf aus den Augen und schlichen, vorsichtig um sich blickend, zu dem Opferaltar, der den Mittelpunkt des weiten Platzes vor dem Tempel bildete. An der Umfassungsmauer angelangt, starrten sie hinunter auf den Gischt in der Tiefe und suchten das Ufer nach Feinden ab.

Plötzlich zog der eine den anderen Priester am Ärmel und deutete wortlos auf die hohe See hinaus, wo am Horizont eine nicht enden wollende Flotte von Schiffen sichtbar wurde. Die tiefstehende Sonne erschwerte das Schauen, und während sie die flache Hand über die Augen hielten, murmelten beide in einem fort: »Poseidon, Hüter der Meere, laß Gnade walten über unser Land.«

Minuten mochten vergangen sein, und ihre Augen begannen zu tränen, da stieß der eine den anderen in die Seite und sagte: »Ich habe den Eindruck, die Schiffe werden nicht größer, sondern kleiner!«

»Ja«, antwortete der andere zögernd, »mir kommt es auch so vor.«

Schließlich brachen beide in Jubelgeschrei aus: »Sie ziehen sich zurück! Sie fliehen, die Perser fliehen!«

Inzwischen war Miltiades mit dem athenischen Heer nächtens in Richtung auf die Hauptstadt zurückgeeilt und hatte in der Ringschule Kynosarges nahe dem Olympieion Stellung bezogen, von wo man die Bucht von Phaleron gut übersehen konnte. Nach dem Tod des athenischen Heerführers Kallimachos mußte Miltiades das Oberkommando übernehmen.

An seiner Seite stand Themistokles, stiernackig und gedrungen, aber von lebhafter Jugendlichkeit. Die Hopliten lagerten, an ihre Schilde gelehnt. Der neunstündige nächtliche Eilmarsch in voller Rüstung hatte ihre Kräfte aufgezehrt, aber das Bewußtsein der gewonnenen Schlacht setzte ihre letzten Reserven frei.

»Sie müßten längst da sein!« rief Themistokles dem Polemarchen zu.

Miltiades hob die Schultern, spähte unschlüssig über das Meer und antwortete mit einem Seufzer: »Ich kann nicht glauben, daß sich die Barbaren so einfach geschlagen geben. Gewiß, die Schlacht ging für sie verloren, aber das ist für den Perserkönig noch lange kein Grund, Hellas aufzugeben.«

»Ihre Verluste sind vieltausendfach!« gab Themistokles zu bedenken, aber der alte, bärtige Miltiades schüttelte den Kopf. »Selbst wenn sie fünf- oder zehntausend ihrer Bogenschützen verloren haben, dann stehen noch immer Hunderttausende bereit, um jeden Gefallenen durch zehn neue Männer zu ersetzen. Ihre Flotte verlor sieben Schiffe. Sieben von sechshundert! Und die persische Reiterei kam nicht einmal zum Einsatz. Während unser Heerführer von den Pfeilen der Barbaren durchbohrt wurde, konnten ihre beiden Polemarchen fliehen. Nein, es käme einem Wunder gleich, würden die schwarzen Masten der Barbarenflotte nicht sogleich dort am Horizont auftauchen!«

»Aber dann sind wir verloren!« stieß Themistokles hervor,

»die Männer meiner Phyle sind am Ende ihrer Kräfte. Beim Zeus, wie sollten sie Athen verteidigen?«

Miltiades machte ein ernstes Gesicht. »Betet zur mutterlos aus dem Kopf des Zeus entsprungenen Tochter Athene, sie möge nicht zulassen, daß diese ihre Stadt den Barbaren zum Opfer falle.«

»Schweigt!« Themistokles legte die Hand auf den Mund und lauschte. Jetzt hörten es auch die anderen. Von Westen her drangen die dumpfen Schläge von Kesselpauken, als diktierten sie den Marschrhythmus eines Heeres. Die ersten Hopliten sprangen erschreckt auf und griffen nach ihren Lanzen. Bedrohlich näherte sich der Schlagrhythmus dem Lager. Und alle Augen waren auf Miltiades gerichtet. Da stürmte ein Läufer in das Lager: »Die Spartiaten!« rief er von weitem.

Die attischen Feldherrn sahen einander verdutzt an. Vor der Schlacht hatten sie Pheidippides nach Sparta gesandt, ihren schnellsten Boten, mit der Bitte, eine Hilfstruppe zu senden, die Insel Euböa stehe bereits unter dem Sklavenjoch. Pheidippides aber war mit der Antwort zurückgekommen, die Spartaner seien zur Hilfe bereit, ein Spruch der Götter hindere sie jedoch, vor Vollmond auszurücken. Das war am neunten Tage des Mondmonats. So hatten die Athener, unterstützt von einer Abordnung Platäer, die Schlacht allein geschlagen.

»Es sind schon verwegene Kämpfer, diese Spartiaten«, bemerkte Themistokles beim Anblick der aufmarschierenden Truppe. Die schwerbewaffneten Kämpfer trugen furchterregende Helme, tief über das Gesicht gezogen, mit Sehlöchern und Nasenschutz. Ihre lederbewehrten Körper verschwanden hinter halbrunden, beinahe mannshohen Schilden.

»Ihr Leben ist der Krieg«, antwortete Miltiades und hob den Arm zum Gruß, »wären es ihrer mehr, sie könnten selbst den Barbaren die Stirne bieten. Doch so ernst scheint es ihnen mit ihrem Hilfsangebot nicht gewesen zu sein. Nicht nur, weil das Heer zu spät kommt, es wird auch von keinem ihrer Könige angeführt.«

Murrend machten die athenischen Hopliten den Spartanern Platz. Diese, es mögen zweitausend gewesen sein, formierten sich in vier quadratische Blöcke, und ihr Führer trat vor Miltiades mit den Worten: »Spartas Könige senden mich, den Polemarchen Lysias, zur Unterstützung des athenischen Heeres gegen die Barbaren!«

Miltiades lachte spöttisch: »Zu spät, zu spät! Wenn ihr Männer aus Sparta eure Schlachten von der Sichel des Mondes kommandieren laßt, werdet ihr schon bald das Nachtgestirn der Achämeniden bestaunen können, als geknechtete Siedler in der Provinz Elam oder als Perioken in der Hauptstadt Susa. Wir Athener haben die Barbaren mit Unterstützung der Platäer in die Flucht geschlagen – jedenfalls sind sie bisher nicht zurückgekehrt.«

Da machte Lysias, ein hochgewachsener, drahtiger Spartaner mit struppigen schwarzen Haaren, ein dummes Gesicht und stammelte Worte der Entschuldigung, Sparta liege über tausend Stadien von Attika entfernt, selbst in Eilmärschen brauche ein Heer drei Tage für diese Entfernung, und der Wunsch der Götter, nie vor Vollmond auszurücken, sei ihnen oberstes Gebot.

Ohne eine Antwort abzuwarten, gab der spartanische Heerführer seinen Männern eine kurze Erklärung, grüßte die Feldherrn der Athener mit erhobener Hand und erteilte den Befehl zum Rückmarsch.

»Ich würde ihnen zutrauen«, bemerkte Themistokles, »daß sie den Heimweg ebenfalls in Eilmärschen zurücklegen, nur so, zur sportlichen Ertüchtigung.«

Da trat der dritte Feldherr der Athener, Aischylos, hinzu: »Du bewunderst wohl die körperliche Tüchtigkeit der Spartiaten?« raunte er Themistokles zu. »Es sei dir unbenommen. Aber bedenke, wir Griechen bestehen nicht nur aus Muskeln unserer Gliedmaßen. Hinter diesem deinem Kopf verbirgt sich ein wacher Geist. Mag eines Mannes Kraft noch so groß sein, die ungeheueren Kräfte des Meeres, der Luft und der Erde bändigt er nur mit der Kraft seines Geistes.«

Themistokles blickte betroffen vor sich hin, und während die Spartaner sich zu neuer Marschordnung formierten, fuhr Aischylos fort: »Glaubst du, unsere Hopliten hätten die Schlacht bei Marathon aufgrund ihrer körperlichen Überlegenheit gewonnen? Gewiß nicht. Die Barbaren fielen der Kriegslist unseres Polemarchen zum Opfer. Kallimachos und Miltiades übertrafen die Barbarenanführer Datis und Artaphernes gewiß nicht an Muskelkraft, aber sie waren schlauer. Unsere Taktik, die Barbaren im Laufschritt anzugreifen, um so ihrem Pfeilehagel zu entgehen, verwirrte die geistig schwerfälligen Asiaten so sehr, daß sie zu keiner geordneten Kampfhandlung mehr fähig waren. Es war ein Sieg des Geistes über den Körper.«

Aischylos, der jüngste unter den athenischen Feldherren, wurde von Miltiades in seiner Rede unterbrochen: »Aus dir spricht Unerfahrenheit«, mahnte der Alte, »und deshalb solltest du den Mund nicht allzu voll nehmen. Denn wie so oft, liegt die Wahrheit in der Mitte. Was nützt die schlaueste Kriegstaktik, wenn sie nur von laschen oder schwächlichen Soldaten befolgt wird. Das ist genauso verhängnisvoll, als schlügen kraftstrotzende Soldaten mit schweren Keulen planlos auf jeden Gegner ein.«

Themistokles' Miene verfinsterte sich. »Aber es ist nicht richtig, daß die Spartaner sich als Anführer Griechenlands betrachten. Wir sind genauso stark wie sie, das haben wir in der Schlacht bewiesen!«

»Gemach, gemach!« bedeutete Miltiades. »Der Übermut des Sieges läßt vieles vergessen. So manchen Sieg hat die Verzweiflung errungen, und ich weiß nicht, ob nicht auch dieser Sieg dazu zu zählen ist. Habt ihr schon die Angst vergessen, die diesem Sieg vorausgegangen ist? Epizelos, einer unserer wackeren Hopliten, wurde blind vor Angst, als er in der Schlacht plötzlich dem goldbewehrten Feldherrn Artaphernes, dessen schwarzer Bart den ganzen Schild beschattete, gegenüberstand.«

Während die athenischen Feldherren über den Wert des Sieges diskutierten, trafen von Osten und Süden Attikas Boten ein, die meldeten, die persische Flotte sei in Richtung Kykladen entschwunden, und ein Freudengeheul setzte unter den Hopliten ein. Vergessen waren Todesangst und Strapazen der Schlacht. Sie, die vor Augenblicken noch erschöpft umherlagen, sie sprangen auf, schlugen Lanzen und Schwerter gegen ihre Schilde, umarmten und küßten sich und tanzten sich in einen ekstatischen Siegestaumel. Nur der weise Miltiades gab zu bedenken, ob der Rückzug der schwarzen Flotte nicht eine Kriegslist der Barbaren sei.

Die athenischen Hopliten indes stampften sich die Angst aus ihren ermatteten Gliedern. Der unverhoffte Sieg auf dem Schlachtfeld gegen die Übermacht der Barbaren, erst jetzt wurde er zur Gewißheit. Einer der Soldaten riß sich den Helm vom Kopf, füllte ihn mit sandigem Erdreich, spuckte hinein und brüllte: »Schickt es dem Großkönig Dareios zum Zeichen der Unterwerfung!« Auch die übrigen Herumstehenden spuckten in ihre Helme und riefen: »Wasser und Erde für die Barbaren!«

Gegen Mittag, die Sonne des Herbstmonats Metageitnion

stand drückend über dem Heerlager vor der Stadt, und Düfte von fettem Speckbrei und saurer Brühe zogen durch die Reihen der Hopliten, traf ein Läufer aus Marathon ein und verlangte vor Themistokles geführt zu werden.

»Ich hoffe, du bringst gute Nachricht«, sagte der Feldherr, an den Boten gewandt. Der aber senkte den Blick und schüttelte den Kopf: »Es ist wegen Melissa, der Hetäre deines Herzens ...«

»Was ist mit ihr? Sprich!«

»Ein verirrter Perserpfeil traf sie heute nacht in ihrem Zelt. Sie starb lautlos, ohne zu klagen.«

Themistokles sah den Boten mit ausdruckslosem Gesicht an. Doch dann wandelte sich seine Miene in sichtbaren Schmerz, schließlich in finsteren Zorn. Der Feldherr faßte sein Schwert, umklammerte es mit eisernem Griff, als ringe er um einen schwerwiegenden Entschluß, und rief dann: »Sattelt mein Pferd, ich reite nach Marathon! Phrynichos soll mich begleiten!«

Einen Tag nach dem Sieg über die Perser verwandelte sich die Agora von Athen in ein Tollhaus. Furcht und Verzweiflung der vergangenen Tage hatten einer nie dagewesenen Ausgelassenheit und lautem Übermut Platz gemacht. Aus den staubigen Straßen mit den niedrigen Lehmhäusern und Werkstätten drängten Tausende im Freudentaumel auf den Marktplatz mit seinen marmornen Säulenhallen, weiß leuchtenden Tempeln und goldbeschlagenen Opferaltären.

Die Opferfeuer, die vor den Tempeln von Zeus und Ares loderten und von weißgekleideten Priestern mit riesigen fetten Fleischbrocken genährt wurden, verbreiteten beißenden Qualm über das Zentrum der Stadt. Heimkehrende Soldaten wurden auf den Schultern getragen, und ein jeder versuchte, ihren Wurfspeer zu berühren oder wenn möglich zu küssen. Prunkvolle Sänften blieben im Menschengewühl stecken, Bettler und Tagediebe stießen die Körbe der Händler um und sammelten grüne Feigen und knuspriges Backwerk vom Boden auf, um es in die eigene Tasche verschwinden zu lassen. Halbwüchsige Epheben mit öligen Korkenzieherlocken tunkten ihre Finger in die kostbaren Salbentöpfe der Gewürzkrämer und warfen herbbeißend riechende Silphionstengel in die Menge. Verzweifelt bemüht, ihre phönizischen Stoffe und Teppiche, ägyptischen Spitzen und syrischen Schleier in Sicherheit zu bringen, balgten sich die Stoffhändler mit übermütigen Halbwüchsigen. Erschreckt und aufgescheucht vom Lärm auf den Straßen, gackerten, jaulten und brüllten Hühner und Enten, Hunde und Katzen, Esel und Kühe, die von den Athenern in ihren Wohnhäusern gehalten wurden.

»Nenikekamen! – Wir haben gesiegt!« riefen die Menschen immer und immer wieder. Buntgekleidete Zitherspieler, das lang herabhängende Haar mit einem Stirnreif gebändigt, sangen zum Saitenklang ihrer Zupfinstrumente schwülstige Preislieder auf den Kriegsgott Ares, den die gefallenen Barbaren mit ihrem Blute sättigten, andere priesen lauthals die eulenäugige, schild- und speerführende Pallas Athene, die ihre schützende Hand über die Stadt gehalten habe.

Auf den Stufen der Säulenhalle des Volkes gaben Gaukler, Wahrsager und Kuppler sich ein Stelldichein. Die Gaukler führten sorgsam einstudierte Scheinkämpfe vor, schlugen mit Schwertern und stachen mit Lanzen theatralisch aufeinander ein, ohne sich die geringsten Verletzungen zuzufügen. Zwei blinde Seher hockten mit gekreuzten Beinen auf dem Boden und riefen Unverständliches in die Menge. Dazwischen Kuppler mit blumenumwundenen Spazierstöcken, die einem Phallus ähnelten. Sie boten mit den Worten: »Kleines Vergnügen gefällig?« dralle Sklavinnen aller Hautfarben und schmächtige Jüngelchen an, von drei Obolen aufwärts.

Die Männer auf der Agora waren in erdrückender Überzahl; denn die athenischen Frauen verließen das Haus nur selten, und wenn, dann nur in Begleitung des Mannes, oder einer männlichen Anstandsperson, dem Gynaikonomos. Dann allerdings traten die Athenerinnen in großer Toilette auf, in langen durchschimmernden Gewändern, hochgegürtet mit tiefem Dekolleté, das gebundene Haar gelockt, mit Mennige und Bleiweiß geschminkt, je heller der Teint, desto vornehmer. Frauen, die sich allein ihren Weg durch die Menge bahnten, gepufft, gedrückt und geschoben wurden, waren entweder ärmliche Marktweiber oder Mädchen von zweifelhaftem Ruf, denen man im Vorübergehen durchaus ein Kompliment oder gut bezahltes Angebot zuwerfen durfte, ohne gleich als verrucht zu gelten.

Hinter dem Rathaus, wo sich der beißende Geruch von Opferfleisch und Weihrauch mit dem modrigen Gestank aus dem großen Abwasserkanal vermischte, zankten sich zwei Frauen aus Alopeke, einem Vorort von Athen. Der Vorfall hätte kaum Beachtung gefunden, wären nicht beide die Ehefrauen berühmter Männer gewesen, von denen jedermann wußte, daß sie sich seit frühester Jugend nicht leiden konnten: Polykrite, Gemahlin des Aristides, Sohn des Lysimachos, und Archippe, Gemahlin des Themistokles, Sohn des Lysandros.

Sie stritten lautstark über die Straße hinweg, welcher ihrer Männer das größere Verdienst am Sieg von Marathon trage. Polykrite, eine geifernde Fünfzigjährige, der das dunkle Haar wirr ins Gesicht hing, schalt Themistokles einen unerfahrenen Emporkömmling, dessen Worte stets größer gewesen seien als seine Taten. Das aber wollte Archippe, zwar beinahe zwei Jahrzehnte jünger als ihre Gegenspielerin, aber lang und dürr und mit ihren verhärmten Gesichtszügen in keiner Weise attraktiver, nicht auf sich sitzen lassen. Sie nannte Polykrite eine bemitleidenswerte Hausverwalterin, denn Ehefrau des Aristides könne man sie ja wohl nicht mehr nennen, da jedermann in Athen wisse, daß der alte Aristides seine Tage in Gesellschaft schöner Knaben und die Nächte mit drittklassigen Hetären verbringe. Das brachte Polykrite in Rage.

»Ausgerechnet du«, schrie sie von einer Straßenseite zur anderen, und immer mehr Menschen strömten zusammen, »ausgerechnet du machst mir zum Vorwurf, ich würde meine Pflichten als Frau vernachlässigen! Hast nicht du deinen ältesten Sohn so vernachlässigt, daß er tagelang ohne Aufsicht war und von einem Pferd gebissen wurde und starb? Hat nicht dein Mann Themistokles den Sinn für alles Weibliche verloren, seit er beim Reigentanz der Knaben jenen Schönling Stesileos sah und mit Geschenken überhäufte?«

»Die Götter mögen dir vergeben«, lachte Archippe hämisch, »es war nicht Themistokles, der dem Lustknaben von der Insel Keos zuerst den Hof machte, sondern dein Mann Aristides! Er wollte es wohl dem großen Solon gleichtun; aber ein Buhlknabe macht noch keinen Staatsmann!«

Unter den Zuhörern bildeten sich zwei Parteien, welche die streitenden Weiber mit Anfeuerungs- und Zwischenrufen unterstützten. Der alte Mnesiphilos, der die Frau des Themistokles begleitete, versuchte Archippe mit mäßigenden Worten zu besänftigen, sowohl der eine wie der andere habe sich um den Staat verdient gemacht, Athen brauche weise und besonnene Strategen ebenso wie wagemutige und draufgängerische, und vielleicht sei der Sieg über die Barbaren gerade deshalb errungen worden, weil Aristides und Themistokles in der Schlachtreihe nebeneinander kämpften.

Das aber wollte Polykrite nicht gelten lassen. Im Gegenteil, der Versöhnungsversuch des Alten setzte sie in noch größere Erregung: »Schweig du, Mnesiphilos!«, rief sie über die Straße, »das Großmaul Themistokles ist doch nichts weiter als das sichtbare Ergebnis deiner langjährigen Erziehung: ein geltungsbedürftiger Intrigant, der seine Nase in alle Staatsgeschäfte und Rüstungspläne steckt und vom einen so wenig versteht wie vom anderen.«

Kaum hatte Polykrite ausgesprochen, da stürzte sich Archippe auf die Gegnerin, und Mnesiphilos gelang es nur mit Mühe, das tobende Frauenzimmer zurückzureißen. Archippe spuckte und kreischte, sie werde dieser häßlichen Hure die Augen auskratzen. Die Zuhöhrer johlten vor Vergnügen.

»Platz, Platz da für den blinden Seher Euphrantides!« Ein kleiner Junge versuchte lautstark, dem Alten einen Weg durch die Menge zu bahnen. Der Blinde hatte die Rechte auf die Schulter des Jungen gelegt, mit der Linken hielt er einen weißen Stab umklammert und stocherte auf dem Weg nach Hindernissen.

Euphrantides war stadtbekannt. Blind geboren, hatten ihn seine Eltern ausgesetzt. Als heimlicher Zuhörer in den Philosophenschulen hatte er sich eine geachtete Bildung angeeignet, und eines Tages waren seine mahnenden Voraussagen Wirklichkeit geworden – seither galt er als Seher. Zwar genoß er nicht das Ansehen eines Teisamenos von Elis, dessen Vorhersagen Schlachtpläne bestimmten, aber dafür gab Euphrantides sich mit *einem* Obolos zufrieden, wenn man ihn fragte.

Die Athener wichen zurück vor dem Greis. Irgend jemand warf eine Münze vor ihm auf das Pflaster, eine zweite kullerte mit hellem Klang, eine dritte, und ein übermütiger Athener rief: »He, Alter, sag uns, was du siehst!« Der Junge hob die Münzen auf.

Da blieb Euphrantides stehen, legte seinen Kopf zur Seite

und blickte mit stumpfen Augen zum Himmel. »Ja, was siehst du?« wiederholte ein anderer, und der blinde Seher horchte in sich hinein. Im Gedränge um ihn herum verstummte jeder Laut.

»Ich sehe zwei Männer!« stammelte Euphrantides.

»Hört, hört!« rief eine Stimme aus dem Volk. Mit Zischen versuchten sie das hämische Gelächter zu ersticken.

Der Seher fuhr fort: »Ich sehe zwei Männer und einen Schmetterling, einen safrangelben Schmetterling, wie man ihn nur noch auf der Insel Lesbos kennt. Und die Männer versuchen, den Schmetterling zu fangen. Aber der eine stürzt, dem andern geht der Schmetterling ins Netz. Doch auch ihm entwischt er wieder.«

»Und wer sind die beiden Männer?« fragte ein kecker Athener.

Der blinde Euphrantides zögerte, dann antwortete er: »Die beiden Männer sind Aristides und Themistokles.«

Unter den Athenern begann nun ein heftiges Rätselraten, was es mit diesem Schmetterling für eine Bewandtnis habe. Vergessen war die Fehde der beiden Frauen. Sie wurden von ihren Begleitern hinweggeführt. Auch der blinde Seher zog sich unbemerkt aus der Menge zurück. Als der kleine Junge dem Alten die drei Obolen in die Hand drückte, sagte Euphrantides leise: »Ich habe noch viel mehr gesehen. Aber weißt du, mein Junge, manchmal ist es besser, die Menschen über ihr Schicksal im unklaren zu lassen.«

Themistokles sprang vom Pferd und reichte Phrynichos die Zügel. Phrynichos hatte Mühe gehabt, dem Freund zum Heerlager nach Marathon zu folgen, als er schweigsam und mit starrem Blick seinen Gaul über Hügel und durch enge Feldwege hetzte. Jetzt schritt er erhobenen Hauptes, den wuchtigen Unterkiefer nach vorne geschoben, auf das gelbleuchtende Zelt der Hetären zu, aus dem furchtbare Klagelaute drangen. Zwei lanzenbewehrte Soldaten, die den Eingang Tag und Nacht bewachten, hoben den Arm zum Gruß. Der Feldherr sah es nicht.

Als Themistokles den Vorhang am Eingang beiseite schob, schlug ihm eine beißende Wolke Weihrauch entgegen. Das Klagen und Beten der übrigen Hetären, die mit entblößten Brüsten und offenen Haaren den Tod Melissas beweinten, brach jäh ab. In der Mitte des Zeltes lag Melissa auf einer Bahre, nackt, nur mit einem zarten Schleier bedeckt. Man konnte meinen, sie schliefe.

»Wie ist es passiert?« fragte Themistokles leise, ohne den Kopf von der Toten zu wenden. Und als keine der Hetären zu antworten wagte, da rief der Feldherr zornentbrannt: »Aristides soll kommen!«

Die schweigsamen Hetären wichen ängstlich zurück, als Aristides eintrat. Alle wußten um die persönliche Abneigung der beiden, und in dieser Situation mußte man Schlimmes befürchten.

Aristides, von Schmerz gezeichnet, trat neben Themistokles, den Blick auf Melissa gerichtet, reichte Themistokles die Hand und sprach: »Dein Schmerz ist auch der unsere.«

Themistokles schlug die Hand des anderen aus. Er starrte regungslos vor sich hin, dann sagte er: »Wie konnte das passieren?«

Aristides hob die Schultern: »Es war Nacht, als es geschah. Melissa sprach mit diesem Mädchen aus Lesbos, einer Geisel, die von den Barbaren auf dem Schlachtfeld zurückgelassen worden war. Auf einmal sank sie zu Boden. Ein persischer Pfeil hatte sie in den Rücken getroffen.«

Da begannen Themistokles' Augen, die bisher stumpf, beinahe wie die eines Blinden geradeaus gerichtet waren, unruhig zu flackern. Wortlos reichte ihm Aristides den Pfeil. Der prüfte die Spitze, strich über die Federn am anderen Ende und starrte auf das Loch in der Zeltwand.

Aristides nickte: »Dahinter liegt das Lager der gefangenen Barbaren, allerdings« – er machte eine lange Pause – »es ist mehr als ein halbes Stadion entfernt. Kein Krieger außer Herakles kann aus dieser Entfernung einen tödlichen Pfeil abschießen.«

»Habt Ihr die Gefangenen durchsucht?« herrschte Themistokles den Feldherrn an.

»Die Barbaren mußten sich bis auf die nackte Haut entblößen«, antwortete Aristides.

»Und?«

»Nichts. Einige Barbaren trugen kostbare Dolche auf den Leib geschnallt, aber von einem Bogen keine Spur.«

»Aber es ist doch ein Perserpfeil!« schrie Themistokles.

Der andere schwieg.

Da stürmte Themistokles aus dem Zelt auf das Lager der gefangenen Perser zu. Im Abstand von wenigen Metern standen attische Hopliten, die den Pferch bewachten. Aristides, der dem tobenden Feldherrn ratlos hinterherrannte, rief beschwörend: »Die Wächter haben nichts bemerkt. Ich habe jeden einzelnen befragt. Es sei ruhig gewesen in dieser Nacht.«

»Aber irgendwoher, bei allen Göttern, muß der Perserpfeil doch gekommen sein!« Themistokles stieß einen der Wächter vor dem Pferch beiseite und ging hinein. Dunkle, haßerfüllte Gesichter sahen ihn schweigend an. Er fühlte die ohnmächtige Wut, die ihm aus diesen Barbarenaugen entgegenschlug; aber Themistokles blickte ebenso haßerfüllt zurück. Die Barbaren bildeten eine Gasse, es mögen etwa hundert gewesen sein. Drohend trat der Feldherr ganz nahe an jeden einzelnen heran, blickte ihm mit kalter Verachtung in die Augen und wartete unendlich lange, bis er sich dem nächsten zuwandte und das Spiel von neuem begann. Dann zeterte er mit weinerlicher Stimme – und sie drohte jeden Augenblick zu versagen: »Jeder einzelne soll gefoltert werden, gepeitscht und mit ehernen Stechpfeilen behandelt, bis einer von ihnen gesteht, wer das Verbrechen begangen hat. Und der soll sterben nach Barbarenart. Der Kopf soll ihm zwischen zwei Mühlsteinen zerquetscht werden.«

Phrynichos trat von hinten an Themistokles heran und faßte ihn behutsam am Arm. Er, der lebensfrohe Dichter und Freund, hatte großen Einfluß auf den hitzköpfigen Feldherrn. »Zeig den Göttern ruhig deinen Schmerz«, sagte Phrynichos beschwichtigend, »aber mische nicht Zorn in deine Trauer; denn vielleicht ist, was wir Leben nennen, Tod, und unser Tod ist in der Tiefe Leben.«

Themistokles hielt inne. Vor ihm stand Daphne, das Mädchen aus Lesbos, klein, zierlich und zerbrechlich; aber vor diesem kraftstrotzenden Feldherrn wirkte sie noch kleiner, noch zierlicher, noch zerbrechlicher.

Ohne den Mann anzusehen, begann Daphne zu erzählen, es sprudelte aus ihr heraus, wie Melissa sie aufgenommen, gebadet und gekleidet hatte und ihre letzten Worte seien gewesen, sie sei stolz, die Hetäre eines der hervorragendsten Feldherren zu sein ...

»Schweig!« unterbrach Themistokles die Erzählung des Mädchens. »Wie kommst du hierher?«

Daphne antwortete furchtsam: »Die Barbaren haben meinen Vater Artemidos und mich aus Lesbos entführt. Ich konnte fliehen, mein Vater ertrank. Aristides gewährte mir Schutz.«

»So, so. Aristides gewährte dir Schutz«, wiederholte Themistokles mit süffisantem Lächeln. »Eigentlich hat er's ja mehr mit jungen Knaben.« Er sprach leise, aber doch laut genug, daß Aristides, von dem er wußte, daß er hinter ihm stand, es hören mußte. »Wie dem auch sei«, fuhr Themistokles fort, »steckt sie zu den übrigen Gefangenen und verkauft sie auf dem Sklavenmarkt!«

»Herr!« rief Daphne und fiel dem Feldherrn zu Füßen. Doch der drehte sich um – vor seinen Augen blinkte die scharfkantige Spitze eines Schwertes. Aristides hielt den Arm ausgestreckt und sagte mit gespielter Ruhe: »Das Mädchen bleibt bei den übrigen Hetären.«

Themistokles, der diese Wende nicht erwartet hatte, wagte, das Schwert vor Augen, nicht, sich zu bewegen. Dann aber versuchte er, die Ausweglosigkeit seiner Situation herunterzuspielen. Er grinste gekünstelt und sagte: »Sie gehört zur Kriegsbeute, und deren Erlös wird unter den siegreichen Soldaten aufgeteilt.«

»Sie ist eine Griechin«, antwortete Aristides mit drohendem Tonfall, »sie spricht unsere Sprache. Sie soll frei sein wie jeder Bürger Attikas!« Und dabei ließ er sein Schwert sinken.

Da sah Themistokles seine Chance und jetzt zog *er* sein Schwert. Aber er warf es herausfordernd neben sich auf den Boden. Geduckt und lauernd wie ein Ringkämpfer, den Sprung des Gegners erwartend, tappte er schwerfüßig seinem Widersacher entgegen, um sich plötzlich mit einem Satz auf Aristides zu stürzen.

Der jedoch fing, obwohl er Themistokles körperlich unterlegen war, den Gegner ab und versuchte ihn unter Aufbietung aller Kräfte niederzuringen. Das alles ereignete sich innerhalb weniger Sekunden, so daß Phrynichos erst jetzt dazwischengehen und die Kampfhähne zur Besinnung bringen konnte.

»Genügt es nicht«, rief er atemlos, »daß uns die Barbaren

unserer tapfersten Männer berauben? Sollen sich die Athener jetzt auch noch gegenseitig umbringen?«

Keuchend standen sie sich gegenüber, und jeder fixierte den anderen mit haßerfülltem, stechendem Blick. Natürlich war das Mädchen Themistokles gleichgültig, 500 Drachmen mehr oder weniger Kriegsbeute, was bedeutete das schon; allein die Tatsache, daß Aristides sich für das Mädchen einsetzte, genügte jedoch, und die harmlose Episode wurde zum schicksalhaften Drama. Themistokles richtete sich auf, spuckte verächtlich auf den Boden und sagte: »Gut, Aristides, mache sie zur Hetäre; aber die Zeit wird kommen, da dieses Mädchen sich wünschte, auf dem Sklavenmarkt verkauft und treusorgende Dienerin eines ehrsamen Mannes geworden zu sein.«

Kapitel 2

Jedesmal, wenn die rauhen Brennesselstengel auf ihren nackten Körper niedersausten, schrie Daphne leise auf. Zuerst waren es Schmerzensschreie, aber es dauerte nicht lange und sie wandelten sich zu einem lustvollen Stöhnen. Daphne bot ihre gerötete Haut der Hetäre Megara dar und wand sich von einer Seite auf die andere.

Megaras Hiebe wurden zunehmend zärtlicher und glichen allmählich eher einem vorsichtigen Streicheln. Zwei Sklavinnen schleppten Eimer mit heißem, kräuterduftendem Wasser herbei, schöpften ihren Inhalt in schwarzglasierte Tonschalen und gossen sie über Daphne aus.

»Deine Haut muß rosig und zart sein wie die der Göttin aus Zypern«, sagte Megara, »denn es ist eine Ehre, seinen Körper bei den Mysterien von Eleusis zu opfern.«

»Berichte mir von den Mysterien!« bat Daphne, während sich ihr zarter Körper auf dem Marmortisch des weißen Baderaumes aufbäumte. »Selbst in Ionien erzählt man sich Wundersames von jenem geheimnisvollen Heiligtum.«

Megara, ein üppiger Typ wie Melissa – sie hatte auch deren leitende Funktion im Haus der Hetären übernommen– Megara legte den Zeigefinger auf den Mund. Dann flüsterte sie mit ernstem Gesicht: »Wisse, Tochter der Aphrodite, daß niemand, der je hinter die Mauern des eleusinischen Heiligtums geblickt hat, auch nur *ein* Wort über das Geschaute verlieren wird. Denn bevor er die Mauern überwindet, muß er feierlich geloben, alles zu vergessen. Die Priester von Eleusis sind grausam, sie bestrafen jeden mit dem Tod, der auch nur eine Andeutung macht.«

»Hast du schon einmal einen Blick hinter die Mauern von Eleusis geworfen?« fragte Daphne vorsichtig.

Über Megaras Gesicht huschte ein verzücktes Lächeln. Sie schloß die Augen und legte den Kopf in den Nacken, daß ihr rotes Haar anmutig über den Rücken fiel. »Es ist zehn Jahre her«, meinte sie mit einem Seufzer, »ich war genauso jung wie du, genauso schön wie du und hegte die gleichen Erwartungen wie du. Auch *ich* galt damals als die schönste Hetäre und wurde auserwählt für die Mysterien. Man sagte mir, ich solle Demeter und Persephone in ihrem Heiligtum dienen. Ich sah mich schon weißgekleidet hinter einer Schar frommer Priester herschreiten und im weihrauchgeschwängerten Tempel ehrfürchtige Gebete verrichten; aber dann ...« Megara brach ihre Rede plötzlich ab.

»Was dann?« Daphne richtete sich auf. »Erzähle weiter, was dann geschah!«

Megara schüttelte den Kopf. »Nichts! Ich habe nichts gesagt und werde nichts sagen.«

»Hat man dir Leid zugefügt? Oder Gewalt angetan?«

Die Hetäre schwieg beharrlich, löste das lange weiße Tuch, das sie um die Hüften geschlungen hatte, und tupfte damit den Schweiß von ihrem Körper. Daphne, deren Glieder unter den heißen Güssen der Sklavinnen zu dampfen begannen, bewunderte Megaras Nacktheit, ihre prallen, breiten Brüste, die schlanke Taille und die runden Hüften und meinte, während sie die Hand nach ihr ausstreckte: »Du bist schön wie Aphrodite. Du bist schöner als alle anderen.«

»Pst, nicht so laut!« mahnte Megara, »wenn das die schöne Attis hört, gibt es einen Bürgerkrieg.«

Daphne kicherte.

»Attis hält *sich* für die Schönste«, fuhr Megara fort, »die Klügste mag sie vielleicht sein, jedenfalls diskutiert sie sogar mit den Großen der Philosophenschule, aber die Schönste? Ich glaube, es ist wohl ihre Klugheit, die sie bei den Männern des Staates so beliebt macht.«

»Was, glaubst du, schätzen Athens Männer mehr an Frauen?« erkundigte sich Daphne und ließ sich auf den weißen Marmor zurücksinken.

Megara lachte. »Das kommt darauf an, von welcher Art Frau du sprichst. Der Dichter sagt, die schönste Zier der Frau sei Schweigen und Bescheidung und im Hause stilles Walten. Aber das gilt nur für die Frauen des Hauses. Jeder Athener von Rang verehrt daneben eine Frau mit den gegenteiligen Eigenschaften: eine klug daherredende, unterhaltsame, die Sinne herausfordernde Frau, mit der er sich in der Öffentlichkeit sehen lassen kann. Verrückt, nicht?«

»In der Tat, und diese Haltung spricht auch nicht gerade von Edelmut.«

»Edelmut!« Megara schlug die Hände zusammen. »Was ist schon Edelmut! Ein jeder erblickt darin etwas anderes – und meist nur das, was für ihn zum größten Vorteil ist. Betrachte nur Themistokles und Aristides ...«

»Ich zweifle nicht am Edelmut des Aristides!« unterbrach Daphne.

»Du nicht!« meinte Megara. »Aber stelle einmal Themistokles die Frage nach dem Edelmut seines Widersachers, dann wirst du eine ganz andere Meinung hören. Er wird Aristides herrschsüchtig, selbstgefällig und rachsüchtig nennen.«

»Er hat mich aus den Klauen der Hopliten befreit und mir das Sklavenschicksal erspart. Das nenne ich Edelmut!«

»Beim Zeus! Aus dir spricht die Unerfahrenheit deiner vierzehn Jahre. Glaube nur nicht, Aristides habe dich aus Edelmut hierher gebracht!«

»Du, du meinst, er ...«, Daphne kam ins Stottern, und Megara nickte, ohne ein Wort zu sagen.

»Aber er könnte mein Großvater sein!« entschuldigte sich das Mädchen.

»Eben«, sagte Megara, »eben.«

Vor dem Altar der Zwölf Götter standen sie aufgereiht, an den Handgelenken gefesselt, in dürftiger Kleidung, mit krausem Haar und finsterer Miene: die persischen Kriegsgefangenen, ein paar hundert an der Zahl, denen ein bitteres Sklavenschicksal bevorstand. Die Athener machten sich lustig über die aneinandergeketteten Barbaren, die ihnen noch vor wenigen Tagen Angst und Schrecken eingeflößt hatten, wenn man nur ihren Namen nannte. Jetzt konnte man sie kaufen als Arbeitstiere für 200 Drachmen; doch das Geschäft lief schleppend.

Die Athener interessierten sich weit mehr für die erbeuteten Waffen und Gerätschaften, die in langer Reihe aufgestellt waren. Wagen, Schilde und Lanzen, vor allem persische Bogen und Pfeile erfreuten sich reger Nachfrage – ihre Treffsicherheit wurde allseits gerühmt.

»Was soll man schon mit so einem Barbaren anfangen?« meinte Themistokles zu seinem Freund und Parteigenossen Phrynichos, »wo doch keiner unsere Sprache spricht. Du kannst ihn höchstens zur Arbeit prügeln – und dann weiß er immer noch nicht, was er anpacken soll.« Phrynichos nickte zustimmend.

»Herr!« rief eine Stimme aus der Reihe der Gefesselten, »ich spreche Eure Sprache!«

Themistokles hielt verblüfft inne, stieg über die ausgestellten Schilde und trat auf den Barbaren zu, einen großen, hageren Mann, der den Griechen mit ernstem Gesicht ansah. »Ich bin Artanamenesch, der Dolmetscher.«

Themistokles sah seinen Freund Phrynichos verwundert an, dann rief er einem der Demosioi, der Gemeindesklaven, die den Verkauf überwachten, zu: »200 Drachmen für diesen Mann da, von Themistokles aus der Phyle Leontis!«

Der Demosios löste die Ketten. Dann zählte Themistokles, umringt von einer Schar zerlumpter Bettler, denen der Zwölf-Götter-Altar eine zweite Heimat war, zwanzig Goldmünzen in die Hand des Gemeindesklaven. Der Sitophylax notierte Preis und Käufer auf einer Wachstafel.

»Es soll nicht zu deinem Schaden sein«, sagte der Barbar und verneigte sich vor dem Hellenen.

»Für einen Barbaren sprichst du das Ionische vorzüglich!« wunderte sich Themistokles, und Phrynichos, der Poet, fügte hinzu: »Man könnte meinen, du habest unsere Sprache auf einer der Inseln erlernt.«

Artanamenesch nickte: »Wenn ich die Sprache auch dort nicht erlernt habe, so stammte mein Vater von dort. Er kam von der Kykladeninsel Sikinnos. Ihr kennt sie sicher. Ich selbst wurde im persischen Ekbatana geboren. Mein Vater war, wie ich, Dolmetscher der Achämeniden.«

»Wie war dein Name?« erkundigte sich Phrynichos.

»Artanamenesch«, antwortete der Barbar.

»Kein Mensch in Hellas kann sich diesen Namen merken!« protestierte Themistokles, »wir werden dich Sikinnos nennen, nach der Heimat deiner Väter. Es soll dir gutgehen, solange du mir von Nutzen bist«, sagte Themistokles, während sie seinem

Haus in der westlichen Vorstadt zustrebten. Das klang nicht gerade vielversprechend für den Barbaren, und er erkundigte sich vorsichtig, für welche Dienste er ihn ausersehen habe. Der Feldherr erwiderte, es komme ganz darauf an, ob und inwieweit er ihm Vertrauen schenken könne. Nicht selten entpuppten sich dienstbeflissene Sklaven als Spione.

Am Fuße der Akropolis, wo zwischen dunklen Zypressen die Heilige Straße nach Eleusis abzweigt, blieb der Barbar stehen, fiel auf die Knie und streckte die Arme gen Himmel: »Beim Mithras, der bisher über mein Leben wachte, und beim Zeus, der nunmehr meine Geschicke lenkt, in meinen Adern fließt helladisches Blut, nie werde ich die Griechen verraten!« Dann erhob er sich und trat nahe an Themistokles heran, als wollte er ihm etwas ins Ohr flüstern.

Der aber wehrte ab: »Du kannst ruhig laut sprechen. Phrynichos ist mein Freund. Wir kennen keine Geheimnisse voreinander.«

»Also gut«, sagte Sikinnos, »ich will dir etwas sagen, was dich vielleicht in Unruhe versetzen wird, aber es ist die Wahrheit.«

Die beiden Griechen sahen den Sklaven gespannt an. »Du hast den Gefangenen Folter angedroht wegen des unglückseligen Todes der Hetäre.« Sikinnos machte eine lange Pause, dann fuhr er fort: »Du hättest dabei großes Unrecht getan; denn der tödliche Pfeil kam nicht aus den Reihen der gefangenen Perser.«

Themistokles faßte Sikinnos an beiden Armen und schüttelte ihn, als könnte er die Wahrheit aus ihm herauspressen. »Du hast den Mörder gesehen!« rief er immer wieder, »du hast den Mörder gesehen!«

Phrynichos hatte Mühe, den Freund zu beruhigen; dann fuhr der Sklave fort: »Die persischen Bogen sind zwar berühmt wegen ihrer Kraft, mit der sie ein Ziel auch über große Weiten erreichen, aber das Lager der Gefangenen lag ein halbes Stadion vom Hetärenzelt entfernt. Nur der Pfeil eines Herkules hätte dieses Ziel erreicht! Aber durch eine Zeltwand einen Menschen zu treffen, das – bei allen Göttern – grenzte schon an Zauberei.«

»Wer war es? Du hast ihn gesehen?« bestürmte der Feldherr den persischen Sklaven.

»Ja«, antwortete Sikinnos, »es war Vollmond, wir alle haben den unheimlichen Bogenschützen gesehen. Er schlich um das Zelt und es schien, als lauschte er der Unterhaltung im Inneren. Es war einer von Euch, ein Grieche, kein Perser trägt die auf der Schulter befestigte Chlamys.«

»Aber der Pfeil«, rief Themistokles erregt, »der Pfeil war ein Barbarenpfeil!«

Sikinnos machte eine beschwichtigende Handbewegung. »Zu Zehntausenden lagen die persischen Pfeile auf dem Schlachtfeld herum. Noch heute auf der Agora standen sie garbenweise zum Verkauf.«

Themistokles nickte geistesabwesend. »Würdest du den Bogenschützen wiedererkennen?« fragte er nach einer Weile.

Der Sklave überlegte und antwortete mit geschlossenen Augen: »Ja. Ich sehe ihn genau vor mir, seinen schleichenden Gang, seine eigenartigen Bewegungen, als übermannte ihn großer Schmerz. Er schien sehr aufgeregt und faßte sich immer wieder an die Stirn. Auch wenn ich sein Gesicht nicht sah, ich würde ihn unter vielen wiedererkennen.«

»Und woher nimmst du die Gewißheit, daß es kein Barbar war?«

»Der Zaun unseres Lagers war unüberwindlich.«

»Und ein versprengter Barbar?«

Sikinnos machte ein ungläubiges Gesicht: »Großer Feldherr

der Athener! Ich bin nur ein unwissender Dolmetscher, und die Kriegskunst steht mir fern. Aber sagt, käme es nicht dem Eindringen in die Höhle des Löwen gleich, wenn ein geschlagener Krieger sich in das Lager der Feinde schliche?«

Phrynichos pflichtete dem Sklaven bei und gab zu bedenken, für einen Barbaren sei überhaupt kein Motiv vorhanden, eine Hetäre der Hellenen zu erschießen. Ein vom Feind gedungener Mörder würde einen Feldherrn töten, aber nicht seine Geliebte. Nein, der Todesschütze sei in der Tat in den eigenen Reihen zu suchen.

»Der Blitz des Zeus soll ihn treffen!« zischte Themistokles in ohnmächtiger Wut.

»Dein Zorn hilft dir nicht weiter!« Phrynichos versuchte, den Freund zu beruhigen. »Opfere lieber den olympischen Göttern, daß du mit dem Leben davongekommen bist. Weihe dem delphischen Apoll eine Statue und frage das Orakel, wo du Melissas Mörder suchen sollst.«

Da polterte Themistokles los, er brauche keinen Orakelspruch, um den hinterhältigen Mörder einer Hetäre zu finden, er glaube nicht an die Allwissenheit der Pythia, ihre Doppelzüngigkeit sei schließlich sprichwörtlich.

Phrynichos, der Poet, unterbrach den Freund und erinnerte daran, daß die delphische Pythia sowohl den Fall von Milet als auch die Einnahme der Insel Euböa prophezeit habe. Freilich sei es nicht die Pythia selbst gewesen, von der diese Zukunftsvisionen stammten, sondern Apoll, der Gott der Weissagung, habe aus ihrem Mund gesprochen.

»Für klingende Münze!« rief Themistokles spöttisch.

»Ja, für klingende Münze«, wiederholte Phrynichos verärgert, »denn nichts in diesem Leben wird dir geschenkt. Der Bäcker fordert zwei Obolen für sein Fladenbrot, für ein Haus mit Grundstück mußt du ein ganzes Talent bezahlen und sogar in der Volksversammlung kassiert jeder Bürger seinen Obolos. Warum also nicht auch das Orakel von Delphi?«

Inzwischen hatten die Männer das Haus des Themistokles in der Phyle Leontis erreicht. Das ebenerdige Gebäude mit Eingangshalle war nicht besonders repräsentativ und entsprach dem Durchschnitt kleinbürgerlicher Vorstadthäuser. Hinter der Andronitis, dem vorderen Teil, der der Repräsentation des Hausherrn diente, mit Wohn-, Eß- und Aufenthaltsraum, lag die Gynaikonitis, jener Teil, in dem Archippe mit ihren zwei Sklavinnen und den beiden Töchtern lebte. Diese Räume verließ sie nur selten und nur zu besonderen Anlässen.

Sikinnos erhielt einen Raum gleich neben den Säulen der Eingangshalle zugewiesen, winzig im Ausmaß und fensterlos, allein die Geste machte deutlich, daß Themistokles dem neuen Sklaven großes Vertrauen schenkte.

»Wo bleibt der Wein?« rief Themistokles und klatschte in die Hände, während Phrynichos sich unaufgefordert auf die weiß gedeckte Liege des Wohnraumes sinken ließ und wohlig grunzend ausstreckte. Eine zweite Liege und ein winziger niedriger Tisch aus weißem Marmor waren die einzige Andeutung von Möblierung in diesem Raum. Eine Sklavin brachte zwei schwarzfigurige Tonkrüge und flache Trinkschalen und stellte sie wortlos auf den Tisch. Phrynichos verschränkte die Arme hinter dem Kopf, und Themistokles goß Wein und Wasser in die Schalen, mehr Wasser als Wein.

»Wenn du willst«, meinte Phrynichos, ohne den Blick von der Decke zu wenden, wenn du willst, reise ich nach Delphi, um das Orakel für dich zu befragen.«

Themistokles nahm einen tiefen Schluck, stellte seine Schale ab und antwortete mit einem tiefen Seufzer: »Phrynichos, Freund, wenn der Barbar recht hat, wenn Melissas Mörder in der Tat ein Grieche ist, dann soll mir jedes Mittel willkommen sein, diesen Verräter ausfindig zu machen. Bringe mir den Spruch der Pythia, aber bringe mir kein zweischneidiges Schwert, sondern eine hieb- und stichfeste Waffe, die es mir ermöglicht, Rache zu nehmen. Ich selbst werde eine Weihestatue aus schimmerndem Erz in Auftrag geben. Glaukias soll ein ehernes Ebenbild der Aphrodite gießen.«

Nur ein Dutzend der gefangenen Barbaren hatte wie Sikinnos einen Herrn gefunden. Vor allem Sprachschwierigkeiten hielten die Athener davon ab, einen persischen Sklaven zu kaufen. Und so wanderten die meisten in die Bergwerke von Laurion an der Ostküste Attikas, wo die Athener seit Jahrhunderten Silber schürften. In jüngster Zeit war die Ausbeute jedoch gering, es gab bereits Pläne, den Abbau einzustellen und andernorts aufzunehmen.

Die Barbarensklaven wurden von den Griechen anständig behandelt. Sie lebten in Gemeinschaftshäusern in der Nähe der Stollen, die Verpflegung war nicht üppig, aber reichlich, und sie erhielten sogar Prämien für erfolgreiche Arbeit. Schläge oder Hiebe gab es fast nie, wenngleich die Aufseher ihrer Arbeit mit Peitschen nachgingen. Den Barbaren gereichte es zum Vorteil, daß zwei von ihnen den Bergbau zu Hause in Persien erlernt hatten und ihre Kenntnisse in Laurion bereitwillig einsetzten.

Sikinnos kam nach Arbeitsende. Die Barbaren lagen träge herum, kneteten Fladenbrot und wischten ihre Schalen mit Speckbrei aus. Als sie den näher kommenden Barbaren erkannten, umringten sie ihn mit freudigem Geschrei und erkundigten sich nach seinem Verbleib. Er habe wohl das große Los gezogen, argwöhnten die Bergarbeiter, als sie erfuhren, daß einer der Ihren bei dem Feldherrn der Griechen untergekommen sei, und der bestätigte, die Hellenen seien in der Tat ein gebildetes Volk von hoher Kultur.

Dann verriet er den Grund seines Kommens: »Ihr erinnert euch an die Nacht nach der Schlacht von Marathon!« – »An das Gefangenenlager?« – »An das Gefangenenlager. Einige von euch haben damals den Bogenschützen beobachtet.« – »Den Griechen, der auf das Zelt zielte?« erwiderte einer der älteren Barbaren. Sikinnos ging auf ihn zu: »Woher glaubst du zu wissen, daß es ein Grieche war?« – »Soweit ich es erkennen konnte«, antwortete dieser, »war er wie ein Grieche gekleidet, trug griechische Bart- und Haartracht. Warum fragst du?«

Sikinnos sah den Alten lange an, dann sagte er: »Der Pfeil traf die Geliebte meines Herrn, und Themistokles will den Mord rächen. Würdest du den Bogenschützen wiedererkennen?«

Langsam wiegte der Alte den Kopf hin und her und gab zu bedenken, daß es Nacht und der Unheimliche zwei Steinwurf entfernt gewesen sei. Wenn, dann würde er ihn jedoch an seinen eigenartigen Bewegungen erkennen. Damit gab Sikinnos sich vorerst zufrieden.

Während er noch redete, zog der Alte den Dolmetscher beiseite. Die anderen blickten voll Mißtrauen um sich, ob niemand sie beobachtete. Jetzt sprach er leise: »Ahriman, dem Gott des Bösen, hat es gefallen, uns den Feinden auszuliefern; doch Ahura Mazda, der Gott des Guten, hat uns ein Zeichen gegeben.«

»Ein Zeichen?« Sikinnos sah den Alten fragend an. Der lächelte aus listigen Äuglein. Dann fuhr er fort, während er den verwunderten Besucher am Ärmel hinter sich her zu einem der zahllosen Stolleneingänge zog: »Zu Hause in Elam haben wir uns so tief in das Erdreich gewühlt, daß die Hitze unerträglich wurde und die Arbeiter glaubten, vor den Pforten der

Unterwelt zu stehen, und wir konnten von Glück reden, wenn wir dabei eine einzige Gold- oder Silberader entdeckten; aber hier ...«

Der Alte glitt geschmeidig wie ein Baumaffe an einer Stange in den Schacht, der sich vor ihnen auftat, und Sikinnos hatte Mühe, es ihm gleichzutun. Geschickt fing er eine Fackel auf, die ihm von oben zugeworfen wurde. »Komm!« sagte der Alte und verschwand gebückt in einem Stollen, der nach wenigen Metern seine Richtung änderte und ein paar Schritte weiter vor unüberwindlichem Felsgestein endete.

»Nimm die Fackel!« Mit traumwandlerischer Geschicklichkeit ertastete der Alte einen Felsbrocken nach dem anderen, erst kleinere, dann immer größere, und zog sie vorsichtig aus der Felswand, bis eine Öffnung im Gestein klaffte, durch die ein Mensch ohne Schwierigkeiten hindurchsteigen konnte. »Komm!«

Die drückende Enge, die staubige Luft, die einen kaum atmen ließ, das unheimlich flackernde Licht und die Ungewißheit – all das versetzte Sikinnos in peinigendes Unbehagen, am liebsten hätte er die Flucht ergriffen. Doch hinter der Felswand tat sich ein langer, hoher Stollen auf, der seine Neugierde erregte, und der Alte hielt die Fackel an die Wand. »Sieh nur«, sagte er andächtig, »in ganz Elam ist Mutter Erde nicht so freizügig mit ihren Schätzen.«

Jetzt erkannte Sikinnos, was der andere meinte: Überall glitzerten und blinkten leuchtende Adern von den Wänden, ein helles, funkelndes Netz überzog das Gestein. »Silber«, sagte der Alte, »reines Silber!«, und aus seinen Worten klang Stolz.

Sikinnos war sprachlos. Nie im Leben hatte er ein derartiges Schauspiel tief unter der Erde gesehen. Aber da tauchte die Frage auf, warum die Geheimnistuerei, und noch ehe Sikinnos den Mund auftat, begann der Alte zu reden, langsam, unsicher, stockend: »Freund, diese Entdeckung ist kostbarer als der Schatz der Achämeniden, sein Wert reicht aus, alle Hellenen ein Jahr lang zu ernähren und zu kleiden, dieser Schatz ist eine ungeheuere Macht. Und deshalb haben wir uns verschworen, das Geheimnis zu hüten wie das Licht unserer Augen. Du bist einer von uns, du solltest es erfahren.«

»Aber«, begann Sikinnos zaghaft, »wir sind Sklaven in einem fremden Land, wir sind unfrei und haben keine Rechte. Selbst wenn es euch gelänge, das kostbare Metall unbemerkt zu fördern und zu verstecken, was sollten wir damit anfangen?«

»Silber öffnet alle Türen!« wandte der Alte ein.

»Daran zweifle ich nicht«, antwortete Sikinnos, »nur, glaubst du nicht, daß schon der erste, der von einem asiatischen Sklaven mit Silber bestochen wird, Verdacht schöpft?«

Der Alte schwieg, und insgeheim mußte er dem anderen auch recht geben, und doch wollte er einfach nicht wahrhaben, daß dieser unermeßliche Schatz für sie ohne Nutzen sein sollte. Zu Hause, in Elam, wäre er jetzt ein reicher Mann, denn dort waren alle an einem solchen Fund beteiligt. Aber hier auf dem Boden von Hellas saßen sie auf einem Schatz, mit dem ein ganzer Krieg zu finanzieren war, und der sollte für sie ohne Nutzen sein?

»Glaubst du, daß Dareios sich geschlagen gibt?« erkundigte der Alte sich vorsichtig.

Sikinnos überlegte nicht lange: »Die Athener haben nur Datis und Artaphernes besiegt, unsere Feldherren. König Dareios regiert schon drei Jahrzehnte, er hat sich noch nie geschlagen gegeben.«

»Du meinst«, rief der Alte erregt, »Dareios wird mit einem neuen Heer heranrücken und die Niederlage von Marathon rächen?«

»Das weiß Ischtar, die Göttin des Kampfes!« Sikinnos strich vorsichtig mit den Fingern über die silberglänzende Wand. »Ist es schon ungewiß, ob Dareios überhaupt eine neue Schlacht gegen die Griechen sucht, so steht deren Ausgang noch in den Sternen. Uns bliebe also nur eine jahrelange Hoffnung. Nein, ich meine, wir sollten handeln und alles auf eine Karte setzen. Gelingt mein Plan, dann sind wir frei. Andernfalls ...«

»Andernfalls?« Der Alte sah Sikinnos fragend an.

Die großen Mysterien von Eleusis begannen am vierzehnten Tag des Herbstmonats Boëdromion. In würdiger Haltung und mit versteinerter Miene trug der Hierophant, der Oberpriester des eleusischen Heiligtums, wie stets ein Familienmitglied der Eumolpiden, eingerahmt von einer Schar weißgekleideter Priester, das verhüllte Götterbild über die heilige Straße nach Athen, um es im Demeter-Heiligtum, am Fuße der Akropolis, aufzustellen.

Zwei Tage und zwei Nächte schlossen sich der Hierophant und seine Priester in dem Heiligtum ein, sie verweigerten jede Nahrung und lallten sich mit frommen Gebeten zu Demeter, der mütterlich-nährenden Göttin der Fruchtbarkeit, in Ekstase; dann stieß der Oberpriester die Tempeltore auf, trat auf die breite Freitreppe des Heiligtums, vor dem eine unübersehbare Menschenmenge wartete, und rief mit lauter Stimme: »Athener! Vernehmt aus meinem Mund die Worte von Demeter, die sich auf dreimal gepflügtem Felde mit Iasion vereint hat. Ich lade euch alle, Freie und Sklaven, vorausgesetzt, ihr sprecht unsere Sprache, zum heiligen Fest der Eleusinen!«

»Es sei, im Namen Demeters!« scholl es aus vielen tausend Kehlen. »Im Namen Demeters, es sei!«

Die Priester, einige trugen fackelähnliche Gebilde in Phallosform, andere schleppten Ährengarben, bahnten dem Hierophanten mit dem verschleierten Götterbild einen Weg durch die Menge. Flankiert von stadtbekannten Flötenspielerinnen und schönen Hornbläsern, fanden die heiligen Männer den Weg zum westlichen Stadttor, auf dem zwei Mitglieder des Areopags postiert waren. Sie musterten jeden, der im Festzug die Stadt verließ: Mördern und Schwerverbrechern war die Teilnahme an den Mysterien von Eleusis untersagt.

Links und rechts von dem Tor, hinter dem die Heilige Straße nach Eleusis ihren Anfang nahm, warteten sieben Sänften, mit kostbaren Schleiern verhängt. In jeder Sänfte saßen zwei Frauen, eine kindhafte Kore und ihre mütterliche Begleiterin. Die erste teilten sich Daphne und Megara.

Nachdem die heiligen Männer das Tor passiert hatten, nahmen jeweils vier Sklaven eine Sänfte auf und reihten sich in die lärmende, singende und betende Prozession ein.

»Mein Herz schlägt bis zum Hals«, sagte Daphne und drückte sich ängstlich in die weißen Polster der Sänfte. Sie trug einen kurzen, durchsichtigen Peplos, ihr Haar war auf dem Hinterkopf hochgebunden, so daß die blonden, langgedrehten Locken wirkungsvoll auf ihre Schultern herabfielen. Ihre Füße steckten in flachen Sandalen, deren Riemen die Waden umschlossen. Megara, mit einem langen, aber ebenso durchsichtigen Chiton bekleidet, versuchte, auf das Mädchen beruhigend zu wirken: »Auch wenn es ein unaussprechliches Geheimnis ist, was hinter den Mauern von Eleusis geschieht – Demeter hat noch niemanden verschlungen, sie kehrten alle zurück.«

Daphnes Lippen zitterten, sie hielt die Hände krampfhaft gefaltet, sie hatte Angst. »Sage mir, Megara«, bat sie flehentlich, »welches grausame Spiel erwartet mich bei den geheimnisvollen Mysterien. Du weißt es doch!«

»Gewiß, ich weiß es«, antwortete Megara, »aber der heilige Eid verpflichtet mich zu schweigen. Würde ich sprechen, mein Leben wäre keinen Obolus mehr wert. Aber bedenke, es ist eine ehrenvolle Auszeichnung, als Kore an den Mysterien von Eleusis teilzunehmen. Nur die schönsten Mädchen werden auserwählt, und nur sieben im Jahr! Der Ruf, eine eleusische Kore zu sein, wird dich ein Leben lang begleiten.«

»Ich verstehe nur nicht«, wandte Daphne ein, »warum die Wahl ausgerechnet auf mich fiel. Ich bin erst seit kurzem in Athen, und kaum jemand hatte Kenntnis von meiner Anwesenheit.«

Da lachte Megara und sagte: »Kind, der Hierophant von Eleusis hat überall im Land seine Späher, und ein Mädchen, schön wie Aphrodite, hat überhaupt keine Chance, unentdeckt zu bleiben.«

Daphne schob den Vorhang zur Linken einen Spaltbreit zur Seite und blinzelte nach draußen auf die buntgefleckte Schlange singender und tänzelnder Menschen. Wie ein Wurm wand sich das menschenstrotzende Reptil über die zypressenbestandenen Anhöhen nach Nordwesten, die tiefe Nachmittagssonne vor Augen. Die Aussicht auf zwei Tage und Nächte orgiastischen Fressens und Saufens, Hurens und Nichtstuns versetzte sie in erwartungsvolle Fröhlichkeit. »Es sei, im Namen Demeters! Es sei.«

Viele Athener – in der Hauptsache Männer, denn eine anständige Frau mischte sich nicht unter das fröhliche Volk –, viele Athener trugen ein Schlafbündel mit sich. Die Herbstnächte konnten bisweilen kühl sein, und obwohl es in Eleusis zahlreiche Gasthäuser gab, und sogar Hallen und Speicherhäuser für das Volk geöffnet wurden, mußten etliche unter Pinien oder freiem Himmel nächtigen. Das waren die einträglichen Stunden der Hafenhuren und käuflichen Mädchen.

Früh brach die Dämmerung herein, und von Ferne leuchteten die Feuer der Burg von Eleusis, Mauern und Propyläen der Stadt waren in malerischen Fackelschein getaucht. Als der Hierophant an der Spitze des Festzuges das Stadttor erreichte, lag Eleusis in geheimnisvollem Licht. Der Weg vorbei an der Stoa und der Heiligen Quelle zu den großen Propyläen wurde gesäumt von jungen Mädchen mit Fackeln in der Hand.

An der Säulenhalle, vor den sechs weißen Marmorstufen, trennten sich Offizielle und Mitläufer. Hierophant, Priester, Musikanten und die Sänftenträger verschwanden hurtig hinter den hohen dorischen Säulen der Halle, das Volk ließ sich ermattet an der Mauer nieder, die das Heiligtum zinnenbewehrt umgab, und nahm dankend Wasser und Wein und Honigkuchen entgegen, die von eleusischen Sklaven verteilt wurden.

Megara schob den Vorhang der Sänfte zurück, und Daphne blickte neugierig in den milde erleuchteten verwinkelten Innenhof. Hier blieben die Sänftenträger zurück. Die Mädchen wurden durch ein hohes Tor geleitet, hinter dem sich der Heilige Hof auftat. Zur Linken eine lange, gedeckte Halle, schmucklos mit kleinen Fensteröffnungen, der Kornspeicher. Seine Ausmaße verrieten unermeßlichen Reichtum. Zur Rechten drei kleine Tempelchen, ein Schatzhaus, Statuen und Altäre. Beherrscht wurde das Innere jedoch von dem Heiligtum der Demeter, das sich hinter gewaltigen Säulen verbarg, in geheimnisvolles Dunkel getaucht.

»Es sei, im Namen Demeters!« sagte Megara und küßte Daphne auf beide Wangen, und auch die anderen Koren verabschiedeten sich von ihren mütterlichen Freundinnen. Zwei Priester faßten sie mit hartem Griff am Arm und drängten sie die Stufen zum Tempel empor. Ein letzter Blick zurück, dann umfing Daphne die unheimliche Atmosphäre des Telesterions, einer unübersichtlichen Säulenhalle, deren Gebälk sich in verwirrenden Konstruktionen auflöste.

Gebündelte Fackeln flackerten an jeder Säule, die mit dikken Wollfäden behängt waren. Aus den Räucheröfen floß weißer Qualm zu Boden und verbreitete betäubende Düfte. Die Hitze wurde unerträglich. Daphnes Augen gewöhnten sich allmählich an das flackernde Dunkel, und sie erkannte in der Mitte der Halle ein weiteres kleines Tempelchen mit glänzenden Mauern bis zum goldgedeckten Dach. An der Außenwand lehnten dicke Getreidegarben, und dazwischen saßen auf marmornen Thronsesseln halbnackte Priester mit üppigen, glänzenden Bäuchen. Sie murmelten unverständliche Gebete.

Wenn sie den Kopf nach links wandte, tauchten in dem weißen Qualm gespenstisch anmutende Tiere auf: eine Kuh, eine Eselin, ein Schwein, eine Ziege, ein Schaf, eine Hündin, eine Katze – doch alle mit aufgeblähten Bäuchen, hochträchtig. Davor standen Bienenkörbe und Eier, zu Pyramiden getürmt.

Wie auf ein unhörbares Kommando beendeten die Priester ihre Gebete, sie erhoben sich und ein jeder ging zielsicher auf eines der Mädchen zu. Da war sie wieder, die Angst, die sich Daphnes seit Stunden bemächtigt hatte, die Angst vor dem Ungewissen, Verbotenen, Geheimen. Ihr Atem wurde schneller, Schweiß trat auf die Stirn.

Der Mönch, der Daphne mit beiden Händen ergriff, war klein und fetter als alle anderen, seine Bewegungen, vor allem sein Gang, waren weibisch. Er geleitete sie zu dem steinernen Thron, auf dem er selbst gesessen hatte, riß ihr mit einem Ruck das Kleid vom Leib, daß sie nackt vor ihm stand, und drückte sie auf den Stuhl. Zwei Sklaven schleppten eine flache, eherne Schale herbei, so groß wie ein Wagenrad, gefüllt mit Milch.

Daphne stieg in die Schale, und der Priester begann, ihren Körper mit einem milchgetränkten Schwamm abzureiben. Der säuerliche Geruch verriet, daß es sich um Eselsmilch handelte, und Daphne fühlte, wie ihre Haut seidigweich wurde. Nach uraltem heiligen Gesetz galt das Mädchen nun als kultisch rein und konnte der Erdmutter Demeter Opfer darbringen.

Daphne hatte eine grauenvolle Ahnung, was auf sie zukam, wenn sie auf die trächtigen Tiere sah, sieben an der Zahl – wie die sieben Koren. Der fette Priester schüttete Pulver, gestoßen aus getrockneten Eselshoden, in eine Schale Wein und reichte sie dem Mädchen. Daphne trank gierig. Das Fladenbrot, das der Priester anbot, war aus ungesäuertem Teig, Taubenblut, gemahlenen Schlangenknochen, gehackten Federn der Schleiereule und Kalbshirn über einem Feuer aus Thymian und Lorbeerzweigen gebacken und schmeckte scharf und säuerlich. Beides wirkte in hohem Maße berauschend und erregend.

Von den Zehen her krochen wohlige Schauer an Daphnes Körper empor. Ermattet lehnte sie sich in den steinernen Sessel. Wie durch einen Schleier verfolgte sie mit großen Augen das fremdartige Geschehen um sich herum. Sie atmete schwer, und die Laute, die wie durch einen großen Trichter an ihr Ohr drangen, verschwammen zu einem unwirklichen, sphärenhaften Lallen, so daß Daphne sich in der Unterwelt wähnte. Ganz allmählich wich sogar die Angst von ihr und machte einer erwartungsfrohen Gelassenheit Platz. Sie spürte den Drang, sich einem Manne hinzugeben. Der Kopf begann zu glühen. Der Mund formte ein unerklärliches Lächeln. Die Augen blickten matt.

Teilnahmslos, beinahe gleichgültig, nahm sie wahr, wie die Priester sich mit Schwertern, Hacken und Messern auf die ebenfalls betäubten Tiere stürzten. Daphnes Priester faßte das Schwert mit beiden Händen, holte seitlich aus und durchtrennte mit einem einzigen gewaltvollen Schlag die Vorderbeine des Tieres an den Fesseln. Ein erstickendes Quieken, wie es Tiere in Todesangst von sich geben, und die trächtige Kuh sackte zu Boden. Mit kühler Routine holte der Priester von neuem aus und stieß dem Tier das Schwert zielsicher in den Hals. Er nahm eine Schüssel und hielt sie, nachdem er das Schwert herausgezogen hatte, unter den roten Sturzbach warmen Blutes. Auch die anderen Tiere lagen in ihrem Blut.

Daphne sah es; aber ihre Sinne waren betäubt, unfähig, Ekel und Abscheu zu empfinden. Sie sah, wie die Opferpriester die getöteten Tiere mit geschickten Griffen ausweideten, zerlegten und das warme Fleisch sortierten. Die Eingeweideschauer untersuchten die Innereien, warfen sie in bereitstehende Körbe, die von Sklaven weggeschleppt wurden. An der Stirnwand des Telesterions loderte das Opferfeuer, geschützt von vier hohen Säulen mit einem Baldachin, der sich zur Decke öffnete und den beißenden Qualm abziehen ließ, den das Fleisch über den glühenden Scheiten erzeugte.

Nein, hier herrschte nicht die geheiligte Atmosphäre olympischer Göttlichkeit, die Daphne sich erträumt hatte, das waren keine weihevollen Rituale zu Ehren einer verehrungswürdigen Gottheit – hier ließen primitive Geister ihren niederen Instinkten freien Lauf.

Während die Opferpriester sich das Blut der Tiere vom nackten Körper wuschen, sangen sie monotone Gebete zu Demeter, der Fruchtbarkeit bringenden Erdmutter, tauchten abwechselnd in mannshohe eherne Gefäße mit heißem und kaltem Wasser, bis sich die Haut über ihren feisten Leibern rötete. Dann band sich ein jeder den Olisbos um, einen harten Lederphallos, wie ihn die Athenerinnen in der Einsamkeit ihrer Häuser benutzten, und ging wahllos auf eines der Mädchen zu.

Daphne sah ihn kommen, diesen finster und verzückt dreinblickenden Alten, der verachtend durch sie hindurch sah, und sie drückte sich kauernd in den kalten Marmor des Sessels. An ein Entkommen war nicht zu denken, so machte sie sich bereit, um die heilige Verrichtung in Demeters Namen über sich ergehen zu lassen. Sie schloß die Augen.

Der Priester faßte Daphne an den Fesseln und preßte seinen Olisbos in sie hinein. Der Mädchenkörper aber setzte dem armdicken, künstlichen Glied harten Widerstand entgegen, instinktive Ablehnung, die den Schwarzbärtigen nur noch heftiger werden ließ. Als sein eigener Phallos schon beinahe die Größe des ledernen Olisbos angenommen hatte, drückte der Priester Daphne eine Mohnkapsel, groß wie eine Pflaume, aus der getrockneter weißer Schaum quoll, in den Mund, ein berauschendes Mittel, das ihren Widerstand löste.

Es war den Priestern der Demeter nämlich verboten, mit den Koren regelrechten Geschlechtsverkehr zu vollziehen; nach heiligem Gesetz hatten sie nur unter Mitwirkung opferreiner Mädchen einen Samenerguß zu produzieren, das Sperma gehörte der Herrin von Eleusis.

Durch Daphnes Kopf schoß nun ein wilder Strom und bemächtigte sich ihres zierlichen Körpers, der sich aufbäumte; aber nicht Abwehr lag in den immer heftiger werdenden Bewegungen, sondern forderndes Verlangen, Lust. Sie fühlte, wie der Olisbos sie zu zerreißen drohte, und sie stöhnte ekstatisch und schrie, daß es widerhallte: »De – me – ter!«

Der Schrei wirkte wie ein Fanal, riß die anderen Mädchen mit, die sich ähnlichen Gefühlsregungen ausgesetzt sahen, und auf einmal schrien und kreischten alle sieben in orgiastischem Chor: »De – me – ter! De – me – ter!«

Keuchend und schwitzend ergoß der Schwarzbärtige seinen Samen auf den weißen Marmor des Bodens. Sogleich kam der Hierophant mit einer Schale Gerste und streute Körner darauf, während er leise murmelte: »Demeter, Mutter des fruchtbaren Lebens, nimm dieses reine Opfer als Zeichen des Dankes deiner Diener!«

Die Worte des Oberpriesters wirkten ernüchternd auf Daphne, und sie öffnete die Augen. In dem verräucherten diffusen Fackelschein des Telesterions tauchte ein Gesicht auf, ein furchtbares, abstoßendes Gesicht. Es hing ganz nah über ihr. Sie war ihm ausgeliefert. Der Bart des Priesters schien zerfetzt, unterschiedlich lang, am Kinn blickte sogar die nackte Haut hindurch. Auf der rechten Stirnseite leuchtete jedoch ein handgroßer bläulicher Fleck.

Daphne kannte das Gesicht, wenngleich sie es weniger verunstaltet in Erinnerung hatte. In Bruchteilen von Sekunden wurde ihr klar: Der Mörder von Marathon! Für Daphne gab es überhaupt keinen Zweifel, es war Kallias, der hinterhältige Fackelträger, der in der Nacht vor ihren Augen den knienden Barbaren getötet hatte; der auch sie und ihr Leben nicht geschont hätte, wenn er nicht über den persischen Bogen gestolpert wäre und das dürre Gras in Brand gesetzt hätte. Damals, im fernen Anblick der brennenden Steppe, hatte sie geglaubt, Kallias sei in den Flammen umgekommen – und jetzt stand er leibhaftig vor ihr.

Mit welch teuflischen Gefühlen mochte der alte Lüstling sich an ihrem Anblick, an ihrer aussichtslosen Situation geweidet haben? Welch furchtbarer Plan war, während der Olisbos in sie drang, hinter diesem halbverbrannten Hirn entstanden? Daphne fühlte, wie ihr Körper sich verkrampfte und das eben noch wohlige Winden zu eisiger Härte erstarrte. Das Blut in ihren Adern schien zu stocken, nur das Gehirn arbeitete noch.

Daphne rührte sich nicht, sie versuchte, teilnahmslos durch Kallias hindurchzusehen, sie tat, als kennte sie ihn nicht; doch in ihr arbeitete, gärte und brodelte es. Wenn sie jetzt aufspränge, zu fliehen versuchte? Wohin? Wie weit würde sie kommen? Der schreckliche Priester würde sie einholen, würde ihr das Schwert in den Rücken stoßen wie dem unglückseligen Barbaren, wie den wehrlosen Opfertieren. Nein, sie mußte durchhalten, sie mußte dem Tod ins Auge sehen!

Diese Gedanken machten Daphne, die immer noch entblößt und erstarrt dalag, beinahe wahnsinnig. Noch immer hing das furchtbare Gesicht über ihr. Und jetzt schien es sogar, als näherte es sich dem ihren, als wollte der verunstaltete Priester ihr etwas zuflüstern. Seine Augen, eingeengt von buschigen dunklen Brauen, stachen auf sie ein. Daphne versuchte, den Kopf zur Seite zu drehen; doch die Bewegung mißlang. Die Halsmuskeln gehorchten einfach nicht. Statt dessen riß sie den Mund weit auf. Ihr Atem stand still, und die Larve vor ihren Augen zerrann wie der Ufersand in der Brandung des Meeres. Doch in ihre Ohnmacht drang eine Stimme, hart wie Glas, die tönte: »Nie wird über deine Lippen kommen, was du hinter den Mauern von Eleusis geschaut. Es würde deinen Tod bedeuten ...«

Kapitel 3

Noch lag die Kühle des Herbstmorgens über der Stadt, da drängten sich Tausende Athener auf der Pnyx, der breiten Felskuppe gegenüber der Akropolis. Sechs rot gewandete Lexiarchen kontrollierten am Eingang des ummauerten Bezirkes jeden Bürger; denn nur freie Bürger hatten Zutritt zur Volksversammlung.

Diese Volksversammlung, Ekklesia genannt, stand bei den athenischen Männern – und nur sie waren zugelassen – in hohem Ruf. Zum einen wurde hier in oft hitzigen Debatten über die Geschicke des Staates entschieden, zum anderen kassierte jeder Teilnehmer am Ende drei Obolen, als Verdienstausfall. Die Lexiarchen am Eingang verteilten deshalb gegen Namensnennung ein Täfelchen. Wer es am Schluß abgab, erhielt sein Tagegeld. Zu spät Kommende und besonders Eilige, die sich vorzeitig verdrückten, mußten darauf verzichten.

Etwa 8000 Athener lagerten auf den Steinstufen oder hockten einfach auf der Erde, als die Volksversammlung eröffnet wurde. Der Prytane schritt würdevoll auf das Rednerpodest, einen mannshohen Steinquader, sprach ein frommes Gebet zum olympischen Zeus und seiner Tochter Pallas Athene und verkündete die Tagesordnung.

Miltiades, dem nach dem Tod des Polemarchen Kallimachos der Ruhm des Siegers von Marathon zugefallen war, meldete sich zu Wort. Der weißbärtige Sechzigjährige hob die Hand zum Gruß und sagte: »Chairete, Bürger von Athen, unsere tapferen Männer haben die Barbaren besiegt und in die Flucht geschlagen. Pallas Athene sei Dank!«

Aus dem Publikum schallten ein paar zaghafte Hochrufe, der übrige Beifall beschränkte sich auf höfliches Klatschen. An jedem anderen Ort hätten die Bürger ihren siegreichen Feldherrn auf die Schultern gehoben, bejubelt und im Triumphzug durch die Hauptstadt getragen, in Athen war das alles ganz anders. Nicht, daß die Athener Miltiades ihre Anerkennung verweigert hätten – gewiß nicht; aber den Sieg hatte nicht *er* errungen, sondern das ganze Volk. Und die Athener hegten tiefes Mißtrauen gegenüber jedem, der erfolgreicher, einflußreicher und beliebter als alle anderen zu sein schien. Der Schrecken der Tyrannenherrschaft, vor zwei Jahrzehnten mit einem Blutbad beendet, steckte den Athenern noch tief in den Knochen.

Für Miltiades bedeutete der zurückhaltende Empfang keine Enttäuschung, er hatte ihn nicht anders erwartet. Schon damals, vor wenigen Wochen, als er an dieser Stelle die athenischen Bürger überredete, mit einem Hoplitenaufgebot nach Marathon auszurücken, schon damals hatte er nur eine hauchdünne Mehrheit für sich gewinnen können. Wie sollte er seine Mitbürger von diesem seinem neuen Vorhaben überzeugen?

Miltiades begann zaghaft: »Viele von euch, ihr Männer von Athen, haben mit eigenen Augen gesehen, daß Verräter der hellenischen Sache in den Reihen der Barbaren kämpften. Nicht nur, daß die Bewohner von Paros den heranstürmenden Barbaren bereitwillig ihre Stadttore öffneten, sie haben für die persische Flotte eine eigene Triere ausgerüstet – als ob *ein*

Schiff in einer Flotte von 600 Fahrzeugen dem Feind eine echte Verstärkung sein könnte.«

»Nieder mit den Pariern«, schrie ein erregter Athener, ein zweiter stimmte ein: »Paros soll brennen!«, und schließlich erwuchs ein wildes Geschrei, das Volk forderte Rache für die Kykladeninsel. Miltiades hatte dies nicht anders erwartet. Mit beschwichtigenden Armbewegungen versuchte er, das Volk zu beruhigen.

»Meint ihr nicht«, fuhr er fort, »wir handelten töricht, wenn wir Paros zerstörten, die Stadt in Brand setzten und mit befriedigten Rachegelüsten zurückkehrten? Die Insel ist reich, der kostbare Marmor ihrer leuchtenden Berge machte sie zur wohlhabendsten unter den Kykladen. Deshalb sollten wir, Männer von Athen, die Parier belagern und eine Buße von hundert Talenten fordern. Ich selbst werde mit eurer Zustimmung die Insel so lange besetzt halten, bis die Bewohner das Preßgeld gezahlt haben.«

Die gemurmelte Anerkennung einiger weniger wurde unterbrochen vom Zwischenruf eines forschen jungen Mannes namens Xanthippos, dem Sohn des Ariphron aus dem Demos Cholargos nordwestlich von Athen. »Wenn nur dich die Parier nicht belagern!« rief er laut und erntete großen Lacherfolg in der Volksversammlung. »Die Mauern ihrer Stadt sind hoch und unüberwindlich, und wenn ihnen die Barbaren nicht ihre Vorräte weggenommen haben, können die Parier getrost abwarten, bis die Belagerer abgezogen sind.«

»Gebt mir dreißig Schiffe!« rief Miltiades erregt, und sein weißer Bart zitterte, »sollte ich in vier Wochen nicht mit hundert Talenten zurückkommen, so sollt ihr mich an diesem Ort zur Rechenschaft ziehen.«

Xanthippos sprang auf, trat neben den Feldherrn auf das Podium und rief: »Es gilt, Miltiades! Solltest du in einem Monat dein Versprechen nicht erfüllt haben, so werden alle die Männer, die heute und hier deine Worte gehört haben, über dich richten!«

Darauf gab der Prytane das Zeichen zur Abstimmung. Mit ihren Täfelchen signalisierten die Athener breite Zustimmung für das Unternehmen. Miltiades verließ die Volksversammlung eiligen Schrittes.

Ein junger Mann, kraftstrotzend und untersetzt, die eng beieinanderliegenden Augen kritisch zusammenkneifend, hatte die Diskussion schweigend verfolgt: Themistokles. Jetzt erhob er sich und schlich mit auf die Brust gedrücktem Kinn auf das Rednerpodest. Er kannte den Weg, jede Stufe, jeden einzelnen Stein. Oft und oft war Themistokles diesen Weg schon gegangen, er hatte keine Diskussion von politischer Tragweite ausgelassen. Mit seiner Rede vermochte er das Volk in Bann zu ziehen, und er wußte es.

Auch diesmal begann er seine Rede, indem er irgendeinen Athener, der überhaupt keine Bedeutung im öffentlichen Leben hatte, aus der Menge herauspickte und ihn mit seinem Namen ansprach. »Männer, Bürger von Athen; hört mich an, was ich euch – ja, auch dir, Diphilides – zu sagen habe.«

Die Athener feixten; denn Diphilides, einem Pferdezüchter, ging der Ruf voraus, mit ungewöhnlichem Reichtum, aber auch ebensolcher Dummheit gesegnet zu sein. »Sag, Diphilides«, fuhr Themistokles fort, »glaubst du wirklich, daß der Barbarenkönig Dareios sich nach der Niederlage von Marathon geschlagen gibt? Glaubst du allen Ernstes, daß er es tatenlos hinnehmen wird, wenn seine Feldherrn Datis und Artaphernes ihm die Mitteilung machen, zehntausend Hellenen haben sechshunderttausend Barbaren in die Flucht geschlagen? O ihr Männer von Athen, wie hat dieser eine Sieg euer Auge geblendet! Habt ihr tatsächlich vergessen, wie die Achämeniden ganz Ionien überrannt haben? Habt ihr vergessen, wie sie den verzweifelten Aufstand der Ionier mit brutaler Gewalt niederwalzten? Habt ihr vergessen, wie sie Euböas Hauptstadt in wenigen Tagen dem Erdboden gleichmachten?«

Die Zuhörer in der Ekklesia ergriff kaltes Unbehagen. Sie merkten, dieser Themistokles sagte, was jeder insgeheim dachte, jedoch niemand auszusprechen wagte. Natürlich würden die Barbaren sich nicht geschlagen geben, natürlich würden sie wiederkommen, mit einem noch stärkeren, noch größeren Heer. Und *eine* Frage drängte sich auf, die Xanthippos schließlich lautstark formulierte: »Angenommen, Themistokles, du hast recht, und Dareios kehrt mit einem neu erstarkten Heer zurück und überschwemmt ganz Hellas mit der Pest unzähliger Barbaren, was soll uns da anderes bleiben, als unsere Tore zu öffnen und um Gnade zu flehen?«

Von den hohen Rängen des Felshügels schallten abfällige Rufe: »Verräter!« – »Schwächling!«

Themistokles hob den Arm: »Xanthippos, aus dir spricht Klugheit, weil du dich keinen Illusionen hingibst über die Verteidigung unserer Hauptstadt. Wenn die Perser erst einmal vor unseren Toren stehen, ist jeder Pfeil, jede Lanze vergeudet, die von einem athenischen Hopliten abgefeuert wird. Die Barbaren sind stärker, sie sind zahlreicher, sie sind uns weit überlegen. Dummheit aber spricht aus dir, weil du von vornherein davon ausgehst, daß Dareios vor unseren Toren steht. Warum willst du es überhaupt erst soweit kommen lassen?«

Nun schlug dem Redner begeisterte Zustimmung entgegen. Jeder einzelne fühlte sich angesprochen, aufgerichtet, den Barbaren entgegenzuziehen, ihnen ein zweites Marathon zu bereiten. Themistokles, welch ein Feldherr!

Bevor die Stimmung in eine laute Ovation für Themistokles

umschlug, erhob sich vom oberen Rang Aristides. Die Athener hatten auf diesen Auftritt nur gewartet; denn Aristides setzte sich stets für das Gegenteil dessen ein, was Themistokles vorschlug, und umgekehrt.

»Du hast klug gesprochen, Themistokles«, begann er freundlich lächelnd. »Athen ist keine Festung, die verteidigt werden kann. Unsere Mauern sind schwach und halten keinem Belagerungssturm stand. Zum Meer sind es mehr als 25 Stadien, und Phaleron ist schutzlos jeder feindlichen Flotte preisgegeben. Angriff ist also in der Tat unsere beste Verteidigung. Doch wie, so frage ich euch, ihr Männer von Athen, soll dieses unser Heer der sechzigfachen Übermacht der Barbaren die Stirn bieten? Unsere Flotte ist für die Perser doch nichts weiter als ein Spielzeug. Und deshalb fehlt der Rede des Themistokles jede Weitsicht. Aus ihr spricht, so meine ich, sogar der blanke Hohn.«

»Jawohl, der blanke Hohn!« schallte es aus der Menge. Und: »Themistokles macht sich über unsere eigene Schwäche lustig!« Oder: »Holt ihn herunter vom Podest, diesen Verräter!«

Themistokles ließ die Schmährufe scheinbar teilnahmslos über sich ergehen, er zeigte keine Regung und wartete geduldig, bis das Geschrei sich gelegt hatte; denn er wußte genau: Jetzt kam seine große Stunde. Viele Male hatte er sich diesen Schlachtplan zurechtgelegt, hatte ihn wieder verworfen und aufs neue aufgestellt. Waren die Götter auf seiner Seite, dann würde er Aristides nicht nur kaltstellen, er würde ihn ein für alle Mal zum Schweigen bringen.

Und so begann er mit gespielter Belanglosigkeit seine Rede: »Ihr Männer von Athen, ich weiß, ihr seid viel zu schlau, als daß ihr den unüberlegten Worten eines geifernden alten Mannes Glauben schenktet, die doch kein anderes Ziel verfolgen, als mich, den politischen Gegner, vor dem Volk herabzusetzen. Deshalb will ich auf seine Anschuldigungen auch gar nicht eingehen; denn mehr als alles andere liegt mir das Wohl des Staates am Herzen.«

Solche Worte hörten die Athener gerne; der Staat, die Polis, stand bei ihnen in allerhöchstem Ansehen. Einige Männer hatten Tränen in den Augen, als der Redner fortfuhr: »Ich, Themistokles aus dem Geschlecht der Lykomiden, habe beim Zeus und seiner eulenäugigen Tochter Athene den heiligen Eid geleistet, unsere Stadt und unser Land vor den Barbaren zu bewahren, und ich werde mein Leben geben, um das gesteckte Ziel zu erreichen.«

Beifall von den Rängen.

»Ihr habt soeben den Miltiades nach Paros gesandt, als gäbe es nichts Wichtigeres für uns zu tun. Glaubt mir, beim Zeus, die Barbaren werden wiederkommen, vielleicht in zwei, in fünf, in zehn Jahren; aber der Perserkönig wird versuchen, die Schmach zu tilgen, die wir ihm bei Marathon zugefügt haben. Laßt euch nicht dazu verleiten zu glauben, Dareios sei ein Dummkopf. Der Führer eines Millionenvolkes ist schlauer und von höherer Bildung als wir uns überhaupt vorstellen: Er wird eine neuerliche Schlacht nicht mehr in den Bergen unseres Landes suchen, wo sich die gewaltige Streitmacht der Barbaren kaum entfalten kann. Dareios wird uns von der See her angreifen. Und um diesen Angriff abzuwehren, brauchen wir eine schlagkräftige Flotte!«

»Gut gesprochen, Themistokles!« rief der vorwitzige Xanthippos dazwischen, »nur – wer soll das bezahlen? Wir haben zuwenig Reiche, die ein Kriegsschiff ausstatten!«

Themistokles erwiderte: »Ganz recht, Xanthippos. Wir brauchen eine neue Einnahmequelle. Und ich, Themistokles, Sohn des Neokles, sage euch: Wir haben diese neue Einnahmequelle bereits gefunden. Ja, ihr Bürger von Athen, wir sind reich, ohne es zu wissen. Die Barbarensklaven, die in den Silberbergwerken von Laurion ihren Dienst tun, haben ein Vorkommen von unschätzbarem Wert entdeckt. Erst haben sie geschwiegen, dann haben sie mir ihre Entdeckung verraten – aber unter *einer* Bedingung: Wir müssen ihnen die Freiheit geben und ein Schiff stellen.«

In der Ekklesia, die dem Redner bisher in atemloser Stille gelauscht hatte, begann nun ein wildes Geschrei. Die einen meinten, Sklaven seien Sklaven und hätten keine Bedingungen zu stellen. Andere argumentierten lautstark, was bedeuteten schon hundert sprachunkundige Barbarensklaven. Wieder andere befürchteten, die Barbaren könnten nach Persien zurückkehren und dort dem Großkönig Geheimnisse verraten, die sie hier entdeckt hätten. Und Diphilides erwiderte schließlich, man könne die Barbaren ruhig ziehen lassen; denn wenn der Silberfund von Laurion wirklich so wertvoll sei, so könne man von dem Erlös auch noch hundert neue Sklaven kaufen, Leute, die ihre Sprache sprächen. Dies fand allgemeine Zustimmung.

Doch dann fragte Diphilides, der Pferdezüchter: »Sage uns, Themistokles, welchen Wert hat eigentlich dieser Silberfund von Laurion?«

»Man schätzt ihn auf fünfhundert bis tausend Talente«, antwortete Themistokles und rief damit ein tausendfaches »Ah« und »Oh« hervor, und er meinte weiter: »Ich weiß, das ist sehr viel Geld, und es gehört uns allen, jedem von euch stünden wohl tausend Drachmen aus dem Erlös zu, genug, um die Ausgaben eines Jahres zu bestreiten. Doch ich frage euch: Geht es euch schlecht? Seid ihr auf die Summe angewiesen? Bedenkt doch, hätten die Barbaren uns den Fund verschwiegen, weil sie auf die Rückkehr des persischen Heeres warteten, dann müßten wir ohne diesen plötzlichen Reichtum leben, und keiner würde sich beklagen. Deshalb meine ich, ein jeder sollte auf seinen Anteil verzichten, und wir sollten den Silberschatz dazu verwenden, unsere Stadt, unser Land und unsere Freiheit zu verteidigen. Wir sollten eine Flotte bauen und einen befestigten Hafen. Und dann, ihr Männer von Athen, dann sollen sie kommen, die Barbaren!«

Beifall brauste auf, Jubelgeschrei, ein jeder sah sich schon als künftigen Sieger über die Perser. So leicht waren die Athener zu begeistern, so leicht waren sie zu beeinflussen, so leicht umzustimmen.

Als Megara die Tür zu Daphnes Kammer öffnete, zeichnete die Morgensonne einen gleißenden Lichtstrahl schräg durch den Raum. Daphne lag in Fieberträumen auf dem Bett, ihr Körper bäumte sich auf, sie knirschte mit den Zähnen und stieß scheinbar unzusammenhängende Wortfetzen aus.

Megara preßte beide Hände auf den bebenden zierlichen Körper und rief vorsichtig: »Daphne, Daphne, wach auf!« Es machte Mühe, die heftigen Bewegungen des Mädchens niederzustemmen. Da rief Daphne plötzlich laut: »Nein, nicht den Pfeil!«

»So beruhige dich doch!« erwiderte Megara und sie sah ihr mit Schweißperlen bedecktes Gesicht, »komm zu dir, erwache aus deinen Träumen!« Aber Daphne begann, wie von Sinnen um sich zu schlagen. »Nicht diesen furchtbaren Pfeil!« rief sie flehentlich, und Megaras Stimme wurde lauter, drohend: »Daphne!« – sie klopfte die Wangen des Mädchens mit der flachen Hand – »Daphne, wach auf!« Die aber versuchte sich aufzurichten, rief, auf die Ellenbogen gestützt, mit gellender Stimme: »Ich habe den Barbarenschatz nicht gesehen, Priester! Schone mich vor deinem Pfeil!« Sie öffnete die Augen und rang nach Luft.

Megaras Stimme wirkte beruhigend auf das Mädchen, das sich ermattet in die Polster des Bettes sinken ließ. »Sei ganz ruhig. Morpheus, der Sohn des Schlafes, hat dich mit bösen Träumen verfolgt. Versuche, sie zu vergessen.«

Daphne ergriff Megaras Hand: »Noch nie im Leben hatte ich einen so furchtbaren Traum. Wie könnte ich dies vergessen!«

»Das ist nur zu verständlich«, meinte Megara, »zuviel ist in letzter Zeit auf dich eingestürzt. Die Entführung durch die Barbaren, deine mutige Flucht, der furchtbare Mord an Melissa und dann die eleusischen Mysterien ...«

»Megara« – Daphne klammerte sich wie eine Ertrinkende an den Arm der Freundin – »Megara, ich trage ein furchtbares Geheimnis mit mir herum; doch der heilige Eid von Eleusis verbietet mir, darüber zu sprechen.«

»Du nanntest in deinen Träumen einen Priester. Gewiß hat dich das unheimliche Geschehen von Eleusis bedrückt. Das ging mir nicht anders. Aber sei dir bewußt, du wirst dich in deinem Leben noch manchem Manne hingeben, der nicht deinem Ideal entspricht. Das ist nun einmal das Los einer Hetäre: Sie öffnet die Schenkel, denkt an die schaumgeborene Aphrodite und lächelt ...«

»Der Priester«, begann Daphne zaghaft.

»Ich weiß, was du sagen willst«, unterbrach Megara, »die Mysterien von Eleusis sind eine fragwürdige Zeremonie zu Ehren Demeters. Ich glaube eher, sie entspringen der abartigen Phantasie jener geilen Priesterschaft.«

»Das ist es nicht allein, was mir den Schlaf raubt«, erwiderte Daphne. »Im Traum erschien mir der eleusische Priester, dem ich mich bei den Mysterien hingab. Ich mußte ihm wieder zu Willen sein. Doch diesmal hatte er keinen Olisbos, sondern er versuchte, einen persischen Pfeil auf mich abzuschießen. Wie sehr ich mich auch drehte und wendete, es gelang mir nicht, meine Beine zu schließen. Der Priester spannte den Bogen und zielte – da warf sich Melissa dazwischen, und der Pfeil traf sie in den Rücken.«

Megara schien betroffen. »Ein denkwürdiger Traum«, sagte sie nach einer Weile.

»Lehren nicht die athenischen Philosophen«, begann Daphne, »daß die Erkenntnisse unserer Träume von höherem Wahrheitsgehalt sind?«

»Gewiß, und manche Traumdeuter leben davon.«

Daphne erhob sich: »Ich brauche keinen Traumdeuter, um den Wahrheitsgehalt dieses Traumes zu begreifen. Und damit wird der rätselhafte Tod Melissas erklärbar.«

»Du meinst, der tödliche Pfeil galt gar nicht Melissa, er galt dir?«

»Ja«, antwortete Daphne ruhig, »dieser Pfeil galt mir.«

Megara lächelte: »Aber mein Kind, wer in ganz Attika sollte Interesse haben, dich zu töten – noch dazu auf dem Schlachtfeld?«

»Der Priester von Eleusis.« Daphne sah Megara fest an und ihre Augen flehten, jetzt nicht aufzuspringen, zu lachen und zu sagen: »Mein Kind, deine Sinne sind getrübt, besinne dich eines Besseren, aber rede nicht solchen Unfug.« Megara sagte nichts, sie wartete auf eine Erklärung.

»Ich sah den Priester in Eleusis nicht zum erstenmal«, fuhr Daphne fort, »damals, in Marathon, als ich des Nachts hilflos herumirrte, beobachtete ich im fahlen Licht des Mondes zwei Männer. Der eine war ein Barbar; er führte den anderen, einen Griechen, zu einem Versteck, in dem die Perser ihre Kriegsschätze vergraben hatten. Doch kaum hatte jener ihm die Stelle gezeigt, da erstach er ihn hinterrücks. Ich wollte fliehen, aber ich stand wie angewurzelt da, unfähig, mich zu bewegen.

Da bemerkte mich der Hellene. Er wußte nicht, ob ich ihn bei seinem sträflichen Tun beobachtet, ob ich das Versteck gesehen hatte. Jedenfalls versuchte er, auch mich zu töten. Ich entging seinem Schwert nur dadurch, daß er über einen Bogen stolperte. Er stürzte mit der Fackel in der Hand, das Gras fing Feuer, und die Ebene brannte lichterloh. So konnte ich fliehen. Ich dachte, der Priester sei in den Flammen umgekommen, doch dann muß er wohl um unser Zelt geschlichen sein. Er belauschte mein Gespräch mit Melissa, und dann schoß er, aber er traf nicht mich, sondern sie.«

»Und diesem Mann bist du in Eleusis begegnet ...«

»Schlimmer noch. Ich diente ihm als lustspendende Kore.«

Megara schlug die Hände vors Gesicht und sagte: »Bei allen Göttern Griechenlands, welch ein unergründliches Geschick! Und du bist ganz sicher, daß es dieser Priester war?«

»So wahr ich Daphne bin, die Tochter des Artemidos aus Mytilene. Sein Gesicht war von Brandmalen gezeichnet.«

»Und hat *er* dich erkannt?«

Daphne hob die Schultern: »Bei seinem Anblick schwanden mir die Sinne.«

Wie zum Trost strich Megara über Daphnes blonde Locken: »Was dir die Götter schon in jungen Jahren als Schicksal ausersehen haben, wird anderen im ganzen Leben nicht zuteil. Der junge Aischylos, den du gewiß nicht selten hier gesehen hast, und der bisweilen schöne Worte findet, sagte einmal: Die vor dem Schicksal niederknien, sind weise ...«

Daphne nickte.

Eine Sklavin steckte den Kopf zur Tür herein und verkündete, das Bad sei angerichtet, und Megara ermahnte das Mädchen, keine Zeit zu verlieren, sie sollten noch vor Mittag im Atelier des Glaukias erscheinen.

Der Erzgießer Glaukias galt als Genie. Seine Skulpturen aus

Bronze strahlten so viel Lebensechtheit aus, daß das Gerücht die Runde machte, Glaukias, der stets streng nach Vorbild arbeitete, überziehe seine Modelle bei lebendigem Leib mit dem schimmernden Metall.

Bisher hatte Glaukias, der von der Insel Ägina stammte, nur männliche Figuren in Erz gegossen. Der Grund dafür lag zum einen darin, daß der sensible Künstler Männer viel lieber mochte als Frauen, mit denen er wenig anzufangen wußte, zum anderen aber auch darin, daß seine Auftraggeber meist reiche junge Männer waren, die bei den olympischen Spielen den Lorbeer errungen hatten. Zum Dank stifteten diese Olympioniken eine erzene Skulptur, die sie in Siegerpose zeigte, an irgendein Heiligtum, vor dem sie ein Gelöbnis abgelegt hatten.

Nun aber sollte Glaukias eine Bronzefigur der Aphrodite schaffen, ein kostbares Weihegeschenk nach Delphi, und für Glaukias stand von vornherein fest, daß die Schaumgeborene von der Insel Zypern nicht so aussehen durfte wie ein Götterbild aus parischem Marmor. Glaukias sah in der Göttin der Liebe eher ein knabenhaftes, denn ein mütterliches Wesen, und so hatte er die sieben Koren der Mysterien von Eleusis in sein Atelier nahe dem Töpfermarkt bestellt, um unter ihnen das ideale Modell auszuwählen.

Der leicht dickliche Künstler trug einen kostbaren phönizischen Chiton mit purpurnem Saum und an den Armen goldene Spangen. Sein Haar war kurzgeschoren wie das eines Sklaven, aber nicht aus Eitelkeit oder Geltungsbedürfnis, sondern weil er dadurch die gelichteten Stellen seines Haupthaares kaschieren zu können glaubte. Glaukias empfing jedes Mädchen einzeln, tänzelte mit angewinkelten Armen um es herum, legte, während er es sorgfältig von Kopf bis Fuß musterte, den Zeigefinger an den Mund und sagte jedesmal dasselbe: »Sehr, sehr schön, mein Kind!«

Als Daphne an die Reihe kam, schien Glaukias bereits lustlos. Eine Kore sah aus wie die andere. Eine jede hätte ein gleich gutes oder gleich schlechtes Aphrodite-Modell abgegeben. So versprach er sich auch von der letzten nicht mehr. Daphne zog den Peplos, wie ihr geheißen, über den Kopf, so daß sie nackt vor dem Künstler stand. Doch dabei riß sie eine kleine Spange aus ihrem Haar. Diese fiel zu Boden, und das Mädchen bückte sich, um sie aufzuheben.

»Halt!« rief da Glaukias in höchster Verzückung, »keine Bewegung, bleib wie du bist!«

Daphne, die nicht wußte, wie ihr geschah, wagte nicht, sich zu rühren. Sie kauerte auf ihrer rechten Ferse, das linke Bein war steil angewinkelt, der Oberkörper seitlich, beinahe parallel zu den Beinen, gedreht.

»Jetzt hebe deine Arme und löse dein Haar!« bat Glaukias.

Daphne tat, was er sagte, öffnete ihre zusammengebundenen, enggedrehten Locken, und Glaukias jubilierte: »Ja, du bist Aphrodite, die Schaumgeborene! So entstieg sie dem zyprischen Meer und trocknete ihr goldenes Haar. So werde ich dich aus Erz gießen. Ich werde dich unsterblich machen!«

Themistokles glänzte am ganzen Körper gleich einer Statue aus poliertem Marmor. Er war nackt wie alle Männer, die sich im Gymnasion aufhielten. Den Penis hatte er, genau wie sein Gegner, mit einer Schnur umwickelt und an den Bauch gebunden. So schritt er zum Ringkampf.

Das Gymnasion Kynosarges außerhalb der athenischen Stadtmauer an der Straße nach Phaleron war eigentlich eine Übungsstätte zweiter Klasse. Es stand den Männern offen, die zu jenem im Zentrum der Stadt, südlich des Marktplatzes, keinen Zutritt hatten, weil sie keine Vollbürger waren. Themistokles hatte, trotz hohen Ansehens, keine athenische Mutter vorzuweisen, und so mußte er sich zur körperlichen Ertüchtigung mit dem Vorstadt-Gymnasion zufriedengeben. Sein Gegner, Xanthippos, größer als er, aber nicht so kräftig, dafür sportlich durchtrainiert wie ein Pankrator in Olympia, trainierte mit Vorliebe in diesem Gymnasion, weil hier der bessere Sport getrieben wurde.

Der durchdringende Klang des Schwertes, vom Ringrichter gegen einen ehernen Schild geschlagen, rief die beiden in die Mitte des Kampfplatzes, einem Geviert, zwanzig Schritte in jeder Richtung, mit weißem Steinboden. Geduckt und mit gespreizten Fingern lauerte Xanthippos Themistokles auf, dessen Augen unruhig hin- und hergingen. Xanthippos schlich vorsichtig um den Gegner herum und suchte die Angriffsfläche, die Schwachstelle des anderen. Das sah alles sehr ernsthaft aus, wenngleich es sich um ein freundschaftliches Kräftemessen der beiden handelte; aber Ringkampf-Gegner wie Themistokles und Xanthippos standen im öffentlichen Interesse, Sieg oder Niederlage wurden tagelang beredet. Mindestens hundert Zuschauer gafften gespannt.

Sie hatten einen Angriff des Xanthippos erwartet; denn er war der Wendigere von beiden, aber noch ehe der sich versah, schnellte der wuchtige Themistokles auf den Gegner zu, umfaßte mit eisernem Griff seinen Oberkörper, hob Xanthippos in die Luft und wuchtete ihn mit einer Drehbewegung zu Boden. Der erhoffte Schulterschlag blieb jedoch aus. Zu schnell hatte sich der Gegner im Fallen zur Seite gedreht und die Unterschenkel des Themistokles umklammert, so daß dieser selbst zu Sturz kam. Jetzt wälzten sich beide aufeinander, keuchend, mit schmerzverzerrten Gesichtern. Die Zuschauer feuerten die Ringkämpfer mit lauten Rufen, mit Händeklatschen und Fußgetrampel an – immer den Schwächeren, der zu verlieren drohte.

Da stieß Themistokles einen Schmerzensschrei aus. Xanthippos hatte den linken Arm seines Gegners zu fassen bekommen und flink nach rückwärts gedreht. Themistokles bäumte sich auf, ließ sich wehrlos beide Schultern auf den harten Boden drücken und gab sich bereitwillig geschlagen. Die Zuschauer klatschten.

Gemeinsam gingen sie zu dem kleinen Herakles-Heiligtum an der entgegengesetzten Seite des Gymnasions. Vor dem Eingang auf einem kleinen Podest glühte ein Kohlenfeuer. Themistokles und Xanthippos streuten aus einer Schale ein paar Körner Weihrauch auf die Glut, neigten die Köpfe, und damit war der Kampf beendet.

Sikinnos trat seinem Herrn mit einem Handtuch entgegen und tupfte den Schweiß von seinem Körper. »Phrynichos ist aus Delphi zurück«, sagte er leise, damit es niemand hören konnte, »er wartet im Schwitzbad.« Themistokles nickte, ohne etwas zu erwidern und wandte sich mit Sikinnos der Badehalle zu. Die Niederlage gegen Xanthippos wurmte ihn.

Als er sah, daß der Sklave am Eingang zurückbleiben wollte, sagte Themistokles: »Komm mit mir, Sikinnos, bei uns begleiten die Sklaven den Herrn auch in das Badehaus. Wir sind doch keine Barbaren!« Der Sklave legte sein Gewand ab, und die beiden gingen hinein.

Im vorderen Teil der Halle, deren Wände marmorne Sitzflächen einrahmten, lag ein Schwimmbecken. Doch diente es weniger dieser Fortbewegungsart, vielmehr trieb ein gutes Dutzend zum Teil fettleibiger Männer neckische Spiele mit ein paar schönen Knaben.

»Chaire, Themistokles!« grüßte Phrynichos den Freund.

»Du bringst gute Nachricht?« erkundigte Themistokles sich vorsichtig.

Phrynichos hob die Schultern und reichte ihm ein handtellergroßes Täfelchen, auf dem mit einem Griffel zwei Schriftzeilen eingeritzt waren. Themistokles las stockend:

»Wehe der eleusinischen Fackel! Bei Mondschein
Wirst du ergründen den Tod in den Sümpfen von Marathon.«

Themistokles sah Phrynichos an, aber er blickte durch ihn hindurch, und versuchte mit in Falten gelegter Stirn einen Reim auf die Verse der Pythia zu finden. Was, beim Zeus, hatte es mit der Fackel, was mit Eleusis für eine Bewandtnis?

»Ein guter Spruch des Orakels, fürwahr«, meinte er schließlich, »nur schwierig zu deuten. Du, Phrynichos, Freund, kennst ihn schon länger und hast gewiß darüber nachgedacht. Wo liegt die Lösung?«

Während sie sich auf den Steinstufen des Schwitzbades niederließen, Phrynichos sich seiner Kleidung entledigte und sie dem Sikinnos reichte, sagte der Poet: »Auch ich meine, daß Pythia mir einen guten Spruch zuteil werden ließ. Für mich steht fest: Dies sind keine Verse der Verlegenheit, das Orakel weiß mehr. Mir scheint, es kennt Melissas Mörder tatsächlich.«

»Erstaunlich«, sinnierte Themistokles vor sich hin, »wir, die Betroffenen, wissen weniger als die ferne Jungfrau auf den steilen Hängen des Parnaß. Ich stand den delphischen Sprüchen seit jeher skeptisch gegenüber, doch diese Antwort stimmt mich nachdenklich. Woher, so frage ich, bezieht die Pythia ihre Kenntnis? Ist es wirklich Phoibos Apollon, der aus ihrem Munde spricht? Sind es die Priester, die überall im Land ihre Späher haben?«

»Das eine schließt das andere nicht aus!« warf Phrynichos in die Debatte, »und auch ich gestehe freimütig, daß ich dem Orakel eher mißtraut habe. Doch dann sah ich die Schatzhäuser der verschiedenen Staaten, ich sah die Dank- und Weihegeschenke, die aus aller Welt dort abgegeben werden, seither versuche ich, den Glauben an das Orakel wiederzufinden.«

Themistokles überflog zum wiederholten Male die Zeilen auf dem Täfelchen. »In der Nacht nach der Schlacht herrschte Vollmond«, sagte er geistesabwesend, und als Sikinnos hinzutrat, erkundigte er sich nach dem derzeitigen Stand des Mondes. Sikinnos, gebildet und klug und vor allem in der Astronomie sehr bewandert, antwortete, ohne nachzudenken: »Heute ist Vollmond, Herr.«

»Dann laßt uns keine Zeit verlieren«, meinte Themistokles, »wir reiten nach Marathon, um zu sehen, ob der Spruch der Pythia sich erfüllt. Ihr begleitet mich doch?«

Der Herold trug ein langes rotes Gewand und in der Hand einen mannshohen goldenen Stab. Eingerahmt von vier Hopliten in glänzender Lederuniform und helmbewehrt, fellbespannte Trommeln schlagend, schritt er in würdiger Haltung auf den hohen Altar des Zeus Agoraios zu, wo die Archonten ihren Amtseid ablegten, erklomm die oberste Stufe und stieß den Stab dreimal auf den blankpolierten Stein. Aus den Hallen, Tempeln und Amtsgebäuden des Marktplatzes strömten die Menschen, würdige Beamte, Philosophen mit ihren Schülern, Händler ließen ihre Stände im Stich, Bettler humpelten auf Krücken herbei, Kinder drängten nach vorne, um das Ereignis aus allernächster Nähe zu erfahren. Zwei Beamte bahnten dem weißgekleideten Archon, der während seiner Amtszeit kein Stück Metall berühren durfte, eine Gasse vom Buleuterion zum gegenüberliegenden Altar.

Jetzt erhob der Herold seine Stimme, und das wilde Geschrei erlosch im selben Augenblick: »Ihr freien Bürger von

Athen und Attika, hört mich an. Nach dem heiligen Willen des olympischen Zeus, der im Kampf seinen Vater Kronos besiegte, laden die Bürger von Olympia alle freien griechischen Bürger, die sich keiner verbrecherischen oder gotteslästerlichen Handlung schuldig gemacht haben, zur Feier der Spiele der 73. Olympiade in den heiligen Hain von Olympia. Ausgeschlossen sind Sklaven, Barbaren und verheiratete Frauen.

Die Wettkämpfe im Stadion von Olympia umfassen folgende Disziplinen: Wettlauf über *ein* Stadion, Doppellauf, Dauerlauf, Fünfkampf, Ringkampf, Wagenrennen, Allkampf sowie die Reiterspiele. Wer sich daran beteiligt, hat den Hellanodiken den Nachweis zu erbringen, daß er ein freier griechischer Bürger ist, er hat seinen Namen öffentlich bekanntzumachen und die Spielregeln einzuhalten.

Mit dem heutigen Tag tritt bis zum Ende der Spiele der 73. Olympiade der heilige Friede des Zeus in Kraft. Kämpfende Parteien sind zu sofortiger Waffenruhe aufgefordert. Neue Kriege dürfen nicht begonnen werden.

Im Namen des olympischen Zeus, es sei.«

»Es sei!« schallte es begeistert aus Tausenden von Kehlen.

Daphne und Megara hatten die Verkündigung von der Freitreppe des Gymnasions verfolgt. Hier, wo die wohlhabenden und einflußreichen Athener ein- und ausgingen, wurden die beiden Hetären stumm, aber mit tiefen Bücklingen und freundlichem Lächeln gegrüßt. Sie fielen nicht nur wegen ihrer ausnehmenden Schönheit und der Purpurstreifen auf, die ihre langen fließenden Gewänder säumten, allein die Tatsache, daß sie sich ohne männliche Begleitung auf der Agora zeigten, machte sie zur Ausnahmeerscheinung.

»Wir müssen ganz schnell hier verschwinden«, tuschelte Megara der Freundin zu, »sonst kommen wir noch in den Geruch billiger Hafenhuren und wohlfeiler Lohnarbeiterinnen der bettfrohen Aphrodite. Die lauern für gewöhnlich hier vor dem Gymnasion auf ihre Kundschaft.«

Ungeachtet der wohlwollenden Blicke von allen Seiten, drängten sich die beiden Frauen zum Weg der Panathenäen, der, gesäumt von dunklen Zypressen, an der Akropolis vorbei stadtauswärts führte. »Merke dir eines«, sagte Megara und hob mahnend den Finger, »eine Hetäre läßt sich nie auf offener Straße ansprechen. Das ist unter unserer Würde. Färbe dein Gesicht mit Bleiweiß, umrahme die Augen mit schwarzem Schiefer wie eine Ägypterin, flechte den langen Schweif eines Pferdes in dein Haar, schnüre die Taille und binde die Brüste hoch wie eine Kreterin, und zeige dich mit schamhaftem Lächeln auf der Agora, aber erwidere nie ein Wort der Anerkennung, das man dir zuwirft! Wer deine Gunst gewinnen will, bedarf der Fürsprache eines Freundes. Er wird dir die Vorteile seines Günstlings schildern, er wird dir großzügige Geschenke machen, er wird Boten schicken und Briefe schreiben, und wenn er dir dann noch immer nicht zusagt, forderst du einen Preis, der sein Leistungsvermögen bei weitem übersteigt.«

Daphne lachte: »Zu Hause, auf der Schule von Lesbos, lehrte man mich den Satz: Reiche jedem Mann den kleinen Finger, aber entziehe ihn jedem, der im Begriffe ist, die ganze Hand zu ergreifen.«

»Aus deinen Worten spricht die göttliche Sappho. Es ist die Wahrheit: Hat ein Grieche erst von einer Frau Besitz ergriffen, so ist sie nichts mehr wert; als Hüterin des Hauses gerade gut genug, die Sklavinnen zu beaufsichtigen, als Mutter, für den rechten Nachwuchs zu sorgen. Eine Frau tut mit der Ehe den ersten Schritt ins Grab. Ein Mann hingegen hat sein häusliches Auskommen, für seine geheimen Wünsche bezahlt er eine Hure, verfügt er über Rang und Namen, hält er sich eine Hetäre und opfert an den Altären des Priapos, damit sie ihm zu Willen sein möge.«

Während Megara und Daphne dem Hetärenhaus zustrebten, merkten sie nicht, daß sie verfolgt wurden. Der Unbekannte drückte sich in Hauseingänge, wenn die beiden stehenblieben, und hielt sich stets in gebührendem Abstand, um nicht erkannt zu werden. Als Megara und Daphne in dem vornehmen Haus verschwanden, bezog er Posten auf der gegenüberliegenden Straßenseite.

Es schien, als schleuderte Zeus alle Blitze herab, die er den lauen, ruhigen Frühling über zurückgehalten hatte. Dunkle wasserschwangere Wolken hingen über den Hügeln und gossen das wochenlang aufgesparte Naß über den drei Reitern aus, die in Richtung Marathon hetzten.

»Sollten wir nicht lieber haltmachen?« Phrynichos versuchte, gegen das nicht enden wollende Donnergrollen anzubrüllen.

Themistokles, der Vorreiter, wandte sich um, verstand den Ruf seines Freundes aber nicht und bedeutete: »Weiter! Weiter!«

Die Pferde trieften vor Nässe, sie schnaubten unwillig durch die geblähten Nüstern, und jedesmal, wenn ein feuriger Blitz die trostlose Dämmerung zerriß, zuckten sie im Laufen ängstlich zusammen, legten die Ohren an und schlugen die Hinterbeine bedrohlich in die Luft.

Themistokles hielt den Gaul am harten Zügel, jagte ihn durch einen aufgeweichten Hohlweg, daß Pferd und Reiter jeden Augenblick auszugleiten drohten, und brachte das Tier schließlich auf einer baumbewachsenen Anhöhe zum Stehen. Phrynichos und Sikinnos folgten mit Mühe. Der Feldherr kannte jede Geländewelle in dieser Gegend, er wußte, daß man von hier einen freien Blick über die Ebene von Marathon bis hin zu den Sümpfen haben würde; aber der wolkenverhangene Himmel nahm jede Sicht.

»Sollten wir nicht lieber kehrtmachen?« wiederholte Phrynichos außer Atem und wischte sich mit dem Ärmel über das tropfnasse Gesicht. Doch Themistokles zeigte in die Richtung, in der die Ebene lag: »Es ist nicht mehr weit. Wir müssen zu den Sümpfen, sonst war der lange Ritt umsonst.«

»Aber es ist stockfinstere Nacht, bis wir da unten sind«, gab Phrynichos zu bedenken. Themistokles hörte es nicht. Er gab seinem Gaul die Sporen und preschte die Anhöhe hinab, daß ihm die Zweige der Olivenbäume ins Gesicht schlugen. In seinem Schädel hämmerten die Verse der Pythia:

»Wehe der eleusinischen Fackel! Bei Mondschein
Wirst du ergründen den Tod in den Sümpfen von
Marathon.«

Beim olympischen Zeus, wie sollte er hier in diesem Unwetter den Mörder Melissas finden? Wo sollte er überhaupt suchen? Die Ebene war viele Stadien lang! Würde der geheimnisvolle Bogenschütze plötzlich vor ihm stehen und seine ruchlose Tat gestehen? In seiner Ratlosigkeit strebte Themistokles dem Grabhügel der 192 Athener zu, die bei der Schlacht gefallen waren. Zehn Marmorsäulen trugen, nach Stämmen geordnet, die Namen der Gefallenen.

Da zerriß ein Blitz den verregneten Himmel, und der Totenhügel löste sich aus dem Dunkel der Ebene gespenstisch wie eine verlassene Festung. Auf der Spitze erkannte Themistokles die mahnenden Säulen, und einen Augenblick glaubte er, eine tanzende Gestalt zwischen den Säulen zu erkennen. Doch dann schlug er sich derlei Gedanken aus dem Kopf. In diesem tobenden Unwetter nahmen Felsen und Bäume schnell die Gestalt eines Menschen an und lösten sich in Nichts auf, sobald der Lichtblitz verlosch.

Von Osten her drang jetzt das Brüllen der Brandung durch den peitschenden Regen, das Meer sah man nicht. Themistokles ritt verhalten, er ließ den Grabhügel links liegen und hielt verzweifelt nach dem Bach Ausschau, der die Ebene in der Mitte teilte. Jeder Blitz, jedes Leuchten vom Himmel verschaffte ihm Sicht für einen Steinwurf, Phrynichos und Sikinnos folgten nun dicht. Die beiden fühlten, daß Themistokles besessen war von dem rätselhaften Orakel, daß er eher bereit war, sein Leben zu opfern als unverrichteter Dinge umzukehren. Phrynichos, der seinen Freund seit Jugend her kannte, schwieg. Er wußte, in dieser Situation war es zwecklos zu versuchen, ihn umzustimmen. Sikinnos wagte nicht, zur Umkehr zu mahnen. Als Sklave war er seinem Herrn zu bedingungslosem Gehorsam verpflichtet.

Themistokles blieb stehen. Er lauschte. Das Rauschen kam jetzt von vorne. Hatte er die Richtung verfehlt? Oder hörte er das Rauschen des Baches? Für gewöhnlich setzte er mit einem weiten Sprung über das Rinnsal, und er mußte auch jetzt hinüber, wollte er das Sumpfgebiet, das die Pythia genannt hatte, erreichen. Da erhellte ein nächtlicher Blitz die Ebene, und er erkannte, daß ihn nur wenige Schritte vom Bach trennten; aber dieses Rinnsal hatte sich in einen reißenden Strom verwandelt, dessen anderes Ufer überhaupt nicht zu erkennen war.

Im nächsten Augenblick folgte der Donner. Er polterte vom Meer her über das triefende Land, krachte gegen die Hügelkette im Westen und wurde mit einem Knall, der den Boden zum Zittern brachte, in die Ebene zurückgeworfen. Das Pferd des Sklaven zuckte zusammen, stieß sich kurz mit den Hinterbeinen ab und preschte mit seinem hilflosen Reiter auf den reißenden Fluß zu.

»Siiikinnos!« brüllte Themistokles in die tosende, rauschende, gurgelnde Dunkelheit. Er sprang vom Pferd, watete im Schlamm nach vorne und lauschte.

»Hierher!« kam es von dort drüben. Themistokles hastete ein paar Schritte flußabwärts: Dort!

»Hierher!« Er zögerte nicht, watete immer tiefer in das reißende Wasser. »Olympischer Zeus!« schoß es durch sein Gehirn, »*jetzt* schicke einen Blitz, der mich sehen macht!« Und als hätte der Blitzeschleuderer sein Flehen vernommen, fuhr ein zuckender Strahl aus den Wolken und tauchte die gefräßigen braunen Strudel für Sekundenbruchteile in gleißendes Licht, das in Themistokles Kopf jedoch lange nachleuchtete. Er hatte Sikinnos, im Wasser treibend, entdeckt, kämpfte sich rufend zu ihm vor und streckte beide Arme tastend in die Dunkelheit: »Sikinnos! Sikinnos!«

»Hierher!« kam die hilflose Antwort, die nun lauter wurde. Themistokles spürte, daß er nur noch ein paar Schritte entfernt sein konnte, tastete, griff in das strudelnde Wasser und bekam auf einmal einen Fetzen zu fassen. Er griff nach und packte einen Arm. »Sikinnos!« Der Sklave klammerte sich an Themistokles. Der zog ihn, watend, hinter sich her und rief »Phrynichos«, erhielt als Antwort »Hier!« und ging dem Rufen nach. Als das Ufer anstieg und das Wasser nur noch bis zu den Knien reichte, wußte er, sie hatten es geschafft.

»Das Pferd, das Pferd!« stammelte Sikinnos wie geistesabwesend.

»Was ist ein Pferd gegen dein Leben!« rief Themistokles und stieß den Erschöpften vor sich her. Phrynichos kam ihnen entgegen und gemeinsam stützend führten sie den Sklaven zurück zu den Pferden. »Kümmere du dich um Sikinnos, ich nehme die Tiere!« Themistokles deutete auf eine Gruppe Pinien, die wie ein ausladender Schirmpilz nahe dem Totenhügel auszumachen war: »Dort werden wir Unterstand finden.«

Er band die Tiere fest. Das dichte Geäst bot ein wenig Schutz vor den Sturzbächen, die noch immer vom Himmel fielen. Am Fuße des Stammes ließen sich die drei nieder. Aneinandergelehnt starrten sie in die Dunkelheit, in die Richtung, in der der Totenhügel lag. Bei jedem Blitz hob er sich vor ihnen wuchtig aus der Landschaft, und die Gedenksäulen flackerten drohend wie pechglänzende Fackeln.

Da – im kurzen Aufflammen eines Blitzes sah Themistokles einen Mann, der sich ängstlich an eine der Säulen klammerte. Nein, er wagte es nicht, die Begleiter darauf aufmerksam zu machen. Gewiß versagten in dieser aufwühlenden Situation seine Sinne. Er wollte die Augen schließen, den Kopf zwischen die angewinkelten Knie stecken, nichts sehen, nichts hören, bis das Unwetter vorbei war; aber er brachte es einfach nicht fertig. Er schämte sich vor den anderen, er, der erfolgreiche Feldherr. Und so starrte er in das feindselige Dunkel, riß die Augen weit auf, um irgend etwas zu erkennen und wartete – vergeblich.

Der Regen ließ nach, das Grollen des Donners verflüchtigte sich hinter der Hügelkette, die Pferde scharrten unruhig, noch immer wagte keiner, ein Wort zu sprechen. Da stieß ein Blitz wie ein glühendes Schwert auf den dunklen Grabhügel herab, fuhr berstend in eine der aufragenden Säulen, und noch ehe der Donner das krachende Echo von sich gab, hörte man einen furchtbaren, erstickenden Schrei.

Themistokles sprang auf. »Habt ihr das gehört?« Phrynichos und Sikinnos bejahten. »Kommt!« rief Themistokles und rannte auf den Totenhügel zu. Das Erdreich war weich und glitschig, und die Männer mußten auf allen vieren den Hügel erklimmen. Oben angelangt, blieben sie wie angewurzelt stehen: Vor ihnen lag, von der Wucht des Blitzes zu Boden geschmettert, die zerschundene Gestalt eines schwarzgekleideten Mannes.

Was in aller Welt hatte diesen Menschen in dieser Nacht an diesen Ort getrieben? War es die Grabstätte des in der Schlacht verlorenen Sohnes, des getöteten Vaters? Themistokles faßte den Unbekannten, der mit dem Gesicht nach unten lag, an der Schulter und drehte ihn um. Kopf und Arme schlugen leblos herum. Kein Zweifel, der Mann war tot. »Seltsam«, sagte Phrynichos, und Sikinnos zitterte am ganzen Körper. Themistokles sah sich um, als versuchte er in der Dunkelheit irgendeinen Anhaltspunkt zu entdecken, da brach über ihnen der Himmel auf, daß der Mond das Gesicht des Toten für kurze Zeit beleuchtete, ein schmerzverzerrtes Gesicht mit einem Brandfleck auf der Stirne ...

»Kallias!« sagte Themistokles. »Bei allen Göttern Griechenlands, warum gerade du?«

Kapitel 4

Im Säulenhof des Hetärenhauses blühten die feurigen Magnolien. Die laue Frühlingssonne des Monats Elaphebolion lockte die Hetären ins Freie. Daphne saß auf einer rötlichen Marmorbank vor dem Altar der Aphrodite und versuchte, die Anträge abzuwehren, die ihr von zwei liebeshungrigen alten Männern entgegengebracht wurden.

»Seit Monaten«, gestand Diphilides, »verfolge ich dich auf Schritt und Tritt. Ich kenne alle deine Wege, ich weiß von allen deinen Gewohnheiten; und dennoch wagte ich nie, meinen Fuß über deine Schwelle zu setzen. Erst Anakreon, dem ich mein Leid gestand, gab mir den Mut, mich dir zu nähern. So flehe ich denn um deine Gunst.«

»Mein Freund«, lachte Daphne, »das Schicksal hat dir die Falten eines Siebzigjährigen ins Gesicht geschrieben. Das ist nicht ehrenrührig; aber bedenke meine fünfzehn Jahre. Glaubst du, daß unsere Gefühle sich in Gleichklang bringen lassen?«

Anakreon, dessen Sauf- und Liebeslieder so berühmt waren, daß die Athener dem alten Trunkenbold eine Statue auf der Akropolis errichtet hatten, stieß seinen Freund beiseite und stammelte – voll des Weines: »Daphne, du Rosenweiße mit dem Goldschimmer im Haar! Höre nicht auf ihn. Er ist nur ein bäuerischer Pferdezüchter, reich zwar wie kaum ein

Mann in Athen, aber – nun ja – er ist dumm wie der Esel meines Sklaven. Doch so ist es nun einmal im Leben, selbst unter den olympischen Göttern sind nicht alle Gaben gleich verteilt. Und nur das größte Menschliche verwaltet Zeus. Das Kleine überläßt er anderen Göttern. Diphilides ist reich und dumm, ich bin arm, dafür klug. Zusammen ergeben wir aber einen ganz brauchbaren Mann.«

Die beiden Alten knieten vor Daphne und nickten ernst. Als Anakreon verstohlen versuchte, nach ihrem Fuß zu greifen, gab Daphne dem trunkenen Poeten einen kleinen Schubs, daß er umkippte, worüber er sich laut lachend amüsierte.

»Ich muß euch beide nicht belehren«, meinte Daphne lächelnd, »daß eine Hetäre keine Frau für eine Stunde ist. Eine Hetäre bezahlt man auch nicht, um sie zu benützen. Ein Mann ist glücklich, wenn sie ihn erhört.«

»So erhöre uns denn, du holde Aphrodite!« begann Anakreon, noch immer auf dem Boden liegend, mit theatralischen Gebärden. »Dein goldenes Haar ist schöner als der Duft und die Farbigkeit der Blumen. Der Silberschimmer deiner Haut glänzt wie das Sonnenlicht im Meer. O könnten wir diese nackten Arme nur berühren, die nackten Brüste dein. Im Hades wollten wir vergehen ob dieser Gunst ...«

Diphilides erkannte, daß mit seinem trunkenen Freund kein Staat zu machen war. Er winselte: »Gewiß, ich bin nicht schön, ich bin nicht jung, aber meine Zuchtpferde gelten als die besten in Hellas, und sie bringen mehr ein als der Handel der phönizischen Purpurflotte. Nimm denn mein Landgut in Sunion zum Geschenk. Sieh das als kleine Geste an, die dich zu nichts verpflichten soll. Ich habe Landgüter genug, und dieses bedeutet mir nicht viel.«

»Behalte deine Ländereien!« mahnte Daphne, »sie sind mit

ehrlicher Arbeit erworben, und du solltest sie nicht für ein paar Augenblicke der Lust verschleudern. Suche dir eine schöne Hure auf dem Töpfermarkt, bezahle sie mit einem Diobolos, sie wird dir ewig dankbar sein!«

Das muntere Streitgespräch rief auch die anderen Hetären herbei. Die schöne Attis erschien leichtbekleidet, setzte sich zu Daphne auf die Bank und heuchelte Teilnahme, sie solle sich nicht so zieren, ein Angebot wie dieses erhalte man nicht alle Tage, jedenfalls sei *ihr* so etwas noch nicht passiert. Und bei diesen Worten brachte sie ihren makellosen Körper mit lasziven Bewegungen zur Geltung – natürlich nicht ohne Hintergedanken.

Megara, die die Spannungen zwischen Attis und Daphne mit immer größerer Sorge beobachtete – die schöne Attis fühlte sich von der wesentlich jüngeren, aber gewiß nicht weniger schönen Daphne zunehmend zurückgesetzt – Megara versuchte, den Streit zu unterbinden, indem sie die Ältere an den reichen Reeder aus Thassos erinnerte, der ihr ein Schiff samt Mannschaft und Dienerschaft nach Phaleron geschickt habe, um sie auf seine Insel zu holen. Damals sei sie dem Schiffer auch nicht gefolgt. Und warum? – Weil er einen Buckel gehabt habe.

»Wenn man euch so reden hört«, meinte Daphne kopfschüttelnd, »könnte man sich in einem Hurenhaus im Hafen wähnen!«

Dem pflichtete Megara bei: »Es ist eine Schande. Das müssen wir uns ausgerechnet von Daphne sagen lassen, der jüngsten unter uns.«

Da zischte Attis, und tiefer Haß klang aus ihrer Stimme: »Sie ist eine Hexe, ich weiß es, sie ist eine Hexe! Sie verzaubert die Männer wie die Zauberin Kirke und macht sie zu Sklaven und Schweinen. Auch uns wird sie noch mit ihrem

Zauber verfolgen, bis wir ihr zu Füßen liegen wie diese Männer da.«

»Zähme deine Zunge!« entgegnete Megara, »Daphne lebt mitten unter uns. Sie hat keine Geheimnisse. Und wenn sie die Männer verzaubert, dann mit ihrem Liebreiz.«

»Sie ist eine Hexe«, wiederholte Attis voll verächtlicher Bitterkeit, »ich habe es mit eigenen Augen gesehen: Daphne spielt mit Fröschen und Schlangen! Hier im Säulenhof lauert sie den Tieren auf, nimmt sie in die Hand und spricht mit ihnen wie eine Zauberin.«

Da wurde Megara zornig: »Genug der Phantastereien. Ich dulde nicht, daß du Daphne mit derlei Vorwürfen überhäufst. Daphne ist eine von uns, sie ist nicht anders als du und ich.«

Daphne kämpfte mit den Tränen. Sie erhob sich, ohne ein Wort zu sagen, dann drehte sie sich um und lief quer durch den Säulenhof zu der Treppe, die zu ihrem Zimmer führte. Vor dem mit weißem Leinen bezogenen Bett kniete sie nieder und vergrub schluchzend den Kopf in dem weichen Polster. Dann schlug sie die Decke zurück und erstarrte: Vor ihren Augen wand sich eine armdicke Natter.

Der Strand von Phaleron war übersät von einer unermeßlichen Zahl riesiger Gerippe. Athen rüstete, eine Seemacht zu werden. Mit dem Erlös der Silberfunde von Phaleron wurden 200 Dreiruderer auf Kiel gelegt, 200 hölzerne Skelette, Trieren genannt, wegen der drei Reihen, in denen die Ruderknechte übereinander saßen, 170 in jedem Schiff, dazu zehn bis zwölf Matrosen und zwölf bis achtzehn Seesoldaten.

Von der Insel Euböa und aus dem fernen Kreta brachten Handelsschiffe das nötige Bauholz herbei, biegsames Eschenholz für die Masten, steinhartes Ebenholz für die todbringenden Rammsporne. In einer chaotischen Stadt aus Buden, Hütten und Baracken wurden zehntausend Sklaven und mehrere tausend Facharbeiter, vor allem aus dem nahen Korinth, notdürftig versorgt.

Es fiel daher nicht weiter auf, als ein Häuflein von hundert Barbaren eine alte Triere bestieg, deren Planken, morsch und verwaschen, Zweifel aufkommen ließen, ob sie die Fahrt übers Meer überstehen würde.

»Daran magst du erkennen, welch schlechte Menschen die Hellenen sind!« schimpfte einer der Barbaren. Das schmale Bündel unter dem Arm war die einzige Habe, die er sich in zweijähriger Bergwerksarbeit in Laurion erworben hatte. »Wir können von Glück reden, wenn wir mit diesem ausgemusterten Kahn überhaupt die Küste Kleinasiens erreichen!«

Sikinnos, inmitten seiner persischen Freunde, hob die Schultern: »Themistokles schlug vor, euch eine bessere Triere zu geben, unter der Bedingung, daß sie sie wiedererhielten, aber Aristides, sein Gegenspieler, sprach dagegen und meinte, wenn die Barbaren erst einmal asiatischen Boden erreicht hätten, würden sie das Schiff nicht mehr herausgeben.«

»Schlau, dieser Aristides!« sagte ein Barbar, und ein anderer seufzte: »Ahura Mazda wird uns schützen. Um diese Zeit sind Stürme selten.«

»Wenn euch nur die Winde nicht verlassen!« Sikinnos umarmte jeden einzelnen und küßte ihn auf beide Wangen. Er hatte sich entschieden, in Griechenland zu bleiben. Er fühlte sich Themistokles verpflichtet, seit dieser ihm das Leben gerettet hatte. Jeder andere hätte damals das wertvolle Pferd aus den reißenden Fluten gerettet und den Sklaven ertrinken lassen. Seither dachte er anders über die Hellenen. Als Hauslehrer und Erzieher von Themistokles' Töchtern hatte er ein gutes Auskommen. Was wollte er mehr?

»Und kommt nie mehr zurück!« lachte Sikinnos und schlug dem Kapitän kräftig auf die Schulter. Er zog eine kleine Tafel hervor und steckte sie dem Seemann zu: »Eine griechische Erfindung, aber trotzdem nicht schlecht.«

Auf dem Täfelchen waren die Umrisse Attikas eingeritzt, die Inseln der Kykladen und am äußeren rechten Rand die Küste Kleinasiens. »Anaximander hat das erfunden«, sagte Sikinnos, »ein Schüler des Thales von Milet. Hier siehst du in verkleinerter Wiedergabe das Ägäische Meer, und das ist der Weg, den ihr nehmen müßt.« Er zog einen Griffel hervor, setzte ihn im Süden Attikas an und kratzte eine Linie in die Tafel: »Du steuerst zuerst nach Süden, umrundest die Spitze von Sunion und nimmst Kurs nach Osten auf die Insel Delos. Bis Delos wirst du immer irgendeine Insel der Kykladen im Blickfeld haben. Dahinter erwartet euch das offene Meer, aber nur eine halbe Tagesreise, dann taucht zur Linken die Insel Ikaria auf, schließlich Samos und die Küste vor Milet. Möge Mithras euren Weg begleiten!«

Der andere nickte stumm, steckte das seltsame Täfelchen ein, und als letzter schwang er sich in das ächzende Boot. Unter Anfeuerungsrufen setzten die Barbaren das Segel, und die langen Ruder tauchten ins Wasser. Träge richtete sich der hohe Schiffsschnabel zum Meer aus, ein paar unverständliche Kommandorufe ertönten, und ein lauer Wind knatterte in das verschossene Segel.

Während Sikinnos, in Gedanken verloren, dem schwindenden Kahn nachblickte, machte sich Unruhe breit zwischen den Schiffsgerippen von Phaleron. Die athenischen Aufseher zeigten auf das Meer hinaus. Aber nicht das Barbarenschiff mit den scheidenden Sklaven erregte ihre aufgeregte Geschäftigkeit, sondern die aufgeblähten Segel, die am flimmernden Horizont vor ihnen auftauchten. Mit geübtem Auge erkannten sie die typische Form ihrer Segel, und sie wußten, daß es sich nur um die Flotte des Miltiades handeln konnte.

Noch ehe der breite, schwerfällige Kahn mit den persischen Sklaven die heimkehrende Flotte kreuzte, machte sich am Strand von Phaleron tiefe Niedergeschlagenheit breit. Sikinnos, der den Unmut der Athener nicht begreifen konnte, erkundigte sich bei einem der Vorarbeiter, der des Weges kam, nach der Ursache: »Habt ihr nicht viel eher Grund zur Freude, wenn die Flotte in den sicheren Hafen zurückkehrt?«

Der Angeredete musterte Sikinnos von Kopf bis Fuß, erkannte den Sklaven an dem kurzgeschorenen Haar und sagte in bitterem Tonfall: »Du weißt wohl nicht, Sklave, daß die Hellenen Erfolg oder Mißerfolg ihrer Mission schon von weitem mit ihren Segeln signalisieren?« Sikinnos hielt die flache Hand zum Schutz vor der Sonne über die Augen und betrachtete die näherkommenden Schiffe. »Da!« sagte der andere, »sie haben die schwarzen Segel gesetzt. Das bedeutet nichts Gutes.«

Als die erste Triere, das Schiff des Nauarchen, gelandet und am Ufer vertäut war, trugen sie Miltiades auf einer Bahre von Bord. Wie ein Lauffeuer verbreitete sich die Kunde von der kläglichen Niederlage.

Miltiades hatte mit seinen dreißig Schiffen die feindselige Insel Paros eingeschlossen und vor den Mauern der Hauptstadt ein paar Gefangene gemacht. Die Mauern selbst erwiesen sich jedoch als unüberwindlich, und so entschloß sich der Feldherr, die Insel zu belagern und auszuhungern. 26 Tage geschah nichts. Das heißt, die Vorräte wurden aufgebraucht –

zumindest auf Seiten der belagernden Athener. Für den Sieger von Marathon, der die gefürchteten Barbaren in die Flucht geschlagen hatte, bahnte sich eine unglaubliche Blamage an: Die Perser mit ihren 600 Schiffen hatte er davongejagt, vor den Pariern mußte er kapitulieren.

Deshalb griff Miltiades zum letzten Strohhalm. Unter den gefangenen Inselbewohnern befand sich eine Demeter-Priesterin. Sie weissagte dem athenischen Feldherrn, er könne Paros so lange nicht erobern, wie die heiligen Geräte des Tempels im Besitz der Inselbewohner blieben. Bringe er jedoch diese Geräte an sich, dann werde auch die Insel fallen. Sie kenne einen Pfad über die Mauer.

Bei Nacht ließ Miltiades sich über das Befestigungswerk führen, schlich hinter der Priesterin bis vor den Eingang des Tempels, den man ihnen bereitwillig öffnete – da wurde der Feldherr von bohrenden Zweifeln befallen, ob er der Priesterin nicht in eine Falle gegangen sei. Er rannte, so schnell ihn seine Füße trugen, zur Mauer zurück, erklomm dieselbe Stelle, die er zuvor überwunden hatte, und stürzte beim Abstieg in die Tiefe, wobei er sich schwere Verletzungen zuzog. Tags darauf hatten die Athener die Belagerung abgebrochen und waren nach Hause zurückgekehrt.

Kimon, sein Sohn, weinte, als sie den alten Miltiades von Bord des Schiffes trugen. Statt Mitleid brachten die Athener dem gescheiterten Feldherrn nur Hohn und Spott entgegen. Xanthippos, der dem Unternehmen von vornherein keine Chance gegeben hatte, nahm Miltiades nun beim Wort und klagte den Feldherrn wegen Irreführung der Volksversammlung an. Darauf stand die Todesstrafe.

Er lag bereits im Sterben, als die Richter auf dem Areopag das Urteil über Miltiades sprachen: Der unglückliche Feldherr mußte die Kosten der Paros-Expedition aus eigener Tasche bezahlen: 50 Talente gleich 300 000 Drachmen. Tags darauf war Miltiades tot.

Wenn Glaukias eines seiner berühmten Atelierfeste gab, strömte herbei, was in Athen Rang und Namen hatte. Sogar von den Inseln und weit über das Meer kamen sie angereist, Dichter, Philosophen, Naturwissenschaftler, Musiker, Politiker, Redner, Sportler, Seher und schöne Frauen. Der Zitherspieler Epikles aus Hermion schlug die Saiten seines Instrumentes zu Homerischen Versen und erntete rauschenden Beifall. Von Simonides, dem geistreichen Dichter der Insel Keos, wurden heiter-ironische Gedichte über die Schlacht bei Marathon vorgetragen, und niemand fand etwas dabei, wenn ein Gast dem Alten bisweilen unauffällig eine Drachme zusteckte. Denn seine Angst, mit seiner Kunst zu verhungern, war sprichwörtlich und längst zur reinen Habsucht ausgeartet. Anakreon, sein Freund aus dem ionischen Teos, wie immer betrunken und in Begleitung von zwei Huren der billigen Sorte, trug schwülstig-derbe Liebesgedichte vor, die sich meist an kleine Mädchen richteten. Sein kahler Kopf und die schlechten Zähne machten seinen Anblick jedoch nicht gerade zum erfreulichen Ereignis.

Wo immer Themistokles' Freund Phrynichos auftauchte, war er sofort Mittelpunkt des Gespräches. Empfanden es die Athener schon verwegen genug, daß der Dichter und Schauspieler wie sein Lehrer Thespis mit zwei Mimen durch das Land zog, so hatte er mit seinem Drama »Der Fall von Milet« einen regelrechten Skandal provoziert, indem er Frauenrollen einführte. Und Aischylos aus Eleusis, dessen Bruder Kynegeiros bei Marathon auf so tragische Weise umgekommen war, sollte, wie man hörte, sich jetzt ebenfalls mit einem Drama über den Krieg gegen die Perser beschäftigen. Größerer

Erfolg war ihm bisher versagt, obwohl er sich mehrere Male an den Tragiker-Wettkämpfen der großen Dionysien beteiligt hatte.

Glaukias, in einen langen, purpurroten Chiton gekleidet, tänzelte zwischen seinen illustren Gästen hin und her, klatschte in die Hände, die Sklaven mögen Wasser und Wein herbeischaffen, bot überquellende Schalen mit Früchten an und machte einzelne Gäste miteinander bekannt. Symposion nannten die Griechen diese Art gesellschaftlichen Ereignisses, an dessen Beginn der Gastgeber kundtat, in welchem Mischungsverhältnis Wasser und Wein getrunken würden. Nur Barbaren tranken puren Wein! Glaukias schlug vor, »fünf zu zwei« zu trinken – und zwar in großen Schalen. Das bedeutete: Fünf Teile Wasser, zwei Teile Wein. Trank man halb und halb, was als Obergrenze der Frivolität angesehen wurde, dann kamen nur kleine Becher zum Einsatz.

Auf einer Liege an der Stirnseite des weiträumigen Ateliers, zwischen Erzskulpturen und Tonmodellen, hatte ein würdiger Alter mit wallendem weißem Bart Platz genommen, und er wurde sogleich umringt von einer Schar junger Männer, die ihn mit Fragen bestürmten. Sein Name war Heraklit aus Ephesos, aber die Athener nannten ihn nur »den Dunklen«, weil sie das meiste aus seinem Munde nicht verstanden. Er verkündete, daß das Feuer der Ursprung aller Dinge sei. Aus dem Feuer hätten sich Wasser, Erde und Luft – in dieser Reihenfolge – entwickelt, und panta rhei – alles sei im Fluß.

»Dann sind also auch all die schönen Knaben und die schönen Frauen um uns herum aus dem Feuer entstanden?« fragte Glaukias und schien belustigt.

»Aber gewiß doch!« antwortete der Philosoph, »du mußt nur weit genug zurückgehen in unserer Entwicklung. Und wenn dir Mensch und Feuer als ein Gegensatz erscheinen, dann sei versichert, alles geschieht infolge des Gegensatzes. Sogar der Gegensatz des Gegensatzes, die Harmonie, ist in sich ein Gegensatz.«

Die Zuhörer blickten sprachlos, und Heraklit fühlte sich herausgefordert, den Gedanken zu erläutern: »Glaubt mir, auf eure Sinnesorgane ist wenig Verlaß. Nehmt diese gefällige Statue dort« – er zeigte auf die kauernde Aphrodite-Statue, die kaum beachtet in einer Ecke stand – »ich habe in den 55 Jahren meines Lebens kein schöneres Frauenbild erblickt.« Glaukias hielt den Kopf geschmeichelt zur Seite, jetzt wurden auch die übrigen Gäste auf die schimmernde Skulptur aufmerksam.

»Ein Weihegeschenk des Themistokles für das Orakel in Delphi«, erklärte Glaukias und hielt Ausschau nach dem Feldherrn.

»Warum, glaubt ihr, erscheint diese Aphrodite so wunderschön? Es ist der Gegensatz, der in ihr wohnt, zum einen Frau, zum anderen Kind – sinnlich-lüstern und kindlich-rein. Harmonie entsteht nicht aus gleichartigen, sondern aus entgegengesetzten Elementen, so wie die Harmonie der Musik nicht aus gleichen, sondern aus verschiedenen Tönen besteht.«

Heraklits Schilderung lenkte immer mehr Aufmerksamkeit auf die Statue. Die Gäste drängten sich neugierig um das grünschimmernde Erz und begutachteten voll Bewunderung ihren nackten Liebreiz, der zum Streicheln herausforderte. Anakreon, sogar im Suff noch ein bemerkenswerter Poet, begann aus dem Stegreif eine Ode an das zauberhafte Kunstwerk: »O könntest du fühlen, schimmerndes Erz, wie deine Glieder mich zärtlich berühren ...«

Da trat Themistokles vor die Statue, kniete nieder, um das Werk des Glaukias eingehend zu begutachten, und der Erzgießer sagte: »Nun, wie gefällt dir Aphrodite?«

Die Augen des Feldherrn sogen das Bildnis förmlich in sich auf, sie wanderten von den ausgebreiteten Haaren über den schlanken Hals zu den zartschwellenden Brüsten, der leicht gerundeten Taille und den angewinkelten, wonnigen Schenkeln. »Glücklich die Musen«, antwortete Themistokles, »die dir diese Kunst zuteil werden ließen. Du erweckst das kalte Erz zu göttlichem Leben. Es ist ein Wunderwerk.«

Glaukias war sichtlich gerührt von all den Lobeshymnen und meinte bescheiden: »Und doch ist es nur ein mühsames Abbild der Wirklichkeit, die Natur kann es nie erreichen.«

»Also steckt ein leibhaftiges Vorbild dahinter?« Themistokles sah den Künstler erwartungsvoll an.

»Gewiß«, antwortete Glaukias, »das beste Vorbild ist die Wirklichkeit. Ich mußte gar nicht lange suchen, bis ich sie fand; doch als ich sie sah, da wußte ich, das ist Aphrodite, die dem Schaum des Meeres entstieg.«

Er hatte kaum ausgesprochen, schon wurde Glaukias bestürmt, den Namen der Schönen zu verraten, wo sie zu finden sei, ob sie aus Athen stamme, ob es einen Mann gebe, der sich ihrer Gunst erfreue.

Da lachte Glaukias und sagte: »Sie ist hier, mitten unter uns. Wo habt ihr Gaffer eure Augen?«

Nun starrten alle auf Glaukias, den Erzgießer, der soeben etwas Unglaubliches, Unfaßbares gesagt hatte. Keiner der Anwesenden wagte sich umzusehen, nach dem Vorbild der schönen Aphrodite zu forschen. Stand sie vielleicht neben ihm, hinter ihm?

Endlich ging Glaukias auf Daphne zu, die das Schauspiel zusammen mit Megara beobachtet hatte, reichte ihr die Hand und führte das Mädchen zu der Statue aus Erz. »Hier seht ihr das leibhaftige Vorbild der Aphrodite, die Hetäre Daphne.«

Daphne errötete ob des vielfachen »Ah« und »Oh«, doch sie

genoß die bewundernden Blicke. Themistokles zeigte keine Regung, er starrte sie unentwegt an, nur seine bebenden Lippen verrieten, daß etwas Aufwühlendes, Erregendes in ihm vorging. Daphne schien es eine Ewigkeit, bis der Feldherr endlich zu reden begann: »Bist du nicht das Mädchen, das damals in Marathon ...«

»Ja«, antwortete Daphne, ohne den Feldherrn ausreden zu lassen, »ich bin es.«

Themistokles ließ keinen Blick von dem Mädchen, dessen Augen grün und klar schimmerten wie das Erz der bewunderten Statue. Diese Augen begannen unruhig zu flackern, Daphne vermochte kaum, dem bezwingenden Blick des Feldherrn standzuhalten, und sie versuchte in dieser beklemmenden Situation vergeblich, irgendeine Gefühlsregung ihres Gegenübers zu erkennen. War es Bewunderung, die aus diesen kalten Augen sprach, oder staute sich in ihnen Verachtung und Haß.

›Melissa‹, hämmerte es in ihren Schläfen, Melissa war einst die Geliebte dieses Mannes, und irgendwie fühlte sie sich schuldig am Tod der schönen Frau; denn ihr, Daphne, hatte der Pfeil gegolten, der Melissa traf. Daran zweifelte sie nicht. Themistokles hatte, als Kallias vom Blitz erschlagen wurde, seinen Orakelspruch bekanntgemacht und einen Skandal ausgelöst: Ein eleusischer Priester der Mörder einer Hetäre! Hopliten aus dem Feldlager bestätigten, daß Kallias um das Hetärenzelt geschlichen war. Wie sollten sie ahnen, daß er Mordabsichten hegte? Das Motiv der Schandtat lag freilich auch heute noch im Dunkel und gab vielerlei Rätsel auf. Nur Daphne kannte die volle Wahrheit. Ahnte Themistokles mehr? Warum, bei allen Göttern, sah er sie so durchdringend an?

Dieser Mann war schwer einzuschätzen. Daphne konnte

sich kaum vorstellen, daß die breiten Lippen und die herabhängenden Mundwinkel, deren Linienführung durch den dichten Oberlippenbart noch verstärkt wurde, je zu einem fröhlichen Lachen fähig wären. Sein breiter Schädel mit den kleinen, anliegenden Ohren suggerierte gleichzeitig ungeheure Kraft und gefährliche Unberechenbarkeit. Dies war nicht das Antlitz eines Edelmut predigenden Philosophen, sein Kopf verkündete viel eher geradliniges klares Denken bei hoher Intelligenz, gepaart mit zwingendem Selbstbewußtsein. Und insofern war Themistokles eine markante Ausnahmeerscheinung in Athen.

»Warum starrt ihr euch an«, rief Glaukias und klatschte in die Hände, »laßt uns fröhlich sein!« Der Bann schien gebrochen. Epikles zupfte die Saiten seiner Zither, und hinter einem hohen roten Vorhang, der den rückwärtigen Teil des Ateliers trennte, traten zwei wunderschöne nackte Jünglinge hervor. Die beiden waren stadtbekannt: Hierophon, der eine, Sohn eines Metöken, eines freigelassenen Sklaven, und Antiphates, ein olivhäutiger Ephebe, um dessen Gunst auch Themistokles buhlte, galten als die besten Kordaxtänzer in Athen.

Zu schmachtenden Saitenklängen zeigten sie in langsam gedehnten Bewegungen die vielfachen Möglichkeiten der Liebesvereinigung unter Männern. Und nach jeder gelungenen Stellung spendete das Publikum begeisterten Beifall. Kordax galt als ein höchst frivoler Tanz, gewiß, dennoch durfte er bei keinem besseren Symposion fehlen, lieber hätte man auf Huren und Hetären verzichtet als auf die oft sogar künstlerisch-artistischen Darbietungen der nackten Epheben.

Antiphates, der kräftigere von den beiden, schlug eine Brükke rückwärts, und Hierophon vollführte, den Kopf im Nacken, auf den spitz herausragenden Beckenknochen seines Freundes einen Handstand, aus dem er sich langsam zum Phallos des Antiphates tiefergleiten ließ. Die Gäste des Glaukias tobten vor Begeisterung. Themistokles rührte keinen Finger. Seine Augen waren auf die lockenumspielten Schultern Daphnes gerichtet, die immer noch vor ihm stand.

Daphne fühlte, wie der Mann sie anstarrte, und die Ungewißheit, was das zu bedeuten hatte, beunruhigte sie zusehends. Am liebsten wäre sie fortgelaufen vor der Unberechenbarkeit des kraftstrotzenden Feldherrn, aber das hätte noch mehr Aufsehen erregt. Man würde ihr Fragen stellen. Also ertrug sie mit erzwungener Ruhe die verwirrende körperliche Nähe des Themistokles und beobachtete die fragwürdige Vorführung der Kordaxtänzer wie durch einen dichten Schleier.

Nachdem die beiden Epheben geendet hatten, verschwanden sie hinter dem roten Vorhang, und Anakreon, im Umgang mit Wein ein wahrer Meister, schlug vor, Kottabos zu spielen, ein ursprünglich harmloses Geschicklichkeitsspiel, das in Athen jedoch im Ruf besonderer Frivolität stand. In der Mitte des Ateliers wurde ein mannshoher Stab aufgestellt, der Kottabos. Auf diesen Stab steckte Glaukias eine Metallscheibe, etwa so groß wie ein Teller, eine Elle unterhalb der abgeflachten Spitze. Dann legte er eine zweite, gerade handtellergroße Metallscheibe auf die Spitze des Stabes und zog in gebührendem Abstand einen Kreidestrich um den Kottabos. Von diesem Kreidestrich aus mußten die Mitspieler die kleinere Erzplatte zu Fall bringen, und zwar so, daß sie möglichst nahe am Kottabos zur Erde fiel, auf die größere Scheibe aufschlug und das Erz zum Klingen brachte. Als Wurfgeschoß diente der Inhalt der Trinkschale, die ein jeder gerade in der Hand hielt. Wer die Platte aus Erz zum Klingen brachte, hatte einen Wunsch frei, der aus den Reihen der Anwesenden erfüllt werden mußte.

Der vorlaute Anakreon versuchte sich als erster. Dabei blickte er auf Daphne, rollte vielsagend mit den Augen und nahm einen kurzen Anlauf. Zum Vergnügen der Umstehenden landete der Wein jedoch nicht auf der Spitze des Kottabos, sondern im Gesicht des Dichters Simonides, der ihm gegenüberstand.

»So sehr haßt du ihn?« rief Glaukias lachend und warf dem begossenen Geizhals ein Tuch zu. Anakreon sprach mit schwerer Zunge: »Kein Wunder, daß ich nicht treffe, bei diesem verwässerten Wein!«

Glaukias verstand den Wink mit dem Zaunpfahl sehr wohl und rief: »Trinkt aus, Freunde, von nun an trinken wir Wein und Wasser zur Hälfte!«

Diese Ankündigung löste ein wildes Johlen und chaotisches Geschrei aus: Ein jeder wollte der nächste Kottabos-Kandidat sein; denn in der Regel wünschte man sich einen der anwesenden Lustknaben oder eine der teuren Huren für eine Nacht – je nach Laune und Veranlagung. So kam es, daß lüsterne Blikke über die Köpfe schweiften, sich hier und da trafen, einladendes Lächeln oder niedergeschlagene Blicke erzeugten, bisweilen auch ein drohendes Kopfschütteln.

Aischylos lehnte dankend ab, Phrynichos verfehlte, dann fiel die Wahl auf Themistokles. Themistokles hielt dem Schanksklaven seine Trinkschale hin, ließ Wein nachgießen, nahm einen kräftigen Schluck und schleuderte den restlichen Inhalt gegen den Kottabos. Der klatschte und brachte das Plättchen ins Wanken, und das fallende Erz purzelte klingelnd auf die große Scheibe, daß die übrigen Gäste in Jubel ausbrachen.

Aber sogleich wich der Beifall verhaltener Spannung. Jeder

in der Gesellschaft wußte genau, daß Themistokles seit dem Tod der Hetäre Melissa mit der Schicksalsgöttin Tyche haderte, und, sei es aus Trotz oder um zu vergessen, dem Schönling Antiphates zugetan war, einem rücksichtslosen Ausbeuter, der nur in den Betten reicher Männer lag. Und da Themistokles keineswegs zu den Reichen in Athen gehörte, schien es allen nur eine Frage der Zeit, wann jener den verdienstvollen Feldherrn ruinieren würde.

Themistokles hielt dem Schankslaven erneut seine Trinkschale hin; dann führte er das Gefäß zum Mund und begann, in großen Schlucken zu trinken. Dabei drehte er sich langsam, kaum wahrnehmbar, im Kreis und musterte jeden einzelnen mit abschätzendem Blick. Der Mann aus der Vorstadt genoß hohes Ansehen in Athen. Sein Durchsetzungsvermögen, seine Beredsamkeit und das geniale Flottenprojekt hoben ihn von den übrigen Feldherrn heraus und ließen sogar seine niedere Abstammung vergessen, und daß mancher ihn einen Emporkömmling nannte.

Als der Blick des Themistokles die Hetäre Attis traf, lächelte diese herausfordernd, benetzte mit der Zunge ihre Oberlippe, griff in den Ausschnitt ihres ärmellosen Kleides und bot ihre pralle linke Brust auf dem Markt der Eitelkeit dar. Antiphates schien sich seiner Sache sicher, wackelte herausfordernd mit dem kleinen runden Hinterteil und schloß dabei die Augen.

Zuletzt musterte er Daphne, die in unmittelbarer Nähe stand, und das Mädchen glaubte einen Augenblick, in seinen Mundwinkeln eine Andeutung von Zynismus zu erkennen. Daphne reagierte nicht. Themistokles war ihr gleichgültig, sie hätte ihn längst vergessen oder auch aus ihrem Gedächtnis verdrängt, wäre da nicht jenes verhängnisvolle Geschehen nach der Schlacht bei Marathon gewesen, das beide auf seltsame Weise verband.

Jetzt setzte Themistokles die geleerte Schale ab, und so, als verkündete er die selbstverständlichste Sache der Welt, sagte er: »O Kottabos, der du die Träume Wahrheit werden läßt, so wünsche ich mir beim Klang des schimmernden Erzes – noch eine Schale dieses köstlichen Weines!« Und dabei streckte er den Arm mit der Trinkschale aus.

Zuerst blieb es still. Keiner wußte so recht, ob der Feldherr sich da einen Scherz erlaubte. Erst als Themistokles nachschenken ließ und das Gefäß wie eine Siegestrophäe hochhielt, brach ein wildes Geschrei aus. Alle riefen durcheinander: »Er will uns verhöhnen!« – »Beim Hades, das ist kein Wunsch an den Kottabos!« – »Du Frevler des Schicksals!«

Nur Aischylos fand lobende Worte für den Feldherrn und sagte: »O wenn ihr Toren nur begreifen könntet, daß eine Schale Wein das Herz oft mehr erfreuen kann als ein Bett voller Hetären, und daß ein kurzer Augenblick des Glücks mehr in dir bewegt als der Besitz von hundert Talenten Silber.«

Ungeachtet der verständnislosen Bemerkungen der übrigen Zecher, bahnte Themistokles sich einen Weg zu der Aphrodite-Statue und stieß, noch ehe ihn jemand daran hindern konnte, das verzaubernde Kunstwerk von seinem Marmorsockel. Ein dumpfer Aufprall, und die erzene Statue zerbrach. Kopf, Arme und der Oberkörper polterten über den weißen Steinboden und blieben wie Teile einer Puppe, die von einem jähzornigen Kind zertrampelt wurde, liegen.

Themistokles sah, was er angerichtet hatte, betrachtete jedes einzelne Teil, das hohl und kaputt herumlag, wandte sich dann um und ging aufrecht, ohne ein Anzeichen von Trunkenheit erkennen zu lassen, aus dem Atelier.

Daphne, die den unerwarteten Auftritt des Feldherrn aus allernächster Nähe erlebt hatte, empfand körperlichen Schmerz, als sie das Werk des Glaukias in Teile zerspringen sah. Es war, als würden Teile ihres eigenen Körpers abgeschlagen, als würde sie von all den angetrunkenen Männern gefoltert und in Stücke zerhackt. Themistokles aber, den sie zuerst bedauert, dann gefürchtet hatte, diesen Themistokles begann Daphne nun zu hassen.

Kapitel 5

Wer wird den Stadionlauf gewinnen? – Nichts bewegte die Besucher der Olympischen Spiele mehr als diese Frage; denn zwei der Wettkämpfer waren angeblich so schnell mit ihren Beinen, daß sie zu fliegen schienen: der Trachinier Ephialtes und der Spartaner Philles. Fest stand eines: Nach dem Sieger würden die Hellenen den Zeitraum bis zu den nächsten Spielen benennen, die 74. Olympiade.

Inmitten des vielsprachigen Menschengewühls fielen Daphne und Megara zunächst nicht weiter auf; es gab viele schöne Frauen und Mädchen zu sehen – allesamt unverheiratet. Denn nur unverheiratete Frauen hatten Zutritt zum heiligen Bezirk und zu den Wettkämpfen. In alter Zeit waren die Bräuche sogar noch strenger. Zwar gab es ein Gesetz, das es allen Frauen verbot, während der Spiele den Fluß Alpheios zu überqueren – Gesetzesbrecherinnen sollten von einem schroffen Felsen gestürzt werden –, doch es kam nie zur Anwendung. Selbst als Pherenike, eine treusorgende Mutter, als Trainer verkleidet, ihren Sohn Peisirodos zu den Wettkämpfen begleitete und bei einem Sprung von der Tribüne mit wehendem Gewand sehen ließ, daß sie gewiß kein Mann war, stürzten sie die Olympier nicht vom Felsen. Sie änderten vielmehr das Gesetz und verfügten, daß in Zukunft Sportler und Trainer nackt anzutreten hatten.

»Sieh nur die Muskeln dieses Kraftprotzes!« kicherte Daphne und deutete auf eine der Marmorstatuen vor den weißen Stufen der Altis, des heiligen Bezirkes. Viele Sportler gelobten vor den Wettkämpfen, für den Fall ihres Sieges, dem Tempel der Hera oder dem olympischen Zeus eine Statue zu weihen. Und so präsentierte sich, zu Hunderten nebeneinander aufgereiht und mit stolzen Lettern beschriftet, ein verwirrender Markt der Eitelkeit, die ältesten aus Feigen- und Zypressenholz, wie die des Faustkämpfers Praxidamas von der Insel Ägina oder des Ringkämpfers Rhexibios.

Megara, die nicht zum erstenmal in Olympia weilte, wußte von den Siegerstatuen viel zu berichten, und sie klärte Daphne über jenen marmornen Kraftprotz auf, der ihr Entzücken hervorrief. Leider sei er schon tot, lachte Megara, die Wölfe hätten ihn gefressen im fernen Kroton.

»Die Wölfe?«

»Ja, er habe einsam im Wald eine Wolfsfalle gefunden und an ihr seine Kraft messen wollen. Sein Name sei Milon, er habe sechsmal im Ringkampf gesiegt. Zum Spaß habe er den Leuten allerlei Kunststücke vorgeführt: So sei es keinem gelungen, Milon von einer eingefetteten Diskusscheibe zu stoßen. Eine unzerreißbare Darmsaite zerfetzte er angeblich, indem er sie sich um die Stirn band, tief einatmete, die Luft anhielt und seine Schläfen schwellen ließ. Die Federkraft der Wolfsfalle habe er offensichtlich unterschätzt, sie schnappte zu, hielt Milon gefangen und gab ihn so den Wölfen preis.«

»Welch ein Held!« staunte Daphne und klatschte in die Hände: »Heil dir, Milon!«

Vor einem ehernen Pferd berichtete ein rotgekleideter Exegete, das Tier, eine Stute des Korinthiers Pheidolas, habe seinen Reiter nach dem Start abgeworfen, sei jedoch, gefolgt von seinem Herrn, den Regeln gemäß gelaufen, habe die Wendesäule korrekt umrundet und sei als erster durchs Ziel gegangen. Pheidolas folgte. Nach Prüfung der Wettkampfregeln hätten die elisischen Kampfrichter die Stute Aura zum Sieger ausgerufen, und Pheidolas habe diese Skulptur gestiftet.

Die berühmteste Statue im weiten Rund war die des Faustkämpfers Theagenes von der reichen Insel Thassos. Sie stammte aus der Werkstatt des Erzgießers Glaukias. Als Megara den Namen erwähnte, blickte Daphne gedankenverloren zum Himmel. Megara schien ihre Gedanken zu erraten und beeilte sich, die bösen Erinnerungen mit der folgenden Erzählung zu vertreiben:

»Als er neun Jahre alt war, hob Theagenes auf dem Marktplatz ein schweres Götterbild von seinem Sockel und trug es auf den Schultern nach Hause, so stark war er. Später eilte er als Faustkämpfer von Sieg zu Sieg. Nicht nur in Olympia, auch bei den Spielen in Mantineia, Delphi und Korinth besiegte er die stärksten Männer und erntete 1400 Siegerkränze. Nach seinem Tod errichteten die Inselbewohner von Thassos ihm zu Ehren diese Statue, und des Nachts schlich ein Mann, den Theagenes einst im Kampf besiegt hatte, in das Heiligtum und peitschte, um sich zu rächen, die kunstvoll gefertigte Bronze. Aber selbst nach seinem Tod war Theagenes stärker: Der Peitschenriemen verfing sich, das erzene Standbild kippte um und erschlug den Frevler.«

»Eine schöne Geschichte«, sagte Daphne vor sich hin.

»Sie ist noch nicht zu Ende«, antwortete Megara und fuhr fort: »Die Söhne des Toten klagten – nach den strengen Gesetzen Drakons war das möglich – die Statue des Mordes an. Das Urteil lautete: Verbannung. Also versenkten sie die Statue ins Meer ...«

»Und wie gelangte Theagenes wieder hierher?«

»Die Insel Thassos wurde von Dürre und Trockenheit

heimgesucht, und die delphische Pythia ließ wissen, sie hätten sich mit dem Versenken der Statue den Zorn der Götter zugezogen. Also bargen Fischer sie mit ihren Netzen, und die Thassier räumten ihr einen Ehrenplatz ein. Seither grünen die Weiden und blühen die Felder der Insel, und die Bäume tragen reiche Früchte.«

»Bist du nicht Daphne, die Hetäre von der Insel Lesbos?«

Die Ionierin blickte sich erschreckt um. »Ja«, antwortete sie kleinlaut, als sie das schwarzbärtige Gesicht des Fremdlings vor sich sah. »Was willst du von mir?«

Megara versuchte, das Mädchen wegzuziehen.

»Ich heiße Aiakides und komme aus der von den Ufern des Mäander umwundenen Stadt Magnesia.«

»Was kümmert's mich?« sagte Daphne schnippisch und folgte Megara auf dem Fuße.

»Ich bringe Nachricht von deinem Vater!« rief der Fremdling hinterher.

Daphne hielt inne, drehte sich um und lachte dem Schwarzbärtigen ins Gesicht: »Schlecht ausgedacht, Fremder, mein Vater Artemidos ertrank in der Bucht von Marathon. Die Götter mögen ihm gnädig sein.« Und damit ging sie weiter.

Aber Aiakides ließ sich nicht abschütteln; er folgte den beiden Frauen, drängte andere beiseite und redete auf Daphne ein: »Dein Vater ist nicht tot. Er lebt als Sklave im besetzten Magnesia. Datis und Artaphernes haben ihn auf ihrem Rückzug dort zurückgelassen.«

Jetzt wurde es Megara zu bunt, sie stellte sich schützend vor das Mädchen und sah dem Fremden ins Gesicht: »Woher willst du das wissen, he, verschwinde!«

Aiakides blickte mißtrauisch nach allen Seiten, ihm schien daran gelegen, daß ihr Zusammentreffen nicht auffiel. »Nicht so laut!« bat er und legte den Finger auf den Mund. »Ich habe ihn gesehen.«

Daphne kam zögernd hinter Megara hervor und spottete: »Also du, Aiakides aus Magnesia, willst meinen Vater Artemidos aus Mytilene gesehen haben.«

Der Fremde nickte heftig. »Mehr noch, ich habe mit ihm gesprochen, und er bat mich, nach dir zu forschen. Er war nicht sicher, ob du die Schlacht überlebt hast.«

Daphne sah Megara ins Gesicht, die schien verunsichert, dann richtete sie ihren Blick auf Aiakides und fragte mit gespielter Gleichgültigkeit: »Nun gut, du hast mit ihm gesprochen. Wie sah er aus?«

Jetzt wirkte Aiakides verlegen, er wand sich, als wollte er seine Rede hinauszögern, die Antwort fiel ihm schwer: »Von mittlerer Größe, dunkles Haar, ein dichter Bart ...«

»Von welcher Farbe sind seine Augen?«

»Beim Hades«, fluchte der Fremdling, »wie soll ich das wissen. Glaubst du, ich merke mir von jedem, mit dem ich rede, die Farbe seiner Augen?«

»Aber sieh dich doch um!« entgegnete Daphne, »ist hier nicht jeder Mann von mittlerer Größe, mit dunklem Haar und dichtem Bart?«

Aiakides antwortete: »Ich muß dir recht geben.«

Nun aber lag Daphne offenbar daran, das Gespräch nicht abreißen zu lassen. »Nehmen wir einmal an«, sagte sie zögernd, »ich würde dir Glauben schenken, daß du meinen Vater Artemidos lebend gesehen hast, was hätte das für Folgen?«

»Folgen? – Keine. Das heißt, ich hatte mir vorgestellt, daß dein Herz voll Freude ist über diese Kunde.«

»Und er hat dir keine Nachricht zugesteckt, die du mir übermitteln sollst?«

»Nein«, antwortete Aiakides, »dein Vater war doch nicht sicher, ob du überhaupt noch lebst. Er bat mich, als er hörte, meine Geschäfte führten mich nach Athen, nach dir zu forschen. Ehrlich gesagt, ich hatte den Auftrag schon beinahe vergessen, doch während eines Symposions, als man sich den neuesten Klatsch von den Tischen der Reichen erzählte, hörte ich von einer Aphrodite-Statue, der eine Hetäre namens Daphne aus Lesbos Modell gestanden hatte, und die von ihrem Auftraggeber, als er sie sah, zerschlagen wurde, und niemand weiß warum. Da erinnerte ich mich des Mannes aus Magnesia und fragte, wo das Mädchen zu finden sei.«

»Deine Worte klingen wahr und unwahrscheinlich zugleich«, mischte Megara sich ein. »Ich hoffe, du hast für unser Mißtrauen Verständnis. Du bist für uns ein Fremder, noch dazu aus dem feindlich besetzten Magnesia. Du kommst und berichtest, Daphnes Vater sei am Leben, obwohl sie ihn selbst in den Wellen versinken sah, da fällt es schwer, dir um den Hals zu fallen und für diese Nachricht zu danken.«

Daphne, der die ganze Tragweite dieser Botschaft erst allmählich ins Bewußtsein kam, schlug die Hände vors Gesicht und rieb verzweifelt die Augen, als wolle sie einen Traum, der Wahrheit zu werden schien, wegwischen. »Und der Mann, der angeblich mein Vater sein soll«, begann sie fragend, »was tut er in Magnesia?«

»Er steht am Hofe des Satrapen in Frondienst, er färbt die Wolle der karischen Schafe.«

»Mein Vater hat nie im Leben dergleichen getan!« rief Daphne und schüttelte wild mit dem Kopf.

Aiakides hob die Schultern: »Als Sklave kann er sich seine Beschäftigung nicht aussuchen. Jedenfalls lernte ich ihn bei seiner Arbeit kennen. Ich handle mit kostbaren Stoffen, mein Schiff wird im Hafen von Phaleron entladen.«

»Aber er ist tot! Er ist doch tot! Ich habe mit diesen meinen

Augen gesehen, wie ihn die schwarzen Wogen vor Marathon verschlangen!« Daphne ging auf Aiakides zu, trommelte mit den Fäusten gegen die Brust des Schwarzbärtigen und weinte verzweifelt: »Es kann nicht sein, du Fremder aus Magnesia, hörst du, es kann nicht sein!«

Megara riß das Mädchen zurück und umklammerte Daphne mit beiden Armen, bis sie sich beruhigt hatte. Da nickte der Magnesier kurz, drehte sich um und ging an den Weihestatuen vorbei in Richtung auf den Stadioneingang. Daphne holte ihn mit ein paar Schritten ein, nestelte am Verschluß der Kette, die sie um ihren Hals trug, und reichte dem Fremden das Medaillon mit der Taube.

»Hier«, sagte Daphne atemlos, »nimm dies mit nach Magnesia und frage den Mann, der mein Vater sein soll, was es damit für eine Bewandtnis hat, und wenn dich dein Weg wieder nach Attika führt, dann bringe mir die Antwort. Es soll dein Schaden nicht sein.«

Aiakides betrachtete die Taube mit dem Ölzweig auf dem Medaillon und ließ sie in einer Gewandfalte verschwinden. Er nickte: »In den ersten Tagen des Monats Elaphebolion, wenn die Frühlingssonne die schaumgekrönten Winterwogen glättet, wird mein Schiff aufs neue den Hafen von Phaleron ansteuern.«

»Hermes mit dir!« sagte Daphne, und Aiakides verschwand im Gedränge der Stadionbesucher.

Das Stadion bot 30 000 Zuschauern Platz, und man konnte es durch ein schmales Tor vom heiligen Bezirk der Altis oder über den Abhang des Kronion-Berges betreten. Nur den Großen, den geladenen Gästen, Herrschern und Tyrannen, Strategen und Volksführern, den Hellanodiken, die, zehn an der Zahl, als Kampfrichter entschieden und die Sieger mit Lorbeerkränzen krönten, den Theokolen, die die Heiligtümer verwalteten, den Spondophoren, Manten und Exegeten, die sich um die Fremden kümmerten und aus den besten Familien von Elis stammten, stand die Tribüne offen.

Die breite Masse bevölkerte die Böschung des Kronion-Berges, ganz oben die Zuschauer weiblichen Geschlechts. Auch Daphne und Megara ließen sich hier nieder, angestarrt vom Pöbel auf den unteren Rängen, dem die Startvorbereitungen auf der Bahn vorläufig noch weniger interessant erschien als der Blick auf die Zuschauer.

Nach den Vorhersagen der frommen Manten, die sich jede Prognose in klingender Münze honorieren ließen, stand der Sieger im Stadionlauf bereits fest, er hieß Philles. Doch so richtig wollte man an den Erfolg des jungen Spartaners nicht glauben, der, bescheiden von Vater und Bruder begleitet, hier angetreten war und alle fünf Vorläufe mühelos zwar, aber knapp gewonnen hatte.

Ephialtes hingegen, eine große, strahlende Erscheinung, ein Mann mit schwarzem Lockenkopf und sehnigem Körper, ihn hatte wohl sein ganzer Stamm zu den Spielen begleitet. Die verschlossen wirkenden Trachinier kamen von der Asoposschlucht im Westen der Thermopylen und waren von so verschwindender Zahl, daß man sich scherzend erzählte, jeder in Trachis kenne jeden mit Namen. Wo immer Ephialtes in diesen Tagen auftrat, wurde er umringt, geschützt, gehegt und gepflegt von Betreuern aus seiner Heimat. Das verlieh ihm bei den Zuschauern Beachtung und Bedeutung.

»Wenn er gewinnt«, lachte Megara und zeigte mit ausgestrecktem Arm zu den Startpflöcken, wo sieben Läufer Aufstellung nahmen, »dann werden ihn Trachinier auf den Schultern zu den Thermopylen tragen.«

Daphne entgegnete: »Ich setze auf Philles. Ich weiß nicht, ob er der Schnellere ist, auf jeden Fall gefällt er mir besser.«

»Pah, ein Spartaner!«

»Na und? – Ja gewiß, sie haben die Athener in schwerer Stunde allein gelassen. Aber sagtest du nicht selbst, daß jede Politik vor den Ufern des Alpheios haltmacht und daß sogar Kriege eingestellt werden, damit sich die Feinde im friedlichen Wettbewerb auf der Rennbahn messen können?«

Darauf wußte Megara keine Antwort, sie schämte sich sogar ein wenig.

Die Startlinie bildete eine ellenbreite Marmorschwelle mit einer dreieckigen Kerbe als Startloch für die Läufer. Mannshohe eckige Pfähle markierten die Position jedes einzelnen. In der Laufbahn selbst gab es keine Markierungen, sie war mit Sand bedeckt, trockenem, staubigem, gelbem Sand, den vor allem schwächere Läufer fürchteten. Wer hinter einem schnelleren Athleten herlaufen mußte, bekam Wolken von Staub ins Gesicht, sah nichts mehr und mußte nicht selten, wenn die Augen zu tränen begannen, aufgeben. Deshalb kam schon dem Start erhöhte Bedeutung zu, und jeder Läufer schwor auf seine eigene Methode.

Die meisten stellten sich schräg zur Startlinie und lauerten mit nach hinten gehaltenen Armen, was zum Schwungholen gedacht war, auf das Startzeichen. Von den beiden Favoriten wußte man, daß jeder auf eine andere Taktik schwor: Ephialtes duckte sich, den linken Arm auf das gebeugte linke Knie gestützt, das rechte Bein nach hinten gestreckt. Philles wurde sogar belächelt, weil er mit dem rechten Bein auf dem Boden kniete und beide Hände flach auf die Startlinie legte.

Aus einer Schale, mit der der rotgekleidete Hellanodike vor jeden Läufer hintrat, zogen die Teilnehmer ein Los, ein Holzstäbchen, das an der Unterseite eine Zahl trug, die Nummer der Startbahn. Ephialtes schien mit seinem Los zufrieden, er machte einen Luftsprung, ging dann sofort zu seiner Startbahn zurück und verfiel in tiefe Konzentration. Philles zeigte keine Regung, die Startbahn schien ihm gleichgültig zu sein. Er begab sich in seine eigenartige Position, machte einen Satz nach vorne, stampfte ein paar Schritte in den Sand und kehrte wieder um. Die anderen scharrten mit den nackten Füßen in ihrer Startrinne oder gingen unruhig auf und ab.

Dumpfe Paukenschläge, ein vieltausendfaches Raunen: Erwartungsvoll blickten die Zuschauer in die Mitte der Sandbahn, wo der rote Hellanodike, eingerahmt von zwei fackeltragenden Exegeten, Aufstellung nahm und vor dem lorbeergeschmückten Altar der Demeter an der Böschung des Berges die Startliste verkündete:

»Nach dem Willen des olympischen Zeus, verpflichtet dem heiligen olympischen Eid, treten folgende Wettkämpfer im Stadionlauf gegeneinander an, um den Besten unter ihnen zu ermitteln:
Bahn 1: Charmides, Sohn des Kleitos aus Kroton.
Bahn 2: Androkles, Sohn des Myron von der Insel Melos.
Bahn 3: Philles, Sohn des Dameon aus Sparta.
Bahn 4: Neon, Sohn des Thessalos aus Athen.
Bahn 5: Ephialtes, Sohn des Isagoras aus Trachis.
Bahn 6: Saron, Sohn des Thaliades aus Elis.
Bahn 7: Attalos, Sohn des Kleitors aus Syrakus.

Wer von euch Klage führen kann gegen einen der Athleten, sei es, daß er kein freier Bürger von Hellas, der Blutschande oder einer Schandtat gegen die Götter angeklagt ist, der möge seine Stimme erheben und dies vor aller Welt kundtun!«

Im Stadion blieb es still, die Läufer verharrten starr. Ein einziger Zwischenruf, die Namensnennung eines Athleten hätte den sofortigen Ausschluß bedeutet. Doch nichts rührte sich, und der Hellanodike fuhr fort: »So gebt denn das Zeichen zum Lauf!«

Nun brauste der Beifall von den Rängen. Hoch oben schwenkten die Frauen bunte Tücher. Würdige Männer warfen die Arme in die Luft und brüllten den Namen ihres Favoriten, andere hüpften vor Aufregung und schmetterten aufpeitschende Parolen in den Sand: »Laufe schneller als Hermes, der Götterbote!« – »Stampfe die anderen in die Ecke!« – »Zeig ihnen das Weiße deiner Sohlen!«

Kein Zweifel, Ephialtes, nackt und eingeölt, trug seine bronzefarbene Haut und die Muskeln an Oberschenkeln und Armen am elegantesten zu Markte. Der Athener Neon, der neben ihm stand, wirkte gegen diesen durchtrainierten Sportler wie ein verwachsener Barbar, klein, der Brustkorb eingefallen, und Beine, die ein Leben lang den aufgedunsenen Wanst eines thessalischen Pferdes umschlossen zu haben schienen.

Philles an seiner Seite war der Athlet, den man – wäre ihm nicht ein sagenhafter Ruf vorausgeeilt – am leichtesten hätte übersehen können: durchschnittlich in jeder Hinsicht. Nicht groß, nicht klein, nicht muskelbepackt, aber auch nicht dürr wie ein Startpfahl. Auch häßlich war er nicht gerade anzusehen, doch schön leider auch nicht. Und mancher überlegte, was auch in Daphnes Kopf vorging: Woher nahm dieser Spartaner seine Kraft?

Der Starter, nackt wie die Wettkämpfer, hielt sein Reisigbündel in die Höhe, und im nächsten Augenblick verstummte die Menge. Unruhig scharrten die Läufer, bis sie ihre richtige Startposition gefunden hatten: Charmides und Androkles stehend, Philles mit beiden Händen auf der Startlinie, Neon geduckt mit angewinkelten Armen, Ephialtes auf sein linkes Knie gestützt, Saron und Attalos stehend.

Wer die sieben jungen Männer von der Tribüne aus beobachtete, vor sich die Schatzhäuser, Altäre, Tempel und Weihestatuen und über die von Pinien und Zypressen beherrschte Landschaft von Elis mit ihrem azurblauen Himmel blickte, der konnte leicht ins Schwärmen geraten ob des Zaubers der geheiligten Spiele, ob des Edelmutes der Athleten, die um nichts als den Lorbeer aus der Hand des Hellanodiken liefen. Doch aus der Nähe betrachtet wandelte sich das Bild: Die Läufer rochen stark nach Schweiß. Nicht die Sommerhitze trieb ihnen diesen Schweiß aus den Poren. Jeder von ihnen hatte sich mindestens ein Jahr auf diesen Augenblick vorbereitet, sie waren an Hitze gewöhnt, hatten Ausdauer trainiert. Doch jetzt saß ihnen die Angst im Nacken, die Furcht zu versagen, zu scheitern.

Einem jeden winkten unsterblicher Ruhm, materieller Wohlstand, gesellschaftliches Ansehen und schöne Frauen. Würde der Athener siegen, so war ihm die Speisung im Prytaneion auf Lebenszeit sicher, vielleicht ein mietfreies Landhaus und eine Laufbahn als Beamter. Schließlich brachte ein Olympionike Ruhm über das Land.

Nicht selten verlockten hohe Bestechungsgelder, die ein Unbekannter einem Athleten in Aussicht stellte, langsamer zu laufen, als es seine Lungen zuließen. Und half das alles nichts, dann gelobte der Läufer, des Versprechens eines namhaften Gönners gewiß, dem Aphrodite-Tempel von Akrokorinth oder dem delphischen Apollon hundert heilige Huren zu kaufen oder ein Talent Silber.

»Lauft!« Ein Schrei erscholl aus vielen tausend Kehlen, als der Starter sein Reisigbündel senkte.

Philles, der Spartaner, schnellte vom Boden hoch wie ein Frosch aus Böotien, doch Ephialtes, der Trachinier, bot ihm keine Chance zu entkommen, er stürzte aus seiner Lauerstellung auf einen unsichtbaren Gegner, sprang leichtfüßig über ihn hinweg und trampelte kraftvoll über den Sand des Stadions. Die anderen, das wurde schon nach den ersten Schritten deutlich, lagen in aussichtsloser Position.

Tribünen und Ränge waren in zwei Lager geteilt. »Philles, Philles!« brüllten die einen, die andere Hälfte feuerte ihren Günstling mit »Ephialtes«-Rufen an. Noch hatte keiner von beiden einen Vorteil erkämpft. Philles lief kraftvoll, er machte schnellere, kürzere Schritte; Ephialtes bestach durch die Eleganz seiner Haltung. Leichtfüßig wie ein gehetztes Reh schien er den Boden kaum zu berühren. Sein nackter Körper dehnte sich, zog sich in die Länge, wurde größer – jedenfalls hatten die Zuschauer den Eindruck. Philles dagegen – eine Kampfmaschine, dicht neben ihm, schon zwei, drei Schritte vor den anderen, von denen Neon das Schlußlicht bildete.

Philles' schnelle, stampfende Schritte erzeugten die von jedem Läufer gefürchtete gelbe Staubwolke und hüllten die Nachfolgenden ein, daß es schwerfiel, den einzelnen zu unterscheiden. Die beiden Favoriten sahen es nicht. Ihnen stach die blendende, gleißende Sonne von Elis ins Gesicht, zwang brennenden Schweiß in die Augen, ließ die Menschenwände zu beiden Seiten der Rennbahn in ein milchiges Weiß zerfließen.

Ephialtes hörte das zornige Stampfen des Spartaners, doch lauter dröhnte der Pulsschlag in seinen Schläfen, das Lärmen des Publikums nahm er überhaupt nicht wahr. Seine Lungen schienen zu kochen, brachten brodelnde Geräusche hervor, sie wurden auf einmal zu klein, forderten mehr Luft, aber der Läufer wagte nicht, tiefer zu atmen.

Philles keuchte lauter. Sein Lauf erforderte mehr Kraft. Würde er durchhalten? Er ruderte hektisch mit den Armen, die Hände zu Fäusten geballt, so, als wollte er den Widerstand der Luft beiseite schieben. Aber immer, wenn er glaubte, seine Schultern zwei Handbreit vor die des Trachiniers gebracht zu haben, zog dieser nach und hielt wieder dieselbe Höhe.

Die Hälfte der Distanz war zurückgelegt, doch noch suchte keiner der beiden Favoriten die Ziellinie mit den Augen. Ihr Blick blieb starr in den heißen Sand gerichtet. Sie sahen einander nicht, aber sie hörten sich, spürten sich, haßten sich. Wenn man so lange, so hart trainiert, seinen Körper kasteit und geschunden hat, und immer das eine Ziel vor Augen, den Sieg, und wenn einem dieser Sieg schon eine sichere Sache schien, dann haßte man jeden, der einem dieses Ziel streitig machen wollte – sogar den besten Freund.

So sehr Ephialtes sich anstrengte, die letzten Reserven seines gestählten Körpers zum Einsatz brachte, es gelang ihm einfach nicht, den Spartaner abzuschütteln. Beim Zeus, wo holte dieser Philles solche Kräfte her?

Philles nahm den Kopf hoch und legte ihn leicht zur Seite, als blicke er auf seinen Widersacher, doch seine Augen schienen geschlossen. Ein Plethron noch, dreißig Schritte, mehr blieb nicht bis zum Ziel, da geschah, was niemand bemerkte, und doch die Entscheidung brachte.

Philles, der noch immer wie wild mit den angewinkelten Armen ruderte, öffnete plötzlich die linke Faust und schleuderte dem Trachinier eine Handvoll gelben Sand, den er beim Start aufgenommen hatte, in das schweißtriefende Gesicht. Ephialtes, nicht wissend, was eigentlich geschah, riß den Kopf instinktiv auf die Brust, kniff die Augen zusammen und versuchte, sich halbblind zu orientieren.

Dieser Augenblick genügte: Philles zog mit zwei, drei kräftigen Schritten davon. Die Zuschauer tobten »Philles, Philles!« Ephialtes war aus dem Rhythmus, erkannte nur schemenhaft den Umriß des Gegners; er gab sich geschlagen, strauchelte und stürzte wie ein getroffenes Tier auf die Bahn, eine staubige Wolke hinter sich herziehend. Da ging Philles durchs Ziel. »Heil, Philles! Heil dem Sieger aus Sparta!«

Daphne sprang auf und klatschte begeistert in die Hände. »Er hat gewonnen!« rief sie begeistert und stieß mit dem Ellenbogen Megara übermütig in die Seite, »Sieg für den Spartaner!«

Das Siegesmahl im Buleuterion, unmittelbar neben dem Eingang zum heiligen Bezirk, war wie stets gesellschaftlicher Höhepunkt der Spiele, und den Exegeten wurden hohe Bestechungsgelder geboten, wenn sie einen Gernegroß passieren ließen, der sich im Ruhm des Siegers sonnte. Nach olympischen Regeln waren nur die Wettkampfteilnehmer, ihre Betreuer und die Repräsentanten des Staates geladen – beinahe eine reine Männergesellschaft, hätten nicht Hetären aus ganz Griechenland das Mahl mit ihrer Schönheit und mit geistvollen Gesprächen aufgelockert. Und manche der Schönen fand man bei den folgenden Olympiaden bereits am Herrscherhof eines fernen Landes, als Geliebte oder Ehefrau eines reichen Potentaten.

Mit Neon, dem Athener, war kein Staat zu machen, und ihm blieb nur der schöne Trost, nicht der Sieg, sondern die Teilnahme sei von Bedeutung. Wie ernst man jedoch diesen frommen Spruch in Elis nahm, zeigte die Plazierung der Athener an der hufeisenförmig weit ausladenden Tafel: der lächelnde Exegete wies Neon und seinen Leuten das untere Ende der Tischreihe zu.

Daphne und Megara rahmten den eher schüchtern wirkenden Läufer ein und fanden tröstende Worte für den Athener. Seine Jugend erlaubte es ihm, noch an vielen Spielen teilzunehmen. Ephialtes am gegenüberliegenden Ende der Tafel, der als Vorletzter durchs Ziel gegangen war, vermied es, den umschwärmten Sieger in der Mitte des Gelages anzusehen. Die Kampfrichter hatten seinen Protest mit einem Schulterzucken beantwortet, niemand hatte etwas gesehen, niemand glaubte ihm, schließlich sei er gestürzt.

Der olympische Eid erlaubte nicht, die Spiele unter Protest zu verlassen. Dies hätte Schande über das gesamte Volk der Trachinier gebracht. Also starrte Ephialtes regungslos vor sich hin und versuchte, mit seiner traurigen Niederlage fertig zu werden, ein schier aussichtsloses Unterfangen angesichts der Tragweite des Vorfalls. Er haßte diesen Philles wie die Pest, er haßte ihn und alle Spartaner.

Unbemerkt stahl sich Megara davon. Sie fand, der Trachinier brauchte jetzt eher Trost als der junge Athener. Da fühlte Daphne plötzlich, daß jemand hinter ihr stand. Sie drehte sich um, und vor ihr wuchs Themistokles aus dem Boden, kraftvoll wie ein thessalischer Stier. Der Feldherr sagte nichts. Kein Gruß, nicht einmal ein Kopfnicken. Er schien nicht überrascht, er schien sogar die Begegnung gesucht zu haben; aber Daphne forschte vergebens nach einem Anflug eines Lächelns in seinem Gesicht. Nichts.

Da faßte sich Daphne ein Herz und sagte: »Was starrst du auf das Vorbild, dessen Abbild dir so widerwärtig erschien? Muß ich vielleicht fürchten, sogleich von dieser Liege geworfen zu werden?«

»Die Statue war ein Weihegeschenk an den delphischen Apoll, das ich in Auftrag gab. *Ich* habe es bezahlt, *ich* kann es auch zerstören«, antwortete Themistokles.

»Apollon wird dir zürnen, wenn du so mit seinen Weihegaben umgehst!«

»Ich spende ihm eine neue. Was geht es dich an?«

»Nichts, nein, ich hoffe nur, daß ihm die neue Weihestatue besser gefällt.«

»Warum sollte sie?«

»Nun, nur so hättest du gegenüber dem Drachentöter eine Rechtfertigung für deine Schandtat!«

»Schandtat? Ich bin mir keiner Schuld bewußt. Es sei denn,

ich legte Hand an dich, um dein vorlautes Mundwerk zum Schweigen zu bringen!«

Da richtete Daphne sich auf, hielt dem Feldherrn provozierend die Wange hin und rief zornentbrannt, beinahe verzweifelt: »Hier, schlag doch zu, du eingebildeter Kraftprotz, wozu wärest du sonst auch fähig!«

Der Satz war kaum ihrem Mund entschlüpft, da spürte sie deutlich, daß sie zu weit gegangen war. Ihr herausfordernder, eben noch so sicherer Blick wurde unsicher, ja ängstlich, als sie wahrnahm, daß der massige Oberkörper des Hünen ganz langsam näher kam, sich über sie beugte und mit einer plötzlichen, heftigen Bewegung auf sie stürzte.

In diesem Augenblick war Daphne jedes Gefühl abhanden gekommen. Sie empfand nur eine unendlich lange Leere, bis sie schließlich merkte, daß sie diesem Angriff gar keine Abwehr entgegensetzte. Ihr schien es, als unterwürfe sie sich einer wahren Lust an der Züchtigung, vielleicht am Untergang, als *wollte* sie all das, was der Athener ihr nun gleich antun würde.

Mit eisenhartem Griff umklammerten seine Hände ihre Schultern und rissen sie hoch, daß der Kopf nach hinten fiel; doch die Erwartung, jetzt, im nächsten Augenblick, mit furchtbarer Wucht zurückgeschleudert zu werden, trog. Der Griff seiner Hände lockerte sich nicht. Themistokles preßte Daphne an sich. Sie spürte ihre bebenden Brüste an seinem Oberkörper, die Wärme, die von ihm ausging, die zwingende Gewalt, die jeder seiner Bewegungen anhaftete. Und plötzlich war sein Mund über dem ihren, seine kräftigen Lippen öffneten sich, seine Zunge suchte die ihre. Und Daphne fühlte sich fallen, stürzen in eine andere Welt.

Ihre Arme hingen willenlos herab, ihre Hände waren leer. Instinktiv versuchte Daphne, nach etwas zu greifen, aber sie tastete im Leeren. Da umfaßte sie den starken Rücken des Mannes, krallte ihre Fingernägel in sein Fleisch, daß es ihn schmerzen mußte, und verlor sich in einem Gefühl der Willenlosigkeit.

Was jetzt, in diesem Augenblick, geschah, was ihr noch bevorstand, Daphne wollte nicht darüber nachdenken. Der Lärm des Siegermahls, die Gaffer um sie herum, das alles war ihr gleichgültig, war weit weg wie die Gestade Indiens, und sie wünschte, daß dieser Augenblick des heillosen Verblüfftseins, der Ratlosigkeit, der Unglaublichkeit nie vorbeigehen möge.

Aber irgendwann kam Daphne zu sich, sah Themistokles in die Augen, die, wie immer ausdruckslos, als wäre nichts gewesen, auf sie herabblickten. Und schon hatte die Ionierin sich wieder in der Hand. Sie hörte sich sprechen, obwohl sie das gar nicht sagen wollte: »Bist du nicht der große Themistokles, der mir prophezeit hat, ich würde mir einmal wünschen, auf dem Sklavenmarkt verkauft worden zu sein?«

»Ja, der bin ich. Ich habe es gesagt.«

Daphne erwartete irgendeine Erklärung, eine Ausrede oder Entschuldigung. Aber der Feldherr sprach nichts dergleichen. Er stand vor ihr, fest und angewurzelt wie eine thessalische Eiche mit tausend Ästen und Zweigen, der es nichts ausmacht, wenn der Sturm *einen* Zweig knickt.

Das Mädchen aber, aufgewühlt in seinen tiefsten Empfindungen, stachelte weiter: »Bist du nicht der große Themistokles, der die Weihestatue für den delphischen Apoll im Hochmut zerschlagen hat?«

»Nicht im Hochmut!« antwortete Themistokles.

»Was für einen Grund sollte es sonst gegeben haben? Als Glaukias erklärte, Daphne habe für das Bild der Aphrodite Modell gestanden, da packte dich der Zorn. Ausgerechnet jene, die du auf den Sklavenmarkt verwünscht hattest.«

Themistokles holte tief Luft. Daphne spürte, wie schwer ihm die Antwort fiel: »Glaukias ist ein Genie. Die Aphrodite war sein Meisterstück. Nie im Leben habe ich ein schöneres Kunstwerk erblickt. Ich war wie von Sinnen, als ich es zum erstenmal sah. Natürlich glaubte ich, es sei dem feinen Kunstsinn Glaukias' entsprungen, der bemüht war, das Idealbild der Frau zu schaffen. Doch dann auf einmal sah ich dich daneben, das Vorbild, Aphrodite in Person. Ich sah die geilen Gesichter der Gaffer, ich hörte ihre schmutzigen Reden, ich merkte, wie sie im Angesicht der Statue Geld und Vermögen zählten, weil sie ja wußten, daß du käuflich bist; all das konnte ich nicht länger ertragen. Jeder Blick, jede Bemerkung tat mir weh. Ich wollte nicht, daß sie die Aphrodite-Statue anstarrten und dich darin erkannten. Deshalb stieß ich sie vom Sockel.«

Daphne schwieg. Dieser Mann, das wurde immer deutlicher, war nicht mit normalen Maßstäben zu messen. Hinter der Maske des durch nichts zu erschütternden Kraftprotzes verbarg sich ein empfindsames Gemüt. Doch wie sollte sie diesem Mann begegnen? Durfte sie diesen unerwarteten Gefühlsausbruch des Themistokles erwidern? Irgend etwas mußte sie doch sagen.

Da beendete der Feldherr das peinliche Schweigen und sprach mit ruhiger, fester Stimme: »Ich will dich haben, Daphne. Für mich allein, hörst du. Du bist meine Aphrodite.«

Daphne schluckte. Sie fürchtete, daß das, was immer sie jetzt antwortete, falsch sein würde. Und so sagte sie: »O Themistokles, du vergißt, daß ich eine Hetäre bin, und eine Hetäre gehört nie einem Mann allein.« Doch kaum hatte sie geendet, da tat es ihr leid und sie kämpfte mit den Tränen.

Während Daphne vor dem rahmenlosen Silberspiegel das Gesicht mit leuchtendem Bleiweiß schminkte und die Umrisse der Augen mit dunkelgrüner Schieferpaste nachzog, redete Megara auf sie ein: »Glaube mir, Daphne, niemand will dir hier ein Leid zufügen. Wir lieben dich alle!«

Im Hetärenhaus am Karameikos herrschten Spannungen. Seit Daphne eine Schlange in ihrem Bett gefunden hatte, wurde das Mädchen den Eindruck nicht los, daß man ihm nach dem Leben trachtete.

»*Du* liebst mich, Megara!« antwortete Daphne, »so wie auch *ich* dir innige Gefühle entgegenbringe. Aber die anderen lächeln zwar, wenn sie mir begegnen; doch hinter ihren freundlichen Mienen verbirgt sich Haß.«

Megara wiegte den Kopf. »Ja gewiß, deine Jugend, deine Anmut und Schönheit sind für jede Frau schwer zu ertragen. Sie setzen hohe Maßstäbe. Aber ich glaube, du gehst zu weit, wenn du dich von allen verfolgt fühlst.«

»Nicht von allen!« entgegnete Daphne, »aber die schöne Attis stellt mir nach, dessen bin ich sicher. Oder behauptest du noch immer, die Natter habe sich an den Beinen meines Bettes emporgeringelt? Nein, Megara, die schöne Attis redete die Unwahrheit, als sie vor allen erzählte, ich würde mit Schlangen und Fröschen spielen. Ich fürchte sie nicht, nein, zu Hause in Lesbos habe ich diese Tiere oft in den Höhlen des Gebirges beobachtet, aber deshalb so ein Tier in mein Bett zu nehmen, auf diesen Gedanken käme ich nie! Ich meine, Attis erfand diese Geschichte, um diesen Anschlag zu verschleiern.«

»Attis! Immer nur Attis! Sie sät alle Zwietracht in diesem Haus!«

Daphne erwiderte: »Nein, nicht Attis ist es, die Zwietracht sät, *ich* bin es. Als *ich* in dieses Haus kam, nahmen Streit und Mißgunst ihren Anfang. *Ich* bin das fremde Schaf, das Unruhe in den Pferch getragen hat. *Ich* sollte gehen.«

Megara legte den purpurgesäumten Chiton, den sie für

Daphne bereithielt, beiseite, faßte das Mädchen an den Handgelenken und zog es an sich: »Kleines, wohin willst du gehen? Du darfst dich von den Schmeicheleien der Männer nicht blenden lassen. Gewiß, sie buhlen um dich, sie verehren dich mehr als jede andere; aber vergiß eines nicht, jeder von ihnen hat zu Hause ein Weib in seinem öden Ehebett, weder schön noch geistreich, doch peinlich darauf bedacht, seinen Einfluß und Besitzstand geltend zu machen. Das gilt auch für Themistokles.«

Die letzte Bemerkung traf. Daphne wehrte sich: »Laß Themistokles aus dem Spiel!«

»Ich weiß, er ist ein ehrenwerter Mann, ein hervorragender Feldherr, und er macht dir den Hof. Dafür schätze ich dich glücklich. Aber Themistokles hat eine Frau und zwei Kinder, er wird sie nie im Stich lassen.«

»Ich bitte dich, schweig!« erzürnte sich Daphne und riß sich von der Freundin los. »Ich habe nie daran gedacht, Themistokles mit ernsten Absichten gegenüberzutreten. Ich bin eine Hetäre und weiß, was ich zu tun habe.«

Eine Dienerin meldete, die Sänfte für Daphne sei eingetroffen.

»Eine Sänfte?« fragte Megara erstaunt. »Wer schickt dir eine Sänfte?«

»Diphilides«, antwortete Daphne und zog sich den Chiton über. »Er bat mich mit so freundlichen Worten zu einem seiner Symposien. Er würde mich nie anrühren, allein meine Gegenwart sei ihm die höchste Freude. Diphilides ist ein Greis, er spricht nicht weise, doch er kennt die ganze Welt. Ich wollte ihm diesen Wunsch nicht abschlagen.«

Megara schmunzelte und im Gehen drückte sie Daphne ein rosenfarbenes Schälchen in die Hand. Die Hetäre wies es wortlos zurück, doch Megara blieb unnachgiebig: »Eine Frau weiß nie, wie es kommt!« Schließlich nahm Daphne es an sich.

Die Salbschale aus mattem Glas hatte die Form eines Apfels und enthielt das bestgehütete Geheimnis griechischer Hetären, den Balsam der Aphrodite. Denn im Gegensatz zu den gewöhnlichen Huren, die ihren Freiern zur Empfängnisverhütung Tierblasen um den Phallos banden oder heiße Sitzbäder abverlangten, wurden Hetären höchst selten schwanger, obgleich sie scheinbar auf jedes Verhütungsmittel verzichteten.

Mandragora hieß das Zaubermittel, ein Kraut mit phallosförmigen Wurzeln, die, getrocknet, gestoßen und vermischt mit allerlei duftenden Ingredienzien, dem Freier beim Liebesspiel eine geschmeidige, sorgenfreie Bahn bereiteten.

Die vier Sklaven mit der Sänfte blickten finster, und keiner sprach ein Wort. Im Laufschritt eilten sie durch die dunklen Gassen, deren heiterer Charakter sich mit der Dämmerung verflüchtigte. Es gab keine Straßenbeleuchtung, so daß die Träger vor jeder Kreuzung lautes Geheul ausstießen, um auf sich aufmerksam zu machen.

Dies war die Stunde der Agoraioi, der Müßiggänger, Hehler und Zuhälter, kurz, der dunklen Geschäfte, so daß Daphne heilfroh war, als die Sänfte das Dipylontor passiert hatte, hinter dem der vornehmere Stadtteil lag, und schließlich in die Zypressenallee einbog, die durch den Park vor Diphilides' Villa führte. Die Marmorstatuen zu beiden Seiten des Weges trugen rotleuchtende Fackeln. Dadurch wurde das ganze Gelände in eine glühend lodernde Theaterlandschaft verwandelt.

Diphilides liebte solche Feste und schätzte derlei Auftritte, und es gab nicht wenige, die darüber die Nase rümpften; doch sein Erfolg als Pferdezüchter, sein sagenhafter Reichtum, der ihn zur Ausrüstung einer halben Flotte verpflichtete, verschafften ihm Ansehen und Einfluß in Athen. Seit dem

Tod seiner jungen Frau, die, wie man erzählte, vor einem Jahrzehnt der Lustseuche zum Opfer gefallen war, umgab Diphilides sich mit einer aufwendigen Mannschaft von Dienern, Sekretären, Sklaven und Huren, die ihm jeden Wunsch von den Augen ablasen. Das stimmte den eigenwilligen Alten zufrieden.

Hätte er sein Geld nur verschleudert, vertrunken oder bei aufwendigen Symposien durchgebracht, so hätten ihn die Athener gewiß mit Verachtung gestraft. Diphilides ging jedoch der Ruf voraus, ebenso ein Förderer der Künste zu sein wie ein Helfer der Armen.

Je näher sie dem von dorischen Säulen umrahmten Eingangsportal der Villa kamen, desto mehr verdichtete sich bei Daphne die Gewißheit, daß irgend etwas nicht stimmte. Wo blieben die lärmenden, tanzenden Gäste, die fröhliche Musik der Flötenspielerinnen? Ein paar festlich gekleidete Männer, die in kleinen Grüppchen herumstanden, diskutierten mit theatralischen Gesten wie Tragiker beim Dichterwettstreit der Dionysien.

Daphne zögerte, als die Sklaven die Sänfte niedersetzten, ob sie nicht augenblicklich den Befehl zur Umkehr geben sollte, aber da trat ihr der Demarch Exekias entgegen, der Vorsteher dieses Stadtteils, und im gebührenden Abstand zwei Demosioi, zwei Gerichtsschreiber.

»Du bist Daphne, die Tochter des Artemidos aus Mytilene?«

»Ja, ich bin es. Aber sage mir, was hat das alles zu bedeuten?«

Der würdige Demarch gab keine Antwort, er machte eine einladende Handbewegung, und die beiden Demosioi nahmen Daphne in ihre Mitte. Zwei Sklaven öffneten die Eingangstür und gaben den Blick frei auf die marmorblinkende

Halle, in der mindestens hundert Gäste herumstanden. Inmitten der Halle lag auf einer Bahre Diphilides. Er war tot.

»Komm!« bat Exekias mit der Kühle des Beamten, der in dieser Situation seiner Pflicht nachkam, und führte Daphne in die kleine Pinakothek, die, mit kostbaren Gemälden und Statuen geschmückt, dem Hausherrn als Arbeitsraum gedient hatte. Der Demarch setzte sich an die hochbeinige Schreibplatte, entrollte einen Papyros und begann in angewidertem Tonfall, der erkennen ließ, daß er dieses Geschäft schon Hunderte Male verrichtet hatte, vorzulesen:

»Ich, Diphilides, Sohn des Atheners Kleophon, gebe dieses Vermächtnis ab vor den unten genannten Zeugen und vor dem Demarchen Exekias, der die Ausführung nach den Gesetzen des Solon geschworen hat ...«

Daphne hörte die Worte des Demarchen wie aus weiter Ferne: Namen, verwandtschaftliche Beziehungen, Häuser, Grundstücke und Ländereien. Auf einmal hob der Beamte merklich die Stimme und fuhr fort: »... Das Landgut in Sunion mit allen Bediensteten und den Erträgen eines jeden Jahres sowie das Stadthaus an der Heiligen Straße nach Eleusis samt Bediensteten vermache ich der Hetäre Daphne, der Tochter des Artemidos aus Mytilene. Ich bitte sie inständig, ihren Stolz zu überwinden und mir im Tode diesen kleinen Gefallen zu erweisen, nachdem mir im Leben jede Gunst von ihrer Seite versagt blieb.«

Der Beamte räusperte sich verlegen, betete ein paar erbrechtliche Floskeln und schloß mit den Worten: »Damit habe ich meiner Pflicht Genüge getan.«

Kapitel 6

Am lautesten schrien die Fischverkäufer, und sie scheuten bei ihren Anpreisungen vor seltsam überzogenen Vergleichen nicht zurück: »Sardinen, süßer als Honig!« – »Tintenfische, fein wie gegerbtes Leder!«

Der Hafen von Phaleron in der sandigen Bucht südwestlich von Athen quoll über von Schiffen, die Waren aus aller Welt anlieferten. Kleine Nußschalen mit geflickten, zerschlissenen Segeln, oft nur mit zwei Mann Besatzung, brachten von den Inseln Trauben, Feigen, Melonen, Maulbeeren, Granatäpfel, Birnen und Pflaumen. Aus einem breiten, gemächlichen Frachter von der Insel Euböa zerrten fluchende, peitschenschwingende Viehtreiber fette Schafe und großeutrige Kühe über den knarrenden Landungssteg. Mohren aus dem afrikanischen Kyrene, das Griechen von der Insel Thera vor eineinhalb Jahrhunderten besiedelt hatten, trugen Bündel von Silphionstengeln und Säcke mit Bohnen, Linsen oder Zwiebeln auf ihren Köpfen. Auf dem Schiff der Syrakusaner stritten die Hafenaufseher mit dem Händler, ob der Käse vom Schimmel gezeichnet oder nur von höchster Reife sei. Ein ägyptischer Segler mit turmhoher Takelage wartete auf Löschung seiner kostbaren Papyrusfracht. Daneben ein Segler aus Thrakien mit Holztruhen und Kästen, Bettgestellen und Mobiliar. Aus Thessalien Pferde, Hunde aus Epiros, Elfenbein aus Libyen, Rosinen aus Rhodos.

Händler feilschten um billigste Einkaufspreise, verluden die Waren auf Handkarren und rannten über die vielbefahrene Hauptstraße nach Athen, um möglichst der erste zu sein, der die neuen Waren auf der Agora anbot. Besondere Beamte, sogenannte Metronomen, gingen von Schiff zu Schiff und verglichen die Gewichte der ausländischen Händler mit ihren eigenen. Falsche Gewichte warfen sie, ohne Rücksicht auf das Gezeter der Händler, ins Meer. Andere Aufseher, Sitophylaken genannt, notierten Preise und Qualität der Waren und schoben so dem Preiswucher einen Riegel vor. Bei überhöhten Preisforderungen wurde das Schiff mit der gesamten Ladung zurückgeschickt.

Über all dem lag der Duft exotischer Gewürze, der Gestank verdorbener Fische und der Dunst eingepferchter Tiere. Geflügel wurde an Ort und Stelle geschlachtet, massige Schwertfische und Tintenfische in Teile zerlegt. Weihrauch, Parfüm und Salben konnten da wenig ausrichten, den Gestank zu mildern.

»Nur in Milet sah ich vor seiner Zerstörung einen noch größeren Hafen«, bemerkte Sikinnos, der Themistokles auf dem Weg zum nördlichen Teil des Hafens von Phaleron begleitete, wo die neue athenische Flotte gebaut wurde. Themistokles winkte ab: »Dieser Hafen platzt aus allen Nähten. Die Athener nahmen ihn in alter Zeit als ein Geschenk der Götter, die natürliche Bucht erforderte keine Bauten. Heute ist er ein Sicherheitsrisiko. Jede feindliche Flotte, und sei sie nur so klein wie die von Ägina, kann eine Schiffsblockade errichten und uns am Auslaufen hindern. Vom Land her hat der Hafen nicht einmal eine Mauer, die vor Feinden Schutz bietet. Wir brauchen einen neuen Hafen, eine befestigte Stadt und eine Mauer, die vom Meer bis nach Athen führt.«

Sikinnos lachte: »Es gibt keine barbarischen Sklaven

mehr, die in Laurion ein Silbervorkommen entdecken könnten!«

»Sie sind nicht schlecht gefahren damit. Der Preis der Freiheit schien mir angemessen. Und dir, Sikinnos, steht es noch heute frei, in deine Heimat zurückzukehren, mit Dareios zu rüsten und als Feind wiederzukommen.«

»Nein, Herr«, sagte Sikinnos, »meine Heimat ist Hellas. Obwohl ich kein freier Mann bin in diesem Land und weniger Rechte besitze als eine Hafenhure, gehöre ich hierher, in das Land meiner Väter.«

Themistokles hielt inne, legte dem Begleiter eine Hand auf die Schulter und sagte: »Sikinnos, sieh es doch einmal so: Du bist nicht mein Sklave, auch nicht mein Diener, du bist mein Freund, mein Hauslehrer und Schreiber, und für deine Arbeit erhältst du den gerechten Lohn wie ein freigelassener Metöke.«

Da umarmten sich die beiden Männer stumm und gingen weiter. Helle Hammerschläge und der dumpfe Laut wuchtvoller Rammböcke übertönten nun das entfernte Händlergeschrei. Die ersten der schlanken, hochgeschnäbelten Trieren gingen ihrer Vollendung entgegen. Ein stolzer Anblick. Es roch nach gespaltenem Holz und kochendem Harz, und Themistokles geriet ins Schwärmen: »Sag, Sikinnos, sehen die leuchtenden Schiffsschnäbel nicht aus wie der wohlgeformte Hals, die wogenden Brüste und das wehende Haar einer Hetäre? Dabei trägt der schlanke Segler die Kraft eines Fünfkämpfers in sich, 170 Ruderer dreirangig gestaffelt übereinander. Was glaubst du, kann diese Triere den Barbaren trotzen?«

»Sie ist schlanker als das Kampfschiff der Achämeniden«, sagte Sikinnos nach einem langen prüfenden Blick, »und das bedeutet: sie ist schneller. Mir scheint, daß auch die Riemen kürzer sind.«

»Dein Auge trügt dich nicht«, antwortete Themistokles voll Begeisterung. »Kürzere Ruder, das bedeutet, die Schiffe sind wendiger und erreichen größere Beschleunigung. Diese Riemen messen neun Ellen, die Ruderknechte des Dareios müssen sich mit zehn Ellen herumplagen. Das heißt, wir werden der barbarischen Übermacht Kraft und Wendigkeit entgegensetzen.«

Sikinnos nickte und folgte Themistokles über Balken und Stützsteine in die Holzkonstruktion eines der Docks, in dem ein gutes Dutzend Maler gerade beschäftigt war, den Bootskörper mit einem rostbraunen Erstanstrich zu versehen. Voll Andacht pinselten zwei Vorarbeiter ein riesiges Auge auf das Vorschiff unterhalb des Stevens.

Themistokles drehte sich um und wartete auf Sikinnos, der kaum nachkam. »Jetzt zeige ich dir das beste an den neuen Griechenschiffen. Du weißt, die schwarzen Segler der Barbaren haben *einen* Rammsporn. Wir haben deren *zwei*!« Sikinnos begutachtete die todbringende Konstruktion am Bug der Triere. In halber Höhe ragte, zwei Armspannen lang, ein Rammsporn aus dem Schiffsrumpf, geziert mit einem spitz zulaufenden Wolfskopf. Doch zwei Ellen tiefer, also unterhalb der Wasserlinie, wuchs ein doppelt so langer und dreimal so kräftiger Schiffsschnabel aus dem Rumpf, und dieser Rammsporn endete in einem wuchtigen, messerscharf geschliffenen Dreizack, jeder Zahn so dick wie ein Arm.

»Dieses Proembolion«, sagte Themistokles und strich beinahe zärtlich über den Obersporn, »soll das Oberwerk des gegnerischen Schiffes zerstören. Er muß aber auch das zu tiefe Eindringen des unteren Schiffsschnabels verhindern, wenn wir von einem sinkenden Segler loskommen wollen. Was meinst du, Sikinnos, ob wir damit die Barbaren schlagen können?«

Der Gefragte antwortete nicht. Er blickte durch das Netzgewirr von Balken und Planken auf das Nachbardock, wo zwei Männer mit Meßlatten an den Rammspornen Maß nahmen und auf einem Täfelchen eifrig Notizen machten. Auch Themistokles verfolgte das hektische Treiben der beiden eine Weile, ohne sich bemerkbar zu machen; doch als die Männer das Dock in ziemlicher Eile verließen, sagte er: »Komm!« und hängte sich zusammen mit Sikinnos an ihre Fersen.

Eine von Themistokles' hervorragenden Eigenschaften war es, daß er jeden Athener kannte, die meisten redete er sogar mit Namen an. Diese beiden hatte er jedoch noch nie gesehen. Deshalb hielten sich die Verfolger zunächst in angemessener Entfernung. Es sollte kein Verdacht aufkommen. Die beiden Unbekannten sputeten sich, jenen Teil des Hafens zu erreichen, in dem die Handelsschiffe ankerten, drängten sich an hochbeladenen Karren, an Stapeln von prall gefüllten Säcken vorbei zu einem Frachtsegler, der den Namen ›Phyllis‹ am Bug trug, und verschwanden unter Deck.

Themistokles und Sikinnos sahen sich ratlos an, dann gab der Feldherr dem Freund einen Wink, er solle ihm folgen. In der Hafenbehörde, einem kleinen, schmutzigen, nach allen Seiten offenen Gebäude, das den athenischen Beamten als Steuer-, Zoll- und Verkehrsamt diente, suchte Themistokles nach dem zuständigen Demosios, um zu erfahren, woher das Schiff stamme, was es geladen habe und wie der Name des Kapitäns sei.

Der Beamte wanderte mit den Fingern über eine Wandtafel, auf der die Namen aller ankernden Schiffe alphabetisch verzeichnet waren. »›Phyllis?‹« fragte er zurück, »das Schiff kommt aus Milet!«

»Aus Milet?« Sikinnos erschrak. »Bei allen Göttern, ich wußte, daß ich diesen Mann schon gesehen habe!«

»Du kennst ihn, diesen Schwarzbärtigen?«

»Kennen ist vielleicht zuviel gesagt, ich bin ihm begegnet.«

»Wo?«

»In Milet. Als Datis und Artaphernes aus dem inneren Reich zur Küste kamen, wurden in Milet Spione und Zuträger von den ionischen Inseln und den griechischen Städten verhört, um ein möglichst genaues Bild von der Lage in Hellas zu bekommen. Ich war einer der zehn Dolmetscher.«

»Und unter den Spionen befand sich auch dieser Schwarzbärtige?«

»Ich bin ganz sicher. An seinen Namen kann ich mich nicht mehr erinnern. Ich glaube, er geht dem Beruf des Tuchhändlers nach und kundschaftet dabei die Verhältnisse auf dem griechischen Festland aus, keine Staatsgeheimnisse, aber vielleicht wichtige Einzelheiten.«

Da packte Themistokles seinen Freund Sikinnos an den Schultern, schüttelte ihn wie einen Nußbaum im Monat Boedromion und rief: »Sikinnos, du Bote der Götter, weißt du, daß du damit die Griechen vor einer drohenden Niederlage bewahrt hast?«

»Du meinst«, sagte Sikinnos, in dem nun auch ein furchtbarer Verdacht aufstieg, »du meinst, der Schwarzbärtige hat an den Rammspornen der Griechenschiffe Maß genommen, um sie den Persern zu verraten?«

Themistokles nickte stumm, starrte in den Staub der Straße und scharrte unruhig mit dem rechten Fuß, als sei er unschlüssig, was er tun solle. Auf einmal richtete er sich auf, gab Sikinnos einen Puff und rannte zum Kai. Der Sklave hatte Mühe, dem ungestümen Feldherrn, der sich durch die Reihen der Fischer, Händler und Fuhrleute drängte, zu folgen. Und als sie zu dem Platz kamen, wo kurz zuvor das milesische Schiff gelegen hatte, da war die Anlegestelle leer. Die ›Phyllis‹ schwamm draußen vor der Reede, und der heiße Südwestwind blähte gerade die hellen Segel.

Einen Augenblick zögerte Themistokles, blickte unruhig nach links und rechts, dann rannte er zu einem attischen Handelsschiff, dessen Mannschaft gerade Kisten mit feiner Töpferware stapelte, und rief: »Ich bin Themistokles, Sohn des Neokles, aus der Phyle Leontis. Wer ist euer Herr?«

Ein Matrose deutete mit dem Daumen über die Schulter auf einen Mann, der an der Takelage herumhantierte und sofort auf Themistokles zukam: »Ich bin Olenos, der Kapitän. Was wünschst du?«

»Dort, das Schiff, welches gerade Fahrt aufnimmt!« Der Feldherr deutete auf das Meer nach Süden. »Es hat Spione an Bord! Beim Hermes und allen Göttern Griechenlands, wir müssen sie verfolgen!«

»Spione?« Olenos erschrak.

»Wir dürfen keine Zeit verlieren!«

»Aber meine Ladung, Herr!«

»Die Polis wird dir den geringsten Schaden ersetzen. Ich schwöre es beim Namen meines Vaters Neokles!«

Olenos gab ein paar hastige Kommandos, Ruder stießen ins Wasser, der Südwest knatterte in das Vorsegel und das Schiff zog langsam aus dem Hafen.

Themistokles, Sikinnos und Olenos standen im Bug, wo ihnen die Sonne gnadenlos ins Gesicht brannte. Vier, vielleicht fünf Stadien mochte die ›Phyllis‹ Vorsprung haben; doch langsam kam der attische Frachter in Fahrt.

»Ein milesisches Schiff«, sagte Olenos und blickte, die flache Hand über den Augen, nach vorne. »Es lag ziemlich lange im Hafen. Jedenfalls länger, als es zum Löschen der Ladung erforderlich war.« Und mit den Händen gab der Kapitän den zwei Steuerleuten, die zu beiden Seiten des

Hecks das Boot mit langen Rudern auf Kurs hielten, geheimnisvolle Zeichen.

»Werden wir es einholen?« erkundigte sich Themistokles sorgenvoll.

Olenos schob die Unterlippe vor: »Ein verdammt schneller Kahn. Er scheint keine Ladung an Bord zu haben. Aber Poseidon ist auf unserer Seite. Spione – sagtest du?«

»Wir haben zwei Männer beobachtet, die an den Rammspornen der neuen Flotte Maß nahmen. Sie verschwanden auf diesem Schiff, und kurz darauf legte es ab.«

»Beim Zeus!« entfuhr es dem Kapitän. »Wir müssen sie einholen.« Olenos gab den Steuerleuten neuerliche Signale, und das Schiff änderte leicht den Kurs, näher zur Küste hin, wo, wie jeder Hellene wußte, gefährliche Klippen aus dem Meer ragten.

Der Feldherr sah den Kapitän fragend an.

Olenos bemerkte es und beschwichtigte ihn: »Wenn das Schiff wirklich Spione an Bord hat, dann wird es in Richtung der Küste Asiens steuern, und dazu wird es bald den Kurs nach Osten einschlagen. Wir segeln jetzt die Küste entlang nach Sunion, das verschafft uns den Vorteil stärkerer Winde, und nehmen dann Südkurs. So werden wir den Weg der Spione kreuzen.«

Während Themistokles in die Tiefe starrte, aus der sich bisweilen bizarre Felsklippen bedrohlich der türkisfarbenen Wasseroberfläche näherten, und Sikinnos das milesische Schiff sich immer weiter entfernen sah, kommandierte Olenos seine Steuerleute mit traumwandlerischer Sicherheit. »Auf dem Weg nach Euböa«, rief er gegen den Wind, »suche ich immer diesen Weg, er ist der kürzeste und schnellste, ein bißchen gefährlich vielleicht, aber ich kenne ihn wie die Straße der Panathenäen.«

Themistokles lachte, wurde aber gleich wieder ernst und fragte den Kapitän: »Hast du Waffen an Bord?«

»Waffen? – Ein paar Lanzen, Schwerter und Dolche, aber keinen einzigen Bogen.« Olenos machte ein besorgtes Gesicht. »Das ist kein Kriegsschiff. Erwartest du Handgreiflichkeiten?«

»Ich hoffe nicht«, antwortete der Feldherr, »wir müssen sie überraschen. Trotzdem sollte jeder von uns eine Waffe bereitliegen haben.«

Olenos nickte und verschwand unter Deck, während das Schiff in Sichtweite am Hafen Anaphlystos vorbeizog, der die Bergwerke von Laurion sicherte. Vor ihnen lag nun die Insel des Patroklos, ein hochgetürmtes, felsiges Eiland, und gerade als der Bug auf das steil abfallende Kap Sunion, die südlichste Spitze Attikas zeigte, rissen die Steuerleute die Ruder herum, die Matrosen legten das behäbige Hauptsegel auf die andere Seite, und der attische Frachter nahm Kurs nach Süden.

Die gesamte Mannschaft, Kapitän, Steuerleute und sechs Matrosen, befand sich nun an Deck und hörte auf Themistokles. Die Spione der Barbaren seien nur mit einer List zu bezwingen, meinte der Feldherr, und Olenos pflichtete ihm bei. Da man nicht wisse, ob die Milesier bewaffnet seien, müßten sie sich so verhalten, daß die Spione überhaupt nicht auf die Idee kämen, zu den Waffen zu greifen. Am besten erweckten sie den Anschein, als seien sie in Seenot geraten und bäten um Hilfe. Wenn dann die Feinde beidrehten, solle jeder von ihnen blitzschnell seine Waffe hervorholen und das Schiff entern. Er selbst, Themistokles, wolle sich den Schwarzbärtigen vornehmen, Sikinnos möge seinen jungen Begleiter ins Auge fassen, und die Matrosen sollten sich auf die milesischen Matrosen stürzen. Nur Olenos und die Steuerleute dürften ihren Posten nicht verlassen.

Von Westen kam die ›Phyllis‹ jetzt langsam näher. Sie mußte, wie Olenos richtig vorausgesagt hatte, ihren Weg kreuzen. Den Matrosen stand die Angst ins Gesicht geschrieben, und auch Sikinnos schien sichtlich aufgeregt.

Themistokles gab sich alle Mühe, sie zu beruhigen: »Ich weiß, ihr seid alle keine Soldaten, und der Umgang mit der Lanze fällt euch weniger leicht als das Hantieren mit Tauen. Aber bedenkt doch, auch das milesische Schiff hat keine Soldaten an Bord, es sind Seeleute wie ihr. Und der Vorteil ist auf eurer Seite, denn nur ihr wißt, was bevorsteht.«

Die Matrosen nickten stumm, ohne den Blick von der immer näher kommenden ›Phyllis‹ zu wenden. Soweit man aus der Entfernung erkennen konnte, war die Mannschaft der Milesier nicht größer als die der Athener. Noch ein gutes Stadion trennte die beiden Schiffe voneinander. Olenos legte beide Hände um den Mund und rief: »Beim Poseidon, wir brauchen eure Hilfe!«

Da tauchte auf der ›Phyllis‹ der Kopf des Schwarzbärtigen auf.

»Beim Poseidon, helft uns!« wiederholte Olenos.

Der Schwarzbärtige rannte unruhig vom Bug zum Heck und wieder zurück und gab den Matrosen irgendwelche Anweisungen. Auf beiden Schiffen wurde das Hauptsegel eingeholt, und die Frachter fuhren in spitzem Winkel aufeinander zu.

»Was ist mit euch?« rief der Schwarzbärtige herüber. Olenos machte ein paar unverständliche Gesten und deutete an, das milesische Schiff solle beidrehen. Doch kaum hatten sich die Flanken der Frachter berührt, da zogen die Athener ihre Waffen hervor, sprangen auf das feindliche Schiff und zwangen die verdutzten Milesier mit vorgehaltenem Schwert und erhobener Lanze, sich auf die Planken zu legen.

Themistokles band dem Schwarzbärtigen die Hände auf den Rücken, stieß ihn vor sich her und rief: »Wo sind eure Waffen, he?«

Der Schwarzbärtige erkannte wohl die Ausweglosigkeit seiner Situation, kletterte unbeholfen unter Deck und verwies den Feldherrn mit einem Wink seines Kopfes auf eine hölzerne Truhe.

»Erstaunlich!« sagte Themistokles, nachdem er den schweren Deckel geöffnet und ein gutes Dutzend Bogen und Schwerter erblickt hatte, »erstaunlich für ein milesisches Handelsschiff!« Er rief nach oben, und Sikinnos erschien in der Luke.

»Habt ihr alle versorgt?« fragte Themistokles.

»Sie liegen gefesselt im Bugraum«, entgegnete der Sklave.

Da wandte der Feldherr sich an den Tuchhändler, der auf einem Seesack zusammengesunken war, und sagte mit einem schadenfrohen Lächeln: »Hier, sieh diesem Mann ins Gesicht. Vielleicht erinnerst du dich an ihn!«

Der Schwarzbärtige blickte auf, Sikinnos sah ihn an.

»Du hast für Datis und Artaphernes gedolmetscht«, murmelte der andere, »damals in Milet.« Über Themistokles' Gesicht huschte jene Art von Lächeln, die das Gegenteil von Freundlichkeit bedeutet, und er fragte: »Du leugnest also nicht, ein niederträchtiger Kundschafter der Achämeniden zu sein?«

Der Gefesselte schüttelte den Kopf. »Ich bin Aiakides aus Magnesia am rechten Mäander.«

»Und du weißt, wen du vor dir hast? – Nein? – Ich bin Themistokles, der athenische Feldherr aus dem Geschlecht der Lykoniden.«

Da zeterte der Mann aus Magnesia: »Oh, ihr olympischen Götter, warum bestraft ihr mich so grausam! Ich war ein bescheidener, rechtschaffener Tuchhändler, kaufte phönizisches Leinen und asiatische Wolle ballenweise und lebte von dem Viertel, den mir der Erlös einbrachte. Nie habe ich jemanden um mehr als zwei Drachmen betrogen. Aber es war zuwenig zum Leben, zuviel zum Sterben. Darum kaufte ich dieses Schiff, nahm drückende Schulden auf meinen Namen und hoffte, größere Geschäfte zu finden. Die Hoffnung trog, ich wußte nicht ein noch aus, und bei einem der Bittgänge bei einem Geldverleiher stieß ich wie zufällig auf den obersten Kundschafter der Achämeniden ...«

»Deine Geschichte ist kein Einzelfall«, unterbrach Themistokles, »die Barbaren sind ein hinterhältiges Volk. In ihrem Bestreben, das blühende Hellas in ihre Gewalt zu bringen, scheuen sie vor keiner Schandtat zurück.«

Der Schwarzbärtige fiel vor dem Feldherrn auf die Knie, stieß mit dem Kopf auf die rauhen Planken des Bodens und beteuerte mit weinerlicher Stimme, bisher nie etwas anderes als Nebensächlichkeiten an die Barbaren verraten zu haben, Dinge, die den Hellenen kaum jemals zum Schaden gereicht hätten.

»Du lügst!« schrie da Themistokles und zog den Schwarzbärtigen an seinem Kraushaar hoch, »das lodernde Feuer des Hades soll dich treffen, wenn du erst vor dem Areopag zum Tod zwischen den Mühlsteinen verurteilt bist. Hier, dieses Schwert sollte ich dir in die Brust stoßen, damit deine schmutzigen Geschäfte vor den Göttern Griechenlands gesühnt sind. Aber ich bin ein Grieche und kein Barbar, der die Blutrache kennt und jeden tötet, der sich ihm feindselig in den Weg stellt!«

»O Herr«, zeterte Aiakides, und Bäche von Tränen rannen über sein Gesicht, »o Herr, bedenke, ich bin selbst ein Grieche und auch eine lebenslange Belagerung durch die Perser würde aus mir keinen Barbaren machen.«

»Pah! Du bist doch schon ein Barbar, ein mieser kleiner Feind Griechenlands, der für ein paar Minen das Land seiner Väter verraten hat. Du bist kein Grieche mehr und verdienst den Tod. Ich habe mit eigenen Augen gesehen, wie du an den Rammspornen unserer Flotte Maß nahmst. Hätten deine Aufzeichnungen die Perser erreicht, dann wäre Griechenland verloren gewesen!«

Mit einem Aufschrei ließ sich der Schwarzbärtige zu Boden fallen und schluchzte wie ein Klageweib. Doch Themistokles beeindruckte das wenig. Er stieß Aiakides mit dem Fuß gegen die Schulter und drehte ihn um, daß er auf dem Rücken lag, und hielt ihm sein Schwert vor die Nasenwurzel: »Wo hast du deine Aufzeichnungen? Heraus damit!«

Umständlich erhob sich Aiakides auf dem schwankenden Schiff, weil seine Hände noch immer auf den Rücken gefesselt waren, so daß ihm der Feldherr emporhalf. Dann taumelte der Magnesier zu einer Schreibplatte, die an der Schiffswand befestigt und mit zwei Seilen aufgehängt war. Darunter zwei abgenutzte hölzerne Schubladen. Hier! bedeutete Aiakides mit einem Wink seines Kopfes.

Themistokles zog die rechte Schublade auf: Schreibgriffel, ein paar Drachmen, ein kunstvoll gefertigter silberner Dolch und – nein, der Feldherr zog die Hand zurück wie von einem glühenden Stein, auf dem der Arzt das wundertätige Bilsenkraut verbrennt: Vor ihm in der Lade lag – nein, es gab keinen Zweifel – jenes Medaillon mit der Taube, das Daphne um ihren Hals trug. Daphne!

Tausend Gedanken schossen Themistokles durch den Kopf, Gedankenfetzen, die im ersten Augenblick einen logischen Zusammenhang erkennen ließen, die sogleich wieder unsinnig erschienen, phantastisch oder dumm. Daphne! Mit zitternder Hand griff er nach der Taube und preßte sie, als wollte er sie zerquetschen, vernichten, den Vorfall ungeschehen machen wie einen Alptraum. Doch als er die Finger öffnete, erkannte er in dem Medaillon das verzaubernde Gesicht des Mädchens, ihre klaren, ernsten Augen, die hohen Backenknochen und die runden, fordernden Lippen, die bebten. Daphne eine Spionin, Aphrodite eine Verräterin? Beim Zeus, Themistokles betete, daß dies nicht wahr sein möge. Es gab viele Medaillons! Vielleicht gab es *zwei* von dieser Sorte. Oder hatte er sich überhaupt getäuscht? Hatte er zuviel an Daphne gedacht, daß ihn schon jedes gewöhnliche Medaillon an sie erinnerte.

Er sah Aiakides mit ernstem Gesicht an: »Woher hast du das?«

»Dies Medaillon, meinst du?« Der Schwarzbärtige wurde verlegen. Er überlegte die Antwort. Ob er die Wahrheit sagte? Sollte er besser lügen? Das schlichte Schmuckstück konnte jedem gehören. Aber warum fragte der Athener nach der Herkunft?

»Ein Mädchen hat es mir gegeben. Ich soll es ihrem Vater überbringen als Lebenszeichen. Es ist Daphne, die Hetäre!« sagte der Magnesier hastig.

»Schweig!« unterbrach Themistokles, steckte das Medaillon ein und, um seine heftige Reaktion zu vertuschen, fügte er hinzu: »Einem Verräter wie dir kann man nicht glauben. – Wo sind die Schiffsaufzeichnungen?«

In der zweiten Lade fand Themistokles, was er suchte, ein Täfelchen, auf dem die Umrisse einer griechischen Triere mit allen Maßangaben, vor allem die der Rammsporne, verzeichnet waren. Wutentbrannt nahm er die Tafel in beide Hände und holte aus, um sie auf der Tischkante zu zerschlagen – da hielt er auf einmal inne, wandte sich um und ging auf den Schwarzbärtigen zu: »Du weißt, was dir bevorsteht, wenn ich dich und dein Schiff zurück nach Phaleron bringe?«

Aiakides neigte den Kopf zur Seite und verzerrte das Gesicht zu einer Fratze: »Es soll sein, wenn ich mein Leben verwirkt habe, Herr, aber gebe meinem Sohn Medon die Freiheit. Er wußte, bevor er dieses Schiff bestieg, nichts von meiner schändlichen Tätigkeit. Erst auf See habe ich ihn eingeweiht, ihm blieb nichts anderes übrig, als sich dem Befehl seines Vaters zu fügen.«

»Dann war das also dein Sohn, mit dem du dich in den Docks von Phaleron herumgetrieben hast?«

Der Magnesier nickte.

»Gut«, sagte Themistokles, »sehr gut.« Und durch die Luke rief er nach oben: »Sikinnos! Schaffe den Medon herbei. Er muß mit der Mannschaft eingesperrt sein.«

Medon, ein hagerer junger Mann mit kurzem glänzendem Kinnbart und in die Stirne gekämmtem Haupthaar, wirkte ruhiger als sein Vater, der sein Schicksal noch immer tränenreich beweinte. »Ich wußte, daß dieser Frevel ein böses Ende nehmen würde«, stammelte er und wischte mit gefesselten Händen eine Haarsträhne aus seinem Gesicht. »Dem Menschen ziemt es, dem Schicksal sich zu beugen und nicht sich gegen die Moiren aufzulehnen.«

»Deinem Vater Aiakides«, sprach Themistokles zu Medon, der dem Alten verbittert ins Gesicht sah, »deinem Vater droht ein Hochverratsprozeß vor dem Areopag, und das Gremium der Archonten scheut sich nicht, die Todesstrafe auszusprechen. Aber ...«

»Aber?« Medon bestürmte den Feldherrn.

Man sah, daß Themistokles sich die Antwort nicht leichtmachte: »Vielleicht könnte dein Vater sein Leben retten. Ich habe da einen Plan.«

Mit Verblüffung verfolgten die beiden Magnesier, wie Themistokles einen Speckstein aus der Lade holte und die Zahlenangaben auf der Steintafel mit feuchtem Finger verwischte; dann nahm er den Griffel und setzte an Stelle der früheren Zahlen andere ein. Schließlich legte er die Tafel vor sich auf den Tisch und sagte zu Aiakides: »Du nimmst jetzt wieder Kurs auf Milet und lieferst deine Tafel bei deinen Auftraggebern ab. Wir selbst kehren zurück nach Phaleron. Und damit wollen wir beide den Vorfall vergessen. Halt, da wäre noch eine Kleinigkeit: Dein Sohn Medon kommt natürlich mit *uns*. Er wird im Staatsgefängnis neben dem Buleuterion warten, bis du zurückgekehrt bist. Es soll ihm an nichts fehlen.«

Der Schwarzbärtige sah seinen Sohn an, und in seinem Blick lag das Flehen eines reumütigen Vaters. Und wenn der athenische Feldherr an seinem Plan bisher noch Zweifel gehegt hatte, so war er sich nun ganz sicher: Aiakides würde seinen Auftrag ausführen wie geplant. Ohne eine Antwort abzuwarten, stieg Themistokles durch die Luke an Deck. Er drehte sich um und rief: »Medon, komm herauf, wenn du dich von deinem Vater verabschiedet hast!«

An Deck erwartete Sikinnos seinen Herrn im Schein der tiefstehenden Sonne. Kurz darauf tauchte Medon auf. Themistokles löste seine Fesseln, und der Magnesier setzte hinüber auf das athenische Schiff.

»Geh hinunter und befreie den Alten von seinen Stricken!« befahl der Feldherr, und als Sikinnos ihn fragend ansah: »Die ›Phyllis‹ segelt weiter nach Milet.«

»Mit dem Alten?«

»Ja, mit dem Alten.«

Sikinnos verstand die Anweisung seines Herrn nicht; aber er bemerkte, daß Themistokles die Matrosen aus dem Bugraum freiließ, und tat, wie ihm geheißen. Als letzter sprang er auf das athenische Schiff, dann gab Olenos Befehl, den Bug des Frachters nach Nordwesten auszurichten. Die Matrosen setzten die Segel, und das Schiff nahm Fahrt auf. Im Heck saß Medon und blickte der ›Phyllis‹ nach, die sich in entgegengesetzter Richtung entfernte. Niemand sah die Tränen in den Augen des Jünglings, und so blieb auch verborgen, ob es Tränen des Schmerzes waren oder ob Medon vor Zorn weinte.

»Wer ist der da?« Olenos kam auf Themistokles zu, der von der Reling ins Wasser starrte und dem Wellenschlag lauschte.

»Der Sohn des Verräters«, antwortete er, ohne aufzusehen.

Olenos nickte. »Und der Alte?«

Geistesabwesend zeigte Themistokles in Richtung des milesischen Schiffes, das langsam ihren Augen entschwand. »Glaube mir, Olenos, er wird wiederkommen, der Alte. Und den Athenern wird es kein Schaden sein.«

Sikinnos gab dem Kapitän mit den Augen ein Zeichen, er solle verschwinden. Der Sklave spürte, daß Themistokles mit seinen Gedanken ganz woanders war und schwieg. Das Meer färbte sich dunkelviolett, und die nahe Küste von Attika, die im Tageslicht hell wie Safran leuchtete, verfiel in ein mattes Braun. Da griff Themistokles in eine Falte seines Gewandes und zog ein kleines Etwas hervor, und während er es kopfschüttelnd betrachtete, sagte er leise wie zu sich selber: »Ich glaube, ich habe heute Griechenland vor dem Untergang gerettet und dabei mein Glück verloren ...«

Sikinnos verstand ihn nicht.

Kapitel 7

»Nein, dieses Erbe kann und will ich nicht annehmen!« Daphne stampfte mit dem Fuß auf den Boden. Sie schien aufgebracht.

Megara versuchte, die Freundin zu beruhigen: »Sei nicht töricht, Daphne! Es ist doch nur dein Stolz, der es dir verbietet, Herrin über ein stattliches Landgut und einen luxuriösen Palast am Rande der Stadt zu werden.«

»Ja, es ist mein Stolz«, räumte Daphne ein, »aber denke nur an das Gerede der Leute, all die peinlichen Fragen!«

»Peinliche Fragen? – Glaubst du, in Athen ist man der Ansicht, wir verrichteten unsere Dienste für ein Fladenbrot? Auch *darin* unterscheiden wir uns von den Hafenhuren in Phaleron. Je begüterter eine Hetäre ist, desto höher ist ihr Ansehen. Und eine Ablehnung des Erbes bringt dich noch viel mehr ins Gerede.«

Das leuchtete ein.

»Lassen wir doch die Götter entscheiden!« rief Megara plötzlich.

Daphne zögerte, dachte nach und willigte schließlich ein, den weisen Seher Euphrantides aufzusuchen, dem Apollon ein Zicklein zu opfern und den Blinden um Rat zu fragen.

Das Haus des Euphrantides lag nicht weit entfernt vor der Stadtmauer, ein Kleinod, kunstvoll ausgestattet mit Wandmalereien, kostbarem Mobiliar und einem mit Blumen umrankten Innenhof, dessen Mitte ein von vier hohen Säulen eingerahmter Opferaltar bildete. Euphrantides lebte bis auf einen Sklaven, der alle Arbeiten verrichtete, allein und bewegte sich, obwohl er nichts sehen konnte, mit unglaublicher Sicherheit in dem Gebäude. Er schien jede Ecke, jedes Möbelstück und jede Entfernung zu kennen, und sogar das riesige Wandgemälde mit einer Darstellung der Töchter des Poseidon beschrieb er Besuchern bis ins kleinste Detail, obwohl er es noch nie gesehen hatte.

Als Daphne und Megara das malerische Haus betraten, kam ihnen Euphrantides mit ausgestreckten Armen entgegen. Ein leeres Lächeln umspielte sein Gesicht: »Soviel Schönheit an einem so herrlichen Morgen! Tretet näher!«

Die beiden sahen sich verwundert an, und Daphne sagte: »Ich bin Daphne, die Hetäre, und in Begleitung von Megara.«

»Ich weiß«, antwortete der Seher lächelnd, »die zwei schönsten Frauen von Athen!«

»Schmeichler!« lachte Megara.

»Beim Lichte des Apollon«, erwiderte Euphrantides, »ich schmeichle nicht, ich höre doch, wie schön ihr seid. Nicht nur, weil es die Leute erzählen – man erkennt die Schönheit eines Menschen an seiner Stimme.«

Daphne zog eine Goldmünze hervor und legte sie in eine bereitstehende Schale.

»Du bist großzügig«, sagte der Seher, »die Götter werden es dir lohnen. Weißt du, mein Kind, viele legen lautstark einen Diobolos in die Schale, weil sie glauben, der Alte sieht es ohnehin nicht. Dabei unterscheidet sich der Klang wie das heisere Geplärr eines Fischweibes von einer Ode des Anakreon. Aber nun zu euch!«

»Der Pferdezüchter Diphilides«, begann Megara zögernd,

»hat Daphne sein Landgut in Sunion und ein prachtvolles Stadthaus vererbt. Daphne plagen Skrupel, die Erbschaft anzunehmen. Wir wollen Apollon ein Zicklein opfern und dann deinen Spruch hören.«

Euphrantides hatte den Worten der Hetäre mit zum Himmel gerichtetem Gesicht gelauscht, daß sein langer weißer Bart waagrecht stand. So verharrte er eine ganze Weile; dann ging er wortlos zu dem Altar in der Mitte des Innenhofes, legte zwei Scheite aus knorrigem Zedernholz auf den Rost, und wie durch ein Wunder begann sofort weißer duftender Rauch aufzusteigen. Zielsicher schritt Euphrantides dem Ausgang zu. Als er zurückkehrte, trug er ein zuckendes Zicklein an den Beinen zu einem schwarzmarmorierten Opferstein. Mit einer schnellen Bewegung riß er das Tier hoch, schlug den Kopf auf den Stein, daß es betäubt war, und schnitt dem Zicklein die Kehle durch.

Über eine Rinne floß helles Blut in einen bereitstehenden Kessel. Daphne wandte sich ab und legte den Kopf auf Megaras Brust. Während der Seher mit großen Schnitten das Opfertier zu zerlegen begann, murmelte er unverständliche Gebete. Jeder Schnitt, jeder Griff bei dieser Handlung zeugte von der lebenslangen Routine des Alten. Aufgereiht auf dem schwarzen Stein lagen schließlich Fleischteile und Innereien des getöteten Tieres.

Nachdem er das Fleisch auf die glühenden Scheite gelegt hatte, was einen beißenden, schwarzen Qualm verursachte, tastete Euphrantides nach der Leber des Opfertieres. »Kommt!« rief er und hielt sie den Hetären entgegen. »Welche Farbe hat dieses Organ? Ist es hell oder dunkel, rot oder braun?«

Daphne und Megara starrten angewidert auf die glitschige Leber in den blutverschmierten Händen des Sehers.

»Rot«, antwortete Daphne, »ein helles Rot!« und Megara pflichtete ihr bei.

»Und die Umrisse? Sind sie glatt oder erkennt ihr einen Rand mit vielen Einkerbungen?«

Sie beugten sich über das Organ, um die Form näher in Augenschein zu nehmen.

»Ich sehe zwei Kerben, so breit wie ein Finger, zu beiden Seiten«, sagte Daphne, »aber im übrigen ist die Leber glatt und gerundet.«

Da warf sie der Alte auf den Opfertisch und sprach: »Bringt mir, meine Töchter, eine Schale mit Wasser, damit ich mich reinigen kann!« und mit großer Gründlichkeit wusch er das Blut des Zickleins ab.

Dann setzte er sich auf eine Bank aus Stein, eingerahmt von blühendem Oleander, und machte eine einladende Handbewegung, die beiden sollten sich zu seinen Füßen niederlassen. »Die Moiren, die schwankenden Töchter des Zeus«, begann er endlich, »haben dir, Daphne, kein eintöniges Leben zugeteilt. Lachesis, die das Lebenslos bestimmt, liegt in ständigem Kampf mit Klotho, die den Lebensfaden spinnt, während Atropos, die den Lebensfaden abschneidet, in weiter Ferne wartet.«

Daphne und Megara sahen sich fragend an.

»Das bedeutet«, fuhr der blinde Seher fort, »dir wird ein langes Leben beschieden sein, mit Höhen, die höher, und Tiefen, die tiefer sind als bei den meisten anderen Menschen. Und um deine Frage zu beantworten: Du *mußt* die Erbschaft annehmen, wolltest du dich nicht gegen die Götter versündigen. Denn den einen überhäufen sie mit Gut und Geld nach ihrem unerforschlichen Willen, dem anderen mißgönnen sie sogar das Nötigste der täglichen Nahrung. Doch sei gewiß, du bleibst stets nur Verwalter deiner Schätze, die dir von den

Göttern gegeben sind. Gefällt es ihnen, nehmen sie alles wieder zu sich.«

»So soll ich die Erbschaft des Diphilides also annehmen?« erkundigte sich die Hetäre noch einmal, und Euphrantides antwortete: »Greif zu, wie es dem Wunsch der Götter entspricht!«

Wenn Daphne in den Spiegel schaute, dann blickte ihr eine voll erblühte, schöne Frau von zwanzig Jahren entgegen, ein Alter, in dem die Frauen von Hellas einem Mann das Jawort gaben und nach Einbringung einer respektablen Mitgift für immer hinter den Mauern des gemeinsamen Hauses verschwanden, um sich um Kinder und Küche zu kümmern. Ganz anders bei Daphne, der Hetäre.

Mit einem Male war sie reich. Hatten die angesehensten Athener sie bislang nur begehrt, so wurde Daphne nun auch bewundert ob ihres respektablen Vermögens, das sie in jungen Jahren erworben hatte. Es war nicht leicht, ein Landgut von den Ausmaßen, die der Besitz von Sunion darstellte, so zu leiten, daß es auch weiterhin so hohen Gewinn abwarf wie bisher – schon gar nicht für eine junge Frau.

Daphne handelte jedoch sehr geschickt, als sie Phenos, den Gutsverwalter, und seine zweihundert Mitarbeiter zusammenrief und verkündete, es solle alles beim alten bleiben, Wirtschaft und Erträge. Ein jeder erhalte den Zehnten seines Einkommens zusätzlich, und die Sklaven würden zu freigelassenen Metöken. Den gerechten Lohn vor Augen, arbeiteten die ehemaligen Sklaven eifriger und umsichtiger als bisher, so daß das Landgut trotz höheren Lohnaufwands größere Erträge abwarf.

Die Residenz im Schatten der Stadtmauer, die dem alten Diphilides vor allem als Stätte ausschweifender Symposien gedient hatte, wurde von Daphne in ein einnehmendes Wohnhaus verwandelt. Den Eingang bildete ein hoher Säulenportikus, hinter dem sich ein üppiger Vorgarten öffnete. Eine Marmortafel kündete von Selbstbewußtsein: ›Hier wohnt Daphne, die Hetäre.‹ Die Eingangshalle, weißer und grüner Marmor an Decke und Wänden, strahlte Ruhe und Gediegenheit aus. Dahinter, von einem schmalen Korridor getrennt, befanden sich zwei gleich große Räume mit Fensteröffnungen zum Garten hin, in dem ein Brunnen plätscherte und dunkle Zypressen und lichte Zitronenbäume wuchsen. Sie verdeckten das anschließende Sklavenhaus, das in viele kleine Räume aufgeteilt war und zugleich Lager- und Vorratskammern aufnahm.

Auch hier schenkte Daphne den Sklaven die Freiheit, das heißt, sie bezahlte Lohn für geleistete Arbeit. Rhea, eine von den Jüngeren, die durch besondere Schläue und Wendigkeit auffiel, machte sie zu ihrer Zofe; und sie behielt sogar den verrückten Tölpel, der Koalemos genannt wurde, was soviel heißt wie Dummbart – seinen richtigen Namen wußte niemand.

Koalemos war ein Riese, hochgewachsen wie eine dorische Säule und ebenso wuchtig. Er hob Marmorstatuen wie Spielzeugpüppchen vom Sockel und prügelte sich bisweilen mit einem halben Dutzend Männern gleichzeitig herum. Sein blöder Gesichtsausdruck rührte von einem Unglück in den Gruben von Laurion, wo er vor nunmehr zwei Jahrzehnten verschüttet und erst nach fünf Tagen geborgen worden war. Seither hielt er, wenn er allein auf der Straße ging, stets einen Schild über dem Kopf – zur Freude der Kinder, die ihn deswegen auslachten. Diphilides hatte ihn aus Mitleid aufgenommen, und Koalemos hatte ihm das mit unsagbarer Anhänglichkeit gelohnt. Für eine Frau wie Daphne bot er sich als Leibwächter an.

Daphne blickte in den Spiegel: Sie war schön, gewiß, bildschön und so begehrenswert, daß viele Athener bereit waren, ihren Jahresverdienst zu geben für die Gunst der Hetäre. Doch Geld spielte eine untergeordnete Rolle. Eigentlich hätte sie ihren Beruf aufgeben können, auswandern in eine ferne Provinz und ihre Vergangenheit zurücklassen. Doch wie sah die Alternative aus? Sollte sie ein sogenanntes anständiges Leben führen, verbannt in die vier Wände einer langweiligen Ehe?

Nein, Daphne war zur Hetäre geboren. Und sie wollte es auch bleiben.

Philles, der gefeierte Sieger von Marathon, kam mit eigener Gesandtschaft, einem Dutzend martialisch wirkender, durchtrainierter Männer, die jeden Weg im Laufschritt zurücklegten und ihren Schützling nicht aus den Augen ließen. Sparta-Olympia, Olympia-Athen, für Philles und seine Mannschaft war das nicht mehr als ein Trainingslauf, undenkbar, daß einer von ihnen ein Schiff, den Wagen oder eine Sänfte benutzt hätte!

Nach altem spartanischem Brauch stand dem Sieger von Olympia ein Wunsch frei, und die Könige selbst sorgten sich um die Erfüllung. Ihre Aufgabe war es aber auch, einem siegreichen Athleten einen anderen Preis einzureden, wenn jener Recht und Gesetz mißachtete. Philles, der Sieger im Stadionlauf, hatte eine vielbeachtete Bedingung an seinen Sieg geheftet, der kein spartanisches Gesetz widersprach: Philles wollte eine Frau. Keine der Spartanerinnen freilich, die sich nur zur Erhaltung des Stammes hingaben, sondern so ein raffiniertes Weibsstück, eine der athenischen Hetären, von denen man sich auf der Peloponnes Ungeheuerliches erzählte. Sie sollten besser sein als Jünglinge.

»Und wie kommst du gerade auf mich?« Daphne lachte so

laut, daß Philles, der ein Kästchen aus hellem Pinienholz umklammert hielt, am liebsten kehrtgemacht hätte; doch dann legte die Hetäre dem schüchternen Jüngling beide Hände auf die Schultern, und er fühlte eine unsagbare Wärme, die von ihrem Körper ausstrahlte. »Ich wollte nicht dich«, antwortete Philles, »ich wollte eine Hetäre. Und von dir erzählt man sich Wunderdinge.«

»Wunderdinge?«

»Die Athener sagen, ein reicher Pferdezüchter habe ein einziges Lächeln von dir mit einem Haus und einem Landgut honoriert!«

»Ja wenn die Leute das sagen ...«

»Mein König Leonidas schickt diese Kassette. Sie würde reichen, meine er.«

Philles schien sichtlich enttäuscht, als Daphne das Holzkästchen achtlos beiseite stellte. »Pures Gold!« beteuerte der Junge, »eine halbe Mine. Davon lebt ein Perioke vom Land samt seiner Familie ein ganzes Jahr!«

»Mag sein, Philles«, entgegnete Daphne, »du bist zwar ein Grieche, aber dein Stamm, der die tapfersten Krieger hervorbringt, ist den übrigen Hellenen fremd und unverständlich wie das Volk der Barbaren. Ihr laßt nur wenige hinein in euer Land, und heraus dürfen nur ein paar Privilegierte.«

Der junge Spartaner nickte: »Ich weiß. Wäre mir nicht der Sieg im olympischen Stadionlauf zugefallen, ich hätte Lakedaimon vielleicht nie im Leben verlassen – es sei denn als Krieger gegen ein feindliches Volk.«

»Das ist wohl der Grund, warum ihr Spartaner so gerne in den Krieg zieht?«

Philles wurde ernst: »Lykurgos, unser Gesetzgeber, sagte, mit fremden Menschen kämen fremde Gedanken. Weil aber unsere Gesetze die besten seien, sperrte er die Grenzen für fremde Völker. Andererseits ist es uns Spartanern verboten, das Land zu verlassen, damit wir uns nicht fremde Sitten und zuchtlose Lebensformen zum Vorbild nehmen.«

»O Philles!« lachte Daphne. »Dann bist du aber kein guter Spartaner! Du vergißt bei der ersten Gelegenheit, die sich dir bietet, spartanische Zucht und Ordnung und läufst nach Athen, um einer lüsternen Hetäre das Gold deines Sieges zu opfern.«

Bei diesen Worten errötete der Spartaner, und nach einer Weile antwortete er mit gesenktem Kopf: »Gold bedeutet mir nichts. Es ist das Gold des Königs Leonidas, der Preis meines Sieges. Wir Spartaner sind alle von gleichem Reichtum und gleicher Armut. So will es das Gesetz, und deshalb fehlen bei uns Neid, Übermut und Verbrechen. Jeder Bürger hat sein gleichgroßes Landlos, das einen Ertrag von siebzig Scheffel Gerste für den Mann und zwölf für die Frau abwirft. Gegessen wird in Tischgenossenschaften, die Frauen hier, die Männer dort; wir nennen diese Art der Speisung die Syssitien.«

»Beim Zeus!« rief Daphne entsetzt, »mußtest auch du dein Leben bisher so kärglich fristen, bei bescheidener Gemeinschaftskost, die dem Körper jede Kraft nimmt?«

Philles atmete tief ein, verschränkte die Arme vor dem voluminösen Brustkorb und sah die Hetäre herausfordernd an: »Sieh her, das ist das Ergebnis der spartanischen Syssitien. Jeder Jüngling ist stolz, wenn er in eine Tischgesellschaft aufgenommen wird, und die übrigen Teilnehmer stimmen darüber ab. Sie nehmen eine Brotkrume vom Tisch und werfen sie in eine Schale, die herumgereicht wird. Wer der Aufnahme zustimmt, läßt das Brotbröckchen, wie es ist; wer sich ihr widersetzt, drückt die Krume zwischen den Fingern flach. Das zerquetschte Brotstückchen bedeutet soviel wie ein durchbohrter Stimmstein, es sagt nein. Und nur eine einzige Gegenstimme verhindert die Aufnahme; denn wir glauben, daß Menschen, die sich schon bei Tisch nicht vertragen, auch im Leben zu erbitterten Feinden werden.«

»Dann ißt du also dein ganzes Leben jeden Abend mit denselben Männern?«

»So ist es, Daphne.«

»Und wenn du einmal keinen Hunger verspürst, weil du tagsüber eine Einladung angenommen hast ...«

»Das gibt es nicht bei den Spartanern. Wer beim gemeinsamen Nachtmahl nicht zulangt, gerät von selbst in den Verdacht, heimlich für sich gegessen zu haben, und er macht sich zum Gespött der anderen.«

Daphne schüttelte den Kopf und sprach: »Du dauerst mich, armer Spartaner, und ich danke den olympischen Göttern, daß sie mich davor bewahrt haben, im Tal des Eurotas gestrandet zu sein.«

»In Sparta gibt es keine Hetären!« wandte Philles ein.

»Ich weiß!« entgegnete Daphne. »Bei euch in Lakonien ist es ein noch größeres Unglück, eine Frau zu sein, als hier in Athen. Die Athenerin erträgt ihr Los, nicht glücklich zu sein, das Los einer Spartanerin scheint es, unglücklich zu sein.«

»Frauen sind nicht dazu da, glücklich zu sein!«

»Ach, und wer sagt das?«

»Lykurgos, der Gesetzgeber.«

»Und Männer?«

»Das höchste Glück eines Mannes ist es, in den Krieg zu ziehen und im Kampf für das Vaterland zu sterben.«

Daphne legte ihre Hand an die Wange des Spartaners. Sie lächelte: »Du dummer Junge von den Ufern des Eurotas! Das höchste Glück des Mannes ist eine Frau. Und selbst lakonische Gesetze können das nicht verhindern. Hast du noch nie mit einer Frau ...?«

»Nein!« fiel ihr Philles ins Wort. Er war froh, daß es heraus war. Nicht, daß er sich schämte. Nein, voreheliche Beziehungen gab es in Sparta nur unter Männern. Jedes Kind wußte das. Aber Philles fürchtete, er würde sich ungeschickt anstellen im Umgang mit einer Frau.

»Dann bin ich also die erste Frau in deinem Leben?« Daphne schmunzelte, ohne jedoch demütigend zu wirken. »Wie alt bist du, Philles?«

»Ich habe den zwanzigsten Sommer hinter mich gebracht.«

»Du brauchst dich nicht zu schämen«, sagte Daphne mit zärtlicher Stimme. »Vielen athenischen Männern im selben Alter ergeht es nicht anders. Es sind im übrigen nicht die schlechtesten Liebhaber.«

Philles holte tief Luft. Ihm fiel ein Stein vom Herzen, daß die Hetäre es ihm so leicht machte. »Man sagt«, murmelte er schüchtern, »daß es mit einer Frau so ganz anders sei als mit einem Mann.«

»Bei Aphrodite, der Lehrmeisterin aller Lüste«, lachte Daphne, »so soll es sein!« und sie zog den Kopf des Spartaners an ihren Busen. Philles spürte, wie sich ihre Brüste unter dem Peplos hoben und senkten, und eine eigenartige Strömung ging von ihnen aus. »Du mußt dich vergessen«, sagte Daphne, während sie dem Jungen sanft über das gelockte Haar streichelte, »du mußt alles Vergangene vergessen, alle Gedanken an deine lakonische Heimat, und nur deinen Gefühlen freien Lauf lassen.«

Daphnes Stimme klang so ruhig, warm und gefühlvoll, daß Philles keine Schwierigkeiten hatte, dieser Aufforderung nachzukommen. Er ließ sich fallen in eine tiefe, wohlige Bewußtlosigkeit, ohne jedoch die Empfindungen zu verlieren, die von den zärtlichen Berührungen der Hetäre ausgingen. Und so grub er sich immer tiefer ein in den Körper dieser schönen Frau, erwiderte das Streicheln und Tasten erst mit vorsichtigen Handbewegungen, und erkundete schließlich frei und unbefangen, was ihm so blühend dargeboten wurde.

Wie aus weiter Ferne nahm Philles wahr, wie ihm der Chiton vom Oberkörper gezogen wurde, wie er auf einmal unter ihr lag und Daphne nackt über ihm kniete und mit ihren Fingern im schwarzen Kringelhaar seines Brustkorbes spielte. Er atmete schwer, holte tief Luft, als würde er all die Sinnlichkeit in sein Innerstes einströmen lassen, und ohne daß er es wollte, begann sein gestählter, durchtrainierter Körper eine spannungsgeladene Wellenbewegung zu beschreiben, die in den Fersen ihren Anfang nahm, sich über die Schenkel fortsetzte und über Bauch und Oberkörper zum Hals allmählich abfiel. Langsam, aber immer heftiger wiederholte Philles diese Bewegungen, bis sie sich auf Daphne übertrugen und ihre samtige Haut zum Dehnen brachten.

Ebenso hilflos wie verlangend griff der Spartaner nach ihren festen Brüsten und wollte sie nie mehr loslassen. Da spürte er, wie sein Phallos gegen ein seidenweiches Tor pochte, drängte, begierig Einlaß forderte, aber keine Gnade fand. Noch nie, beim Zeus, hatte er so viel Kraft, so viel unbezwingbaren Druck in sich gespürt, und noch nie so viel Widerstreben. Denn je mehr er sich bemühte, sein Ziel zu erreichen, desto ruhiger und gelassener reagierte die Hetäre. Nein, sie verhielt sich keineswegs abweisend. Im Gegenteil, ihre scheinbare Zurückhaltung baute in dem jungen Spartaner eine Spannung auf, die ihn nur noch begieriger nach dieser Frau werden ließ.

Daphnes gesenkte Lider verrieten, daß das Mädchen diesen Kampf der Geschlechter genoß. Sie ließ den Spartaner spüren, daß sie als Gewinner aus diesem Duell hervorgehen würde.

Er, der gefeierte Athlet, der begehrte Sieger von Olympia, würde sie anflehen, betteln, seinem Drängen nachzugeben.

Und Philles war in der Tat nahe daran zu wimmern, zu schreien, sie möge sich nicht so beherrscht zeigen. Es hätte nicht viel gefehlt und der Spartaner hätte all die Jünglinge verflucht, die ihn um diese allerhöchste Sinneslust gebracht hatten. Da fühlte er, wie Daphne sich öffnete, wie sein Phallos umschlossen und in Wolken gebettet wurde, und ein seliges Zweisein begann. Ihre Bewegungen wurden eins wie ihre Gefühle, und Philles wurde hinweggetragen in eine andere Welt, emporgehoben zu den weißen Wolken des Olymp, wo der Kronide sich mit Dione vereinte, um Aphrodite zu zeugen – wie göttlich!

Nun aber begann Daphne unter seinen Bewegungen zu stöhnen, zu leiden, leise zu weinen wie in erlebter Glückseligkeit. Nie hatte der Spartaner solche Laute der Lust vernommen, des totalen Sichaufgebens. Die leiseste Regung fand bei der Hetäre Widerhall. Und Philles erkannte seine Stärke und jagte dem Mädchen, das ihn so lange hingehalten hatte, wohlige Schauer ein. Ja, der junge Spartaner fand höchstes Vergnügen, Gleiches mit Gleichem zu vergelten, sie zu quälen, auf die Folter zu spannen – jedenfalls glaubte er das ihren Reaktionen entnehmen zu können, davon war Philles überzeugt.

Dabei bedurfte es nur einer geschickten Reaktion, und die Hetäre beherrschte den ungestümen Liebhaber total. Langsam, ohne daß Philles es bemerkte, ließ Daphne sich auf den Körper des Spartaners gleiten, liebkoste den sehnigen Hals, das schmal geschnittene Kinn des Jungen und stieß ihre Zunge zwischen seine trockenen Lippen. Das geschah so unerwartet, so schnell und gekonnt, daß Philles glaubte, ein Schwert dringe in ihn ein. Dieser Augenblick zwischen

Schock und höchster Lust genügte, um ihn ans Ziel zu bringen. Noch einmal bäumte er sich auf, aber nur einen kurzen Augenblick, dann sank er in sich zusammen wie eine feurige Qualle.

Lange lag er da, von dem beglückenden Körper der Hetäre zugedeckt, unfähig zu einer Bewegung. Erst als Daphne sich von seinem Mund löste, sich auf ihre Arme stützte und dem Jungen fragend ins Gesicht sah, da wußte er, daß die Hetäre gewonnen hatte, daß dieses größte Erlebnis seines Lebens für die Schöne nur eine Episode gewesen war – eine ganz alltägliche.

Er rang nach Luft, atmete tief und versuchte, möglichst viel von dem betörenden Duft dieser Frau in sich aufzunehmen und zu bewahren. Sicher würde sie ihn schon im nächsten Augenblick abschieben, an die für das Gold erbrachte Leistung erinnern und kühl und selbstverständlich sagen: »Das war's dann, Spartaner!« Dabei hätte er alles auf der Welt für diese Frau gegeben, seinen olympischen Sieg und allen lakonischen Reichtum, der damit verbunden war!

Langsam, ohne ein Wort zu sagen, erhob sich Daphne, ging, nackt wie sie war, aus dem Raum und kam mit einer grünen Schale aus Erz zurück, der ein Duft von Minze und erfrischenden Krautern entströmte. Sie tauchte ein Tuch in das grüne Gebräu und wusch den Jüngling von Kopf bis Fuß, untertänig wie eine Magd. Und erst jetzt sprach sie: »Ich hoffe, du bist nicht enttäuscht ...«

Enttäuscht? Philles brauchte eine Weile, bis er zu einer Antwort fähig war, bis er ihrem festen Blick entnommen hatte, daß die Hetäre sich nicht lustig über ihn machte. »Enttäuscht?« wiederholte er mit einem tiefen Seufzer, »ich wußte nicht, daß Sinneslust so erregend sein kann.«

»So habe ich dich die Lust gelehrt?«

»Fürwahr«, antwortete Philles, »du bist eine Tochter Aphrodites, du bist eine Göttin!«

Daphne lachte hell, und als wollte sie den Spartaner von den Höhen des Olymp in die athenische Wirklichkeit zurückholen, reichte sie dem Jüngling sein Gewand, das achtlos am Boden lag.

Philles richtete sich auf und zog umständlich den Chiton über den Kopf. »Ich liebe dich!« sagte er plötzlich ganz unvermittelt. Das klang hilflos und holprig wie die Rede eines freigelassenen Metöken, und die Hetäre mußte an sich halten, um nicht in schallendes Gelächter auszubrechen. Statt dessen legte sie dem Spartaner den Zeigefinger auf den Mund und sagte: »Sprich nicht solche großen Worte, mein Philles, die Lust der Sinne hat deinen Geist verwirrt, nicht *mich* liebst du, du begehrst meinen Körper, meine Brüste, meine Beine ...«

»Nein, *dich* liebe ich«, rief der Spartaner entrüstet, »dich, so wie du bist. Ich möchte mich dir zu Füßen legen.«

»Tu das nicht!« entgegnete Daphne und faßte den Jungen an den Oberarmen. »Du lebst im Taumel der Gefühle; Gefühle, die du mit Gold erkauft hast – nichts weiter.«

Das traf den Spartaner wie ein Schlag ins Gesicht. Er flehte, seine Liebe, die erste Liebe zu einer Frau, zu erhören, ihr vertraue er sich an, nur ihr.

Daphne versuchte, sich der Beteuerungen des jungen Athleten zu erwehren: »O mein Philles, du weltfremder Spartaner, kamst du nicht zu mir, um ein sinnliches Vergnügen zu empfangen? Und hast du es nicht erhalten? Habe ich deine Wünsche nicht erfüllt?«

»Viel mehr als das!« erwiderte Philles, »es war nicht nur die Leidenschaft, die du in mir entflammtest, hell wie das Siebengestirn der Plejaden, du strahlst so viel Wärme aus und Vertrauen, wie es mir noch nie begegnet ist.«

»In Sparta kannst du doch jedem trauen, der dir ins Gesicht sieht.«

»Beim Zeus, wo denkst du hin! In einem Staat wie Sparta, in dem die Peitsche regiert, ist das Mißtrauen der Bürger groß. Erhebt sich einer aus der Gleichheit, wächst es ins Unermeßliche, und jeden Schritt verfolgen hundert Augen. Doch dir vertraue ich, und ich will dir beweisen, wie groß dieses mein Vertrauen ist. Ich werde dir ein Geheimnis verraten, das mich dir ausliefert wie einen hörigen Penesten.«

»Behalt's für dich, Philles. Mir ist nicht daran gelegen, und du könntest es später bereuen.«

»O nein«, beteuerte der Spartaner, »ich muß es einfach loswerden. Zu schwer belastet mich die Bürde.«

Daphne betrachtete den Athleten mit neugierigen Augen. Philles begann schleppend: »Ich habe es nicht verdient, mit der begehrtesten Hetäre Athens meine Lüste zu befriedigen, vielmehr sollte ich, wie in Sparta üblich, mir mit meinem Bruder ein Eheweib teilen ...«

»Du hast in Gold bezahlt!« unterbrach Daphne.

»Ja, ich habe bezahlt, doch das Geld bekam ich zu Unrecht.«

»Aber es ist dein Siegespreis!«

»Gewiß, mein Siegespreis. Nur – ich siegte nicht im fairen Wettkampf in Olympia.«

»Was redest du, ich selbst habe dich siegen gesehen, und mit mir viele tausend andere auch!«

»Nur siegte ich nicht durch meine Schnelligkeit, sondern mit einer Handvoll Sand, die ich dem Trachinier Ephialtes ins Gesicht schleuderte, daß er strauchelte.«

»Und der Trachinier hat nicht protestiert?«

»O doch; aber man glaubte ihm nicht, weil keiner der Kampfrichter etwas bemerkte.«

Daphne starrte auf den Boden aus parischem Marmor und sagte nichts. Sie schien betroffen. Philles hingegen wirkte erleichtert, und er meinte es ernst, als er mit ruhigen Worten sagte: »So, nun kannst du mich den Hellanodiken melden, damit sie mich von den Felsen stürzen.«

Noch immer schwieg die Hetäre; dann schüttelte sie heftig den Kopf und sprach: »Ich werde schweigen. Was du getan, ist deine Sache. Damit wirst du leben müssen. Nur eines verstehe ich nicht: Warum ließ sich der Trachinier das so einfach gefallen?«

Philles hob die Schultern: »Was hätte er tun sollen? Er konnte nichts beweisen, so daß der Protest erfolglos blieb. Sein Haß war groß. Am Ende der Spiele, als man mir den Lorbeer überreichte, trat er auf mich zu, spuckte aus und sagte, er werde sich rächen, sobald sich die Möglichkeit böte, an mir oder am Volk der Spartaner.«

»Du solltest auf der Hut sein«, mahnte Daphne, »ein um den Sieg betrogener Athlet ist gefährlich wie ein verwundeter Eber.«

Der Spartaner nickte. Im selben Augenblick spürte er, daß jemand hinter ihm war, und er drehte sich mit einer heftigen Abwehrreaktion um: Vor ihm stand ein wuchtiger Mensch mit versteinerter Miene, Themistokles.

»Er ließ sich nicht abweisen!« beteuerte die Zofe und verschwand in der Türe. Themistokles machte eine abfällige Kopfbewegung zu dem Spartaner hin, als wollte er sagen: Verschwinde! Philles sah Daphne fragend an. Sie schlug die Augen nieder und nickte. Ohne ein Wort des Abschieds zog der Athlet sich zurück.

Themistokles hielt die Hände auf dem Rücken und ging wortlos auf und ab, von der aufgewühlten Liege zu den weißen Säulen des Erkers und wieder zurück; dann trat er vor die Hetäre und öffnete seine rechte Hand. Daphne erschrak.

Vor ihren Augen lag das Medaillon mit der Taube. »Woher hast du das?« fragte sie, und ihre Augen flackerten unruhig.

Der Feldherr ließ sich mit der Antwort Zeit. Er genoß die Unsicherheit des Mädchens und bestrafte es mit seinem Schweigen. Erst auf die neuerliche bohrende Frage sagte Themistokles mit einem bitteren Unterton in der Stimme: »Du bist schön wie Aphrodite, doch deine Gedanken sind grauenvoll wie das abgeschlagene Haupt der Gorgo.«

So sehr sie auch nachdachte, Daphne verstand die Rede des Strategen nicht. »Wer gab dir dieses Medaillon?« fragte sie flehentlich.

»Es ist also deines?«

»Ja. Mein Vater machte es mir in jungen Jahren zum Geschenk.«

»Wie gelangte es dann in die Hände barbarischer Spione?«

»Spione?« Daphne verstand nicht. »Ein Magnesier trat in Olympia an mich heran«, rief sie, »er behauptete, meinem Vater Artemidos begegnet zu sein.«

»Ich denke, dein Vater Artemidos ist tot!«

»Das dachte ich auch«, erwiderte die Hetäre und kämpfte mit den Tränen. »Aber der Schwarzbärtige sagte, er habe meinen Vater am Hofe des Satrapen gesehen, und jener habe ihm den Auftrag erteilt, nach mir zu forschen.«

Themistokles lachte hämisch: »Wir haben den Schwarzbärtigen auf hoher See überwältigt. Er befand sich auf der Flucht nach Milet. Im Gepäck hatte er eine Tafel mit den Abmessungen unserer Kriegsschiffe. Und du bist seine schmutzige Komplizin! Ein Spitzel der Barbaren!«

»O popoi!« Daphne brach in lautes Schluchzen aus. »Wehe mir! O ihr Olympischen, steht mir bei! Ich bin Daphne von der Insel Lesbos. In meiner Brust schlägt das Herz einer Hellenin, und nie im Leben würde ich mein Heimatland verraten.«

Die wulstigen Lippen des Strategen verformten sich zu einem Strich. Themistokles bebte vor Zorn, er schrie, daß es von den kahlen Wänden widerhallte: »Jedes Wort aus deinem Mund ist zwecklos. Dieses Amulett hat dich überführt; du steckst mit dem Schwarzbärtigen unter einer Decke. Wie viele athenische Männer hast du mit deiner schönen Maske schon betört und ausgeforscht? Wahrscheinlich kennt man am Achämenidenhof schon jedes Wort, das in den Betten der athenischen Führer gesprochen wird, und zeigt sich amüsiert über unsere Verteidigungsmaßnahmen.«

»Schweig!« Mit einem gellenden Schrei sank Daphne zu Boden. Auf dem Marmor kniend, verbarg sie das Gesicht in beiden Händen. Die weichen Locken berührten den Stein. Sie weinte. Triumphierend wie ein Sieger nach der Schlacht genoß Themistokles den Augenblick des Rachenehmens, und sein Mund öffnete sich zu der hämischen Bemerkung: »Mögen Aristides und all die anderen Schwächlinge deinen Reizen erlegen sein, einen Themistokles hast du nicht besiegt! Du nicht!«

Da hob Daphne den Kopf und sah den Feldherrn aus von Tränen überquellenden Augen an. Doch es war kein Mitleid heischender Blick, mit dem Themistokles zu kämpfen hatte, ja nicht einmal Wut schlug ihm entgegen, Daphne wischte die Tränen fort und sagte mit leiser Stimme: »Themistokles, Sohn des Neokles, höre mich an. Jeder Angeklagte hat vor Gericht die Möglichkeit zur Verteidigung.«

»Auch du wirst sie vor dem Areopag erhalten!«

»Aber vorläufig erhebst nur *du* Anklage gegen mich. Also schenke mir Gehör: Wie sollte ich wissen, daß sich hinter dem

Schwarzbärtigen ein Spion verbarg? Er trat auf mich zu und verkündete, mein Vater sei am Leben. Ich wollte Gewißheit haben, ob der Fremde sich nicht nur einschmeicheln wollte. Schließlich ist in Athen bekannt, daß mein Vater Artemidos bei Marathon in den Fluten ertrank. Aber ich hatte einen winzigen Hoffnungsschimmer. Deshalb gab ich dem Schwarzbärtigen das Medaillon mit der Taube, er solle es dem Mann zeigen, der sich für meinen Vater ausgab. Denn nur Artemidos aus Mytilene kennt das Geheimnis. Nun ist alle Hoffnung entschwunden.«

»Gut ausgedacht!« knurrte der Feldherr, verunsichert, ob die Hetäre nicht doch die Wahrheit sprach. »Wie willst du deine Rede beweisen?«

»Stelle mich dem Schwarzbärtigen gegenüber. Er wird dir jedes Wort bestätigen!«

»Das ist nicht möglich. Der Schwarzbärtige befindet sich auf dem Weg nach Milet.«

»Eben sagtest du, ihr hättet den Spion auf See gefangen!«

»Wir haben ihn wieder freigelassen und mit geheimer Botschaft zu den Barbaren geschickt.« Themistokles erkannte den ungläubigen Blick seiner Gegnerin und fügte hinzu: »Es wird den Athenern zum Vorteil gereichen. Wir haben seinen Sohn Medon als Pfand. Du kennst ihn?«

»Nein«, antwortete Daphne, »ich kenne nur den Vater.«

»Das sieht nicht gut aus für dich«, erklärte der Feldherr sachlich. »Du solltest eine Hekatombe Rinder opfern, damit der Magnesier zurückkehrt, bevor man dir den Prozeß macht.«

Aus dem Vorraum drang Lärm. Koalemos prügelte sich mit zwei Gemeindesklaven herum, die Zutritt begehrten im Namen des Gesetzes. Einer der Demosioi stürmte herein und rief atemlos: »Bist du Daphne, die Tochter des Artemidos aus Mytilene?«

»Ich bin es«, antwortete die Hetäre.

»So befreie uns zuerst von diesem Ungeheuer, deinem Diener!«

Daphne gab Koalemos einen Wink, daß er von dem Gemeindesklaven abließ. Der Dummbart grinste über das ganze breite Gesicht, lallte etwas Unverständliches und verschwand.

»Im Namen der Gesetze des Solon«, sagte der Demosios und legte seine Rechte auf Daphnes Schulter, »du wirst beschuldigt, für die Barbaren Spionagedienste getrieben und dein Volk verraten zu haben. Für diese Tat wirst du dich vor dem Areopag, dem obersten Gerichtshof der Polis, verantworten müssen. Du bist verhaftet!«

Themistokles drehte sich beiseite und senkte den Blick, als schreckte er davor zurück, der Hetäre in die Augen zu sehen.

»Verhaftet?« wiederholte das Mädchen ratlos.

»Es steht dir frei, einen Verteidiger zu nehmen, der deine Sache auf dem Areshügel vertritt«, erwiderte der Gemeindesklave.

Daphne lächelte gezwungen und schrie dann laut heraus: »Ich brauche keinen Verteidiger; denn ich bin mir keiner Schuld bewußt. Ein Unschuldiger weiß sich selbst zu verteidigen.« Und zu dem Feldherrn gewandt, der wie unbeteiligt zum Fenster hinaussah, fuhr sie fort: »Und wenn es in dieser Stadt irgendwelche Männer gibt, die Haß gegen mich hegen, weil ich ihre Gefühle nicht erwidert, ihre niedrigen Triebe nicht befriedigt habe, und die nur darauf aus sind, mir eine Falle zu stellen, dann wird es auch dem größten Redner nicht gelingen, mich aus diesen Verstrickungen zu befreien.« Und da Themistokles ihr noch immer den Rücken zukehrte, trat Daphne von hinten an ihn heran und sprach: »Die Archonten auf dem Areopag, die mit der Obhut der Gesetze betraut sind, werden sich von billigen Beschuldigungen eines Sykophanten nicht täuschen lassen und den Stimmstein gegen eine Unschuldige erheben; aber sie werden ihn gegen jenen heuchlerischen Ankläger richten, der den Staat in Gefahr bringt, weil er seine eigenen Interessen über die Wahrheit setzt!«

Themistokles zuckte unmerklich zusammen. Nicht einmal sein Todfeind Aristides hatte ihn einen Sykophanten, einen verleumderischen Ankläger, genannt. Woher nahm diese Frau den Mut, so zu sprechen?

Kapitel 8

Aiakides, der Schwarzbärtige, hatte es eilig. Milet, einst eine Stadt von wirtschaftlicher und kultureller Blüte, lag noch immer in Trümmern seit der verheerenden Zerstörung durch die Perser vor mehr als einem Jahrzehnt. Die ehemals breiten Straßen und die schattigen Arkaden waren verschüttet oder von dürrem Gestrüpp überwuchert, stumme Zeugen der grausamen Beendigung des Aufstandes der ionischen Städte gegen das Barbarenjoch. Überall wimmelte es von persischen Soldaten.

Nur ein schmaler, steiniger Trampelpfad führte zum Buleuterion hinter dem Marktplatz. Viel war nicht übriggeblieben von dem ehemaligen Rathaus, Säulenstümpfe, die zum Himmel ragten in einem von Mauerresten verstellten Vorhof, notdürftig wiederhergestellte Räume mit rauhen Wänden, die alte Halle des Volkes unter freiem Himmel.

Griechen und Perser lungerten vor den Türen herum und verfolgten jeden Fremden mit neugierigen Blicken – Mißtrauen allerorten.

»Melde dem Terillos die Ankunft des Aiakides aus Magnesia«, forderte der Schwarzbärtige einen der Türwächter auf. Der verschwand, kam zurück und zeigte mit einer Kopfbewegung an, ihm zu folgen. Terillos, dem Leiter des westlichen Spionagenetzes, unterstanden – so flüsterte man hinter vorgehaltener

Hand – etwa 2000 Agenten, Griechen zumeist, die in irgendeiner Form von den Barbaren erpreßt wurden. Wie Aiakides.

Das Spionagezentrum war ein langer, dunkler Raum, an dessen hohen Wänden sich Tausende von Schriftrollen und Tafeln stapelten. Terillos, klein, dick und glatzköpfig, mit buschigen Augenbrauen, saß an einem wuchtig-breiten Tisch, eingerahmt von einer Horde abenteuerlicher Gestalten.

»Ich hoffe, du warst erfolgreich, Magnesier!« rief Terillos dem Eintretenden entgegen, und der Schwarzbärtige dienerte: »Gewiß, Terillos, ich bringe die gewünschten Zahlen.« Bei diesen Worten zog er das Täfelchen hervor, legte es vor dem Glatzkopf auf den Tisch und beobachtete ihn, während er las, erwartungsvoll.

»Du verbürgst dich für die Maße der griechischen Rammsporne?« argwöhnte Terillos.

»Beim Leben meines Sohnes Medon!« beteuerte Aiakides, »wir haben die neuen Trieren der Griechen in Phaleron begutachtet, stolze schlanke Schiffe, mit Rammspornen, die einen das Fürchten lehren.«

»Wo hast du Medon, deinen Sohn, gelassen?« Das Lächeln des Glatzkopfes verwirrte den Magnesier.

»Im Hafen!« antwortete Aiakides hastig, versuchte sich aber sofort zu korrigieren: »– das heißt, er ist ...«

»Wo?«

Der Schwarzbärtige schwieg, Schweiß trat auf seine Stirn, er rang nach Luft, und zwei der Abenteurer um den Spionagechef traten drohend vor Aiakides hin.

»Warum willst du uns nicht sagen, wo dein Sohn Medon geblieben ist?« grinste Terillos hämisch.

Aiakides, in die Enge getrieben, sah keinen anderen Ausweg, er mußte die Wahrheit sagen, oder wenigstens die halbe Wahrheit: »Medon befindet sich in Athen, Herr!«

Der Glatzkopf beugte sich über den Tisch und grinste, auf einen Ellenbogen gestützt: »Ihr seid überfallen worden, hat man mir berichtet. Du siehst, meine Kundschafter sind schneller als der Wind, der dein Schiff an die ionische Küste trieb.«

Woher, beim Zeus, wußte er von dem Überfall? Aiakides hatte doch die ganze Mannschaft zu strengem Stillschweigen verpflichtet! Einer der Matrosen mußte ein Spion sein. Was wußte dieser Glatzkopf noch? Der Magnesier fühlte, wie sein Blut pochte. Wie sollte er sich in dieser Situation verhalten? O Medon, mein Sohn Medon!

Die quälenden Gedanken des Tuchhändlers aus Magnesia blieben nutzlos; denn Terillos führte ihm nun ein Beweisstück nach dem anderen vor Augen: Er legte ein zweites Täfelchen neben jenes, das er abgeliefert hatte, dann ein drittes, jedes von gleicher Größe, und sagte: »Merkwürdig, Aiakides, du lieferst als einziger völlig andere Maßangaben. Während diese beiden Späher übereinstimmen, unterscheiden sich *deine* Zahlen völlig. Was wollen wir davon halten?«

Terillos sprach mit jenem Ausdruck provozierender Freundlichkeit, die jeden Augenblick in einen unberechenbaren Zornesausbruch umzuschlagen drohte. Darauf wartete Aiakides, und er fühlte seine Knie schwach werden. Mit einem ertappten Spion machten die Barbaren kurzen Prozeß. Sie legten ihn zwischen zwei meterdicke Mühlsteine; aber war *sein* Leben verwirkt, dann war es auch das seines Sohnes Medon im fernen Athen. Ihr Götter, gab es wirklich keinen Ausweg?

»Haben dir die Athener mehr geboten für deine Dienste, he? Haben sie dir falsche Maße aufgeschrieben, um uns irrezuführen? Haben sie deinen Sohn Medon als Pfand behalten? – Heraus mit der Sprache!« brüllte der Glatzkopf, und die beiden Abenteurer ergriffen ihn und bogen seine Unterarme auf den Rücken, daß es schmerzte.

Aiakides wußte keine Antwort. Was immer er jetzt sagte, es würde falsch sein, ihm mehr Schaden zufügen als nützen. Längst hatten die Barbaren seine Machenschaften enttarnt, ihn als Doppelspion entlarvt. Womit sollte er sich verteidigen? »Ich tat es nur für meinen Sohn Medon«, sagte der Schwarzbärtige schließlich, »er ist mein ein und alles. Sie halten ihn in Athen gefangen, bis ich zurückkehre ...«

»Du wirst nicht nach Athen zurückkehren!« rief Terillos erregt, »du weißt doch, was wir mit Verrätern machen. Ich könnte dir die Wahl lassen, ob du in den Mulden sterben willst, eingemauert auf engstem Raum, bis du verfault und von Würmern zerfressen bist, oder ob du es vorziehst, zwischen die Mühlsteine gelegt zu werden. Aber die Zeit drängt, so werden wir uns für letzteres entscheiden.«

»Daphne, die Hetäre, ist eine Spionin der Barbaren!« Wie ein Lauffeuer hatte sich die Anklage in Athen verbreitet, und Hunderte drängten zu dem Prozeß auf dem Areopag, westlich der Akropolis, bei dem fünfzig ehemalige Archonten, würdige Staatsbeamte aus dem Adel der Polis, über Daphnes Schicksal zu entscheiden hatten.

Während die rotgekleideten Richter, angeführt von Archon Eponymos, dem Vorsitzenden des Gerichtshofes, mit angemessenen Schritten die Säulenhalle betraten und hinter der weißen Marmorbalustrade Platz nahmen, führten zwei Gemeindesklaven die Hetäre zur Anklagebank. Daphne wirkte gesammelt, sie hob vor den Richtern nur kurz den Blick und lauschte dann der Klageschrift.

Sie habe sich eines Verbrechens gegen die Polis schuldig gemacht, indem sie an die Barbaren Staatsgeheimnisse weitergegeben habe. Daphne sei Mitglied einer Verschwörung gewesen, der unter anderen der eleusische Priester Kallias angehört habe. Sein mysteriöser Tod habe ihre Pläne zwar durchkreuzt, aber nicht vereitelt. So hätten ihr die Barbaren einen neuen Nachrichtenzuträger geschickt, den Magnesier Aiakides, der jedoch bei seinem Vorhaben, die Flotte der Athener zu vermessen, ertappt worden sei. Der Versuch, den Spion für eigene Zwecke umzudrehen, sei mißlungen. Er habe seinen Sohn Medon schmählich im Stich gelassen.

»Was hast du, Daphne, gegen diese Anklage vorzubringen?«

Durch die Reihen der Zuschauer ging ein Raunen, als die Hetäre sich erhob. Sie trug einen langen Chiton, dessen in der Taille gegürteter Rock ebenmäßig wie die Kannelüren einer dorischen Säule zu Boden fiel. Das Oberteil wurde nur über der rechten Schulter von einer Gemme zusammengehalten. Ihre langgedrehten Locken umspielten die nackten Schultern. So bot sie den einnehmenden Anblick einer Statue, der bei den allem Schönen zugetanen Athenern nicht ohne Wirkung blieb. Dic Sympathien waren auf ihrer Seite. Wie konnte, warum sollte ein so schönes Mädchen für die Barbaren spionieren?

Mit ruhiger, fester Stimme antwortete Daphne: »Was mir hier zur Anklage gereicht, Archon Eponymos, entbehrt jeder Grundlage und ist daher falsch. Zwar mag der Schein gegen mich sein, doch fällt es mir nicht schwer, jede deiner Anschuldigungen zu widerlegen. Dann möchte ich den von deinen Mitarchonten sehen, der den falschen Stimmstein gegen mich erhebt!«

Daphnes mutige Rede gefiel den Zuhörern, und sie spendeten, was durchaus erlaubt und üblich war, lautstarken Beifall. Für gewöhnlich nahm ein Angeklagter sich einen der hochbezahlten Redner und Demagogen, die sich mit dem Gericht zur Freude des Publikums große Redeschlachten lieferten. Wer sich allein verteidigte, war entweder arm oder er schätzte sein rednerisches Talent höher als das der käuflichen Redner. Und nicht selten erhob sich einer aus dem Publikum, um mit gewandten Worten für einen Angeklagten zu sprechen.

»Ich fordere die Hetäre Megara als Zeugin!« rief der Archon.

Megara trat vor, ihr Gesicht schien wie versteinert.

Der Archon hob ein Medaillon in die Höhe: »Megara, kennst du dieses Schmuckstück?«

Megara bejahte, es gehöre Daphne.

»Und wie kam es in den Besitz jenes Spions der Barbaren, der sich Aiakides nannte?«

»Daphne selbst gab es ihm als Erkennungszeichen für ihren Vater, der – so behauptete Aiakides – noch am Leben sei.«

»Das geschah bei den Spielen in Olympia.«

»So ist es.«

»Hattest du den Eindruck, daß die beiden, Daphne und Aiakides, sich kannten?«

»Nein.«

»Warum nicht?«

»Daphne schien sehr aufgeregt nach dem Vorfall. Sie wollte nicht glauben, daß ihr Vater noch am Leben sei; aber sie klammerte sich an diese letzte Hoffnung.«

»Und du hältst es nicht für möglich, daß Daphne dir etwas vorspielte?«

»Nein.«

»Ich rufe den Strategen Themistokles als Zeugen!«

Themistokles trat vor die Balustrade der Archonten, ohne einen Blick auf Daphne zu werfen. Keine zehn Schritte von der Hetäre entfernt, hielt er die Hände auf dem Rücken und antwortete auf die Fragen des Archonten Eponymos.

»Du hast den Schurken aus Magnesia beobachtet, wie er

unsere Schiffe in Phaleron auskundschaftete, und später auf hoher See gestellt.«

»So war es.«

»Zeigte Aiakides sich geständig?«

»Ja. Er berichtete, er habe sich aus finanzieller Not von den Barbaren anwerben lassen.«

»Und warum ließest du ihn laufen?«

»Ich glaubte, er sei uns nützlicher, wenn er den Barbaren falsche Informationen lieferte, als wenn er überhaupt nicht zurückkäme. Zur Sicherheit nahm ich seinen Sohn Medon als Pfand. Ich konnte nicht ahnen, daß Aiakides so skrupellos ist, seinen Sohn dem sicheren Tod preiszugeben.«

»Erwähnte Aiakides bei seinem Geständnis, daß Daphne ebenfalls für die Barbaren spionierte, daß sie seine Komplizin war?«

»Nein.«

»Hast du ihn nach Daphne gefragt?«

»Ich brauchte ihn nicht zu fragen, ich fand ja das Amulett mit der Taube.«

»Du kanntest dieses Amulett? Woher?«

Themistokles stockte. Auf den Rängen wurde es still. Alle Blicke waren auf den Strategen gerichtet, der um eine Antwort rang. Da versuchte der Archon, Themistokles zu erlösen, und sagte freundlich: »Du erfreutest dich der Gunst der Hetäre!«

Hätte Themistokles jetzt ja gesagt, dann wäre nicht einmal ein Raunen durch die Zuschauer gegangen; denn jeder auf dem Areopag nahm dies als selbstverständlich an. Aber der Feldherr erwiderte nach kurzem Zögern: »Nein, ich erfreute mich nicht der Gunst der Hetäre!« und löste damit lebhaftes Geschrei und lautstarke Spekulationen aus.

Unbeirrt fuhr der Archon Eponymos fort: »Du hättest dich aber gerne der Gunst Daphnes erfreut?«

Themistokles antwortete: »Als ich noch nicht wußte, daß sie in barbarischen Diensten steht, gewiß.«

Da wurde auf der Zuschauertribüne hämisches Gelächter laut, und Daphne sprang auf und rief: »Jedes Wort, das Themistokles sprach, ist wahr; aber keines beweist den Vorwurf der Anklage.«

Nun ließ der Archon den gefangenen Medon vortreten. Seine Frage, ob er Daphne jemals begegnet sei oder ob sein Vater jemals ihren Namen erwähnt habe, verneinte der Sohn des Magnesiers. Von einer Verschwörung könne keine Rede sein. Sein Vater Aiakides habe ganz für sich allein gehandelt, dies sei sein erster Auftrag gewesen. Mit Tränen in den Augen beteuerte Medon, seinem Vater müsse etwas zugestoßen sein; denn nie im Leben würde er ihn im Stich lassen.

Der Archon wischte diese Bemerkung mit einer abfälligen Handbewegung beiseite. Er ließ Aristides rufen. Und unter den Zuschauern verbreitete sich gespannte Erwartung. Jeder in Athen wußte um die Gegnerschaft der beiden Strategen und kannte den persönlichen Haß, mit dem sie sich begegneten. Wie würde sich Aristides in diesem Prozeß verhalten?

»Du, Aristides, hast die des Verrates angeklagte Hetäre nach der Schlacht bei Marathon aufgegriffen?« begann der Archon Eponymos.

Der Feldherr, den sie auch den Gerechten nannten, erinnerte sich: »Ich habe das Mädchen aus den Fängen der Soldaten befreit. Sie hatten Daphne nachts auf dem Schlachtfeld entdeckt und glaubten, sie sei eine Barbarin und müsse ein Sklavenschicksal erdulden. Ich gab sie in die Obhut der Hetäre Melissa.«

»Wo hielt sich Kallias zu dieser Zeit auf?«

»Auf dem Schlachtfeld. Er kümmerte sich um die Bergung der gefallenen Athener.«

»Kam es zu einer Begegnung zwischen Kallias und Daphne?«

»Soweit mir bekannt ist, sahen sich die beiden nicht von Angesicht zu Angesicht.«

»Man sagt, der tödliche Pfeil des Kallias habe Daphne gegolten, aber Melissa getroffen. Welches Motiv könnte der eleusische Priester gehabt haben, Daphne zu töten?«

»Vielleicht wollte er eine Mitwisserin beseitigen. Spione leben gefährlich.«

An Themistokles gewandt, sagte der Archon: »Du warst Zeuge, als Kallias eines mysteriösen Todes starb?«

»Das delphische Orakel gab mir den Spruch, ich sollte mich bei Vollmond nach Marathon begeben, dort würde ich Melissas Mörder finden. Ich sah ihn auf dem Totenhügel. Ein furchtbarer Blitz des Zeus setzte seinem Leben ein Ende.«

»Was trieb Kallias in dieser Nacht zu den Sümpfen von Marathon?«

»Wohl eine geheime Zusammenkunft der Verschwörer, die sich gegen das Vaterland auflehnten.«

»Könnte Kallias nicht *dir,* Themistokles, aufgelauert haben?«

Themistokles schwieg. Er überlegte. Die Athener diskutierten auf den Rängen. Da erhob sich Daphne, als wollte sie etwas sagen, und im Nu verebbte das Gemurmel.

Die Hetäre sprach laut, mit sicherer Stimme, daß sie bis in die letzten Reihen gehört werden konnte: »Ihr Archonten des Areopags, ihr vornehmen Männer von Athen, hört mich an: Kallias, der eleusische Priester, war ebensowenig ein Spion der Barbaren wie ich. Eine unglückselige Fügung des Schicksals machte mich zur Augenzeugin eines grausamen Verbrechens. In jener Nacht nach der Schlacht von Marathon, als ich besinnungslos an das Ufer des Meeres gespült wurde und Hilfe suchte, entdeckte ich im Schein des Mondes zwei Gestalten. Ein versprengter Barbar führte Kallias zu jener Stelle bei den Sümpfen, wo die Perser ihren Kriegsschatz versteckt hatten. Doch kaum hatte der Barbar die Kostbarkeiten aus der Erde gegraben, da stieß ihm der Priester sein Schwert in den Rücken. Ich wollte fliehen, aber ich stand wie angewurzelt und konnte keinen Schritt tun, und so entdeckte mich der Eleusier. Er erkannte mich als Mitwisser, und gewiß wäre mir das gleiche Schicksal zuteil geworden wie dem Barbaren, hätte mich nicht der allmächtige Zeus dadurch gerettet, daß Kallias über einen Bogen stürzte. Ich floh und erreichte das Lager.«

Die rotgekleideten Archonten steckten aufgeregt die Köpfe zusammen, und der Eponymos bemerkte: »Eine seltsame Geschichte, fürwahr!«

Daphne indes fuhr fort: »Was ich bisher berichtet habe, können diese meine Augen bezeugen. Das folgende ist das Ergebnis meiner Überlegungen: Wollte Kallias den Perserschatz für sich behalten, so mußte er mich, den einzigen Zeugen, auf schnellstem Wege beseitigen. Deshalb schlich er um das Zelt der Hetären, wo Melissa sich aufopfernd um mich kümmerte. Dann schoß er den tödlichen Pfeil ab – sei es, daß er unsere Schatten an der Zeltwand sah, oder sei es, daß er den Klang der Stimme zum Ziel nahm – und traf Melissa. Als Themistokles dem Priester nächtens in Marathon begegnete, wollte Kallias den Barbarenschatz bergen. Was anderes hatte der Priester der Demeter dort zu suchen? Doch die Götter straften den Frevler.«

»Die Hetäre lügt!« schallte es aus dem Publikum. »Sie spricht wie ein Traumdeuter auf den Stufen des Tempels.« So ungewöhnlich erschien den Athenern diese Geschichte, daß sie die Fäuste ballten und lautstark ihrem Ärger Luft machten.

Aber dennoch versuchte Daphne sich Gehör zu verschaffen: »Es ist eine Theorie, gewiß, aber sie ist nicht weniger wahrscheinlich als jene der Anklage. Euch, ihr Archonten, fehlt ebenso der Beweis wie mir. Es sei denn ...«

»Es sei denn?« Der Archon Eponymos sah Daphne fragend an.

»Würdet ihr meinen Worten Glauben schenken, wenn ich euch zu der Stelle führte, an der das persische Gold vergraben liegt?«

Der Archon blickte ratsuchend um sich, die übrigen Richter schienen unschlüssig. »Die Schlacht bei Marathon«, antwortete der Eponymos, »liegt beinahe acht Sommer zurück. Glaubst du in der Tat, wir könnten den Barbarenschatz finden?«

»Ich glaube daran!« erwiderte Daphne. »Wäre ich eine Spionin, so dürftet ihr sicher sein, daß die Barbaren sich an mich gewandt hätten, um wieder in Besitz ihres Kriegsschatzes zu kommen.«

Die Richter nickten zustimmend.

Da erhob Daphne die Arme zum Himmel und rief: »O ihr olympischen Götter, setzt der Wahrheit ein sichtbares Zeichen und laßt mich das Gold der Barbaren wiederfinden!«

Weit außerhalb von Milet, wo die flache Küstenebene in ockerleuchtendes Hügelland überging, hatten die Perser ein gigantisches Heerlager errichtet. So weit das Auge reichte, bedeckten die dunklen Zelte der Barbaren den bergigen Horizont. Hunderttausende von Soldaten sowie Pferde und Wagen drängten sich dazwischen, und über allem lag der beißende Gestank qualmender Lagerfeuer, die mit gedörrtem Tiermist genährt wurden.

Zwei Pferdewagen preschten von Milet her die Anhöhen

hinauf, eine rotbraune Staubfahne hinter sich herziehend, in Richtung auf das in einer Senke gelegene Lagergeviert. Hochrädrige Karren und verwirrende Balkengerüste bildeten die Umzäunung des Feldlagers, in dem der persische Großkönig Xerxes Hof hielt. Auf dem vorderen Wagen, gelenkt vom Spionagechef Terillos, saßen mehrere Hofbeamte, kenntlich an den Purpurmänteln mit weißen Habichten auf den Schultern. Der zweite Wagen bot einen erbarmungswürdigen Anblick. Ein Dutzend geschundener und ausgemergelter Gestalten mit blutig geschlagenen Köpfen und quellenden Striemen auf dem Rücken lag, hing oder kniete auf dem wild hüpfenden Karren, Todeskandidaten, die dem Großkönig zur Bestätigung des Urteils vorgeführt wurden. Unter ihnen Aiakides, der Schwarzbärtige.

Längst war sein Gehirn ausgeschaltet, das ihm noch am Tage zuvor das Verwerfliche seiner Handlungsweise ins Bewußtsein gehämmert hatte. Schläge, Peitschenhiebe und die gequälten Schreie seiner Mithäftlinge hatten sein Gedächtnis nahezu ausgelöscht. Beinahe gleichgültig dämmerte Aiakides, an den Händen gefesselt, dem beschlossenen Tode entgegen. Sein bärtiges Kinn knallte bei jedem Stoß, den der steinige Weg verursachte, auf die Brust und schleuderte ihm die blut- und schweißverschmierten Haare ins Gesicht, so daß er nichts von dieser drohenden Kriegsmaschinerie der Barbaren erkennen konnte. Und das war gut so.

Daher sah Aiakides auch die gewaltigen Mühlsteine nicht, die in der hinteren Ecke des Lagergevierts darauf warteten, jeden einzelnen von ihnen mit Unterstützung der im Kreis getriebenen Stiere zu zermalmen. Als die Wagen endlich zum Stehen kamen, da sprangen die Begleiter herab und zerrten die Gefangenen herunter. Einige stürzten kopfüber in den Staub, kraftlos, unfähig, sich auf den Beinen zu halten. Der

Schwarzbärtige torkelte ein paar Schritte, drohte ebenfalls das Gleichgewicht zu verlieren und blieb dann, an eines der Räder gelehnt, stehen, gleichgültig vor sich hindämmernd.

An der Breitseite des Lagers bedeckten großflächige Teppiche den Boden, rot und blau in ihrer filigranen Ornamentik. Sie schmückten den Zugang zu einem burgartigen Zelt mit Kuppeln und Erkern, dessen ausladende Vorhalle mit einem flaggenverzierten Baldachin und einem breiten roten Podium ausgestattet war. Auf diesem mit schweren Stoffen behängten Podest saß Xerxes, der gefürchtete Barbarenkönig, Herrscher über die Asiaten, grausam und unberechenbar.

Auf dem Kopf trug der Großkönig eine zylinderartige Kappe, umwickelt mit einer weißen und blauen Binde. Darunter quoll das reiche Haupthaar, schwarz und zu kleinen Löckchen gedreht, hervor. Die Augen schmal und stechend unter abrasierten Brauen. Schaufelförmig hing ein gelockter Bart auf die Brust. Seine Schultern umgab ein hüftlanger Purpurumhang mit Goldstickereien von immer wiederkehrendem Motiv: Falke und Habicht. Unter dem knöchellangen, an der Vorderseite leicht gerafften Rock ragten safrangefärbte Schuhe hervor mit hohen Absätzen. An jedem seiner Finger, sogar an den Daumen, steckte ein Ring mit großen bunten Steinen. In der Rechten hielt Xerxes einen zepterartigen Goldstab, in der Linken ein lotusförmiges Gefäß – beides Beutestücke von seiner neuesten Eroberung, dem Pharaonenreich.

Umgeben von den barfüßigen Würdenträgern seines Weltreiches, wirkte er in seinen schlaksigen Bewegungen wie ein großes verkleidetes Kind. Er hatte das Erbe seines Vaters Dareios zu einer Zeit angetreten, als jener zu einem Rachefeldzug gegen die Griechen rüstete und unerwartet verstarb. Jetzt plagten den Nachfolger Zweifel. Unruhig sprang er von seinem goldenen Thron auf, der mit Prankenfüßen und Handgriffen versehen war, damit die Lakaien ihn überall hintragen konnten, machte ein paar tänzelnde Schritte, Diener rückten den Sessel nach, und nahm wieder Platz.

»Ich weiß nicht, ich weiß nicht«, näselte Xerxes, »ob es der Wille des gütigen Ahura Mazda ist, wenn wir gen Hellas ziehen. Mögen die Griechen schwach und furchtsam sein wie die Hasen in den Ebenen unseres Hochlandes, ihre Götter sind groß und mächtig, und vielleicht stehen sie sogar mit dem bösen Ahriman im Bunde.«

Da trat Mardonios, ein Vetter des Xerxes, vor den Großkönig und sprach: »Tapferster der Tapferen unter den Achämeniden, es ist nicht recht, daß die Athener, die den Persern die größte Schmach ihres Daseins bereitet haben, ungestraft bleiben. Seit Kyros den Astyages beseitigte und wir die Führung übernahmen, gab es keinen Mißerfolg. Nur Datis und Artaphernes mußten sich in der Ebene von Marathon geschlagen geben. Kyros, Kambyses und dein Vater Dareios haben ein Volk um das andere unterjocht. Warum willst du deiner Macht freiwillig Einhalt gebieten? Europa ist ein schönes Land und trägt mannigfache Obstbäume!«

»Obstbäume?« Der Großkönig wurde hellhörig. Früchtetragende Bäume erregten sein größtes Gefallen.

Mardonios beteuerte, dort ernte man Früchte, die auf asiatischem Boden nicht gediehen und von köstlichem Geschmack und süß wie Honig seien.

»Süß wie Honig?« Xerxes nickte heftig und sprach dann die pathetischen Worte: »Ich, Xerxes, vom Stamm der Achämeniden, werde den Hellespont überbrücken und ein Heer gegen Europa führen, wie es die Welt noch nicht gesehen hat. Meinem Vater Dareios war es nicht vergönnt, die Schmach der Niederlage zu rächen; aber ich werde nicht eher ruhen, bis ich Athen eingenommen und in Schutt und Asche gelegt habe.

Dann werde ich das persische Land dem Himmel des Zeus zum Nachbarn machen!«

Und während die Großen des Reiches Beifall spendeten, kicherte Xerxes zu Mardonios: »Früchte, so süß wie Honig, sagtest du?« – »So süß wie Honig!« beteuerte der Vetter. Da fuchtelte Xerxes mit seinem Zepter: »Du Schlauer du, versprichst mir süße Früchte, dabei willst du doch nur Statthalter der neuen Provinz werden.«

Mardonios lachte, er versuchte auch gar nicht, die Worte des Großkönigs in Abrede zu stellen; denn jedermann im Reich wußte, daß dem Feldherrn an diesem Posten gelegen war. Deshalb schmeichelte er seinem Herrn, so gut er konnte: »Herr und König der Könige, du bist nicht nur der Größte unter allen lebenden Persern, sondern auch unter jenen, die erst geboren werden. Wir haben die Saker, Inder, Äthiopier, Assyrer und viele andere tapfere Völker der Erde unterworfen, ohne daß jene uns ein Unrecht zugefügt hätten. Die Griechen aber, die uns unsagbare Schmach bereitet haben, willst du schonen? Ich frage dich, warum fürchtest du dich vor ihnen? Haben wir nicht die Ionier, Dorier und Äolier, allesamt Griechen an den Küsten Asiens, im Handstreich besiegt?«

Der Großkönig kicherte, griff nach einem goldenen Becher mit süßsaurem Quittensaft und trank, während seine Augen unruhig in die Runde blickten. Artabanos, sein weiser Oheim, ein hagerer Alter mit langem weißen, in Wellen gekämmten Bart, erhob mahnend seine Stimme: »Xerxes, ich habe schon deinen Vater gewarnt, gegen die Skythen am nördlichen Meer zu ziehen, gegen Leute, die nicht einmal in Städten wohnen; und Dareios kehrte unverrichteter Dinge, aber reich an Verlusten heim. Jetzt willst du, König der Könige, gegen ein Volk ziehen, dessen Männer noch weit tapferer sind als die Skythen. Du willst den Hellespont überbrücken und mit dem Millionenheer nach Europa eindringen. Aber ich frage dich und alle, die ihr hier versammelt seid: Was geschieht mit unseren Soldaten, wenn ein Sturm die Schiffsbrücken zerstört oder wenn es den Feinden gelingt, sie zu versenken? Du aber, Mardonios, Sohn des Gobryas, hüte dich, gegen das Volk der Hellenen geringschätzig zu sprechen. Gedenke unserer Niederlage bei Marathon!«

Xerxes zog die Stirne kraus, und aus der weißen Haut trat über der Nasenwurzel eine dunkelblaue Ader hervor. »Artabanos«, rief der Großkönig in höchster Erregung, »du bist der Bruder meines Vaters, und allein diese Tatsache wird dich um den würdigen Lohn deiner Worte bringen und dir das Leben retten. Aber ich bin Xerxes, der Sohn des Dareios, und ich werde die Athener bestrafen, Männer, Frauen und Kinder!«

Sein Blick fiel auf die zerschundenen Gefangenen, die vor dem Pavillon dahindämmerten. »Was ist mit denen?«

Ein Beamter des Königs trat herbei, fiel vor ihm auf die Erde und küßte seine Füße: »Herr, sie alle haben den Tod verdient!«

»Der da!« sagte Xerxes und deutete auf den ersten in der Reihe, einen bartlosen Jüngling, der ein zerfetztes Tuch um die Lenden trug und aus Mund und Nase blutete.

»Man hat ihn im Lager beim Plündern ertappt!« erklärte der Beamte.

»In den Mühlstein mit ihm!« polterte Xerxes und zeigte auf den Schwarzbärtigen: »Der da?«

»Ein Tuchhändler aus Magnesia. War in persischen Diensten als Spion unterwegs. In Wirklichkeit aber ein Kundschafter für die Griechen.«

»In den Mühlstein mit ihm!« Doch kaum hatte der Großkönig das Urteil gefällt, da hielt er inne, überlegte kurz und sagte: »Halt! Bringt den Spion zu mir!«

Aiakides wurde gepackt, vor Xerxes geschleppt und zu Boden gestoßen, damit er dem König die Füße küsse.

»Du bist also ein Spion in griechischen Diensten!« begann Xerxes. »Wer ist dein Auftraggeber?«

»Themistokles, der Athener«, antwortete Aiakides kraftlos.

»Ein Athener«, wiederholte der König. Und nach einem Augenblick des Zauderns sprach er – und damit verblüffte er die Großen des Reiches, die dem Gespräch aufmerksam lauschten: »Ich werde dir die Freiheit schenken, ich will dich ziehen lassen, damit du den Athenern verkündest, wie Xerxes gerüstet ist, seinen Vater Dareios zu rächen. Bindet ihn auf den Wagen und treibt die Pferde durch das Lager, von Norden nach Süden, von Osten nach Westen. Dann zeigt ihm die persische Flotte vor Halikarnass und gebt ihm ein Schiff, auf daß er nach Hellas segle und Furcht verbreite im ganzen Land.«

Darauf fesselten zwei Sklaven den zu Tode erschöpften Aiakides auf den Kutschbock des Wagens, und Terillos trieb das Gespann mit Peitschenhieben durch die riesige Lagerstadt.

»Hier, sieh dir nur alles an«, rief Terillos, während er die Pferde durch das unwegsame, von Zelten und Tierställen übersäte Gelände trieb. »Und merke gut, was ich dir sage!« Wie hinter einem Schleier zog an Aiakides die geballte Anhäufung persischen Machtgehabes vorüber. Der Schwarzbärtige nahm die Aufzählungen des Spionagechefs nur aus weiter Ferne wahr. Jener berichtete von 170 mal zehntausend Fußsoldaten, achtmal zehntausend Reitern und zweimal zehntausend Arabern und Libyern. Noch einmal soviel betrage die Zahl der begleitenden Diener und Sklaven, Eunuchen, Konkubinen und Brotbäckerinnen. Außerdem Zug- und Lasttiere, Büffel und Kamele, achthundert Hengste und sechzehnmal tausend Stuten, indische Hunde in solcher Anzahl, daß vier große Dörfer von jeder Fronlast befreit waren, nur um das Hundefutter aufzubringen.

Als Terillos merkte, daß der Schwarzbärtige aufnahmeunfähig auf dem Kutschbock hing, hielt er an, schöpfte aus einem Brunnentrog eine Schale Wasser und klatschte sie dem Griechen ins Gesicht. Aiakides schreckte hoch, blickte mit weit aufgerissenen Augen über die persischen Horden, und Terillos setzte seine stürmische Fahrt fort.

Am südlichen Ende des Lagers schlug der Perser den Weg nach Halikarnass ein. Von Westen her, wo das Meer lag, trieb der Wind Staubwolken vor sich her, und mit heiserer Stimme versuchte Terillos das lautstarke Klappern des Pferdewagens zu übertönen: »Reiß die Augen auf, Alter«, schrie er gegen den Wind, »laß dir nichts entgehen. Die Landmacht der Perser habe ich dir gezeigt, jetzt mußt du noch unsere Flotte sehen: Zwölfmal hundert Schiffe zu 200 Mann, zwölfmal hundert Schiffe zu 30 Mann und dreißigmal hundert Schiffe zu je 80 Mann. Merke dir die Zahlen, hörst du, Alter, merke sie genau und berichte den Athenern, was du hier gesehen hast!«

Aiakides hatte kaum noch die Kraft, den Kopf hochzuhalten. Jeder Stein, jede Bodenerhebung, die das klapprige Gefährt im Sprung nahm, versetzte ihm einen Schlag in den Nakken, daß sein Kopf nach unten fiel, und der Magnesier begann zu zweifeln, ob er diese höllische Fahrt zur Bucht von Halikarnass überleben, ob er Athen jemals erreichen und seinen Sohn Medon noch einmal wiedersehen würde.

Daphne führte die Archonten des Areopags, die Zeugen und eine Schar Neugieriger, die den Weg von Athen nach Marathon nicht gescheut hatten, zu der Stelle, wo nach ihrer Erinnerung der Barbarenschatz vergraben lag. Der Ort war leicht zu finden, drei hochragende schwarze Zypressen wiesen den Weg.

Sie schien sich ihrer Sache sicher, doch in ihrem Innersten bebte die Hetäre und schickte stumme Gebete zum Himmel, das Gold der Perser möge noch an derselben Stelle lagern. Daphne hatte sich bisher gescheut, dieses Geheimnis preiszugeben, denn damit hätte sie das Motiv des Kallias verraten, an dessen Lauterkeit man in Athen ohnehin zweifelte, seit er auf so mysteriöse Weise ums Leben gekommen war. Sie fürchtete, in irgend etwas hineingezogen zu werden und hatte deshalb beharrlich geschwiegen. Doch gerade dieser Barbarenschatz sollte nun ihre letzte Rettung sein, sollte den Wahrheitsgehalt ihrer Aussage untermauern und sie von schwerem Verdacht befreien.

»Hier«, sagte sie, während sie sich umblickte, »ja, hier muß es sein!« Der Archon Eponymos nickte, die übrigen Archonten bildeten einen Kreis um die Stelle, und zwei Sklaven begannen zu graben.

Themistokles auf der gegenüberliegenden Seite des Kreises musterte die Hetäre mit prüfendem Blick: Bluffte sie oder war sie sich ihrer Sache sicher? Dieser selbstbewußten Frau, die von den Göttern mit mehr Klugheit gesegnet war als die meisten Männer von Rang in der athenischen Polis, war zu allem fähig. Sollte sie diese phantastische Geschichte nur erfunden haben, um sich vor einer Verurteilung zu retten? Sie mußte doch damit rechnen, daß die Archonten ihre Aussage nachprüfen würden – noch dazu, wo es den Kriegsschatz der Barbaren zu entdecken galt. Daphne würdigte Themistokles keines Blickes.

Der Boden am Rande der Sümpfe roch modrig und gab schon nach wenigen Spatenstichen zerbrochene Pfeile und gesprengte Lanzenspitzen frei, Zeugnisse eines Kampfes, den die Athener mit höchstem Einsatz geführt hatten. Nach Abtragen von Wurzelwerk konnte man deutlich erkennen, daß dieses Erdreich nicht zum erstenmal aufgegraben wurde. Da hielten die Sklaven inne, der Archon-Eponymos trat näher heran und blickte prüfend in das Erdloch.

»Seht doch, Herr!« Der eine Sklave deutete auf die skelettierten Knochen einer menschlichen Hand, kratzte vorsichtig mit der Schaufel und legte einen ganzen Arm frei. Gemeinsam gelang es den beiden schließlich, das Skelett eines Menschen aus der Erde zu holen. Die Unruhe wuchs.

Sicher lagen noch viele Barbarenleichen in der Ebene von Marathon verborgen; aber daß sie ausgerechnet an jener Stelle, die von der Hetäre bezeichnet wurde, einen Leichnam fanden, das konnte kein Zufall sein! Beim Zeus, Daphne war entweder ein Liebling der Götter oder sie hatte die Wahrheit gesagt.

Da deutete einer der Archonten auf den Erdhaufen, den die Sklaven inzwischen aufgetürmt hatten. Jetzt sahen es auch die Umstehenden: Zwischen garstigen, stinkenden Erdklumpen schimmerten einzelne runde Goldplättchen. Der Eponymos trat hinzu, zog vorsichtig eine Kette hervor und hielt das verschmutzte Schmuckstück hoch, daß es alle sehen konnten.

Inzwischen entdeckten die Sklaven weitere Schätze: eine mit roten Edelsteinen besetzte Kanne, Teller und Schüsseln, Armspangen und Gemmen. Jeder Spatenstich brachte ein neues Stück zutage, und über Daphnes Miene huschte ein zaghaftes, beinahe verlegenes Lächeln.

Mit lauter Stimme verschaffte sich Themistokles Gehör: »Archonten, Männer von Athen, hört, was ich euch zu sagen habe! Ich, Themistokles, Sohn des Neokles aus der Phyle Leontis, habe schwere Schuld auf mich genommen. Ich habe Daphne, die Tochter des Artemidos aus Mytilene, der Spionage angeklagt, so wie es die Gesetze Solons fordern, weil der Schein gegen sie sprach. Nun, wo die Unschuld der Hetäre offenbar wird, könnte ich – und das wäre mir ein Leichtes – behaupten, ich hätte in Sorge um den Staat gehandelt, und ihr alle würdet mir zustimmen und mich einen ehrenwerten Athener nennen. Deshalb will ich euch ein Geständnis ablegen.«

Diese unerwarteten Worte des Feldherrn ließen die Schatzsuche für einen Augenblick vergessen. Erwartungsvoll sahen die Archonten den Redner an. »Nicht die Sorge um das Vaterland«, fuhr Themistokles fort, »nicht die Furcht vor dem Verrat trieb mich dazu, diese Frau anzuklagen, sondern meine gekränkte Eitelkeit. Ich bekenne hier vor euch allen, daß Daphne mich verschmähte, obwohl ihre Gunst mein größter Wunsch war. Seht sie euch doch an, ist sie nicht schön wie Aphrodite? Erinnert euch, hat sie nicht vor den Schranken des Areopags würdevolle Haltung bewiesen – auch als es schlecht um sie stand? Ihr Männer von Athen, ich frage euch, könnt ihr verstehen, wenn ein Mann bei ihrem Anblick das Vaterland vergißt?«

Da schallte dem Feldherrn von allen Seiten Zustimmung entgegen, und die vornehmen alten Archonten nickten. Daphne verfolgte die Rede des Strategen mit gesenktem Blick. Ihr erschien die Wandlung des Themistokles rätselhaft: Dieser rücksichtslose, rabiate Haudegen, der nichts als Machtpolitik im Kopf zu haben schien, zeigte auf einmal Gefühl, legte sein Innerstes bloß und übte Selbstkritik. Und zum erstenmal begann die Hetäre sich zu fragen, welches wohl das wahre Ich des Feldherrn sei.

Themistokles schloß mit den Worten: »Zeugt es nicht von Lauterkeit, wenn die Hetäre dem Barbarenspion ihr Amulett mitgab, um Aufklärung über das Schicksal des Vaters zu erhalten? Ihr müßt Daphne deshalb freisprechen, ich beschwöre euch, ihr ehrwürdigen Archonten!«

Am nächsten Tag drängten sich Tausende Athener auf dem Areopag: Vornehme Männer in Begleitung ihrer Sklaven, die ihnen den Weg bahnten, stadtbekannte Schönlinge mit ihren Liebhabern und zerlumpte Fischweiber, die jene unerwartete Wende des Prozesses lauthals kommentierten.

Nachdem die fünfzig Archonten Platz genommen hatten, hielt der Eponymos eine kurze Rede. Es sei ihm in seiner gesamten Laufbahn noch nicht vorgekommen, daß der Ankläger am Ende als Verteidiger auftrat. In diesem Fall habe der Ankläger die beste Verteidigungsrede geführt. Und an die rotgekleideten Richter gewandt, forderte der Vorsitzende auf, zur Abstimmung zu schreiten.

Jeder Richter hatte einen schwarzen und einen weißen Stimmstein zur Verfügung. Schwarz bedeutete schuldig, weiß unschuldig. In langer Reihe bewegten sich die alten Archonten an einem Tonkrug vorbei, der als Stimmurne diente. Die einfache Mehrheit der Stimmsteine genügte, um einen Angeklagten schuldig- oder freizusprechen.

Zwei Demosioi trugen den Krug schließlich zum Richtertisch und schütteten die Stimmsteine vor dem Archon Eponymos aus. Von den Rängen kam jubelnde Zustimmung: Auf dem Richtertisch lagen nur weiße Steine. Daphne war frei.

Die Hetäre erhob sich, da trat ihr Themistokles entgegen, fiel ihr zu Füßen und umfaßte ihre Knie. Der Feldherr schluchzte.

»Warum hast du das alles getan?« fragte Daphne.

Themistokles wagte nicht aufzublicken. »Weil ich dich liebe!« sagte er.

Daphne wollte den Feldherrn zum Aufstehen bewegen, doch Themistokles kniete vor ihr und versuchte, sein Gesicht vor den gaffenden Athenern in den Falten ihres Chitons zu verbergen.

»Du mußt mir verzeihen!« flehte der Stratege, »ich war nicht Herr meiner Sinne. Seit ich dir in Olympia begegnet bin, weiß ich nicht mehr, wie mir geschieht. Alle meine Gedanken umkreisen dich abwechselnd mit Liebe und Haß. Krank vor Kummer, rufe ich in vergeblichem Gebet die hochwaltenden Götter an, sie mögen mich erhören – vergeblich. Was ist das Leben, wenn Aphrodite abseits steht? Strafe mich mit der Peitsche oder übe andere Vergeltung, aber strafe mich nicht mit Ablehnung oder Verachtung.« Bei diesen Worten stand Themistokles auf und sah Daphne in die Augen. Und sein Blick flehte, drängte, buhlte um Vergebung.

»Aphrodite«, sagte die Hetäre und zeigte ein zaghaftes Lächeln, »hat deine Sinne geschüttelt wie Boreas die thessalischen Eichen. Laßt uns warten, bis sich der Sturm gelegt hat, dann wollen wir gemeinsam die Schäden beheben.«

Kapitel 9

Man wollte ihm nicht glauben, als der Schwarzbärtige mit seinem Schiff in Phaleron einlief. Halb tot, mit Schlagwunden und Striemen am ganzen Körper, berichtete er, wie er den Mühlsteinen der Barbaren entgangen war und verlangte Themistokles zu sprechen. Der redete gerade vor der Volksversammlung, und so fuhren ihn zwei Sklaven zur Ekklesia, wo er sich zuallererst nach dem Befinden seines Sohnes Medon erkundigte.

Es gehe ihm gut, antwortete Themistokles, er komme im allerletzten Augenblick, denn tags darauf hätte man Medon den Prozeß gemacht. Ob er seinen Auftrag erfüllt habe?

»O Herr«, antwortete der Schwarzbärtige, »seht mich doch an, dann werdet ihr mir glauben, daß ich gehandelt habe, wie ihr mir befohlen.«

»Man hat dich entdeckt?«

»Bereits *zwei* Spione hatten den Barbaren die richtigen Schiffsmaße geliefert! Ich wurde gefoltert, zum Tode verurteilt und vor den Großkönig geführt.«

»Vor den Großkönig?« Themistokles wurde blaß.

»Ich habe es mit eigenen Augen gesehen!« antwortete Aiakides, »Xerxes steht mit einem riesigen Heer vor Milet und die Flotte ankert in der Bucht vor Halikarnass. Herr, ich glaube, die Barbaren sind zahlreich wie die Sandkörner am Ufer des

Meeres. Ich habe fünfmal tausend feindliche Schiffe gesehen, achtmal zehntausend Reiter, und die Zahl der persischen Fußsoldaten ist größer als die Einwohnerzahl von Hellas und aller Kolonien!«

Da hob in der Volksversammlung ein grauenvolles Jammern und Schreien an: »Die Perser kommen!« – »Ihr Götter Griechenlands, schützt uns vor den Barbaren!« – Männer lagen sich weinend in den Armen, winselten wie kleine Jungen und richteten die geballten Fäuste gen Himmel, Zeus dürfe Griechenland nicht untergehen lassen. Andere beteten auf den Knien, viele standen starr vor Schreck: Die Barbaren sind im Anmarsch! Nichts auf der Welt konnte einem Athener mehr Angst einflößen als dieser Ruf. Ein jeder fürchtete die Rache des Großkönigs für die Schmach von Marathon. Männer wie Themistokles hatten gewarnt, die Perser würden wiederkommen, sie würden die Niederlage nicht hinnehmen, und eigentlich hatten ihm alle geglaubt, doch daß es so schnell gehen würde, das hatte niemand erwartet.

Der Feldherr Aristides faßte sich als erster. Entschlossen stieg er auf die Rednerbühne und rief, so laut es seine schwache Stimme zuließ: »Ihr Männer von Athen, seid ihr angesehene Bürger dieses Staates oder seid ihr paphlagonische Sklaven? Wenn ich euer Gejammer höre, dann überkommen mich Zweifel, ob ihr die Nachfahren eines Solon oder Kleisthenes seid. Wo bleibt der Stolz über eure ruhmreiche Vergangenheit? Braucht so ein asiatischer Maultiertreiber wirklich nur sein Schwert gegen den Schild zu schlagen, damit ihr an allen Gliedern schlotternd das Weite sucht? Was seid ihr bloß für Feiglinge! Glaubt ihr, das tapfere Heer der Athener hat die Barbaren bei Marathon mit Tränen und geballten Fäusten ins Meer getrieben? Damals sahen wir uns genauso wie heute einem unüberwindlich scheinenden Barbarenheer gegenüber,

Menschen und Waffen, so weit das Auge reichte, und im Sund vor Euböa ein Wald von Masten feindlicher Schiffe! Aber wir ließen uns nicht einschüchtern und sagten uns, wenn wir nur halb so viele sind, dann müssen wir doppelt so tapfer kämpfen. Sind wir zehnmal weniger, dann muß unser Kampfgeist zehnmal größer sein! So haben wir die Barbaren geschlagen!«

Mit Worten wie diesen waren die Athener leicht zu überreden. »Hurra!« riefen die ersten, »wir ziehen den Barbaren entgegen!« Und ein Alter frohlockte: »Wohlan, wovor fürchten wir uns!«

»Laßt mich weitersprechen!« mahnte Aristides. »Wir haben die Barbaren besiegt an einem Ort, wo sie ihre Übermacht nicht entfalten konnten, und im Kampf Mann gegen Mann haben wir bewiesen, daß wir die Tapfereren sind. Dieser Taktik haben die Perser auch heute nichts entgegenzusetzen. Deshalb habt keine Furcht, seid mannhaft und betet zu Zeus, damit wir den Feind in die Flucht schlagen.«

»Wir werden siegen!« – »Aristides ist unser Führer!« – »Nieder mit dem Barbarenpack!« – Dieselben Athener, die eben noch geweint, gezittert und gezetert hatten, fühlten sich nach diesen Worten stark wie thrakische Bären. Themistokles hörte den Jubel des Volkes. Er kannte die Anfälligkeit der Athener für Idole. Daß sie jedem nachliefen, der ihnen genügend Versprechungen machte. Dieser Augenblick war nun gekommen. Was sollte er, Themistokles, dem entgegensetzen? Aristides durchkreuzte seine Pläne, die Barbaren zur See zu schlagen. Hatte der erst einmal die Massen hinter sich, dann war alles vergeblich, und Themistokles hatte verloren.

Mit einem hohen Sprung erklomm Themistokles die Rednerbühne, breitete die Arme aus und versuchte, die Athener zu beruhigen. »Hört, was *ich* euch zu sagen habe!« rief er mit lauter Stimme, daß es von den Felsen der Pnyx widerhallte, und sofort kehrte Ruhe ein. Ein jeder im weiten Rund ahnte, daß Themistokles die Pläne seines Gegenspielers verdammen würde; doch was hatte er ihnen entgegenzusetzen?

Der Redner verschränkte die Arme vor der Brust und lächelte spöttisch: »Was seid ihr doch für gutgläubige Bürger! Da braucht nur einer vor euch hinzutreten und zu behaupten, er werde die Perser schlagen, dann stimmt ihr bereits den Siegespajan an, als ob ihr schon gewonnen hättet. Wofür, so frage ich, haben euch die Götter Weisheit und Besonnenheit gegeben, wenn ihr euch nicht anders benehmt als die wildesten Horden der Barbaren in den gottlosen Ebenen Asiens? Aristides hat wohl recht, wenn er sagt, wir müssen der Überzahl der feindlichen Perser die größere Tapferkeit entgegenstellen. Und auch ich zweifle nicht, daß jeder von euch mutiger ist als ein barbarischer Feldherr. Aber glaubt ihr im Ernst, die Perser würden sich von uns ein zweites Mal übertölpeln lassen? Wir könnten sie ein zweites Mal in die Ebene von Marathon lokken, ohne daß sie ihre Reiterei und ihre gewaltige Flotte zum Einsatz bringen würden? Die Barbaren mögen dumm sein in ihrer unendlichen Zahl, aber ihre Führer sind ebenso gescheit wie wir. Sie werden uns kein zweites Mal in die Falle gehen.«

Unter den Zuhörern verbreitete sich Unruhe. »Er redet die Wahrheit«, rief ein alter Mann mit schlohweißem Haar, und ein angesehener Kaufmann von ungewöhnlicher Leibesfülle pflichtete ihm bei: »Der Sohn des Neokles spricht bedächtiger als Aristides!« Im Nu war eine lautstarke Diskussion im Gange, und zwei Parteien bildeten sich: die eine fühlte sich durch die Worte des Themistokles brüskiert und favorisierte daher Aristides, der anderen erschienen Themistokles' Argumente wahrscheinlicher. Doch man einigte sich, den Redner weitersprechen zu lassen.

»Die Barbaren«, fuhr Themistokles fort, »haben unsere

neue Flotte ausgekundschaftet – ihr habt es selbst gehört. Sie fürchten sie also, und sie werden deshalb alles daransetzen, diese unsere Flotte zu zerschlagen. In der Tat hat bisher kein Feind den Persern auf dem Meer eine Niederlage bereitet. Das bedeutet, der Großkönig vertraut auf seine Übermacht zur See, während er, seit der letzten Niederlage, das Landheer mit Argwohn betrachtet. Und die Nachrichten, die Aiakides aus Milet brachte, scheinen dies zu bestätigen: Xerxes hat seine Landstreitkräfte in hohem Maß vergrößert, so daß ihm keine Macht der Welt entgegentreten kann. Denn für jeden getöteten Barbaren stehen zehn Reservisten bereit, um an seine Stelle zu treten.«

»Was schlägst du vor, was sollen wir tun?« rief der Alte, und das große Zetern und Klagen begann von neuem.

»Die Mehrheit unserer Männer muß auf die Schiffe, der Rest soll zusammen mit den Verbündeten unsere Landmacht stellen, Frauen und Kinder aber müssen die Stadt räumen. Wir werden sie irgendwohin auf die Peloponnes schaffen, wo sie vor den asiatischen Horden sicher sind. Athen muß leer sein, als habe die Pest gewütet, wenn die Barbaren anrücken. Nur dann besteht die geringste Aussicht, der Zerstörung durch die Feinde zu entgehen. Denn der Haß des Großkönigs richtet sich vor allem gegen uns Athener. Wir waren es nämlich, die den Persern die erste Niederlage bereitet haben. Und Xerxes, dessen Grausamkeit berühmt ist, wird jeden Athener töten, der ihm begegnet!«

Athen den Feinden preisgeben? Damit hatte wohl keiner gerechnet. Die Männer sahen sich ratlos an, manche dachten an Verrat, andere pflichteten dem Redner bei; aber niemand wagte es, zu den Plänen der beiden Strategen Stellung zu nehmen.

Da faßte sich Anakreon, der stets betrunkene Liebeslieder-

Poet, ein Herz, erklomm mühsam den Rednerstein und sprach mit schwerer Stimme: »Was umhüllt euch, Männer, des Schwermuts finstere Wolke? Noch wallt Opferduft der Festhekatomben zum Himmel mit süßem Geruch. Noch sind *uns* die seligen Götter gewogen, bereit, das Weh jeden Kampfes zu tragen. Noch ist dem ermüdeten Mann der Wein die kraftvolle Stärkung. Wozu also euer Gram, noch bevor ein Barbar den Boden von Hellas betreten hat? Zwei bewährte Männer aus eueren Reihen, mit Blut und Kriegsstaub vertraut, haben jeder für sich den Plan dargelegt, wie den Barbaren zu begegnen sei: Nach Art unserer Väter der eine, der andere listenreich wie der Dulder Odysseus; keine leichte Entscheidung, fürwahr. Darum hört meinen Rat, haltet fern die verderbende Zwietracht und gelobt dem bogenberühmten Phoibos Apollon, eine Hekatombe weiß schimmernder Erstlingslämmer zu opfern, er möge durch das Orakel verkünden, was für die Griechen zu tun sei.«

»Aus dem Trunkenbold spricht die Zunge des erhabenen Blitzeschleuderers und seiner schöngegürteten Tochter Pallas Athene.« Aristides fand den Plan gut, das Orakel von Delphi zu befragen, und auch Themistokles stimmte zu. Sollten die Götter entscheiden.

Daphne empfing Themistokles in einem dünnen weißen Chiton, der die zarten Rundungen ihres Körpers umschmeichelte wie der Abendwind die Magnolien am Hang der Akropolis. Linkisch wie ein Ephebe, der ohne seinen Hauslehrer unterwegs war, überreichte der Feldherr der Hetäre einen rosaroten Oleanderzweig.

»Der Schwarzbärtige ist zurückgekehrt«, sagte Themistokles unvermittelt.

Daphne sah ihn erwartungsvoll an.

»Nein, er hat keine Nachricht von deinem Vater mitgebracht«, fuhr er fort, »die Barbaren haben ihn gefangen und halbtot geschlagen.«

Die Hetäre preßte die Hände vors Gesicht: »Er war meine letzte Hoffnung. Ich zweifle, ob er überhaupt die Wahrheit gesprochen und meinen Vater Artemidos gesehen hat.«

»Deine Zweifel«, entgegnete Themistokles, »sind unbegründet. Woher sollte der Schwarzbärtige dein Schicksal kennen? Der Ruf deiner Schönheit mag bis Ionien vorgedrungen sein, doch woher will Aiakides die Geschichte deines Vaters kennen? Vor allem aber – welchen Vorteil hätte er daraus ziehen können, wenn er behauptet, dein Vater sei am Leben?«

»Ich werde Boten zu Schiff nach Magnesia senden. Sie sollen mir Gewißheit bringen!«

Themistokles fingerte aus seinem Gewand das Amulett hervor, legte es auf den weißen Tisch und schüttelte den Kopf: »Nicht jetzt, Daphne, nicht jetzt!«

»Aber warum nicht?«

»Die Barbaren befinden sich im Anmarsch auf Griechenland. Der Schwarzbärtige überbrachte die Nachricht.«

Erschreckt hielt Daphne inne. Es dauerte eine ganze Weile, bis ihr die volle Tragweite der Nachricht zu Bewußtsein kam. Die Perser würden sie, die entkommene Gefangene, aufspüren, verfolgen. Sie war bekannt in Athen wie die Figuren des Tyrannendenkmals.

Themistokles schien ihre Gedanken zu erraten: »Du mußt verschwinden«, sagte er, »nach Arkadien oder Messenien. Dort im Bergland wirst du sicher sein. Der Großkönig wird grausame Rache nehmen, glaube mir!« Seine Worte klangen flehend.

»Du sorgst dich um mich?« fragte Daphne mit gespieltem Erstaunen. »Wo stehen die Barbaren?«

»Vor Milet; es kann noch einen Sommer dauern, aber sie können auch in wenigen Wochen den Hellespont überschreiten, und die Flotte braucht keine fünf Tage über das Ägäische Meer. Ich habe der Volksversammlung geraten, Frauen und Kinder auf die Peloponnes zu bringen; aber die Dummköpfe wollen zuerst das Orakel befragen.«

»Gut so«, meinte Daphne, »die olympischen Götter werden es nicht zulassen, daß die Perser in unser Land eindringen, bevor sie ihren heiligen Willen kundgetan haben. Und wenn die delphische Pythia deinen Plan ablehnt?«

»Dann wird Aristides den Barbaren mit unserem kleinen Heer entgegenziehen!«

Daphne schlug die Hände zusammen: »Er wird untergehen, schon am ersten Tag! Die Perser werden sich nicht noch einmal in den Hinterhalt von Marathon locken lassen.«

»Das sind meine Worte!« entgegnete der Feldherr. »*Zur See* müssen wir die Barbaren schlagen, mit unseren schnellen, wendigen Schiffen. O wenn die Götter doch ein Einsehen zeigten!«

Die Hetäre betrachtete Themistokles lange und prüfend. Der hielt den Blick verzweifelt zu Boden gerichtet. »Was ich von Anbeginn an dir gehaßt habe«, sagte sie zögernd, »war dein Charakter. Bewundert habe ich jedoch deine Klugheit und deinen Weitblick. Allmählich beginne ich sogar deinen Charakter zu schätzen.«

Themistokles tat, als habe er es nicht gehört und wiederholte: »Du mußt fliehen, je eher desto besser. Heuere ein Schiff an samt Besatzung und segle in Richtung Süden, bevor es zu spät ist. Bald wirst du in ganz Phaleron keinen Segler mehr bekommen, und für die ältesten Kähne werden sie Preise verlangen, die kein Mensch bezahlen kann.«

Da legte Daphne die Arme auf die Schultern des Strategen,

daß er wie unter einem Peitschenhieb zusammenzuckte, und sprach: »Themistokles, du bist gut zu mir; aber hast du wirklich erwartet, ich würde allein mit Zofe und Diener ein Schiff besteigen, das hundert oder noch mehr Alten, Frauen und Kindern Raum bietet? Wenn die Barbaren in Hellas eindringen, bedeutet jeder Platz auf einem Schiff ein gerettetes Leben.«

Wie damals in Olympia fühlte Themistokles die Wärme, die von dieser Frau ausging. Zaghaft legte er die Hände um ihre Taille, aber den Mut, sie an sich zu ziehen, hatte er nicht. Zu groß war seine Furcht, erneut eine Abfuhr zu erhalten. Er wußte nicht einmal, warum er Daphne unbedingt fortschaffen wollte, wo sie doch aus seinem Gesichtskreis entschwinden würde, er wußte nur, daß dieser aphroditegleichen Hetäre nichts geschehen durfte.

»Sprich, Feldherr!« erkundigte sich Daphne, »was ist dir an meinem Leben gelegen? Es sind doch nur Lust und Sinnlichkeit, die dich, wie alle anderen Athener, betören, so daß es bedauerlich wäre, auf meinen Anblick zu verzichten! Hetären gibt es viele in Athen, und manche ist berühmt für ihr schönes Hinterteil, während die andere schöne Brüste vorzuzeigen hat. Im Zither- und Flötenspiel sind alle gebildet, ebenso in der Philosophie. Es gibt also keinen Grund, sich auf *eine* dieser teuren Frauen zu versteifen.«

Ungestüm, beinahe zornig, brach es da aus Themistokles heraus: »Warum provozierst du mich, du begehrenswertes Geschöpf? Ich hielt dich in meinen Armen, ich lag dir zu Füßen, doch nie erwiderst du auch nur das geringste meiner Gefühle, im Gegenteil, ich spüre eher Haß ...«

Unmerklich lockerte die Hetäre den Griff um den Hals des Feldherrn, glitt mit den Händen über seinen Brustkorb, ließ sich vor ihm auf die Knie sinken und drückte ihre linke Wange gegen Themistokles' Lenden. Und leise, kaum hörbar, begann sie zu sprechen: »Unsere Philosophen behaupten, verdrängte Liebe würde in Haß umschlagen. Und sie sagen auch, Haß und Liebe seien die wahren Kräfte dieser Welt. Seit ich dich zum erstenmal sah, Themistokles, wehre ich mich verzweifelt gegen meine Gefühle.« Bei diesen Worten preßte sie den Feldherrn heftig an sich, als wollte sie das Blut in ihm pochen hören. Daphne schloß krampfhaft die Augen und verzweifelt schrie sie heraus: »Ich bin eine Hetäre, hörst du, und eine Hetäre darf alles, sie darf sich nur nicht verlieben!«

Kalt und unabänderlich wie ein Todesurteil auf dem Areopag stand Daphnes Bekenntnis im Raum. Themistokles hielt sein Haupt zur Decke gerichtet, um den Tränen, die in seine Augen schossen, nicht freien Lauf zu lassen. Seine Kehle schien wie zugeschnürt, er rang nach Worten: »Du hast mit zahllosen Männern geschlafen, hast zahllose mit klugen Reden beglückt, warum muß gerade ich für all das büßen?«

»Das ist der Unterschied«, erwiderte Daphne, »keiner von denen, die lustvoll zwischen meinen Schenkeln lagen, konnte in mir auch nur den Hauch von Liebe entfachen. Wenn es mir auch kein einziges Mal zuwider war, sie zahlten und wurden befriedigt. Bei dir ist das anders!«

»Anders?«

»Dir gehört mein Gefühl, gleichgültig, wie du es nennst, sei es Liebe, sei es Haß. Würde ich mich dir ein einziges Mal hingeben, wärst du einer von vielen, und meine Gefühle wären verebbt.«

Themistokles ließ sich auf den Boden nieder, so daß sie sich gegenüberknieten. Sie betrachteten sich stumm und ratlos, bis der Feldherr endlich wagte, nach ihren Händen zu tasten. »Ich kam, um dich zu retten«, sagte er teilnahmslos, »jetzt möchte ich zusammen mit dir dem Großkönig entgegenziehen, um zu sterben.«

Da sprang Daphne auf, und ihre Augen funkelten wütend: »Du bist von Sinnen, Feldherr! Willst du die Hellenen dem sicheren Untergang preisgeben wegen der Liebe zu einer Frau? Nein, Themistokles, siegreicher Feldherr der Athener, du wirst den Barbaren die Stirn bieten mit allen Fähigkeiten, die dir die unsterblichen Götter anvertraut haben. Du wirst kämpfen und wirst siegen, weil ich es will. Athen braucht dich!«

Der Feldherr musterte die Hetäre ungläubig, doch die fuhr fort: »Ich werde nicht vor den Feinden fliehen. Ich werde dich im Kampf gegen die Barbaren begleiten wie einst Melissa und die anderen Hetären. Und du wirst tapferer sein als je zuvor, mein großer Feldherr.«

Die Barbaren hatten den Hermos überschritten und durchquerten die fruchtbaren Täler Lydiens auf breiten Handelsstraßen in Richtung Norden. Tausend Reiter mit schwarzen Umhängen und tänzelnde Pferde bildeten die Spitze des Heerzuges der Barbaren, gefolgt von tausend Speerträgern, die Lanzen aus Ehrfurcht gesenkt. Hinter ihnen rollte ein heiliger Wagen mit dem Götterbild des Ahura Mazda, gezogen von zehn Schimmeln aus der nisaischen Ebene. Der Rosselenker ging zu Fuß und hielt die Zügel; denn keinem Sterblichen war es gestattet, das Gefährt des Gottes zu besteigen.

Im nachfolgenden Wagen, an seinen hohen Rädern glänzten goldene Ringe, saß Xerxes, angetan mit festlichem Purpurornat, und lugte neugierig hinter den schweren, schwankenden Vorhängen hervor. Auch Patiramphes, der Wagenlenker des Großkönigs, schritt neben dem Wagen her. Bisweilen steckte Xerxes den Kopf durch die Fenster und blickte voll Stolz zurück, wo sich, so weit das Auge reichte, der unendlich scheinende Wurm persischer Reiter, Lanzenträger und Fußsoldaten durch Täler und Hügel wand, und in ihm wurde der Wunsch wach, dieses sein gesamtes Heer auf *einem* Platz zu sehen.

Östlich des Berges Kane trat dem Großkönig ein reicher lydischer Kaufmann entgegen. Vom Chiliarchen, dem Befehlshaber der Leibwächter, zu Boden geschleudert, mußte der Lyder den Kopf in den Staub tauchen, als der Großkönig vorüberfuhr.

Was er wolle, erkundigte sich Xerxes, und die Leibwächter erwiderten, sein Name sei Pythios, der Sohn des Atys, einer der wohlhabendsten Männer des Reiches. Seinem Vater Dareios habe er einst einen Platanenbaum aus Gold und einen Weinstock mit Trauben aus Smaragden zum Geschenk gemacht. Jetzt wolle er das Seine zum Krieg beitragen.

Das gefiel dem Großkönig. Er ließ anhalten und fragte den reichen Lyder, wie groß denn sein Vermögen sei. Nach letzter Zählung, antwortete Pythios, besitze er an Silber zweimal tausend Talente und vier Millionen Dareiken in Gold. Die wolle er Xerxes zum Geschenk machen. Seine Sklaven und Landgüter lieferten noch ausreichenden Lebensunterhalt. Er habe nur eine Bitte, die der König ihm nicht abschlagen dürfe.

Xerxes stutzte und sagte, nur zu, er solle frei heraus reden, was er begehre.

Er habe fünf Söhne, winselte der alte Lyder, vier wolle er dem Großkönig gerne mit in den Krieg geben, den fünften jedoch bitte er behalten zu dürfen, damit er sich um ihn und sein Vermögen kümmere.

Kaum hatte der reiche Lyder seine Bitte vorgebracht, da sprang der Großkönig wutschnaubend aus seinem Prunkwagen, fuchtelte wild mit den Armen herum und brüllte mit schneidender Stimme, Pythios sei ein erbärmlicher Mensch.

Er selbst ziehe mit Söhnen, Brüdern und Verwandten in den Krieg gegen die Hellenen, und dieser Geldsack wolle eine Lücke in die Schlachtreihe reißen, indem er einen Sohn zurückhalte. Wo er denn stecke, dieser verdammte Feigling.

Bei den hinteren Lanzenträgern, antwortete der Chiliarch, und Xerxes befahl, den elenden Hund vor ihn zu bringen. Inzwischen ging der Großkönig, vor Zorn bebend, um seinen Wagen herum und sann, wie er den Vorfall allen persischen Soldaten zur Warnung werden lassen sollte. Und als sie den Sohn des Lyders herbeizerrten und vor Xerxes in den Staub stießen, da gab der Großkönig den Befehl, der Chiliarch möge den feigen Soldaten mit dem Schwert in der Mitte durchschlagen und beide Hälften zu beiden Seiten des Weges aufstellen, damit das ganze Heer hindurchziehe und sehe, wie er mit Feiglingen verfahre.

Nun hob ein furchtbares Jammern, Weinen und Klagen an. Der Sohn kroch, beinahe besinnungslos vor Angst, über den Boden und rief hilfesuchend nach seinem Vater; doch der kniete fassungslos am Wegesrand und zitterte am ganzen Körper. Sogar die Leibwächter klagten über so viel Härte ihres Herrn. Dann schritt der Chiliarch zur Tat, hob das Schwert mit beiden Armen über den Kopf und ließ es mit aller Kraft, die er aus seinem wuchtigen Körper hervorholen konnte, auf den Lydersohn niedersausen. Ein Sturzbach hellen Blutes ergoß sich auf den Wegrain, und die umstehenden Leibwächter drehten sich, von Blutspritzern getroffen, angewidert zur Seite. Drei-, viermal mußte der Chiliarch zuschlagen, bis das graumsame Werk vollendet war. Mit einer herrischen Handbewegung forderte er seine Leibwächter auf, die beiden Hälften links und rechts der Straße zu postieren. Den Vater, der im Angesicht dieser Hinrichtung den Verstand verloren hatte, zerrten sie an den Beinen ins Gras, wo er regungslos liegenblieb. Xerxes gab das Zeichen zum Aufbruch.

Abydos hieß das Ziel der Perser, eine alte Handelskolonie Milets an der schmalsten Stelle des Hellesponts. Dort, wo – nur sieben Stadien breit – das Meer Asien von Europa trennte, plante der Großkönig den Übergang. Und dazu hatte er Spezialisten aus Phönizien und Ägypten mitgebracht. Die einen führten langfasrigen weißen Flachs auf Hunderten von Lastwagen mit sich, die anderen armdicke Taue aus Byblos. Mit ihrer Hilfe, so der Plan des Xerxes, sollten zwei Schiffshängebrücken errichtet werden. Seine Vorgänger Kyros und Dareios hatten mit ähnlichen Konstruktionen bereits Erfahrungen gesammelt, Kyros gegen die Massageten, als er den Anaxes überquerte, und Dareios gegen die wilden Skythen, als er an eben dieser Stelle nach Europa übersetzte.

Auf einer Anhöhe vor Abydos wurde für den König der Könige ein Marmorthron crrichtet, und jeden Morgen, wenn die Frühlingssonne die Küste in helles Licht tauchte, ließ Xerxes sich von seincm Lager auf die Bergspitze tragen, um in Gesellschaft seiner sieben Feldherrn und der Großen des Reiches den Fortgang der Arbeiten zu begutachten.

»Sieh nur, Artabanos«, geriet der König der Länder ins Schwärmen, »es fehlen nur noch ein paar Schiffe, und Europa gehört mir. Es gehört dann doch mir?«

Der Oheim, der seinen Neffen bis hierher begleitet hatte und nun ausersehen war, die Geschicke des Weltreiches in Abwesenheit des Xerxes zu lenken, antwortete untertänig: »Aber gewiß, großer König, auch dieses Land wird dir zu Füßen liegen wie alle übrigen der Welt!«

»He du, Ägypter«, rief Xerxes, »wie viele Schiffe hast du für jede Brücke zusammengebunden?«

»Dreimal hundert und sechzig«, antwortete der Dunkelhäutige, »sobald wir das andere Ufer erreicht haben, werden Planken darübergelegt und Erde darauf gestreut, und der Weg wird sich nicht von den Straßen unterscheiden, die dein Heer bis jetzt gegangen ist.«

Der Großkönig kicherte in freudiger Erwartung vor sich hin, als könne er den Übergang nicht mehr erwarten. »Du mußt zu beiden Seiten des schwankenden Weges einen Zaun aus Schilfmatten errichten«, sagte er unvermittelt; als die übrigen ihn fragend ansahen, fuhr er fort: »Damit die Tiere inmitten des Meeres nicht scheuen und die Soldaten keine Angst bekommen!« Der Ägypter schickte einen Boten fort.

Während die königlichen Priester Räucherwerk abbrannten und aus einer Goldschale Trankopfer darbrachten, äußerte Xerxes den Wunsch, sein Heer und die Flotte zu sehen. »Vielleicht«, meinte er an Hydarnes gewandt, den Führer der zehntausend Unsterblichen, seiner Elitetruppe, »vielleicht könnten wir eine kleine Schlacht veranstalten?«

Hydarnes salutierte und eilte, das Spektakel zu inszenieren. Und noch ehe die Sonne im Zenith stand, begann zu Füßen des Perserkönigs ein unendlicher Aufmarsch. Unter Trompetenklang und dem dumpfen Schlag eherner Pauken zogen am Ufer des Meeres die persischen, medischen und elamischen Truppen, gefolgt von der königlichen Garde der Unsterblichen, vorüber. Sie waren das Rückgrat des Heeres, trainiert, uniformiert und taktisch gebildet. Wilde Esel zogen die Streitwagen der Inder, die leuchtendrote, seidenglänzende Tücher um ihre Köpfe gewunden hatten. Sie folgten den arabischen Kamelreitern und dem Reiterstamm der Sagartier, deren gefürchtete Waffe ein zehn Ellen langer Lederriemen war, den sie dem Feind wie eine Peitsche um den Leib schlangen, um das Opfer sodann zu Tode zu schleifen.

Entzückt sprang Xerxes auf, als die dunkelhäutigen Drawiden auftauchten, exotische Gestalten, die weder Helm noch Schild kannten. Statt des Helmes trugen sie einen Pferdekopf, dessen Ohren aufgerichtet waren und dessen Mähne im Wind wehte. Als Schild diente ihnen eine glatte Kranichhaut. Ähnlich die Thraker, sie erschienen mit einem Fuchspelz auf dem Kopf. Von den Äthiopiern, die ihre halbnackten Körper mit Kreide färbten, wurden dagegen Löwen- und Pantherfelle bevorzugt. Ihre Bogen, vier Ellen lang, aus Palmholz gefertigt, waren gefürchtet wegen ihrer Elastizität, und auf ihren Lanzen steckten spitz geschliffene Antilopenhörner. Die Hälfte von ihnen schleppte schwere Keulen mit – ein furchterregender Anblick.

»Und diese da, woher kommen diese?« Xerxes deutete auf eine Schar eigenwillig gekleideter Soldaten und erfuhr von Artabanos, es handle sich um die skythischen Saker. Diese Männer trugen Hosen und rote Wickel um die Waden. Ihre Köpfe waren unter hohen, spitzen Turbanen verborgen und ihre Bewaffnung bestand aus Bogen, Dolch und Streitaxt. Dahinter die Kaspier in wollenen Flauschröcken, die Saranger in buntgefärbten Mänteln und Schuhen bis zu den Knien, und die Paphlagoner, auf dem Kopf Helme aus Weidengeflecht.

Xerxes breitete die Arme aus und rief, während er sich im Aufmarsch seiner Truppen sonnte: »O Gott Ahura Mazda, wer soll mich jemals schlagen!«

Die Großen des Reiches um ihn herum fielen dem König der Könige zu Füßen, küßten die Erde, und Artabanos erwiderte im Staub: »Xerxes, Sohn meines Bruders Dareios, du wirst jedes Land besiegen, auf das du deinen Fuß setzt, und die hellenischen Führer werden sterben oder den Saum deines Kleides küssen!«

Als hätte Ahura Mazda den Ruf des Perserkönigs vernommen, schickte er einen stürmischen Wind über das Meer, der die Zelte der Barbaren blähte und in den Baldachinen knatterte. Mit vollen Segeln fuhren von Westen her die persischen Schiffe in den Sund bis in die Nähe der Brücken, die ihrer Vollendung entgegengingen. Rot leuchteten die Segel der Phönizier, weiß die der Ägypter und Kyprer, bunt die der Ionier, nur die Segel der persischen Trieren waren schwarz. Im Nu füllte sich der Hellespont mit stolzen Dreiruderern, behäbigen Kuttern und Transportschiffen in grellbunter Bemalung, und nach einem kurzen Scheingefecht suchte die Flotte das Ufer zum Schutz vor dem aufziehenden Sturm.

Xerxes hing zusammengesunken auf seinem Thron. Artabanos sah es als erster: Der König weinte.

»Was bedeuten deine Tränen«, fragte der Oheim, »priesest du dich nicht soeben noch glücklich?«

»Ach«, klagte der Großkönig, »es überkam mich gerade im Augenblick des Glückes: Wie kurz ist dieses unser Leben. Keiner von all diesen schönen Menschen wird das hundertste Jahr noch erleben, du nicht, Artabanos, und ich auch nicht.«

Der Alte nickte: »Das ist nun einmal der Lauf der Dinge. Der, dem das Leben mühevoll, sucht seine Zuflucht oft im Tode. Nur jener, den Ahura Mazda die Süßigkeiten des Lebens kosten ließ, der wird von allen anderen beneidet.«

»Werde ich, Xerxes, Sohn des Dareios, beneidet?«

»Gewiß, o König der Könige, und dennoch möchte ich nicht mit dir tauschen.«

»Mir scheint, du fürchtest noch immer die Hellenen.«

»Ich fürchte sie nicht«, entgegnete Artabanos, »ich bedenke nur, daß die Übermacht deines Heeres und die Vielzahl deiner Flotte zwei natürliche Feinde hat: Land und Meer. Deine Flotte ist so groß, daß kein sicherer Hafen sie schützend aufzunehmen vermag, wenn die Furie des Sturmes tobt. Das Land wird dir um so feindlicher sein, je weiter du zu den Gegnern vordringst. Hunger und Not werden dich ständig verfolgen.«

Da hielt Xerxes sich mit den Daumen die Ohren zu, damit er das Gerede seines Oheims nicht mehr vernahm, und sagte mit beißendem Spott: »Höre, bevor du gehst, was ich dir sage: Hätten jene, die vor mir Könige gewesen sind, so gedacht wie du, dann wäre das Perserreich heute ein kleines Land wie das der Hellenen, und wir stünden nicht hier am Hellespont!«

Während er so redete, blies der Sturm immer heftiger. Die Sonne verfinsterte sich, die Schiffe suchten an der Küste Schutz und die Soldaten flohen in ihre Zelte. Xerxes hielt mit der einen Hand seine hohe Krone fest, mit der anderen klammerte er sich an seinen Thron. Verbissen stemmten sich die Würdenträger gegen den Sturm, keiner wagte sich zurückzuziehen. »O Ahriman, der du den Menschen alles Böse bescherst«, zeterte Xerxes gegen das Heulen des Windes, »es wird dir nicht gelingen, mich zu unterwerfen. Ahura Mazda ist auf meiner Seite. Ahura Mazda ...«

Das Meer, vor kurzem noch ein freundlich schimmernder Spiegel, drohte nun mit schäumenden Pranken das schwankende Brückenwerk zu zerschlagen. Von den Tauen mühsam gehalten, bäumten sich die Schiffe unter dem Druck der gewaltigen Wogen auf, um im nächsten Augenblick in ein gähnendes Wellental geschleudert zu werden. Wie dürre Äste im Herbstmonat Pyanopsion brachen die Planken und kreisten auf der Oberfläche, bis unter lautem Grollen die Taue der südlichen Schiffsbrücke rissen. Die tosenden Wassermassen schleuderten nun die in der Gischt treibenden Boote gegen das andere Brückenwerk, das diesem Ansturm nicht lange standhielt und in der Mitte auseinanderbrach.

»Ahura Mazda!« brüllte der Großkönig gegen den Sturm

an, »Ahura Mazda, wo bist du? Habe ich dir nicht erst tausend Rinder und wertvolle Weihegüsse geopfert?«

Doch den Gott schien das nicht zu kümmern. Er peitschte das Meer, daß es über die Ufer zu treten drohte. Während die Soldaten ihre Zelte, Wagen und Tiere festzurrten, um nicht ins Meer geweht zu werden, krachten die ersten Schiffe gegen die felsige Küste, andere stürzten um inmitten des kochenden Hellesponts und versanken in kurzer Zeit. Das stolze Werk phönizischer und ägyptischer Ingenieure wurde vor den Augen des Großkönigs zerschlagen, als handelte es sich um Spielzeug.

Als das Unwetter abflaute, tobte Xerxes auf der Anhöhe wie ein ungezähmter nisaischer Hengst, der zum erstenmal die Freiheit der Koppel wittert: »Töten, töten!« rief er immer wieder und hetzte planlos hin und her, »man muß sie alle zwischen die Mühlsteine werfen!«

Der Chiliarch holte Erkundigungen ein, wem wohl das Todesurteil galt, und erfuhr, daß die phönizischen und ägyptischen Baumeister sterben sollten. Ob sie keine besseren in ihren Reihen hätten? Artabanos verwies auf einen Baumeister von der Insel Samos, dem man großes Können nachsage.

»Er soll schon morgen mit dem Bau der neuen Brücken beginnen!« rief Xerxes. »Der Gott des Meeres aber, der ein Grieche ist, soll in Fesseln gelegt werden. Fahrt noch heute hinaus auf den Hellespont und versenkt zwei kräftige Fußfesseln. Eine Handvoll Sklaven soll einen ganzen Tag das Wasser des Meeres peitschen und ionische Gelehrte sollen die griechischen Worte sprechen: Du schmutziges, salziges Gewässer, unser Herr erlegt dir diese Strafe auf, weil du ihn beleidigt hast. Xerxes, der König der Könige, wird dich überschreiten – magst du wollen oder nicht!«

Während seiner Rede kamen schwarzgekleidete Magier

heran, in langen Gewändern mit hohen spitzen Hauben auf dem Kopf, von denen der Großkönig eine ganze Abteilung mit sich führte. Vor dem Thron warf sich einer nach dem anderen auf die Erde, und der erste unter ihnen begann zu sprechen: »Herr, großer König, die Götter senden bedeutsame Vorzeichen. Eine Stute unter den heiligen Pferden hat statt eines Fohlens einen Hasen geworfen.«

»Einen Hasen? Wie kann ein Pferd einen Hasen zur Welt bringen?« Xerxes und die Großen seines Reiches starrten den Magier an und forderten Aufklärung.

Doch der Schwarzgekleidete verteidigte sich, keiner der Weisen habe je von einem derartigen Fall gehört, so daß auch keines der Orakelbücher eine Deutung verkünde. Nur eines sei gewiß: Den Persern werde Unglaubliches widerfahren.

Die Nacht lag über Delphi. Wie ein weißer Diskus hing der Mond über dem Pleistos-Tal. Von den Felshängen der Phädriaden stürzten die schäumenden Wasser lautstark in die Tiefe. Nur manchmal unterbrach die unheimliche Stille an den Hängen des zerklüfteten Felsentales der Schrei eines Esels oder das Scharren eines Pferdes von den Gästehäusern rund um den heiligen Bezirk.

Aus aller Welt kamen die Menschen, wenn das Heiligtum am Rande der Erdschlucht nach der winterlichen Abwesenheit des Gottes Apollon aus dem Land des ewigen Frühlings seine Pforten öffnete. Das geschah am siebten Tag des Monats Bysios und lockte Tausende an, die hier ihre Sorgen und Nöte abluden, Rat suchten in Geschäfts- und Liebesproblemen, aber auch Gesandtschaften aus aller Herren Länder, denen hier Rat über Krieg oder Frieden zuteil wurde.

Hinter den hohen Fensterhöhlen des Priesterhauses am Rande des heiligen Bezirkes sah man flackerndes Licht. Auf steinernen Bänken, die hufeisenförmig angeordnet waren, saßen sechzehn Orakelpriester, kahlköpfig, in rauhen Chitonen, und starrten auf einen kraushaarigen Sklaven in ihrer Mitte. An der Unterseite der Sitzordnung hatte Perialla Platz genommen, die Oberpriesterin der weissagenden Pythien. Zwei der Priester erhoben sich wie auf ein geheimes Kommando, zogen blinkende Messer hervor, traten auf den Sklaven zu und begannen, die Haare des Fremdlings büschelweise abzuschneiden. Ein Dritter rasierte schließlich den Schädel des Sklaven glatt. Die anderen wurden nun unruhig, erhoben sich von ihren Plätzen und bildeten einen Kreis um das bedauernswerte Individuum. Ja, jetzt sah man es ganz deutlich: Die Kopfhaut des Sklaven trug winzige Tätowierungen, bei Phöbos Apollon, es waren griechische Schriftzeichen!

»Woher kommst du, Fremder?« rief Schedios, der Oberpriester, plötzlich mit lauter Stimme. Der Sklave reagierte nicht. Dumpf starrte er vor sich hin. Er *konnte* gar nicht antworten, er war taubstumm. Schedios blickte zufrieden in die Runde, die anderen heiligen Männer lächelten. Schedios faßte den Kopf des Sklaven und Perialla kam mit dem flackernden Licht einer Öllampe näher. Schedios las stockend: »Xerxes im Anmarsch. Tausend mal tausend Soldaten. Fünfzig mal hundert Schiffe. Athen wird zerstört. Delphi verschont. Möge Apollon euch gnädig sein.«

Der Schreiber zeichnete die Botschaft auf eine Wachstafel. Dann wurde dem Oberpriester eine armlange Zange gereicht, an deren Ende ein Stein glühte. Während zwei Priester den Sklaven festhielten, drückte Schedios den glühenden Stein auf den Schädel des Stummen. Der bäumte sich auf, gab einen krächzenden Laut von sich und brach bewußtlos zusammen. Nach einem Blick auf die Kopfhaut des Gequälten, ob alle Spuren der Nachricht beseitigt seien, gab Schedios ein Zeichen, und der Sklave wurde fortgetragen. Das schien keinen der Anwesenden besonders zu rühren, es gehörte zum delphischen Alltag.

»Griechenland wird untergehen«, sagte Perialla, die Oberpriesterin, tonlos. Die anderen nickten.

Schedios, groß wie eine thessalische Eiche und von unergründlichem Gesichtsausdruck, meinte ohne jede Regung: »Wir können nicht für die Athener Partei ergreifen; denn das würde auch *unser* Ende bedeuten.«

Perialla, die von diesen Worten mehr beeindruckt schien als alle anderen, sprang auf, ging mit kurzen Schritten unruhig hin und her und begann aufgeregt zu sprechen. »Das Orakel von Delphi ist mächtiger als jedes Barbarenheer. Sollen wir tatenlos zusehen, wie Griechenland von den Persern dem Erdboden gleichgemacht wird? Soll der delphische Apoll auf einer Insel leben inmitten von verachtungswürdigem Barbarentum? Wir müssen handeln!«

»Deine Worte«, erwiderte der Oberpriester, »sind ebenso klug wie unbedacht. In der Tat hat der pythische Apollon schon Kriege entschieden und Siege errungen, ohne das Schwert zu heben – lediglich durch einen weisen Spruch. Doch liegt dies nur dann in seiner Macht, wenn die Kämpfenden das Orakel um Rat fragen. In diesem Fall stehen Barbaren gegen Griechen, und solange nicht Xerxes das Orakel um Rat fragt, haben wir keinen Einfluß auf das Geschehen.«

»Eine athenische Gesandtschaft hält sich, wie ich hörte, in Delphi auf.« Perialla faltete die Hände und drückte sie verzweifelt gegen die Stirn. »Ihr könnt euch denken, was sie von Apollon wissen wollen.«

Schedios lachte bitter: »Einen Sieg werden wir ihnen nicht verheißen! Der einzige Rat, den wir ihnen geben können, heißt: Flieht, flieht, solange noch Zeit ist.«

»Und wohin sollen die Athener fliehen, auf die Peloponnes, auf die Inseln? Das Barbarenvolk wird sie an keinem Ort schonen!«

»Es ist nicht die Aufgabe des Gottes, den Athenern einen sicheren Fluchtweg zu beschreiben«, sagte Schedios barsch.

Doch Perialla gab zu bedenken: »Die Athener haben uns nach ihrem Sieg bei Marathon ein Schatzhaus aus parischem Marmor errichtet und mit kostbaren Weihegeschenken aus Gold und Silber bis an die Decke gefüllt.«

»Der Sieg des Miltiades war eine Laune der Götter. Kein Mensch von Verstand kann glauben, daß noch einmal die Mücke den Elefanten in die Flucht schlägt. Aber es fehlt den Athenern nicht nur an Schiffen und Soldaten, sie haben auch keinen geeigneten Führer, der den Barbaren entgegentreten könnte. Und Xerxes hat die Kraft eines Stieres, gepaart mit der Zähigkeit einer Katze. Nein, die Athener sollen fliehen, am besten bis ans Ende der Erde!«

Im ersten Morgengrauen, als die blutjunge Pythia, verborgen vor den Augen der Öffentlichkeit, von der Oberpriesterin zur Kastalischen Quelle geführt wurde, um nackt im eiskalten Wasser zu baden, da huschten zwei vermummte Gestalten unerkannt hinter die Säulen des Apollontempels. Noch war es still, noch lag die heilige Ruhe der gesegneten Erdschlucht über Tempelstätten und Denkmälern. Noch hatten die Marktschreier, die Wahrsager und Andenkenverkäufer ihr Tagewerk nicht aufgenommen. Nur vereinzelt brannte in Häusern Licht, wo die Frauen frischen Pelanos buken, einen Honigkuchen, der von jedem Orakelklienten geopfert werden mußte.

Ohne sich abzutrocknen, schritt die Pythia nackt und fröstelnd über die schwarzen Steine der heiligen Straße. Aus der Kassotis-Quelle nahe dem Tempel schöpfte sie eine Schale geheiligtes Wasser, verzückender Trank, bevor sie sich auf den hohen dreifüßigen Sessel schwang, um, Lorbeerblätter kauend, in Trance zu verfallen.

Kaum war Aristonike, so hieß die junge Pythia, hinter dem hohen Säulenportal des Tempels verschwunden, um in das Manteion, das Allerheiligste, hinabzusteigen, da begann vor dem Gebäude das Leben. Um den Altar vor dem Tempel sammelten sich die ersten Ratsuchenden, Menschen aus fernen Gegenden, die nicht die Promantie besaßen, das Recht, vor allen anderen ihre Frage vorzubringen. Dieses gewöhnliche Volk wartete oft tagelang, bis es, nach Abfertigung der Vorzugskunden, an die Reihe kam. Zu umgehen war dies demütigende Verfahren nur, indem man einen Delpher, von denen genug herumlungerten und sich anboten, bestach und mit seiner Orakelfrage beauftragte.

Die beiden vermummten Gestalten mischten sich unter die Wartenden vor dem Altar und erkundigten sich nach Timon, dem Sohn des Androbulos, wo man ihn finden könne. Er komme jeden Morgen hierher, lautete die Antwort eines Pelanosverkäufers, man möge nur warten. Timon galt als einer der einflußreichsten Delpher, dem man sogar nachsagte, er könne die Antworten des Orakels beeinflussen.

Hätte der Honigkuchenhändler die beiden vermummten Gestalten näher angesehen, dann wäre ihm sicher aufgefallen, daß sich hinter der einen eine Frau in Männerkleidern verbarg: Daphne, die Tochter des Artemidos aus Mytilene. Frauen war der Zutritt zum Tempelinnersten und damit die Orakelbefragung untersagt. In Begleitung von Sikinnos, Themistokles' Hauslehrer, hatte Daphne den beschwerlichen Weg nach Delphi zurückgelegt. Die Hetäre war fest davon überzeugt, daß die Kriegspläne des geliebten Feldherrn die einzige Möglichkeit waren, den Barbaren zu begegnen; doch fürchtete sie, das Orakel könnte die Frage der offiziellen athenischen Gesandtschaft zu Themistokles' Ungunsten entscheiden. Deshalb trug sie ein Ledersäckchen mit Gold auf der Brust, die sie im übrigen so zu verbergen verstanden hatte, daß durch sie ihre Weiblichkeit nicht verraten werden konnte.

»Sollten wir Timon nicht lieber in seinem Haus aufsuchen?« raunte Daphne ihrem Begleiter zu.

Sikinnos schüttelte den Kopf: »Viel zu gefährlich! Hier unter all den fremden Leuten, von denen keiner den anderen kennt, sind wir sicherer. Nicht nur *deine* Anwesenheit muß verborgen bleiben, auch wenn ich, der Sklave des Themistokles, erkannt werde, ist das nicht weniger fatal!«

Also blieben die beiden hinter der Absperrung und beobachteten die athenischen Demosioi, die auf den Tempelstufen hockten und auf Einlaß warteten. Endlich kam Timon, ein älterer Mann mit weißem Haarkranz und flaumigem Kinnbart. Timon zog die beiden, nachdem sie ihm ihren Wunsch ins Ohr geflüstert hatten, hinter einen Mauervorsprung und begann allerlei Klagen, wie schwer, beinahe unmöglich es sei, das Orakel zu bestechen, wobei er allerdings sofort anfügte, im Grunde genommen sei jeder Mensch bestechlich, sogar der persische Großkönig.

»Wieviel?« fragte Daphne kühl.

»Was heißt: Wieviel?«

»Ich meine, was kostet es, wenn du das Orakel nach unseren Wünschen beeinflußt?«

»Das richtet sich ganz nach dem Wunsch, den ihr vorbringt. Ihr müßt mir sagen, was ihr wollt!«

»Hör zu, Alter!« sagte Daphne und legte Timon eine Hand auf die Schulter. »Eine Abordnung der Athener sitzt auf den Stufen des Tempels und wartet auf die Beantwortung einer Frage, die sie bereits gestern eingereicht hat. Es geht darum, wie den Barbaren bei einem bevorstehenden Angriff zu begegnen sei. Der Feldherr Aristides glaubt, er müsse den Persern entgegenziehen und sie auf dem Schlachtfeld schlagen. Sein Widersacher Themistokles hingegen will den Feind zur See schlagen, er will die Barbaren in die Meerenge von Salamis locken und sie mit seinen neuen, wendigen Schiffen bezwingen.«

»Und für wen soll das Orakel entscheiden?«

»Für Themistokles.«

»Keine leichte Aufgabe«, knurrte Timon, »eine schwere Entscheidung.« Und plötzlich sagte er: »Du bist kein Ephebe, du bist eine Frau.« Sikinnos griff zum Schwert.

Daphne erschrak, legte einen Zeigefinger auf den Mund und sah ihn flehentlich an, er möge sie nicht verraten. Dann schlug sie die Augen nieder und nickte.

»Du liebst diesen Themistokles?« fragte der alte Timon.

»Ja«, antwortete Daphne. »Aber darum geht es nicht. Themistokles hat die besseren Argumente. Wenn einer die Barbaren schlagen kann, dann ist er es.«

»Und der?« Timon deutete mit dem Daumen auf Sikinnos.

»Themistokles' Hauslehrer, Diener und Freund. Er hat mich hierher begleitet.«

Jetzt trat eine Pause ein. Timon schien nachzudenken. Das dauerte lange, für Daphne viel zu lange. Hastig nahm sie den Lederbeutel vom Hals, fingerte einige Goldmünzen hervor und reichte sie dem Alten.

Timon bekam große Augen: »Dreißig Minen, ein halbes Talent?« fragte er ungläubig.

Und Daphne antwortete: »Die Hälfte jetzt, die andere später.«

»So sei es, beim Hermes, der alle unsere Händel begleitet.« Timon lachte. »Wir treffen uns morgen um die Mittagszeit an dieser Stelle. Und – folgt mir nicht auf dem Fuße, damit niemand Verdacht schöpft.«

Der Alte verschwand, und Daphne und Sikinnos begaben sich zum Altar des Apollon, wo der Andrang inzwischen noch größer geworden war.

»Fünfzig Drachmen für eine Promantie!« Die geschäftstüchtigen Delpher boten ihre Dienste ganz offen an. Und ein blinder Seher tappte mit seinem Stock vor dem Orakeltempel auf und ab und rief mit gequälter Stimme: »Zeus hat mir das Augenlicht genommen, aber Apollon hat mir die Gabe der Weissagung geschenkt. Zehn Drachmen für den Seher Spitamenes, zehn Drachmen!« Dabei schlug er mit dem Stock gegen die Tempelstufen, daß es knallte wie die Peitsche eines Wagenlenkers. Und manch einer, entmutigt vom tagelangen, vergeblichen Warten, drückte dem Alten ein Zehndrachmenstück in die Hand und verschwand mit ihm hinter dem Tempel.

»Sie sind fort!« Sikinnos zeigte mit ausgestrecktem Arm auf die Tempelstufen, wo kurz zuvor die athenischen Abgesandten gesessen hatten. Daphne sah den Begleiter an und blieb erschreckt stehen. »Sikinnos«, flüsterte die Hetäre, »es ist zu spät.« In ihre Augen traten Tränen ohnmächtigen Zorns, und Sikinnos wagte nicht, sie zu trösten.

Doch plötzlich, ganz unerwartet, trat Timon aus der Säulenhalle des Tempels hervor. Er diskutierte lautstark mit den beiden Demosioi der Athener, fuchtelte wild mit den Armen herum und deutete immer wieder auf das kleine Orakeltäfelchen, das einer von ihnen in Händen hielt. Die beiden Athener schienen verzweifelt, der jüngere raufte sich die Haare, dem anderen rannen Tränen über das Gesicht.

Wie üblich, bildete sich sofort ein Kreis Neugieriger, um am Glück oder Unglück der Fragesteller teilzuhaben. Timon tat entrüstet: »O was hat Phöbos Apollon euch angetan! Wenn ihr mit dieser schlechten Nachricht in Athen auftaucht, werden sie euch die Köpfe abschlagen wie einem feindlichen Barbaren. Sie werden euch vierteilen und öffentlich verbrennen, weil ihr den pythischen Apollon gefrevelt habt; denn nur Frevlern wird so großes Unheil prophezeit.«

Dann nahm er das Täfelchen und las kopfschüttelnd den Text:

»Elende, sitzt ihr noch hier? Auf, flieht bis ans Ende der Erde.

Schnell, verlaßt eure Häuser, der rundlichen Stadt jähe Felsen.

Nicht entgeht euer Leib, nicht der Kopf dem grausen Verderben!

Fort aus dem Heiligtum hier! Und wartet auf furchtbares Unheil.«

Der eine Demosios jammerte laut: »Was haben wir nur getan, daß Pythos Apollon uns so furchtbar bestraft? Wir opferten ein Zicklein nach Sitte und Brauch, und weißer Qualm stieg senkrecht zum Himmel zum Zeichen göttlichen Wohlwollens.«

»Dann opfert dem Gott eben ein zweites Mal, tragt Ölzweige in den Tempel und fragt erneut, wie die Athener den Barbaren begegnen sollen.«

Die Zeit drängte, doch die athenischen Gesandten beschlossen, das Orakel am folgenden Tag ein zweites Mal zu befragen, und nicht eher aus dem Heiligtum zu weichen, bis Apollon ihnen aus dem Mund der Pythia Besseres verheißen habe.

Daphne und Sikinnos verbrachten die Nacht in einem der überfüllten Gasthäuser von Delphi, Daphne schlaflos, in ständiger Angst, entdeckt zu werden. Als sie sich tags darauf an der Mauer hinter dem Opferaltar mit Timon trafen, machte der ein ernstes Gesicht.

»Es kostete mich meine ganze Überredungskunst, den Orakelpriestern einen neuen Spruch abzuringen. Doch mit Hilfe des Goldes ...« Daphne warf dem Alten den Lederbeutel mit dem Rest der vereinbarten Summe zu, und während er den Inhalt prüfte, redete er stockend: »Ich weiß auch nicht, ob die neuerliche Antwort des Orakels dir von Nutzen ist.«

»Die Athener werden tun, was das Orakel sagt. Befiehlt es die Flucht, werden sie fliehen. Rät es zur Landschlacht, werden sie marschieren. Und glaubt es an einen Seesieg, so wird sich kein Athener scheuen, die Trieren zu besteigen. Was also ist die Antwort der Pythia?«

Timon reichte der Hetäre eine Tafel, nicht viel größer als ein Handteller, und Daphne las die flüchtig gekritzelten Schriftzeichen:

»Alles wird überwältigt, was aufrecht steht in der Hauptstadt.

Nur hölzerne Mauern läßt Zeus seiner Tochter Athene.«

Einen Augenblick überlegte Daphne den Sinn der Botschaft. Hölzerne Mauern? Dann aber erhellte sich ihr Gesicht, und beinahe wäre sie Timon um den Hals gefallen, hätte sie sich nicht ihrer männlichen Verkleidung erinnert. »Gut gemacht, Alter«, rief sie begeistert, »wo sind die athenischen Gesandten?«

»Abgereist!« antwortete Timon, und Daphne wandte sich an Sikinnos: »Schnell, unsere Pferde!«

Kapitel 10

Daphne begleitete Themistokles auf dem Wege zur Volksversammlung. Das Gerücht, die delphische Pythia habe den Athenern eine düstere Zukunft prophezeit, lockte Tausende auf die Straße zur Ekklesia. Auf dem Weg der Panathenäen blieb Themistokles plötzlich stehen, faßte Daphne am Arm und sagte: »Überlege es dir, noch ist Zeit. Du kannst ein Schiff anheuern und irgendeine Insel anlaufen, wo dich keiner kennt und du sicher bist vor den Barbaren. Wenn die Athener erst die Antwort des Orakels erfahren haben, wird in der Hauptstadt ein einziges Chaos sein.«

»Gilt mein Wort weniger als das deine, nur, weil ich eine Hetäre bin?« Daphnes Augen funkelten zornig.

»Ich sage es nicht, um dich zu kränken!« erwiderte der Feldherr, »die Sorge um dich treibt mich dazu.«

Daphne zog Themistokles weiter. »Ich habe mich entschieden, und dabei bleibt es!«

Themistokles hätte die Geliebte am liebsten in seine Arme gezogen, aber das schickte sich nicht in der Öffentlichkeit. Deshalb drückte er im Gehen ihre Hand, so fest, daß Daphne Schmerz empfand, einen durchdringenden, wohltuenden Schmerz, der anhielt, bis beide sich vor dem Eingang der Ekklesia verabschiedeten, wo sechs Lexiarchen Stimmtäfelchen verteilten.

Nach den einleitenden Opfern und Gebeten betrat der erste Prytan die Rednerbühne und rief mit erhobener Stimme: »Ihr Männer von Athen, ihr freien Bürger dieses Staates. Das Vaterland ist in Gefahr. Nach dem Beschluß des Volkes haben wir das Orakel in Delphi befragt, wie wir den Barbaren begegnen sollten, und die folgende Antwort erhalten.«

Im weiten Rund der Pnyx wurde es still wie an den Ufern des Totenflusses Acheron. Dann las der Prytan den Spruch des delphischen Gottes:

»Alles wird überwältigt, was aufrecht steht in der Hauptstadt.

Nur hölzerne Mauern läßt Zeus seiner Tochter Athene.«

Zunächst verharrten die Athener in Schweigen und es schien, als sagte jeder einzelne in der Volksversammlung sich den Spruch noch einmal vor, um seinen verheerenden Inhalt zu begreifen. Schon fielen die ersten auf die Knie, rangen die Hände gen Himmel, weinten, schrien und klagten laut, ob die Tochter des Zeus, die Schutzherrin Athens in Krieg und Frieden, die eulenäugige Pallas Athene, diese ihre Stadt ganz vergessen habe. Ob sie den geheiligten Tempel auf der Akropolis samt ihrem Bild mit Helm und Speer den Barbaren preisgeben wolle. Ob die Retterin der Helden im Gigantenkampf sich vor den asiatischen Horden fürchte. Und manche fluchten, eine Schutzgöttin, die selbst ihre eigene Stadt nicht vor Unheil bewahren könne, sei nicht einmal eines Taubenopfers wert bei den Panathenäen.

Während die Athener klagten, fluchten und stritten, was zu tun sei, kletterte Aristides auf die Rednerbühne der Ekklesia und versuchte, sich Gehör zu verschaffen: »Ihr Männer von Athen, hört mich an! Nicht Jammern und Zetern hilft uns in dieser schweren Stunde weiter, auch Vorwürfe nicht gegen Pallas Athene – wir müssen handeln, und zwar schnell.«

»Sag, was wir tun sollen, Gerechter!« rief ein feister Athener dazwischen und erntete damit hämisches Gelächter; denn der Beiname »Gerechter«, den die Athener dem Feldherrn zunächst in ehrlicher Anerkennung seiner aufrechten Haltung verliehen hatten, war vielen suspekt geworden, seit er in seinem Amt als Archon viele Entscheidungen selbst traf, ohne Anhörung eines Gerichts.

Aristides überhörte den Zwischenruf und fuhr fort: »Der Spruch der delphischen Pythia ist klar und bedarf keiner Auslegung durch die Chresmologen: Wir müssen uns vor den Barbaren verteidigen, indem wir unsere Mauern mit Holzwällen verstärken und die Zahl unserer Hopliten erhöhen, um von den Mauern den Kampf gegen die Perser zu führen.«

Im Volk hörte man unschlüssiges Gemurmel, und Zwischenrufe bedrängten den Redner: »Wie lange sollen wir das durchhalten?« – »Hinter Mauern versteckt, wirst du die Barbaren nie besiegen!«

Kimon, der Sohn des Miltiades und Führer der spartafreundlichen Aristokraten, gab zu bedenken, ob mit den hölzernen Mauern überhaupt Wälle aus Brettern und Planken gemeint seien und löste damit große Verwirrung unter den Zuhörern aus. Was, beim Zeus, wollte das Orakel wirklich?

Die Akropolis war seit Menschengedenken von einer undurchdringlichen Dornenhecke umzäunt – *auch* eine hölzerne Mauer. Sollten die Athener sich hinter den Dornen der Akropolis verteidigen? Rufe nach den Orakeldeutern wurden laut.

Jetzt war der Augenblick gekommen, auf den Themistokles gewartet hatte, dem er entgegenfieberte wie dem Jawort seiner Angebeteten – vielleicht der wichtigste in seinem politischen Leben. Daphne hatte den Sinn der hölzernen Mauern erkannt und ihm mitgeteilt. Jetzt lag es an ihm, die Athener für seine Pläne umzustimmen.

»Mitbürger, erlauchte Männer von Athen«, begann er seine Rede, »der Gott in Delphi hat uns eine Antwort geschickt, die Trauer, Angst und Schrecken verbreitet. Kein Mann vermag tränenlos die Botschaft zu ertragen, die Barbaren würden seine Stadt dem Erdboden gleichmachen, und auch ich schäme mich meiner Tränen nicht. Seht diese Tempel, diese Hallen und Denkmäler! Seht diese eure Stadt Athen noch einmal an. Behaltet sie im Auge und in euren Herzen; denn wenn es schon der Wille der Götter ist, all das niederzuwerfen, dann werden wir diese Stadt eines Tages wieder aufbauen, schöner und reicher als je zuvor!«

»Heil dir, Themistokles!« riefen die Athener, »du bist unser Führer. Sag, was sollen wir tun?«

»Der Gerechte«, fuhr Themistokles fort, »spricht unüberlegt, wenn er fordert, die Mauern unserer Stadt mit Holz zu verstärken. Denn wenn Apollon durch den Mund der Pythia ohnehin voraussagt, unsere Stadt werde überwältigt, wozu sollten wir sie dann überhaupt verteidigen, aufwendige Schanzarbeiten leisten und das Blut unserer Männer vergießen? Nein, Pythia, die allzugerne in Gleichnissen spricht, rät, die Stadt kampflos den Barbaren preiszugeben und unseren Kampf von den Schiffen aus zu führen. Haben wir nicht zweimal hundert wendige Schiffe mit den Geldern von Laurion gebaut, stolze Trieren mit doppeltem Rammsporn und Wänden aus kretischem Holz?«

Schiffe! Dahinter verbarg sich das Geheimnis der hölzernen Mauern! »Themistokles ist unser Führer!« – »Nieder mit Aristides!« – »In die Verbannung mit dem Gerechten!« – »Schafft ihn fort, diesen Verbrecher!«

Themistokles erschrak. Aristides war sein Feind, sein politischer Gegner und persönlicher Widersacher. Aber nun, da der Zorn des Volkes so hart mit ihm ins Gericht ging, hätte er am liebsten für ihn Partei ergriffen. Immer lauter wurde das Geschrei, und auf einmal riefen die Athener skandierend im Chor: »Ostrakismos! Ostrakismos! Ostrakismos!«

Jeder Teilnehmer der Volksversammlung hatte am Eingang eine Tonscherbe erhalten, einen Stimmstein, auf den er den Namen jenes Mannes kritzeln konnte, dessen Politik er nicht billigte. Die einfache Mehrheit genügte, um einen unliebsamen Volksführer für zehn Jahre in die Verbannung zu schicken – wobei er jedoch sein Vermögen, sogar die bürgerlichen Ehrenrechte behielt.

Er hatte ihn gehaßt, verwünscht und nicht selten verachtet, doch jetzt, da ihn das Scherbengericht in die Verbannung schickte, fühlte Themistokles Mitleid. Vielleicht war es aber auch nur Selbstmitleid, weil er seinen Gegner, der ihn oft genug zu großen Taten anspornte, verloren hatte. Mehr als sechstausend Bürger stimmten gegen ihn, und damit war Aristides' Schicksal besiegelt.

Ein langer Augenblick, in dem sich die beiden ohne Haß musterten, sollte für ein Jahrzehnt der letzte sein. »Du hast gesiegt!« schien Aristides sagen zu wollen, »du warst zwar nicht der Bessere, aber der Geschicktere in jedem Fall.« Und der Blick des Themistokles verriet eine gewisse Wehmut, man konnte beinahe meinen, er heische um Vergebung.

Zwei Demosioi nahmen Aristides in ihre Mitte und führten den Verurteilten durch eine schweigende Gasse von Menschen. Als er die Ekklesia verlassen hatte, wurden Heilrufe auf Themistokles laut. »Themistokles soll reden!« schallte es aus der Menge. »Themistokles ist unser Führer!« Sie drängten, hoben, stießen ihn auf die Rednerbühne, und der Feldherr fand bewegte Worte:

»Meine Mitbürger, ihr Männer von Athen! Mein Vater Neokles hätte, wäre er noch am Leben, Tränen der Freude vergossen an diesem Tag, an dem ihr mir, dem einfachen Bürger aus dem Demos Phrearrioi, euer aller Geschick anvertraut. O hätten die Götter uns Besseres beschlossen, der Rauch von zehn Hekatomben würde zum Himmel steigen wie Gewitterwolken über den kretischen Bergen. Doch die Olympischen verschmähen den Dank unserer Opfer, und ihren goldglänzenden Tempeln droht die Verwüstung durch die Barbaren. Was immer ihren Sinn gelenkt haben mag, uns bleibt keine Zeit zum Jammern und Klagen.

Hört meine Pläne, wie dem Großkönig zu begegnen ist. Stimmt darüber ab und schreibt die Beschlüsse in Stein, damit sie an allen öffentlichen Plätzen aufgestellt werden und jedermann zur Kenntnis gereichen.

Ich, Themistokles, Sohn des Neokles, beantrage, alle Kinder und Frauen auszusiedeln. Die Alten und unser Hab und Gut soll man auf die Insel Salamis schaffen. Alle anderen Athener werden die Schiffe besteigen und mit Spartanern, Korinthern und Aigineten gegen die Barbaren kämpfen. Der Rat der Stadt und alle Strategen bemannen die zweihundert Trieren, nachdem wir dem allmächtigen Zeus, der siegbringenden Tochter Athene und dem Beschützer Poseidon ein Versöhnungsopfer dargebracht haben.

Die Hälfte unserer Schiffe, hundert an der Zahl, wird am Kap Artemision, im Nordosten der Insel Euböa, vor Anker gehen, die andere in der Meerenge von Salamis. So wollen wir die Barbaren erwarten.«

»So sei es!« riefen die Athener. Andere fragten: »Und wohin willst du unsere Frauen und Kinder schaffen?« Darüber geriet man in Streit; denn keiner vermochte zu sagen, wo sie am sichersten vor den Persern wären.

Themistokles schlug Argolis vor, eine gute Tagesreise südlich von Athen auf der Peloponnes. Dort, im Osten der Halbinsel, lag Troizen, eine Stadt, den Athenern wohlgesonnen. Die Troizener hatten zugesagt, sich an der Kriegsflotte gegen die Barbaren zu beteiligen. Theseus, der athenische Held, welcher auszog, das kretische Ungeheuer im Palast von Knossos zu töten, wurde hier angeblich geboren. »Troizen«, riefen die Athener, »Troizen soll unseren Frauen und Kindern Heimat geben!«

Inmitten der Volksversammlung drängten sich die Menschen um einen alten, hageren Mann, der unter zuckenden Bewegungen unverständliche Laute von sich gab: »Still, Lysistratos hat eine Erscheinung!« Lysistratos war ein angesehener Wahrsager in Athen. Zwei Männer hielten den sich aufbäumenden Alten fest, damit er nicht zu Boden sank. Gebannt starrten alle auf seine Lippen, von denen zusammenhanglose Worte sprudelten: »Fraucn – Kolias – Ruder – Gerste!« wiederholte Lysistratos ständig. »Frauen – Kolias – Ruder – Gerstc!«

Themistokles drängte sich durch die Menge, faßte den Alten, dessen Kopf im Nacken hing, an den Schultern und schüttelte ihn, als wolle er ihm die Botschaft entreißen: »Sprich, Lysistratos! Was ist mit den Frauen von Kolias, sprich!« Kolias nannten sie eine Landzunge nahe bei Phaleron.

»Frauen von Kolias!« stammelte der Wahrsager, und sein ausgemergelter Körper bebte unter ekstatischen Schauern. »Was ist mit den Frauen von Kolias?« wiederholte Themistokles drohend. »Frauen von Kolias werden mit Rudern ...«

»Was werden sie mit den Rudern tun? Sprich, Lysistratos! Sprich!«

»Frauen von Kolias werden mit Rudern die Gerste rösten!« brach es schließlich aus dem Alten heraus, dann sank er wie nach einer unmenschlichen Kraftanstrengung in sich zusammen.

Voll Andacht rätselten die Athener über den Sinn seiner Worte.

Endlos schien die Schlange, die sich auf der Küstenstraße nach Korinth bewegte. Frauen und Kinder, die in keinem der Schiffe Platz fanden, legten den Weg nach Argolis zu Fuß, auf klapprigen Wagen oder mit Maultieren zurück. In Bündeln schleppten sie die wertvollste Habe mit sich, erschöpft, weinend, ein ungewisses Schicksal vor Augen.

In der Bucht von Phaleron, wo die Alten, verbraucht, geschwächt und ohne Lebenswillen, die Habseligkeiten der Jungen auf Schiffe verfrachteten, spielten sich unbeschreibliche Szenen ab. War einer der Kähne bis zu den Masten beladen, stach er sofort in See, und die Hunde, für die kein Platz war auf den Schiffen, sprangen jaulend hinterher, um ihren Herren zu folgen. Doch noch ehe die Schiffe das offene Meer erreicht hatten, versanken sie erschöpft in den Fluten.

Jene, die den Landweg nach Troizen nahmen, begegneten unterwegs dem kleinen Heer der Spartaner, das zum Thermopylenpaß marschierte, einer Landenge, zwischen Meer und Gebirge an der Grenze von Makedonien und Thessalien, die von den Barbaren auf ihrem Marsch nach Griechenland durchquert werden mußte. Leonidas, einer der beiden spartanischen Könige, führte das Heer, an dessen Spitze eine Eliteeinheit von 300 Spartiaten stand, in Richtung Norden.

Leonidas und seine Männer galten nicht nur als besonders tapfer, ihnen eilte auch der Ruf ungewöhnlicher Schönheit voraus. Durchtrainiert wie Athleten im Stadion von Olympia, begannen sie jeden Morgen, den Zeus werden ließ, nackt mit anstrengenden Freiübungen und drehten die Haare in Lokken. Und die Gesänge, die sie auf dem Marsch anstimmten, ließen keinen Zweifel aufkommen, daß die Schlacht ihnen nicht notwendige Pflicht, sondern höchste Lust bedeutete.

Themistokles umschiffte mit einem Teil der Flotte, etwa hundert Trieren, das Kap Sunion, nahm Kurs nach Norden und durchkreuzte den Sund zwischen Attika und der Insel Euböa, um nahe dem Kap Artemision vor Anker zu gehen. Eines der Schiffe, fortbewegt von hundertsiebzig Ruderknechten und äußerlich nicht von den Kampfschiffen zu unterscheiden, hatte dreißig Hetären an Bord. Unter ihnen Daphne.

Koalemos, der Dummbart, saß in der ersten Ruderbank und ließ kein Auge von seiner Herrin. Sie behandelte ihn gut und kümmerte sich nicht um seine blöde Erscheinung, und der kraftstrotzende Koalemos dankte es der Hetäre mit großer Anhänglichkeit. Wer es wagte, sich ihr mehr als eine Armspanne zu nähern, lernte die bulligen Fäuste des Dummbarts kennen.

Es ging auf den Sommer zu, und nicht der leiseste Lufthauch zog durch die Schwüle der Nacht. Das Meer lag ruhig, nur vereinzelt klatschte eine Schaumkrone zaghaft gegen die Bordwand. Die Ruderknechte dösten und schnarchten auf ihren Bänken, während sich die Hetären abgesondert auf dem hohen Heck des geschnäbelten Schiffes aufhielten. Gespannte Ruhe lag über dem Wasser, auf dem nur kleine Boote im Schutz der Dunkelheit kreuzten: Kuriere mit Botschaften an die einzelnen Flotten-Abteilungen. Wann würden die Barbaren angreifen? Wann würden ihre schwarzen Segel hinter dem Kap Sepias hervorbrechen?

Megara, die neben Daphne auf den Planken Platz gefunden hatte und sinnend in die Sterne blickte, tuschelte leise: »Pst! Daphne! Schläfst du?«

»Wie sollte ich in dieser Nacht Schlaf finden«, flüsterte Daphne, »wo es vielleicht unsere letzte Nacht ist.«

»Angst?«

»Ja, ich habe Angst vor den Barbaren. Wenn ich zehn Sommer zurückdenke ...«

»Damals haben wir die Perser geschlagen!«

»Eben. Der Großkönig führt diesmal keinen Eroberungsfeldzug, dies ist ein Rachefeldzug, er wird alles daransetzen, die Niederlage von Marathon zu vergelten.«

Vom offenen Meer her näherten sich die hellen Ruderschläge eines Kurierbootes. Daphne erhob sich, beugte sich über die Reling und zischelte in das Dunkel: »He da, woher kommt ihr?«

Die Frauenstimme aus der Finsternis machte die Schiffer neugierig, und das Boot drehte bei: »Seid ihr das Schiff der Hetären?« kam es von unten.

»Ja. Ich bin Daphne, die Hetäre!« Jetzt erkannte sie unten in dem Schiff zwei Männer, der Kleidung nach Spartaner. »Bringt ihr gute Nachricht?«

»Nicht gut, nicht schlecht«, erwiderte der eine, »es muß sich zeigen. Leonidas hält die Thermopylen besetzt. Wenn der Großkönig nach Griechenland einmarschieren will, muß er zuerst die Spartiaten überwinden. Themistokles, der Kommandant eurer Flotte, dem wir die Nachricht überbrachten, meinte, solange die Thermopylen in unserer Hand sind, müsse sich kein Hellene fürchten.«

»Ihr seid euch eurer Sache sicher!«

»Gewiß. Die Spartiaten sind mit Bogen und Lanzen auf den hochaufragenden Felsen postiert, den Barbaren verbleibt ein enger Durchlaß, nicht breiter als zwei nebeneinanderfahrende Streitwagen. Doch sobald sich einer in die Felsenschlucht vorwagt, wird er von unseren Pfeilen und Lanzen durchbohrt.«

»Tapfere Männer!« sagte Daphne voll Bewunderung. »Und es gibt keinen anderen Weg für die Barbaren?«

»Nein«, antwortete der Spartaner, »das heißt –« er hielt kurz inne – »ein Bergpfad fuhrt über das Kallidromos-Gebirge durch die trachinischen Felswände; aber diesen Weg kennen nur die Trachinier. Sie sind ein kleines Volk und fest auf unserer Seite.«

»Trachinier sagst du?«

»So nennt sich das Volk am Ausgang der Asoposschlucht! Du hast gewiß noch nie von ihnen gehört!«

»Da irrst du, Spartaner!« erwiderte Daphne erregt, »die Angst lahmt meine Glieder bei dem Gedanken an einen Jüngling dieses Stammes. Er haßt jeden Spartaner und wartet seit langem auf Gelegenheit zur Rache.«

»Du sprichst in Rätseln, Hetäre!« sagte die Stimme von unten; doch Daphne ging nicht darauf ein: »Nehmt mich und meinen Sklaven in euer Boot auf, damit ich euch zu den Thermopylen begleite.« Und ohne eine Antwort abzuwarten, rief sie Koalcmos herbei. Der kletterte in das Boot der Spartaner, gefolgt von der Hetäre.

»Legt euch in die Riemen«, flehte Daphne, »sonst ist Griechenland verloren. Ich werde euch alles erklären!«

Megara stand an der Reling, sah den Schatten des Bootes in der Dunkelheit verschwinden und wußte nicht, was das bedeutete.

Zur selben Zeit hielt Xerxes, der persische Großkönig, in seinem Prunkzelt Hof, das die Barbaren inmitten ihres Heerlagers zwischen den Flüssen Melas und Asopos errichtet hatten. Umgeben von den Stammesfürsten seines Gefolges saß er gelangweilt auf seinem Thron und sah den frivolen Tänzen zweier asiatischer Zwillingsmädchen zu, die, nicht älter als zehn Sommer und nackt wie neugeborene Lämmchen, den exotisch gekleideten Heerführern demonstrierten, wie Frauen einander die

Liebe lehren. Ein Sklave tupfte den Schweiß von der Stirn des Königs der Könige, ein zweiter fächelte ihm mit einem Wedel aus Straußenfedern Kühle zu. Während die kleinen Mädchen keuchten und orgiastische spitze Schreie ausstießen, fand Xerxes weit größeren Gefallen an dem prachtvollen Weib, das zu seiner Rechten wonnetrunken auf dem Teppich lagerte. Ihr Name war Artemisia aus Halikarnass. Sie übte für ihren Sohn die Vormundschaft aus und kommandierte insgesamt fünf Schiffe im Flottenverband der Barbaren. Ihr dunkles Haar war im Nakken gebunden und fiel in glänzenden Strähnen auf den Teppich wie der lange Schweif einer nisaischen Stute. Artemisia kleidete sich wie eine Inderin, wickelte die ausladenden Hüften in fessellange Seide und schwang um die breiten Brüste nichts weiter als ein durchsichtiges Tuch, das sie im Nacken verknotete. Zwei goldene Schlangen, die in zahllosen Windungen ihre Oberarme umgaben, waren der einzige Schmuck.

Obwohl Xerxes mindestens dreihundert Haremsweiber mit sich führte, blieb es den Großen des Reiches nicht verborgen, daß der König der Könige ein Auge auf Artemisia geworfen hatte. Die jedoch tat so, als bemerke sie das augenfällige Wohlgefallen des Großkönigs nicht, bewegte ihr breites Bekken im Takt der verzückten Zwillingsmädchen und atmete schwer, daß es den Ohren des lüsternen Achämeniden nicht entgehen konnte.

Der König fuchtelte unwillig mit den Händen, die Mädchen sollten sich entfernen, und schlürfte dicken gelben Quittensaft aus einem funkelnden Pokal.

»Was hast du gegen das Liebesspiel der Mädchen?« fragte Artemisia und richtete sich vor dem Großkönig auf. »In meinem Reich bereitet es den Männern höchsten Genuß, Frauen beim gleichgeschlechtlichen Liebesspiel zu beobachten. Die Meder haben's wohl lieber mit jungen Männern?«

»Schweig!« rief Xerxes, der sich vor den Großen seines Reiches durch die Worte Artemisias provoziert fühlte. »Wir haben nicht das halbe Asien durchquert, um am Fuße des Olymp nackten Mädchen zuzusehen. Ich, Xerxes, Sohn des Dareios, bin hier, um die Schmach meines Vaters zu tilgen!« Bei diesen Worten wurde seine Stimme höher und höher, und der Großkönig begann, zornig wie ein kleiner Junge auf den Boden zu stampfen.

Die Stimmung am Hofe des Großkönigs war aufs äußerste gereizt, seit das Unwetter die Schiffsbrücken über den Bosporus zerschlagen hatte. Nach geglücktem Übergang mußten die Perser einen neuen Schicksalsschlag hinnehmen. Ein Boreas, höchst ungewöhnlich zur Sommerszeit, raste von Norden über das Ägäische Meer und zerschlug einige hundert persische Trieren vor der Küste Thessaliens. Vier Tage tobte der Sturm, und auch die medischen Magier vermochten die Winde mit ihren Zaubergesängen nicht zu besänftigen. Erst als einer – welch ein Frevel – der hellenischen Meernymphe Thetis opferte, flaute der Sturm am vierten Tage ab. Seither zweifelte Xerxes an der Allmacht der asiatischen Götter.

»Solange wir die Thermopylen nicht überwunden haben«, meinte der Feldherr Mardonios, »darf unsere Flotte sich nicht weiter nach Süden wagen. Denn unsere Schiffe bedürfen der Deckung vom Land her, und das Heer ist ohne unsere Flotte gefährdet.«

Xerxes schnippte mit dem Finger. »So hört denn, ihr Führer der fremden Völker und Großen des Reiches, die Worte des Generals und sagt eure Meinung frei heraus. Unterstützt euren König mit weisern Ratschlag, was zu tun sei gegen die starrköpfigen Hellenen.«

Tetramnestos, der Sidonier, gab zu bedenken, daß die Griechen zwar die bessere Stellung hielten, daß es ihrer aber nicht allzu viele sein könnten, schon der beengten Schlucht wegen. Also müßten die Perser Angriff um Angriff vortragen, bis die belagernden Griechen aufgerieben seien.

»Was berichten unsere Späher?« erkundigte sich Xerxes, »wie groß ist das Heer der Griechen, die den Thermopylenpaß besetzt halten?«

Mardonios hob die Schultern. »Zwei unserer besten Leute kehrten nicht zurück. Vermutlich wurden sie in dem unwegsamen Gelände vom Gegner in einen Hinterhalt gelockt. Aber sicher haben die Hellenen nicht alle ihre Hopliten bei den Thermopylen stationiert. Zerknirscht, o König aller Länder, liege ich vor dir im Staub und kann dir keine bessere Auskunft geben.«

»Es gibt nur einen Weg«, begann der Aradier Merbalos, »wir müssen die Griechen überlisten. Entweder ziehen wir uns zurück, so daß sie ihre Stellungen räumen, oder wir suchen die Entscheidung zur See. Denn haben wir erst die hellenische Flotte vernichtet, dann können unsere Schiffe genügend Soldaten an Bord nehmen, den Thermopylenpaß umschiffen und sie wieder an Land setzen. Einem Angriff von beiden Seiten werden die in den Schluchten verschanzten Griechen nicht standhalten.«

Die Rede des Aradiers fand Zustimmung, nur Artemisia protestierte laut: »Schont eure Schiffe und meidet eine Seeschlacht! Haben nicht die Läufer von der Schnelligkeit der griechischen Schiffe berichtet, die mit einem einzigen Ruderschlag die Fahrtrichtung ändern? Ich habe vor Euböa gekämpft, und niemand kann mir Feigheit vorwerfen. Deshalb kann ich es mir erlauben, diese Warnung auszusprechen. Das Ziel deines Feldzuges, König der Könige, heißt Athen. Warum also willst du bereits hier in Thessalien ein Risiko eingehen? Die Griechen sind zwar tapferer als die meisten von uns, aber ihre Mittel sind begrenzt. Sie können uns nicht lange standhalten. Mag sein, daß mit ihnen der Mut ist, mit uns aber ist die Zeit!«

Xerxes nickte wohlgefällig. Artemisias Worte fanden seine Zustimmung. Er rieb sich vergnügt die Hände und kicherte vor sich hin. Siegesgewiß schwenkte er seinen Pokal, und die übrigen Heerführer taten es ihm gleich. »Du wirst siegen, König der Könige!« riefen sie im Chor, »und dein Reich wird dauern ewiglich!«

Daphne, Koalemos und die beiden Spartaner erreichten das Kallidromos-Gebirge im frühen Morgengrauen. Im Heerlager der Griechen, das am Eingang des Passes errichtet war, ruhten etwa sechstausend Hopliten, außer den Spartanern Soldaten aus Tegea und Mantinea, aus Mykene und Korinth, Thespier und Arkader. Leonidas hatte sogar ein thebanisches Kontingent in seinen Reihen, was verwundern konnte, denn Theben galt als perserfreundliche Stadt.

Am nördlichen Ausgang der Thermopylen lag das Heerlager der Barbaren, angelegt wie eine gewaltige Wagenburg, dreißig Stadien im Quadrat. Die äußersten Versorgungszelte der Perser reichten bis an das Gebiet der Trachinier heran.

Leonidas empfing Daphne in seinem Zelt, das so einfach und schlicht gebaut war, wie man es von einem Spartaner erwarten konnte: vier senkrecht gespannte Zeltwände, darüber ein durchhängendes Dach aus Leinwand. Von den südlichen Felsen drang das schrille Zirpen Tausender von Zikaden.

»Der Ruf deiner Schönheit ist zwar nach Sparta gedrungen«, begann Leonidas und bot Daphne mit einer einladenden Handbewegung einen Sitzplatz an, »daß du das Vaterland aber mehr liebst als dein Leben, das freilich blieb uns in Lakonien bisher verborgen.«

»Wir wollen keine langen Worte machen«, drängte die Hetäre, »der Trachinier Ephialtes wurde bei den Spielen der 73. Olympiade von einem Spartaner um den Sieg betrogen.«

»Du meinst, Philles ...?«

»Ja, Philles.«

»Holt diesen Philles herbei!« rief Leonidas zornentbrannt, und sein schmales Gesicht verfärbte sich purpurrot.

»Er ist hier?« fragte Daphne erstaunt.

»Er steht in der ersten Schlachtreihe!«

»Dann lasse ihn in Unkenntnis. Er könnte Unruhe hervorrufen unter deinen Leuten.«

Leonidas hatte alle Mühe, sich im Zaum zu halten: »Ein Spartaner als Betrüger!« rief er mit Abscheu und Entsetzen in der Stimme. »Er verdient es nicht, in der ersten Schlachtreihe zu kämpfen!«

Daphne versuchte, den Feldherrn zu besänftigen: »Es sind schon einige Sommer her, als Philles mir die Tat gestand. Mitten im Lauf schleuderte er dem Gegner eine Handvoll Sand ins Gesicht. Er gewann, Ephialtes verlor. Doch der Trachinier schwor damals, sich an den Spartanern zu rächen. Und als ich hörte, daß die Barbaren von euch hier zurückgehalten werden und der einzige Umweg über das Gebiet der Trachinier führte, da dachte ich ...«

»Beim Ares!« rief Leonidas und ging unschlüssig auf und ab. »Die Trachinier dürfen uns nicht verraten. Sie dürfen es nicht, sonst ist Griechenland verloren!«

Die furchtsamen Worte des tapferen Mannes bewegten Daphne sehr. Gerade, weil Leonidas als hart und unbezwingbar galt, hinterließ dieser Hilferuf so nachhaltigen Eindruck. Aufgebracht schlug der Feldherr die geballten Fäuste vor der Brust zusammen, um Gedanken ringend, wie der Situation zu begegnen sei.

»Vielleicht«, meinte Daphne zaghaft, »vielleicht hat der Trachinier die Niederlage aber auch schon vergessen!«

Da lachte Leonidas spöttisch: »Ein Mann vergißt alles, seine Frau, seinen Freund, das Glück und das Leid; aber eine Niederlage – nie!«

»Was willst du tun, Feldherr?«

Leonidas holte tief Luft: »Es wäre sinnlos, den Weg über das Kallidromos-Gebirge zu besetzen. Allein dazu benötigten wir dreimal so viele Hopliten, wie uns zur Verfügung stehen, und die Thermopylen lägen ungeschützt da. Bleibt nur die Hoffnung und das Gebet zu den Olympischen, daß die Trachinier den Umweg nicht verraten.«

»Mit Hoffnung und frommen Gebeten allein ist kein Krieg zu gewinnen!« rief Daphne erbost. »Das sagt dir, König Leonidas von Sparta, Daphne, die Hetäre. Ich bin zwar eine Frau, und die taugen nicht einmal bei euch in Lakonien für den Kriegsdienst; doch kann ich nicht tatenlos zusehen, wie die Griechen ihr Schicksal dem Zufall überlassen.«

Leonidas, ein Mann von der Besonnenheit eines athenischen Philosophen, wollte irgend etwas sagen, aber die Hetäre ließ ihm keine Zeit: Ohne Gruß drehte sie sich um, winkte ihren Sklaven Koalemos herbei und verließ das Zelt des Spartaners.

Das Heerlager der Griechen war bereits aus dem Schlaf erwacht, es herrschte reges Treiben, Köche, Essensträger und Marketender eilten mit großen Gefäßen von Zelt zu Zelt, Wasserträger füllten die Bottiche der öffentlichen Waschstellen, dort wurden Schwerter und Schilde poliert, daneben Wagenräder repariert. Die Frau im griechischen Lager fiel kaum auf. Koalemos, der Muskelprotz, ging seiner Herrin voraus und nahm eine drohende Haltung ein, sobald sich ihr irgend jemand näherte.

Unbewaffnet und nur mit ledernen Sandalen an den Füßen machten sich die beiden auf den Weg der sogenannten Anopäa, der über die Berge die Thermopylen umging und in der Asoposschlucht im Gebiet der Trachinier enden sollte. Daphne vermochte nicht zu sagen, was, aber irgend etwas trieb sie auf diesen Bergpfad zu den Trachiniern, zu Ephialtes.

Wie in aller Welt konnte sie diese Trachinier vom Verrat abhalten? Waren sie mit Gold zu bestechen oder waren massive Drohungen vonnöten oder beides?

Stumpfsinnig trottete der Dummbart voran, lauschte bisweilen in das angrenzende Gebüsch und bot der Hetäre die Hand, wenn eine Felsenrinne, ein knorriger Baum oder eine Geröllhalde zu überqueren war. Der anstrengende Aufstieg in der Schwüle des Sommermorgens trieb den Schweiß aus allen Poren. Die Riemen der Sandalen schmerzten. Daphnes Atem ging immer schneller, nur Koalemos schritt zielstrebig und ungerührt und scheinbar ohne jede Kraftanstrengung bergan, ohne ein Wort zu sagen.

Es mochte gegen Mittag sein, denn die Sonne brannte beinahe senkrecht auf den Saumpfad, da ließ Daphne sich zwischen zwei Baumstümpfen auf den bemoosten Boden fallen und rang nach Luft: »Koalemos, ich muß eine Rast einlegen, ich bin am Ende meiner Kräfte!« Erschöpft starrte sie vor sich auf die Erde, das Kinn auf die Knie gestützt; da spürte sie die Hand des Sklaven auf ihrem Unterarm. »Herrin! Herrin!«

Die Hetäre sah Koalemos fragend an. Der deutete auf den Kamm des Hügels, auf den Felsvorsprung in ihrer Nähe und auf die Biegung des Pfades, den sie gerade zurückgelegt hatten. Daphne fühlte sich wie gelähmt. Sie wollte schreien, aber ihre Kehle blieb wie zugeschnürt. Wohin sie auch blickte: Von allen Seiten waren Pfeile und Wurfspeere auf sie gerichtet.

Seit Tagen lagen sich die feindlichen Flotten auf Sichtweite gegenüber. Die Barbaren waren durch die Straße von Skiathos gesegelt und vor der Südküste Magnesias vor Anker gegangen. Ihr Ziel schien klar: die persische Flotte suchte durch die Straße von Euböa, in Sichtverbindung mit den Landstreitkräften, Attika zu erreichen. Das aber verhinderte die Flotte der Griechen. Unterhalb des Heiligtums der Artemis ankerten Themistokles mit der attischen Flotte und der Spartaner Brasidas mit den Schiffen der übrigen Griechenstämme. Aufgetakelt, kampfbereit, belauerten sie sich Tag und Nacht.

Themistokles stand im Bug seiner Triere, die Ruderer dösten auf ihren Bänken, kaum einer konnte in der Hitze des sinkenden Tages Schlaf finden. Die Augen ziellos in die Ferne gerichtet, kreisten die Gedanken um das denkwürdige Verschwinden Daphnes, das nicht einmal vom Kommandanten des Hetärenschiffes bemerkt worden war. Er konnte sich keinen Reim darauf machen.

Da plötzlich stieß unmittelbar vor dem hochgeschnäbelten Bug des Schiffes einem Meergott gleich ein nacktes Wesen durch die Wasseroberfläche. Auch die Ruderer hatten das Rauschen und Plätschern vernommen und starrten gebannt in die Tiefe. Kein Zweifel, wie Poseidon aus der Tiefe des Meeres tauchte ein bärtiger Mann vor ihnen auf, hob eine Hand zum Gruß und rief prustend: »Chairete! Ihr seid doch Hellenen?«

Statt einer Antwort gab Themistokles Befehl, dem Besucher aus Poseidons Reich mit einem Ruder aus dem Wasser zu helfen. Keuchend und nach Luft ringend legten sie den zu Tode Erschöpften auf die Planken. Themistokles trat hinzu und fragte verwundert: »Wer bist du? Woher kommst du?«

Stockend und schwer atmend berichtete der Fremde, er sei Skyllias aus Skione auf der Halbinsel Chalkidike.

»Skyllias, der berühmte Taucher?« riefen die Ruderer.

Dieser nickte. Die Barbaren, so erzählte er, hätten ihn und seine Landsleute gezwungen, sich ihrem Heereszug anzuschließen. Was sei ihm anderes übriggeblieben, als mit den Wölfen zu heulen. Aus den gesunkenen Barbarenschiffen am Pelion habe er kostbare Schätze geborgen; aber gegen Griechen zu kämpfen, das lehne er ab. Deshalb habe er das barbarische Schiff verlassen und habe teils tauchend, teils schwimmend, den Sund durchquert.

»Beim Poseidon«, staunte Themistokles, »das sind doch achtzig Stadien!«

Der Taucher nickte: »Schließlich bin ich Skyllias!«

»Wie viele Schiffe der Barbaren liegen am Peliongebirge vor Anker?«

»Schwer zu sagen«, entgegnete Skyllias, »auf jeden Fall so viele, daß man sie nicht zählen kann: eintausend, zweitausend ...«

»Und wie viele hat der tobende Boreas zerschlagen?«

»Drei- bis vierhundert. Es müssen wichtige Schiffe gewesen sein, Kommandoschiffe und Schnellruderer und einige Schatzschiffe. Angeblich hat der Perserkönig seinen Gott Ahura Mazda verflucht und zu unseren Göttern gebetet, daß sich der Sturm lege. Seither jedenfalls sind die Heerführer der Barbaren verunsichert, ob die Götter auf ihrer Seite seien, und ziemlich durcheinander.«

Themistokles lachte: »Das schien uns auch so. Vor ein paar Tagen segelte eine persische Nachhut von fünfzehn Schiffen gerade auf uns zu. Wir trauten unseren Augen nicht. Die Bedauernswerten hatten beim Umrunden von Kap Sepias ihre eigene Flotte zur Rechten übersehen und unsere Schiffe für die ihren gehalten. Wir ließen sie herankommen und versenkten sie mit Mann und Maus!«

»Die Barbaren haben das beobachtet«, sagte Skyllias, »und

sie betrauern einen ihrer tapfersten Männer, den alten Sandokes aus Kyme in Äolien. Er war Richter und vor vielen Jahren der Bestechung angeklagt. Die Barbaren pflegen käufliche Richter zu häuten und den Stuhl des Nachfolgers mit der Haut des Schandtäters zu beziehen. Sandokes wurde ans Kreuz geschlagen. Als er schon hing, begnadigte ihn der Großkönig, verunsichert, ob er schuldig sei, und machte ihn zum Statthalter in Kyme!«

Inzwischen war es dunkel geworden, und überall auf den umliegenden Schiffen wurden Öllämpchen entzündet und gegen die Feinde hin abgeschirmt. Sklaven brachten dem entkräfteten Schwimmer fetten Brei und Früchte, damit er sich von der Anstrengung erhole. »Was glaubst du«, erkundigte sich Themistokles, während Skyllias gierig aß, »wann wird die Flotte der Barbaren angreifen?«

»Nicht morgen und nicht am folgenden Tag!« antwortete Skyllias mit vollem Mund. »Solange das Heer die Thermopylen nicht passiert hat, ist der Barbarenflotte Zurückhaltung auferlegt. Das schließt natürlich vereinzelte Stoßtrupps nicht aus.«

»Gegen wen?«

»Gegen Euböa, zum Beispiel. Vor wenigen Tagen haben zweihundert Trieren Kurs nach Norden genommen. Es sah so aus, als würden sie dem Hellespont zustreben. Hinter vorgehaltener Hand hieß es jedoch, sie würden die Insel Skiathos umschiffen und außer Sichtweite der Griechen nach Süden abdrehen und Euböa umrunden.«

»Gut gedacht, Xerxes!« rief Themistokles in die Nacht. »Du sollst Themistokles, den Sohn des Neokles, kennenlernen!«

An Armen und Beinen gefesselt und an einer Tragestange aufgehängt, schleppten die Barbaren Daphne in ihr Heerlager am Ende der Asoposschlucht wie ein erlegtes Wild. Die Stricke schnitten in ihr Fleisch und rissen schmerzhafte Wunden. Koalemos, der vor seiner Festnahme mindestens vier feindliche Soldaten zur Strecke gebracht hatte, wobei er einen bei den Füßen packte und wie eine Keule durch die Luft schleuderte, Koalemos brüllte in kurzen Abständen wie ein sterbender Stier, und die Stange, mit der sie ihn trugen, bog sich bedrohlich wie ein schwankender Steg.

Das fürchterliche Gebrüll des Dummbarts schreckte das ganze Lager auf, und von überallher liefen die Barbaren zusammen und bildeten eine staunende Gasse zum Prunkzelt des Großkönigs. Nur schemenhaft und auf dem Kopf stehend, nahm die Hetäre das tausendfache, geile Grinsen der verdreckten Soldaten wahr, die nach ihrem Körper griffen und sie kniffen und zwickten und dabei unverständliche kehlige Laute ausstießen. In diesen kurzen, schrecklichen Augenblicken, in denen ihr Bewußtsein wiederkehrte, hätte Daphne jedem einzelnen von dieser Horde das Gesicht zerkratzen wollen, doch in ohnmächtiger Wut versank die Hetäre immer wieder in einen Dämmerzustand.

Sie erwachte erst vor dem goldstrotzenden Zelt, als die Soldaten sie auf den Boden niederließen und die Tragestange zwischen Hand- und Fußgelenken herauszogen. Ein Barbar, dessen aufgedunsenes Gesicht sie inmitten wildkrauser Bart- und Kopfhaare kaum erkennen konnte, löste die Fußstricke und stieß sie, gefolgt von Koalemos, der bei jeder Berührung durch einen der Feinde einen markerschütternden Schrei vernehmen ließ, in den Vorraum des Zeltes. Daphne konnte sich nur mit Mühe auf den Beinen halten, das Haar hing ihr in Strähnen ins Gesicht, von klebrigem Schweiß gehalten, die Fußgelenke waren blau unterlaufen, und verkrustetes Blut hatte dunkle Ringe um die aufgeschundenen Handgelenke gezeichnet.

Mit eisernem Griff faßte sie der Chiliarch am Oberarm und schob Daphne durch den schweren roten Vorhang, der das Vor- von dem Hauptzelt trennte. Doch noch ehe sie in dem gedämpften Licht des Innenraumes irgend etwas erkennen konnte, wurde die Griechin zu Boden gestoßen, wo sie, die Arme schützend nach vorne gestreckt, mit dem Gesicht nach unten liegenblieb. Ohne es zu wissen und zu wollen, huldigte die Hetäre in dieser Haltung dem Barbarenkönig Xerxes, und sie wäre noch länger so liegengeblieben, hätte sie nicht der Anführer der Leibwache aufgehoben und vor den König geführt.

Der kicherte, als er das armselige, taumelnde Menschenbündel vor sich stehen sah. Er ging um Daphne herum, und sein spöttischer Blick wanderte vom Kopf über das zerschlissene Kleid bis zu den Füßen und wieder zurück, und er winkte einen Dolmetscher herbei:

»Seit wann«, begann er grinsend und kam ganz nahe an Daphnes Gesicht heran, »benutzen die Hellenen Frauen als Späher?«

Das Mädchen schleuderte dem Großkönig die Antwort ins Gesicht, mit allem Zorn, dessen sie noch fähig war: »Ich bin kein Späher, ich bin Daphne, die Hetäre! Und deine feigen Soldaten haben mich zu Unrecht gefangen. Oder kämpfen die Barbaren jetzt schon gegen Weiber?«

Xerxes erkundigte sich bei dem Dolmetscher nach der Bedeutung des Wortes *Hetäre.* Der, seiner Aussprache nach ein Ionier, erklärte den Begriff gestenreich, und über das Gesicht des Großkönigs huschte ein lustvolles Schmunzeln.

»Was trieb dich, Hetäre, in diesen Kriegszeiten über das Gebirge?« bohrte Xerxes weiter.

»Ich war auf dem Weg zu den Trachiniern, die Trachinier sind ein griechischer Stamm!«

»Das ist mir bekannt«, erwiderte der König, »ein griechischer Stamm. Und was suchtest du bei den Trachiniern?«

Daphne hielt erschreckt inne, sie spürte, wie ihr Herz bis zum Hals schlug. Was sollte sie sagen? Was hatte der Barbarenkönig mit ihr vor? Beim Zeus, in diesem Augenblick der Ausweglosigkeit fiel ihr nichts anderes ein: »Ich war auf dem Wege zu Ephialtes, einem Trachinier, den ich seit langem kenne ...«

»Ephialtes?«

»Ja, so heißt er, der Trachinier!«

Der Großkönig sah seinen Chiliarchen vielsagend an; dann wandte er sich Daphne zu: »Ein perserfreundlicher Mann, dieser Ephialtes.«

Langsam, ganz allmählich dämmerte es der Hetäre: Ephialtes war den Persern namentlich bekannt. Offensichtlich hatte er die Griechen bereits verraten, und alles war vergeblich. Daphne rang nach Luft.

Und noch ehe sie etwas sagen konnte, meinte der Großkönig: »Er hat uns den Weg über die Berge verraten!« Dabei hüpfte er von einem Bein auf das andere und freute sich wie ein kleines Kind. »Über die Berge, verstehst du?«

Daphne wurde es schwarz vor Augen, das rotblaue Muster der schweren Teppiche begann sich zu drehen, die goldenen Falten auf den Feldzeichen und Standarten schienen auf sie zu stürzen, und in ihrem Gehirn hämmerte nur der eine Gedanke: »Jetzt ist Griechenland verloren!«

Wie aus weiter Ferne hörte Daphne die spitze Stimme des Großkönigs, der voll Stolz berichtete: »Natürlich hat er uns den Weg nicht umsonst verraten! Alles hat seinen Preis. Er forderte Gold, und ich gab ihm eine goldene Schale.« Erst als Xerxes sagte: »Du willst Ephialtes sicher sehen, komm, ich führe dich zu ihm!«, da kam die Hetäre wieder voll zu Bewußtsein. Die rasende Wut in ihr ließ in Sekunden den Plan reifen, diesem Ephialtes an die Gurgel zu springen, nein, dem Nächstbesten das Schwert zu entreißen und dem Verräter in die Brust zu stoßen.

Angewidert spürte sie die schwammigen Hände des Barbaren auf ihren Schultern, der sie vorsichtig aus dem Zelt führte, während Koalemos auf ihr Kopfnicken hin zurückblieb. Flankiert von einem Dutzend Lanzenträger mit gesenkten Waffen, schritt der Großkönig mit Daphne an Zelten und Wagen vorbei zu einem Platz inmitten des Lagers. Wie geistesabwesend starrte Daphne im Gehen vor sich hin.

Plötzlich blieb Xerxes stehen. »Und hier ist dein Freund Ephialtes.«

Daphne hob den Blick. Vor ihr wuchs aus dem Boden ein Kreuz. Daran hing ein Mann, tot. Zu seinen Füßen an den Stamm genagelt – eine goldene Schale.

»Ich schätze Verräter nicht«, krächzte der Großkönig, »die sich nur bereichern wollen. Ephialtes hat seinen Lohn erhalten, jenen, den er gefordert hat, und jenen, den ich ihm zugedacht habe.«

Die Spartaner hatten in ihrem Heerlager eine provisorische Rennbahn von einem Stadion Länge eingezäunt. In einem aus frisch geschnittenen Weidenzweigen gefertigten Käfig trampelte ein wilder Widder. Fünf Spartiaten, ein jeder nackt, lauerten mit erhobenen Speeren, bis die Tür des Käfigs geöffnet wurde und das Tier in Todesangst herausstürzte.

Auf ein Kommando nahmen die Lanzenträger die Verfolgung auf, versuchten dem mit gesenkten Hörnern dahinrennenden Widder möglichst nahe zu kommen, und der erste, der das wütende Wesen erreichte, rammte dem Tier seinen Speer in den Nacken, daß es stürzte, sich überschlug und zappelnd liegenblieb. Die Spartiaten zu beiden Seiten der Rennbahn klatschten in die Hände, und ein Priester begann, das sterbende Tier zu zerteilen.

Die seltsame Zeremonie wiederholte sich Jahr für Jahr bei den Kameen, einem uralten Kultfest zu Ehren des Fruchtbarkeitsgottes Karneios, und verbot jedweden Waffengang. Und auch hier, fern von den Weiden Lakoniens, hatte Leonidas seinen Männern friedliche Tage versprochen. Da brach ein Bote vom Thermopylenpaß in das Kultfest der Spartaner. »Die Barbaren greifen an!«

Tag und Nacht hatten dreihundert Spartiaten und siebenhundert Thespier den Felsendurchgang bewacht, jetzt schickte Leonidas alle seine Männer nach vorne und verteilte sie in Staffeln über die Felshänge. Würden die Barbaren die vordere spartanische Phalanx durchbrechen, so stünde die nächste bereit.

Der erste Tag endete ohne Erfolg für die eine oder andere Seite. Doch schon im Morgengrauen des folgenden Tages begannen die Barbaren einen neuen Vorstoß und mußten große Verluste hinnehmen. Doch dann wendete sich das Blatt, ein phokischer Bote brachte die Schreckensnachricht, die Perser kämen über die Berge. Einem Zweifrontenkrieg waren die Griechen nicht gewachsen.

»Flieht, solange noch Zeit bleibt! Flieht! Flieht! Flieht!« Die Schreckensrufe der hellenischen Soldaten hallten wider von den schroffen Felswänden der Thermopylen. Zurück blieben nur die Spartaner und Thespier.

Als ihre Lanzen im Kampf zersplittert waren, griffen sie zu ihren Schwertern, und als die Schwerter verloren waren, verteidigten sie sich mit ihren Dolchen.

Gegen die gefährlichen Pfeile der Barbaren kämpften die Männer um Leonidas von vornherein auf verlorenem Posten;

aber sie kämpften bis zum letzten Mann – getreu dem heiligen Gesetz der Spartaner, daß es nichts Ehrenvolleres gebe als für das Vaterland zu sterben.

Später setzten die Griechen den tapferen Kriegern in der Einsamkeit der Thermopylen ein Denkmal mit der Widmung:

»Wanderer, kommst du nach Sparta, sage, du habest uns hier liegen gesehen, wie das Gesetz es befahl.«

Doch Griechenland stand nun den Barbaren offen.

Kapitel 11

Gelbe, rote und grüne Tücher, über ein Netz von Seilen gespannt, schützten die Tribüne vor der drückenden Sonne. Vor dem goldenen Zelt nahm der Großkönig gelangweilt in seinem Thronsessel die Siegesmeldungen seiner Generäle entgegen. Zu seiner Rechten saß Artemisia in einem langen roten, auf der Vorderseite offenen Kleid, das von glänzenden Spangen zusammengehalten wurde. Daneben Daphne in einem gelben Gewand persischer Machart, einem engen langen Rock mit weitem, faltigem, von den Schultern herabhängenden Oberteil. Die Großen des Reiches zur Linken des Xerxes zeigten sich irritiert ob der Sonderbehandlung der griechischen Hetäre, und Mardonios, der Feldherr, zog unwillig die Augenbrauen hoch, wenn er auf die beiden Frauen zur Seite blickte.

Für Xerxes bedeuteten die beiden Schönen zu seiner Rechten etwas Besonderes: Artemisia, das Prachtweib mit den rätselhaften, nach Art der Ägypter dunkel umrandeten Augen, war Herrscherin von Halikarnass, Kos, Nisyros und Kalydna und kommandierte in Männerkleidern fünf eigene Schiffe der Flotte. Daphne hingegen, die Hetäre aus Hellas, mit ihren vierundzwanzig Jahren gerade halb so alt wie die Halikarnasserin, stellte für Xerxes eine Art Ausstellungsstück dar, eine ansehnliche Kriegsbeute, mit der er, wie er zu erkennen gab, tun und lassen konnte, was in seinem Sinn stand.

Man wußte am Hofe des Großkönigs sehr genau, daß Daphne Beziehungen zu höchsten Kreisen pflegte, und Xerxes sah die Gefangennahme als persönlichen Triumph an.

Meder und Elamer, die sich im Kampf um die Thermopylen durch besondere Tapferkeit ausgezeichnet hatten, marschierten mit gesenkten Lanzen an der Tribüne vorbei, den Blick in Ehrfurcht zu Boden gerichtet. Ihnen folgten die Thebaner unter Führung des Leontiades mit ausgestreckten Armen, zum Zeichen, daß sie sich ergeben hatten.

»Ein schwankendes Volk aus den Ebenen Boötiens«, bemerkte Mardonios und erklärte auf die Frage des Großkönigs, sie hätten Erde und Wasser geschickt, seien dann aber von den übrigen Hellenen zum Kampf gegen die Perser gezwungen worden und hätten sich bei den Thermopylen ergeben.

»Setzt ihnen das Brandmal«, rief Xerxes und sprang von seinem Thron auf. Und hinter der Tribüne traten kahlköpfige Sklaven hervor, deren dunkelhäutige nackte Körper mit breiten Lederriemen verschnürt waren. Sie trugen lange Zangen, an deren Enden handtellergroße Falken glühten. Leontiades stellte sich mutig als erster, um das Brandmal auf die Brust zu empfangen: ein kurzes Zischen, und stinkender Qualm verbreitete sich. Der Grieche biß die Zähne zusammen, daß sein Gesicht das Aussehen einer verzerrten Fratze annahm; dann prangte, glutrot, der Falke auf seiner Brust, das Besitzzeichen des persischen Herrschers.

Daphne schloß die Augen, um nicht ansehen zu müssen, wie jedem einzelnen der Griechen mit vor Angst gekrümmten Gliedern, am ganzen Körper zitternd, das schmerzvolle Brandmal aufgedrückt wurde. Sie sah nicht den Angstschweiß, der jedem von ihnen im Nacken stand, nicht die taumelnden Blikke ihrer Landsleute, die, der Ohnmacht nahe, einer hinter dem anderen anstanden, um sich klaglos der grausamen, stinkenden Prozedur zu ergeben.

»Tapfere Männer!« raunte Mardonios dem Großkönig zu, und dieser nickte, ohne den Blick von den Sklaven mit den glühenden Zangen zu lassen. »Ich glaube«, meinte Xerxes beiläufig, »keiner von deinen Männern, ja nicht einmal die Unsterblichen, würden das Brandmal mit so viel Tapferkeit in Empfang nehmen.« Mardonios nickte: »Dabei gelten die Thebaner nicht als die Tapfersten der Griechen.«

Als Daphne die Augen öffnete, hatten die Thebaner die Tribüne verlassen und einer Abordnung der hochgewachsenen Unsterblichen Platz gemacht, die zu dumpfen Paukenschlägen am König und den Großen des Reiches vorbeidefilierte. Die Hetäre versuchte, tief zu atmen, doch der beißende, stinkende Geruch unter dem Baldachin verschnürte ihre Kehle. In ihren Augen spiegelte sich das Entsetzen, und sie starrte auf ein seltsames Feldzeichen, das einer der Unsterblichen mit sich führte, einen Kopf auf einer hohen Stange aufgespießt. Beim Näherkommen erkannte sie, daß es sich um den abgeschlagenen Kopf eines Menschen, offensichtlich sogar um den eines Griechen handelte, und als die Abordnung vor dem Großkönig haltmachte, da fiel es Daphne wie Schuppen von den Augen: es war der Kopf des Leonidas – dann übermannte sie eine tiefe Ohnmacht.

Als sie wieder zu sich kam, blickte die Hetäre in die Kuppel des königlichen Zeltes, dessen goldglitzernde Planen bei Sonnenlicht einen funkelnden Sternenhimmel an die Decke zauberten, und vor ihren Augen tauchte das triumphierende Gesicht des Großkönigs auf. »Ich dachte, die Frauen der Griechen wären ebenso tapfer wie ihre Männer«, spöttelte

Xerxes, »oder gehörte Leonidas auch zu denjenigen, die dir besonders nahestanden?«

Daphne erhob sich auf dem runden Polster und blickte in das schadenfroh grinsende Gesicht der Artemisia. Gierig griff sie nach dem Becher, den ihr der Großkönig reichte, und trank unbesehen das milchigweiße, süßsaure Gebräu.

»Eine Spartanerin ist sie nicht!« bemerkte Artemisia, die quer zu Füßen des Großkönigs lag und die Spangen ihres Kleides bis auf wenige gelöst hatte. »Aber sie ist ohnehin nur für das eine zu gebrauchen. Oder?« Artemisia sah Daphne an, als erwarte sie eine Antwort; doch Daphne schwieg beharrlich. Erst als die Halikarnasserin den Saum ihres Kleides faßte, ihn bis über die Schenkel hochhob und zu Xerxes sagte: »Hier, probier sie doch aus, ob sie den Ruf verdient hat, der ihr vorausgeht!« zischte Daphne haßerfüllt: »Laß deine schmutzigen Finger von mir, du giftspritzende Schlange!«

»Das brauche ich mir nicht gefallen zu lassen!« rief Artemisia empört, »nicht von einer Hure wie dieser!«

»Hure?« brach es aus Daphne heraus. »Das kommt ausgerechnet über deine Lippen, wo du dich dem Großkönig anbiederst wie eine billige Hafenschlampe? Ich bin eine Hetäre und habe mich noch keinem Mann hingegeben, dem nicht meine Sympathie gehörte. Du aber, um Macht und Einfluß ringend, vergißt dich und deinen Stolz und versuchst, den Großkönig auf deine Seite zu ziehen, indem du dich ihm darbietest wie die Marktweiber das Fleisch verendeter Stuten.«

Kaum hatte die Hetäre geendet, da stürzte sich Artemisia auf Daphne, umklammerte ihren Hals und drückte sie keuchend zu Boden. Doch mit einer schnellen Drehung des Körpers entging die Griechin dem luftraubenden Griff und rammte Artemisia ihr Knie in den Leib, daß diese laut aufschrie und sich mit der ganzen Wucht ihres prallen Körpers auf das zierliche Mädchen warf.

Der Kampf schien dem Großkönig zu gefallen; denn er tanzte mit anfeuernden Handbewegungen um die beiden herum, rief abwechselnd »Gut so!« und »Zeig's ihr!« und mahnte den Dolmetscher, jeden seiner Anfeuerungsrufe zu übersetzen. Daß *ihr* die Worte des Großkönigs galten, bemerkte Daphne nicht. Sie wünschte in diesem Augenblick ihren Sklaven Koalemos herbei, der dieses tobende Weibsstück gegriffen und in die Luft geschleudert hätte. Aber die Hetäre war allein auf sich gestellt und wehrte sich verzweifelt gegen die Bärenkräfte Artemisias, die ihr den rechten Arm auf den Rücken drehte und mit einem heftigen Ruck nach oben bog, als wollte sie ihr alle Knochen im Leib brechen.

Sie bringt dich um, dachte Daphne. In einem einzigen kurzen Augenblick wurde ihr bewußt, daß das Weib aus Halikarnass vielleicht dazu ausersehen war, sie zu töten – zur Freude des Großkönigs. Aber so sehr sie sich unter den harten Griffen Artemisias aufbäumte und mit den Beinen blind um sich schlug, die andere packte sie immer fester und drückte ihr den Ellenbogen gegen die Gurgel. Das, dachte Daphne, ist das Ende!

Doch da tönte schrill des Xerxes' Stimme: »Laß es gut sein, Artemisia, du bringst sie ja um!« Und die Halikarnasserin ließ von ihr ab, als hätte der Kampfrichter beim Faustkampf das Zeichen gegeben. Artemisia, die keuchend auf Daphnes Brüsten kniete, streifte die Haarsträhnen aus dem Gesicht, und während sie sich erhob, zischte sie, so daß der König es nicht hören konnte: »Du oder ich, eine von uns beiden wird daran glauben müssen!«

Xerxes deutete zum Ausgang, und Artemisia verschwand, die Fetzen ihres Kleides mühsam zusammenhaltend, hinter dem roten Vorhang. »Man nennt sie die Löwin von Halikarnass«, sagte der König mit sanfter Stimme, »und ich glaube, sie hat mehr Kraft als jeder meiner Generäle. Du mußt dich nicht fürchten, sie gehorcht mir aufs Wort!« Und dabei legte er Daphne die schwammige Hand auf die vom Kampf mit der Löwin entblößte Brust.

Die Hetäre wich zurück, so zuwider war ihr die Berührung des Barbaren. Xerxes merkte es, und seine Augen funkelten zornig und er rief: »Ziere dich nicht wie ein scheues Reh, das vor den brünftigen Hirschen ins Dickicht flieht! Oder gehört das zur Liebesschule einer Hetäre, daß sie zunächst einmal alle Annäherungen zurückweist, um die Begierde der Männer noch zu steigern? Dann warte, du Tier, ich werde dir die Gewalt eines persischen Riemens zeigen!« Und dabei raffte er den langen Mantel und trat auf sie zu.

Daphne schien den Angriff des Großkönigs überhaupt nicht zu fürchten, sie sah Xerxes nur an, fragend, als wollte sie sagen: »Das willst du tun, du, Xerxes, König aller Länder?« Und gleichzeitig herausfordernd: »Ich glaube nicht, daß du es wagst, mir Gewalt anzutun. Du nicht!«

Und in der Tat blieb der König wie angewurzelt stehen, und Daphne sagte ruhig: »Bist du ein Knecht, der sich bei einem stinkenden Fischweib mit Gewalt holt, was ihm die Hafenhuren für einen Obolos versagen? Oder bist du der Herr der Welt, dem Frauen aller Länder die Füße küssen und beseelt sind von dem einen Gedanken, sich dir hinzugeben in demütigem Klagen? Sind nicht allein dreimal hundert von dir auserwählt, dich auf dem Heereszug gegen Griechenland zu begleiten, schmachtend, dir ein einziges Mal nur zu dienen und weggeworfen zu werden wie ein angebissener Apfel? Und dieser Herrscher will einer Hetäre Gewalt antun?«

Xerxes, der die Rede der Griechin mit Staunen verfolgt hatte, ließ den Saum seines Gewandes zu Boden fallen; aber er antwortete nicht. Da fuhr Daphne fort, und ihre Stimme klang fest und sicher: »So hole dir denn mit Gewalt, was freiwillig ich dir nicht gebe. Aber wisse, daß du deinen Phallos auch am kalten Marmor einer griechischen Statue reiben könntest oder am Gold einer delphischen Aphrodite. Wenn es dir Lust und Ruhm bedeutet, eine Statue zu besiegen, dann tue es!«

Nach diesen Worten legte die Hetäre sich ausgestreckt vor die Füße des Königs. Die Arme eng an den Körper gelegt, schloß Daphne die Augen, als habe sie sich ihrem Schicksal ergeben.

Zunächst geschah nichts. Der Perserkönig starrte unschlüssig auf den Vorhang, hinter dem Artemisia verschwunden war. Durch die Zeltwand drangen die gellenden Rufe der Pferdeknechte, Wagen preschten vorbei, und von ferne hörte man die stampfenden Tritte endloser Marschkolonnen. Da zerschnitt die fistelnde Stimme des Großkönigs das ferne Kriegsgetümmel: »Schafft sie weg!« schrie er außer sich vor Zorn und fuchtelte wild mit den Händen, »ich will das Weib nicht mehr sehen. Weg mit ihr!«

Hinter dem Vorhang traten zwei Leibwächter hervor, hoben Daphne vom Boden auf und trugen sie über ihren Köpfen aus dem Zelt. »Was soll mit ihr geschehen?« erkundigte sich der Chiliarch vorsichtig. Den Unwillen des Großkönigs erregt zu haben, galt bei den Barbaren als todeswürdiges Verbrechen, und das Leben der Hetäre war nun keinen Obolos mehr wert.

»Bringt sie in Artemisias Zelt!« schimpfte der König, »die beiden hassen sich so sehr, daß sie sich selbst zerfleischen werden!«

Der Chiliarch erschrak. Er beugte den Kopf tief vor dem Herrscher und sagte: »König der Könige, Gebieter allen Lebens, Artemisia ist eine Frau, die kein anderes Weib in ihrer Nähe duldet, du weißt es. Die Hetäre im Zelt der streitbaren Halikarnasserin – das endet mit Mord und Totschlag!«

»Eben!« grinste Xerxes und wiederholte genüßlich: »Eben!«

Seit sieben Tagen ankerten die Schiffe der Griechen vor Salamis, einer steinigen Insel vor der attischen Küste. Das Landheer lagerte am Isthmos von Korinth, und noch immer herrschte Uneinigkeit, wie und wo den Barbaren zu begegnen sei, da kündeten am achten Tag Staub- und Rauchwolken im Osten vom Sturm der Barbaren gegen die Hauptstadt Athen, und vom Festland her näherte sich ein griechischer Schnellruderer.

Themistokles hatte seinen Freund Sikinnos als Späher ausgesandt, und nun erwarteten die Feldherrn der Hellenen mit Bangen die Nachricht von der Einnahme Athens.

»Die Stadt der Pallas Athene ist nicht mehr!« rief Sikinnos gramgebeugt wie ein eherner Schiffsschnabel am Bug des Bootes. Mit schnellen Schlägen drehten die Ruderer das schlanke Schiff bei, und der Späher sprang mit einem hohen Satz an Land. Umringt von den Feldherrn der einzelnen Stämme, die den Ankommenden mit ungestümen Fragen bedrängten, strebte Sikinnos dem Zelt seines Herrn zu.

Themistokles erschien zusammen mit Eurybiades im Eingang des Feldherrnzeltes. Er wußte, daß Sikinnos nur schlechte Nachrichten vom Festland bringen konnte; doch in diesem Augenblick interessierte ihn lediglich eine Frage: Hatte Sikinnos ein Lebenszeichen von Daphne erfahren? Er sah den ankommenden Freund eindringlich an, und seine Augen flehten um Antwort. Auch Sikinnos wußte um das vordringliche Anliegen seines Herrn; doch wie sollte er ihm jetzt vor all den Leuten erklären, daß sich die Spur der Hetäre irgendwo bei den Thermopylen verlor, und daß selbst die Barbaren nicht Bescheid wußten über ihren Verbleib.

Sikinnos hob die Hand zum Gruß, als er vor den Feldherrn hintrat, und während er ihn wortlos, mit ernstem Gesicht ansah, schüttelte er zaghaft und unmerklich für die Umstehenden den Kopf. Themistokles verstand. Er ließ den Kopf auf die Brust sinken, und ein Schrei aus Schmerz und Verzweiflung blieb irgendwo in seiner Kehle stecken, noch bevor er den Mund öffnen konnte. Und als Sikinnos zu berichten begann, da hörte Themistokles die Worte des Freundes, als spräche er aus weiter Ferne.

Im Morgengrauen habe er sich mit fünf Männern auf der Heiligen Straße bis wenige Stadien vor die Stadt gewagt, wo sie unter dem schützenden Schirm einer Pinie den Sturm der Barbaren auf Athenes glänzende Hauptstadt verfolgten. Tränen seien aus ihren Augen geschossen, als sie die mauerspaltenden Krieger sahen, die über die Stadt herfielen wie Geier über ein waidwundes Tier. Häuser und Hallen der leeren Unterstadt seien zerstört und geplündert worden, die Holzhäuser hinter der Agora stünden in Flammen, und nicht einmal vor den Denkmälern und Heiligtümern der Griechen machte der Sturm der persischen Stadtzerstörer halt. Die wenigen, Priester, Verwalter der Tempel und Arme, die sich auf der Akropolis verschanzt hatten, seien von den Barbaren mit Feuer aus ihren Schlupfwinkeln getrieben worden, nachdem der Vorrat an Steinblöcken, die sie auf die heraufstürmenden Feinde rollen ließen, zu Ende gewesen sei. Barbarenpfeile mit brennendem Werg hätten die hölzernen Schutzbauten zerstört, so daß der Weg freibrannte zu den Heiligtümern der Oberstadt. Angesichts der heranstürmenden Feinde hätten einige sich über die hohe Mauer im Westen in den Tod gestürzt, andere seien in das Erechtheion geflüchtet, um unter dem

Schutz von Athene und Poseidon Asyl zu finden. Doch die Barbaren, die weder Götter schonten noch Menschen, hätten sie niedergemetzelt bis zum letzten Mann.

Da fiel Lykomedes, der Kommandant einer athenischen Triere, auf die Knie, rang verzweifelt die Hände und rief mit tränenerstickter Stimme: »O Zeus, der du die Stadt deiner strahlenäugigen Tochter Athene den Barbarenhorden preisgabst, wozu sollen wir überhaupt noch kämpfen!«

»Wozu? Wozu?« kreischte Adeimantos, der Führer der korinthischen Flotte, in höchster Erregung. »Hellas besteht nicht aus Athen und Attika allein. Sind wir Korinther keine Griechen, und die Bewohner von Ägina, von Megara und Chalkis, Epidauros und der Kykladen und schließlich die Spartaner, sind das alles keine Griechen?«

Themistokles griff beschwichtigend ein: »Ihr Männer Griechenlands, hört nicht den kläglichen Jammerruf unseres Mitstreiters Lykomedes, dem ein scharfblitzender Speer das Herz zerfleischt ob des Verlustes seiner geliebten Heimatstadt. Für mich ist die Nachricht nicht minder schmerzensreich, doch weckt sie in mir weniger Mutlosigkeit als den festen Entschluß, den persischen Pöbel mit der Kampfkraft unserer schnellen Schiffe anzugreifen.«

»Angreifen!« Der Korinther Adeimantos schrie auf, wie von einem flachsumwundenen Barbarenpfeil getroffen. »Du glaubst im Ernst, Athener, wir könnten mit unseren dreimal hundert Schiffen den Angriff auf die zehnfache Übermacht der Barbaren wagen? Wer gibt dir überhaupt das Recht, hier zu sprechen? Die Barbaren haben deine Heimatstadt in Besitz genommen, du bist nun ein Heimatloser und kein Grieche mehr!«

Mit einem Sprung stürzte sich Themistokles auf den Korinther, daß dieser rückwärts zu Boden fiel, und würgte ihn mit eisernem Griff. Die anderen Feldherrn vermochten die Streithähne nur mit Mühe zu trennen, und Eurybiades, der Spartaner, begann zu sprechen: »Ihr Feldherrn Griechenlands, ihr habt mich zum Führer eurer Flotte erwählt, obwohl wir Spartaner nur sechzehn Schiffe stellen, weniger als die Korinther, Ägineten, Megarer und Chalker – von den Athenern ganz zu schweigen. So ist es wohl die Erfahrung meines Alters und der glänzende Ruf spartanischer Heerführung, was euch zu diesem Schritt veranlaßt hat, und ich bin der Ernennung voll Stolz nachgekommen. Nun aber, wo ihr euch im Angesicht der Feinde selbst zu zerfleischen droht, fordere ich jeden einzelnen von euch zur Mäßigung und zum absoluten Gehorsam auf!«

Die Worte des Spartaners riefen Murren hervor unter den umstehenden Feldherrn, nur einige wenige stimmten Eurybiades bereitwillig zu. Der aber fuhr unbeirrt fort:

»Wir alle sind Griechen, wir sprechen *eine* Sprache und unsere Götter sind dieselben – ob ihr von Lokris kommt, vom Isthmos oder den meergesäumten Kykladen. Doch was uns vor allem von den Männerhorden Asiens unterscheidet, sind Arete und Sophrosyne, Tugend und Besonnenheit. Wir sind keine Barbaren, die blind dem Ruf ihres kampfbegierigen Großkönigs folgen und hurtigen Fußes in den Tod rennen, nur weil der hochgemute Herrscher von Susa und Ekbatana einen Wink gab. Wir *wählen* den, der uns führen soll, und sehen nicht auf Geburt und Herkunft, sondern auf Erfahrung und Tapferkeit. Nun aber, da ihr mir die Macht gegeben habt, die Schiffe der Griechen zu befehligen, fordere ich von jedem von euch untertänigen Gehorsam. Denn Klugheit ist der Respekt vor der Erfahrung. Es ist nicht klug, die Angriffspläne des Themistokles niederzuschreien, noch ehe er sein Vorhaben begründet hat. Ich sage das, obwohl ich ebenfalls nicht seiner

Meinung bin. Aber gerade darin sollten wir uns von den Barbaren unterscheiden, daß jeder seine Meinung sagen kann. Themistokles hat sich meinem Oberbefehl untergeordnet, obwohl die Athener mehr als die Hälfte der Schiffe stellen und die Spartaner nur wenige. Doch setzt er auf meine Erfahrung im Kampf; das zeugt von Klugheit. Wollt ihr einem Klugen den Mund verbieten?«

Nach diesen Worten wagte keiner der hellenischen Feldherrn zu widersprechen, und Themistokles erhob die Stimme:

»Hört mich an, ihr tapferen Männer Griechenlands. Sikinnos, den ich einen Freund nenne, hat euch mit wohlgeflügelter Zunge verkündet, wie die medischen Städtezerstörer in Pallas Athenes heiliger Hauptstadt wüteten. Die stürmischen Lanzenschwinger schonten weder die Tempel unserer Götter noch die Alten, denen die Flucht zu beschwerlich war. Und keine Heeresmacht vermag den asiatischen Ansturm aufzuhalten, nicht die flinken Pfeile der Spartaner und nicht das rossefreudige Kampfgewühl der Athener. Die einzige Hoffnung, die Zeus' bogenführender Sohn und Kriegsgott Ares den Griechen gibt, ist der Angriff zur See; aber nicht dort, wo das hochgetürmte Meer die barbarische Übermacht zur Entfaltung kommen läßt, sondern hier in der Enge von Salamis, wo unsere schnellen, hochgeschnäbelten Schiffe die barbarischen Trieren mit den doppelten Rammspornen versenken und wo wir von Schiff zu Schiff, von Mann zu Mann kämpfen können. Deshalb laßt uns aufbrechen zum Kampf!«

»Mein lieber Themistokles!« rief da der Korinther Adeimantos, »bei den Spielen von Olympia werden jene, die losrennen, bevor das Zeichen gegeben ist, mit der Rute geschlagen!«

»Das ist wahr!« gab der Athener zurück, »aber jene, die in den Startlöchern sitzenbleiben, erhalten nie einen Lorbeerkranz!« Und an Eurybiades gewandt, fuhr Themistokles fort: »Es liegt in deiner Hand, Griechenland zu retten, wenn du hier kämpfst, im Sund von Salamis. Wenn du die Schiffe aber an den Isthmos von Korinth zurückziehst, wo das Meer offen ist nach Osten, Süden und Westen, dann wird unsere kleine Flotte aussichtslos kämpfen gegen die Übermacht von allen Seiten, und Salamis, Megara und Ägina werden verloren sein, noch ehe wir den persischen Schiffen begegnet sind.«

Eurybiades legte die Stirne in Falten und strich mit der Hand über den kurzgeschorenen Bart. Dann sprach er mit kummervollem Gesicht: »Nie traf ich eine sorgenvollere Entscheidung als heute, da die Barbaren den Untergang Griechenlands beschlossen haben. Folgen wir den Plänen des Atheners und gelingt es uns, die persische Flotte zu besiegen, so wird Themistokles ein Held sein. Unterliegen wir jedoch bei dem Angriff, dann wird man *mich* zur Verantwortung ziehen – sofern ich lebend aus der Schlacht hervorgehe. Deshalb meine ich, wir sollten das Kriegsglück nicht herausfordern und warten, bis die Barbaren uns angreifen.«

Von einem aus Quadersteinen errichteten Altar zogen beißende Rauchschwaden in die Versammlung der griechischen Feldherrn. Seit Tagen loderten die Opferfeuer, mit denen die Priester die Götter gnädig zu stimmen suchten, doch die Schwüle des Herbstmonats Metageitnion drückte den fettigen Qualm zu Boden – kein günstiges Vorzeichen für eine Schlacht.

Lärmend schleppten die Ruderer drei kostbar und buntgekleidete Barbaren vor die Feldherren, und Sikinnos erklärte, er habe sie beim Rückzug von seinem Beobachtungsposten an der Heiligen Straße aufgebracht. Vor die Wahl gestellt, sie zu töten oder gefangenzunehmen, habe er sich für die Gefangennahme entschieden.

Die Barbaren fuchtelten wild mit den goldberingten Armen und stammelten unverständliche Laute.

»Was reden sie?« erkundigte Themistokles sich bei Sikinnos.

Der hob die Schultern: »Sie behaupten, vom Achämenidenhof zu stammen. Ihre Mutter sei Sandake, eine Schwester des Großkönigs!«

In diesem Augenblick schoß auf dem Opferaltar eine hohe Stichflamme zum Himmel. Es zischte und brodelte, und für Sekunden schlugen die Flammen, als hätte der Oberpriester eine Amphore dunklen böotischen Öls über das Opfertier gegossen.

»Wie deutest du dies Zeichen?« fragte Eurybiades den Priester Euphrantides.

»Die Barbaren finden Gefallen bei den Göttern! Wir sollten sie ihnen opfern; dann werden sie uns gnädig sein.«

»Auf den Altar mit den Barbaren!« riefen die griechischen Feldherren. »Bringt sie dem Poseidon dar!«

Themistokles erschrak. Er erhob sich und rief mit lauter Stimme: »Ihr Männer Griechenlands! Worin unterscheidet ihr euch überhaupt noch von den Barbaren, wenn ihr jetzt sogar dem Poseidon Menschenopfer darbringt? Seit Generationen haben die Griechen ihren Göttern keine Menschen mehr geopfert, weil unsere Philosophen verkündeten, der Mensch sei das Maß aller Dinge. Nun wollt ihr wieder in die Barbarei zurückfallen? Hat die Angst euren Verstand so sehr gelähmt? Im übrigen fände ich es unklug, die drei Barbaren zu töten; denn sollten es wirklich die Neffen des Großkönigs sein, so hätten wir ein Faustpfand von unschätzbarem Wert gegen Xerxes in der Hand.«

Damit fand der Athener allgemeine Zustimmung. Später, auf seinem Schiff, bestürmte Themistokles seinen Freund Sikinnos, ob nicht die Barbaren ein Lebenszeichen von Daphne erkannt hätten. Der König ziehe mit dreimal hundert Frauen gegen Griechenland, hätten sie geantwortet, wie sollten sie jede von ihnen mit Namen kennen.

Themistokles schwieg. Hatten ihm die Barbaren die Geliebte genommen, so mußte er wenigstens das Vaterland behalten. Da faßte der Feldherr den Freund bei den Schultern: »Sikinnos, du mußt ein zweites Mal zu den Barbaren. Du mußt in die Höhle des Löwen. Doch diesmal sollst du dich freimütig zu erkennen geben. Versuche dich zum Großkönig durchzuschlagen und überbringe Xerxes eine Botschaft von Themistokles, dem Feldherrn der Athener.«

»Herr, sie werden mich totschlagen, ehe ich das Lager der Barbaren erreicht habe!«

»Sie werden dir kein Haar krümmen«, entgegnete Themistokles. »Teile jedem, der dir entgegentritt, mit, die Griechen würden die drei Neffen des Großkönigs töten, wenn du nicht bis Sonnenuntergang ins Lager der Hellenen nach Salamis zurückgekehrt seist.«

»Und welche Botschaft soll ich dem Großkönig übermitteln?«

»Melde dem König, Themistokles stehe auf Seiten der Asiaten und wünsche, daß Xerxes als Sieger gefeiert werde. Doch dies sei nur möglich, wenn er sofort angreife; denn die Griechen träfen Vorbereitungen, sich mit ihren Schiffen zu zerstreuen, so daß er später jede einzelne Flotte der Hellenen im Kampf besiegen müsse ...«

Sikinnos sah den Feldherrn ungläubig an; der aber lachte: »Nein, nein, mein Freund! Themistokles ist nicht zu den Barbaren übergelaufen. Dies ist eine List, die einzige, mit der die übrigen Hellenen zur Schlacht im Sund vor Salamis gezwungen werden. Denn liegen wir hier noch länger tatenlos herum, so wird die Angst vor den Barbaren wachsen, und ein Feldherr nach dem anderen wird sich mit seinen Schiffen an den Isthmos zurückziehen. Dann aber wird Griechenland mit Sicherheit besiegt.«

Kaum hatte er geendet, da kam Themistokles zu Bewußtsein, welch hohe Forderung er an Sikinnos stellte, und er wagte es nicht, dem Freund in die Augen zu sehen. Sikinnos schien die Gedanken des Feldherrn zu erraten, die quälenden Zweifel und die bange Hoffnung.

»Du mußt es nicht tun!« sagte Themistokles zögernd, aber im Klang seiner Stimme lag etwas Beschwörendes; denn eigentlich wollte er sagen: »Du *mußt* es tun, Sikinnos, es ist die letzte Rettung!« Den Blick zum attischen Festland gerichtet, wartete er auf Antwort.

»Hast du etwa gezweifelt«, begann Sikinnos, »ob ich den Auftrag erfüllen würde?«

»Es ist kein Auftrag!« unterbrach Themistokles, »eine Bitte, ein verzweifeltes Flehen ...«

»Nenne es, wie's dir beliebt. Ich werde morgen mit der ersten Sonne aufbrechen und mich zum Lager der Barbaren begeben. Dort auf den Höhen des Ägaleos, wo Rauch- und Staubwolken zum Himmel steigen, muß es sein.«

Erst jetzt wagte Themistokles, den Freund anzusehen; dann fielen sie sich in die Arme. »Die Götter werden dich schützen!« sagte der Feldherr leise, so als zweifelte er an seinen eigenen Worten.

Das griechische Schiff im Sund von Salamis versetzte die Barbaren in helle Aufregung. Der ungewöhnliche Rhythmus, mit dem die Hellenen das träge liegende Meer peitschten, war sehr viel schneller als jener der persischen Ruderer und gab einen ersten Hinweis auf die Wendigkeit der Griechenschiffe.

Im Bug kündete eine weiße Fahne, daß der Schnellruderer einen Kurier an Bord hatte.

Wo er den Großkönig finde, rief Sikinnos, noch bevor er mit einem hohen Sprung an Land setzte, er bringe eine Nachricht der Athener. Die persischen Soldaten deuteten auf eine Anhöhe des Ägaleos, wo der Heraklestempel stand, nunmehr eine rauchende Ruine. Eine Schar speerbewehrter Barbaren nahm den Kurier in ihre Mitte und geleitete Sikinnos den schmalen Pfad empor zum Lager des Großkönigs.

Xerxes hatte sein Prunkzelt auf einem Felsvorsprung des hügeligen Geländes aufgeschlagen, und schon von weitem sichtbar prangte sein goldstrotzender Tragethron unter einem Baldachin in vorderster Front – wohl, damit er von dieser Stelle das erwartete Schlachtengetümmel gut übersehen konnte. Er war umgeben von den Großen des Reiches, ägyptische Sklaven fächelten ihm mit großen Straußenwedeln Kühle zu, und ionische Zitherspielerinnen zu beiden Seiten des Baldachins entlockten ihren Instrumenten einschmeichelnde Töne.

Der hellenische Bote trat aufrecht vor den Großkönig hin, und warf sich, noch bevor ihn der Chiliarch dazu zwang, auf den Boden, wie es persische Sitte verlangte. Als er sich erhob, fiel sein Blick auf die Frau zu seiner Rechten, und er erstarrte: Daphne. Daphne an der Seite des Großkönigs!

Jetzt erkannte ihn auch die Hetäre. Ihre Blicke begegneten sich, und Daphne schien zu flehen: »Sikinnos, hol mich hier raus!« Aber beide sagten kein Wort, sahen sich nur an, stumm, hilflos. Wie, bei allen Göttern, konnte er Daphne helfen?

Die hohe Stimme des Königs zerschnitt die erwartungsvolle Stille: »Wer schickt dich, Fremder, sprich!«

Sikinnos sah Xerxes an und sagte in festem Ton: »Herr und König aller Länder! Ich bin ein Bote des Themistokles, des obersten Feldherrn der Athener. Er steht auf eurer Seite und wünscht, daß eure Sache siege. Deshalb rät er zum sofortigen Angriff, weil die Griechen im Begriff sind, sich in alle Richtungen zu zerstreuen.«

»Du sprichst die persische Sprache wie einer der Unseren«, entgegnete der Großkönig, ohne auf die Rede des Boten einzugehen. Und Sikinnos erklärte, sein Vater sei Ionier gewesen. Er, Sikinnos, sei nach der Schlacht bei Marathon in hellenische Gefangenschaft geraten und als Sklave verkauft worden. Themistokles, sein Herr, habe ihm schließlich die Freiheit geschenkt.

»Dann gehörst du zu uns!« begann Xerxes zu toben, »kein Grieche vergreift sich ungestraft an einem der Unseren.«

»Ich bin ein Grieche«, sagte Sikinnos ruhig, »ich bin ein Grieche und gehöre auf die Seite der Hellenen.«

»Du weißt, was die Hellenen mit unseren Boten gemacht haben, als der Großkönig Wasser und Erde forderte, zum Zeichen ihrer Unterwürfigkeit?«

Sikinnos nickte.

»In den Brunnen geworfen haben sie die Boten!« rief der Großkönig, sprang von seinem Thron auf und trat ganz nahe an Sikinnos heran: »Hast du keine Furcht, daß dich dasselbe Schicksal ereilte?«

Sikinnos wußte nicht, wo er in diesem Augenblick seinen Mut hernahm. Seine Gedanken waren ihm vorausgeeilt, in seinem Gehirn reifte ein Plan, der ihn die Ausweglosigkeit seiner Situation beinahe vergessen ließ. »Herr und König aller Länder«, sagte Sikinnos gelassen, »ich bin ein Bote der Athener, und die Athener haben die Söhne deiner Schwester Sandake in ihrer Gewalt. Wenn die Sonne sinkt, muß ich auf Salamis zurücksein. Andernfalls ist das Leben deiner Neffen verwirkt.«

Die klaren Worte des Kuriers versetzten Xerxes und die

Großen des Reiches in Erstaunen. Sikinnos zog eine Armspange der Neffen hervor und reichte sie dem König. Der musterte sie kurz und gab sich geschlagen: »Kühne Männer, diese Athener!« wiederholte er immer wieder, »kühne Männer!« und schüttelte den Kopf.

Nun war für Sikinnos der Augenblick gekommen, um aufs Ganze zu gehen. Der Gedanke, der ihn plagte, seit er Daphne erblickt hatte, jetzt mußte er ihn in die Tat umsetzen. »Die Treue der Athener«, begann er umständlich, »sie wird dir, König, von unschätzbarem Vorteil sein; aber diese Treue hat natürlich ihren Preis.«

Die Großen des Reiches sahen sich erwartungsvoll an, und Xerxes ließ sich in seinen Thronsessel fallen, als erwarte er eine unannehmbare Forderung.

»Athen«, fuhr der Bote fort, »stellt mehr als die Hälfte der griechischen Flotte, ihre Reiterei ist gefürchtet wegen ihrer Wendigkeit, und athenische Hopliten waren es, die das Perserheer bei den Sümpfen von Marathon auf die Schiffe trieben. Willst du ihre Treue gewinnen, so stellt der Feldherr Themistokles nur *eine* Forderung – diese Frau!« Sikinnos streckte den Arm aus und zeigte auf Daphne.

Die Hetäre erschrak, ihr Herz schlug bis zum Hals, und ihre Augen flackerten unruhig, während sie abwechselnd Xerxes und den Boten von Salamis ansah. Wie würde der Großkönig, dessen Zornausbrüche sie mittlerweile kannte, reagieren? Würde er sie freigeben? Um den Preis einer gewonnenen Schlacht? Einer Schlacht, aus der er ohnehin als Sieger hervorgehen würde?

Xerxes war unberechenbar, das wußte Daphne. In höchster Erregung begannen die enggedrehten Locken seines schwarzen Bartes zu zittern wie das Laub der Lorbeerbäume im Herbstwind. Doch in diesem Augenblick zeigte der Großkönig keine Regung. Artemisia, die auf der anderen Seite des Thrones auf einem Polster ausgestreckt lag, hob erwartungsvoll die dunklen Augenbrauen. Ihr dauerte die Pause schon viel zu lange. Zweifelte der Großkönig tatsächlich? Hatte er in der Tat Skrupel, diese Hure der Hellenen freizugeben und sich dafür Griechenland einzuhandeln?

Noch immer schwieg der König. Behäbig strich er mit der Rechten von oben nach unten über sein golddurchwirktes Gewand, so, als versuche er, damit Zeit zu gewinnen. Mardonios, der die schweren Gedanken des Großkönigs erkannte, ergriff schließlich das Wort und wandte sich an Sikinnos: »Ist die Hetäre dem Feldherrn der Athener so viel wert, daß er ihr die gesamte Flotte opfert?«

Sikinnos hob die Schultern: »Er liebt sie.«

»Die Hetäre? – Sind Hetären nicht Frauen, die jeder haben kann, wenn er nur dafür bezahlt?«

»Nein«, antwortete Sikinnos. »Die Gunst einer Hetäre ist ein Glück, das Aphrodite nicht jedem zuteil werden läßt.«

»Schweig!« polterte Xerxes nun los. »Was kümmern uns die fremdländischen Bräuche der Griechen!« Und an den Boten gewandt: »Melde deinem Herrn, dem Feldherrn der Athener, ich brauche seine Treue nicht. Nicht um diesen Preis! Themistokles soll sich bedingungslos ergeben, oder meine Schiffe werden seine Flotte auf den Grund des Meeres setzen; und ich werde nicht eher ruhen, bis sein Kopf hier vor mir auf einer Stange steckt wie der des Leonidas bei den Thermopylen.« Der Großkönig machte eine unwillige Handbewegung, Sikimmos solle sich entfernen.

Während er von Speerträgern geleitet den Pfad zum Strand hinabeilte, überkamen Sikinnos Zweifel, ob er seine Mission zum Nutzen der Griechen erfüllt hatte. Gewiß, er konnte Themistokles die Freudenbotschaft überbringen, daß Daphne am

Leben war. Aber würde er den Schmerz des Feldherrn nicht noch vergrößern, wenn er ihm mitteilte, daß Xerxes die Hetäre nicht mehr freigebe? Nur eines schien Sikinnos sicher: Der Angriff der Perser war nur noch eine Frage von Stunden.

Xerxes und die Großen des Reiches beobachteten, wie das schnelle Schiff der Griechen spitze Kiellinien in die Meerenge zog, und Artemisia sagte voll Bitterkeit, ohne den Großkönig anzusehen: »Wegen einer griechischen Hure den sicheren Sieg zu verschenken, das ist Gotteslästerung.«

Aber Xerxes erwiderte ganz ruhig: »Wir holen den Sieg auch ohne die Treue der Athener. Ihre Stadt habe ich ausgelöscht, morgen vernichte ich all ihre Männer.«

Da vergrub Daphne den Kopf in ihren Armen und schluchzte, daß ihr zierlicher Körper zu beben begann. Artemisia sah ungerührt zu, und sie erkannte, wie sehr der Großkönig in die griechische Hetäre vernarrt war.

Mit dem ersten Morgenrot der rosenfingrigen Eos tauchten im Osten die schwarzen Segel der Barbaren auf, eine endlose Kette, drohendes Unheil verkündend. Seit Wochen hatten die Griechen diesem Tag entgegengefiebert, -gebangt, -gezittert. Doch nun, im Angesicht der geballten Übermacht, schallte der griechische Schlachtruf von Triere zu Triere: »Aiai! Aiai! Aiai!«

Eurybiades stimmte den Pajan an, den markigen Schlachtgesang, der von Phöbos Apollon den Sieg forderte: »Eilt hinab zu den schimmernden Schiffen, zu rächen den Zorn der Pallas Athene. Seid getrost und verscheucht die Gedanken des Todes; die erzumgürteten Schiffe von Hellas sind ausersehen, das stürmische Geschwader der Barbaren zu vernichten.«

Nicht unvorbereitet hatte der persische Angriff die Griechen getroffen, denn in der Nacht war Aristides aus seiner Verbannung, von der Insel Ägina, zurückgekehrt, weil, wie er meinte, jeder Mann dem Vaterland von Nutzen war. Aristides hatte den Aufmarsch der persischen Flotte beobachtet und die Hellenen in Kenntnis gesetzt. Ein stummer Händedruck beendete die alte Feindschaft zwischen Themistokles und Aristides.

Jetzt peitschten die Ruder der Griechen den Sund mit lauten Schlägen, und Themistokles stand im hochgeschnäbelten Bug seines Schiffes und betete laut zum Blitzeschleuderer Zeus, er möge den Söhnen der Hellenen Herz und Hand führen im Kampf gegen die gottlosen Barbaren.

Die Flotte der Barbaren kam von Phaleron hergezogen, allen voran die Phönizier mit dreihundert Schiffen, deren blinkende Schilde über die Bordwand hingen, dicht über den dreigestaffelten Rudern. Sie schützten ihre Köpfe mit bis über die Wangen gezogenen Helmen, die jenen der Griechen zum Verwechseln ähnlich sahen. Hinter den Phöniziern tauchten die Zyprier auf, geführt von hochgewachsenen Kommandanten, die, den Kopf mit purpurfarbenen Tüchern umwickelt, im Bug der Schiffe eherne Speere schwangen. Ihnen folgten die Kiliker, jeder mit zwei Wurfspießen und einem Schwert ausgerüstet, die Pamphyler in griechischer Rüstung, die Lykier mit Ziegenfellen um die Schultern, die asiatischen Dorier, die Karer mit Sicheln und Dolchen, die Ionier mit Pfeil und Bogen, die weißgekleideten Äoler und die speerbewehrten Hellespontier. Sie alle hatten persische, medische und sakische Einzelkämpfer an Bord, ein gutes Dutzend pro Schiff und bis an die Zähne mit ledernen Panzern und ehernen Schienen geschützt.

Mitten unter ihnen Artemisia, die Halikarnasserin mit ihren fünf Schiffen, geschmückt wie ein Opfertier, mit Lorbeer auf dem Goldhelm, einen geschuppten Panzer aus Leder über der Brust, einen Leibrock aus derbem Leinen, nicht anders als die

Männer, und Sandalen, deren breite Riemen bis zum nackten Knie geschnürt waren. Im Kommando der Ruderschläge stach sie mit blitzendem Schwert in die Luft und stieß spitze Schreie aus.

Xerxes beobachtete das morgendliche Schauspiel auf seinem Thron von den Höhen des Ägaleos. Zu seiner Rechten saß Daphne mit bleichem Gesicht, das lockige Haar streng gebunden, und versuchte, sich in der verwirrenden Vielzahl der Schiffe zu orientieren – vergeblich. Dort, irgendwo am Horizont, in einer der tanzenden Nußschalen, mußte er sein, er – Themistokles! Und je näher die beiden Flottenverbände einander kamen, desto heftiger begann ihr Herz zu schlagen. Desto geringer wurde aber auch ihre Hoffnung. Man konnte sie nicht zählen, die Schiffe der Barbaren, so viele waren es, und ihre Überlegenheit gegenüber den Griechen betrug ein Vielfaches.

Dem Großkönig bereitete die bevorstehende Schlacht so viel Freude, daß er in kurzen Abständen aufsprang, wie ein Kind in die Hände klatschte und erregt ausrief: »Beim Feuer des Ahura Mazda, daß ich diesen Sieg erringen darf!« Und dann blickte er in die Runde der rotgekleideten Großen des Reiches und genoß das verständnisvolle Kopfnicken.

Ein Schreiber zur Linken notierte jeden Gedanken, jedes Lob und jeden Tadel, wenn eines der persischen Schiffe aus der Schlachtreihe driftete, ein zweiter nannte die Namen der Schiffe, woher sie stammten und wer sie kommandierte. Als Artemisia an die Reihe kam, machte Xerxes eine abfällige Handbewegung: »Ihre ganze Kraft liegt zwischen den Schenkeln. Eine Seeschlacht erfordert Männer, ganze Männer.«

Als wollte er für diese Bemerkung Daphnes Beifall ernten, sah er die Hetäre erwartungsvoll an; doch die Griechin reagierte nicht. Gebannt verfolgte sie, wie die Schiffe der Griechen und Barbaren sich immer näher kamen. Kaum zwei Stadien waren sie noch voneinander entfernt.

Die Griechenschiffe tanzten, hoben die goldglänzenden Schnäbel und tauchten tiefer, wenn die Ruder, in bestechender Ordnung gereiht, das Wasser peitschten. Schon hörten die Feinde wechselseitig die lauten Kommandorufe des anderen. Nun schwirrten gefiederte Pfeile durch die Luft und fetzten klaffende Löcher in die Segel; da legten die Griechen sich noch einmal mit letzter Kraft in die Riemen, trieben die schnellen Boote schwungvoll voran, um den spitzgeschmiedeten Rammspornen größere Kraft zu verleihen, und die Steuermänner rissen die langen Ruder herum, daß sie sich bogen wie Zypressen unter dem herbstlichen Boreas, um dem Feind in die Flanke zu fahren.

Wie der murmelnde Chor im Theater klang das vielfache Rauschen der Bugwellen, und die Männer an den Rudern, festgezurrt auf ihren Bänken, lauschten auf das erste Krachen, das Splittern, das Bersten von wohlgefügten Schiffswänden. Welches der Schiffe würde das erste sein?

Athener und Korinther nahmen Phönizier und Zyprer zum Gegner. Hinter dem gewölbten Schild erkannte Themistokles die feurigen Augen seines Gegners Ariabignes, des Großkönigs Bruder. Geduckt wie ein Löwe, der zum Sprung ansetzt, schwang er sein langes Schwert in leichten Bewegungen, während der Grieche hochaufgerichtet und breitbeinig, um die schnellen Wendemanöver des Schiffes abzufangen, dastand und den Barbaren furchtlos die Stirne bot.

Er wußte, daß Daphne in diesem Augenblick an der Seite des Großkönigs saß, er wußte, daß sie zusah, wie Griechen und Barbaren aufeinander losgingen, und er wußte, daß es nur *eine* Möglichkeit gab, die Hetäre aus den Klauen des Unmenschen zu befreien: er mußte Xerxes besiegen. Aber es war der

Kampf des Verwundeten gegen das reißende Raubtier, die Schlacht der Zwerge gegen die Riesen – aussichtslos, wenn die olympischen Götter nicht ein Wunder geschehen ließen. »Auf, ihr Söhne der Hellenen!« rief der Grieche mit dem Mut der Verzweiflung, »befreit das Vaterland und die heimischen Sitze der Götter und bohrt ihre Schiffe in den Grund des Meeres!«

»Aiaiai!« kam es von den Griechenschiffen tausendfach zurück. »Aiaiai!« Da krachte der Rammsporn einer griechischen Triere gegen die Schiffswand eines Barbarenbootes. Hastig schlugen die Ruder der Hellenen in umgekehrter Richtung, um sich von dem feindlichen Fahrzeug zu lösen; doch Balken, Spanten und Planken waren hoffnungslos ineinander verkeilt. Unmanövrierbar drehten sich die angeschlagenen Schiffe im Kreis. Auf ein Kommando ließen die Hellenen die Ruder, griffen zu Lanzen und Schwertern und sprangen zum Feind hinüber, um den Kampf Mann gegen Mann zu suchen.

Auf allen Seiten stießen nun die Schiffe aufeinander, stolze Trieren zerfielen augenblicklich in brüchiges Gebälk, versanken schäumend in Windeseile unter den Todesschreien der Besatzung oder trieben mit Schlagseite auf den Wellen und bildeten Hindernisse für die nachfolgenden Segler.

In drei Reihen hatten die Perser ihre Trieren hintereinander gestaffelt, die Griechen füllten mit ihren Schiffen eine einzige Reihe mit Mühe. Der vermeintliche Nachteil erwies sich nun als ungeahnter Vorteil: War es den kämpfenden Hellenen leicht möglich, Richtungsänderungen, ja sogar Wendemanöver vorzunehmen, so behinderten sich die Barbaren selbst am meisten. Angeschlagene persische Trieren versperrten der zweiten und dritten Schiffsreihe den Vormarsch, die Übermacht konnte sich nicht entfalten. Ein leichter Wind zog von Süden auf.

Die gefürchteten Barbarenpfeile verfinsterten den Himmel wie ein nicht enden wollender Vogelzug, und der unheimliche Gesang, wenn sie surrend in die Holzplanken fuhren, ließ die tapferen Männer von Hellas zittern. Die Schreie der Verwundeten schallten zum Himmel wie verzweifelte Gebete. Beim Zeus, hätten dereinst die olympischen Götter nicht die Titanen geschlagen in zehnjährigem maßlosem Kampf, die Griechen hätten ihre Schiffe wenden und fliehen müssen bis ans Ende der Welt vor dieser geballten Macht der Barbaren; aber die olympischen Götter waren schon immer auf Seiten der Schwächeren, und nun begann der Südwind schärfer zu wehen, so daß die schwerfälligen Trieren der Barbaren alle Mühe hatten, den Kurs zu halten. Viele drehten sich und boten den Griechen auf einmal die verletzbare Breitseite.

Plötzlich tauchte der hohe Bug des Admiralschiffes vor Themistokles auf, und der Grieche fühlte sich wie Odysseus vor dem Riesen Polyphem, klein und hilflos. Sollte er abwarten, bis die auf und ab wippenden Schiffsschnäbel aneinandergeriеten und Ariabignes mit gezücktem Schwert hinter dem Schild hervorsprang wie ein riesiges Raubtier? Themistokles griff blind zu seinem Speer, fixierte den Perser, wartete, lauerte auf die Gelegenheit; aber der Bruder des Großkönigs bot keine Blöße. Mit lautem Knall schlug ein Barbarenpfeil gegen den Schild des Griechen, knickte und fiel ins Meer. Themistokles sah es nicht. Wo war die Lücke, dieses kleine verletzbare Stück Ariabignes'?

Finster lugte der behelmte Kopf des Barbaren über den Rundschild. Mit der Linken gab Themistokles dem Steuermann ein Zeichen, an der persischen Triere vorbeizufahren. Schnell mußte das gehen, schneller als die Barbaren auf das Manöver reagieren konnten! Doch im selben Augenblick kam den Griechen Poseidon zu Hilfe, eine Bö fuhr mit voller Kraft auf das feindliche Schiff und stellte es quer. Ariabignes wandte sich um und korrigierte den Kurs mit ein paar wilden Armbewegungen zum Steuermann. Dieser kurze Augenblick genügte: Themistokles sah die linke Schulter des Barbaren hinter dem Schild hervorragen. Er zögerte nicht, holte aus und schleuderte den Speer gegen den Perser.

Man konnte hören, wie das Geschoß sich klatschend in die Seite des Barbaren bohrte. Ariabignes ließ den Schild fallen, krümmte sich wie ein geschlagener Hund, zog den Kopf zwischen die Schultern und machte Anstrengungen, den Speer, der aus seinem Körper ragte, herauszuziehen. Da schnellte ein Pfeil über Themistokles hinweg direkt auf den Barbaren zu und traf den Gequälten mitten auf die Nasenwurzel, daß das Blut hervorschoß. Die Wucht, mit der der Pfeil aufprallte, war so groß, daß Ariabignes das Gleichgewicht verlor, langsam, unendlich langsam zur Seite kippte und, ohne einen Laut von sich zu geben, ins Meer stürzte, wo er mit aufgeblähtem Leibrock zwischen gesplitterten Balken und Planken trieb.

Inzwischen hatte das Schiff des Atheners die Breitseite des Gegners vor sich. Ein letzter kräftiger Ruderschlag, und die Rammsporne der Griechen bohrten sich tief in den Bauch der barbarischen Triere. Blitzschnell lösten die Hellenen ihre Gurte, die sie auf die Ruderbänke fesselten, und sprangen, mit Schwertern, Lanzen, Pfeil und Bogen bewaffnet, auf das Barbarenschiff.

Die Perser, gelähmt vor Schreck ob des grausamen Todes ihres Admirals, ließen sich niederstrecken wie wehrlose Lämmer vor dem lodernden Opferaltar. »Aiaiai!« schallten die Rufe der Hellenen, die sich, durch Themistokles' Beispiel beflügelt, in einen wahren Blutrausch steigerten. Nun versuchten sich auch die anderen Griechenschiffe in der gleichen Taktik, fuhren mit dem Wind am Gegner vorbei und rammten die Barbaren mit einem schnellen Steuermanöver an der Breitseite.

Auf der Griechentriere zurückgeblieben waren nur Themistokles und der Steuermann. Dieser versuchte nun mit heftigen, verzweifelten Ruderbewegungen von dem feindlichen Segler wegzukommen; denn die Griechen hatten Feuer gelegt. Erst sah man nur Rauch in der hellen Sonne des Tages, dann die fressende Glut, auf einmal aber standen die gesamte Takelage, das Segel und die Ruderbänke in hellen Flammen. Erschreckt hasteten die Griechen zurück und kamen ihrem Steuermann zu Hilfe, doch die feindlichen Schiffe waren so ineinander verkeilt, daß ihr gemeinsamer Untergang der Wille der olympischen Götter zu sein schien.

Der Schnabel des Griechenschiffes hatte sich über die Reling der barbarischen Triere geschoben und verhinderte das Entwirren der beiden Fahrzeuge. Themistokles erkannte das Hindernis und sprang im Pfeilehagel der Barbaren auf den brennenden feindlichen Segler. Den Athenern stockte der Atem, als der Feldherr hinter einer Feuerwand verschwand, und die markigen Schlachtrufe verstummten.

Die Flammen berührten seine Waden, zischend schlug ein brennendes Tau gegen seine Schulter; aber Themistokles verspürte keinen Schmerz, er mußte das athenische Schiff und seine Besatzung retten! Ein geborstenes Ruder klemmte in der hölzernen Führung. Der Feldherr stemmte sich mit all seiner Kraft dagegen, brach es aus der Halterung und setzte den Ruderbalken wie einen Hebel unter den verklemmten Schnabel des Schiffes.

Der erste Versuch, die hellenische Triere mit Hilfe des Ruderbalkens hochzureißen, mißlang. Themistokles setzte das Ruder ein zweites Mal an, daß es schräg in die Höhe ragte, hangelte sich in der Luft an das Ende und – der Schnabel hob sich, ein Bersten und Krachen, das Griechenschiff löste sich aus der tödlichen Umklammerung.

Als die Athener sahen, daß Themistokles auf der brennenden Triere hilflos zurückblieb, entschloß sich der Steuermann zu einem waghalsigen Manöver. Er peitschte die Ruderer an, mit voller Kraft auf das havarierte Schiff zu stoßen, er selbst riß im allerletzten Augenblick das Ruder herum, daß die beiden Trieren in drei Ellen Abstand aneinander vorbeiglitten, und Themistokles setzte mit einem hohen Sprung von dem brennenden Schiff.

»Aiaiaiai!« rief der Steuermann, und die Ruderer antworteten im Chor.

Inzwischen hatten die Griechen weitere Barbarenschiffe in Brand geschossen. Die persischen Soldaten schrien verzweifelt, denn im Gegensatz zu den Hellenen konnten die meisten nicht schwimmen. Die titanische Schlacht währte nun schon bis zum Mittag, ohne daß sich das Schicksal zugunsten des einen oder anderen gewendet hätte. Denn an die Stelle eines jeden versenkten Barbarenschiffes trat ein neues, und dieser Kreislauf schien unendlich.

Xerxes lutschte pralle blaue Trauben und spuckte die Kerne in hohem Bogen von sich. »Seht nur, seht!« sprang der Großkönig auf, »eines unserer Schiffe macht sich auf den Rückzug! Wer hat das befohlen, wer hat das erlaubt?« Er deutete auf eine phönizische Triere, die im Kampfgetümmel offenbar die Richtung verloren hatte. »Wer ist es?«

»Der Phönizier Mnasidikos«, antwortete einer der Großen des Reiches, und Xerxes diktierte dem Schreiber: »Mnasidikos, Kopf abschneiden.«

Die Barbarenschiffe hatten jetzt alle Mühe, gegen den Südwind anzukommen, und je näher sie an die Küste gedrängt wurden, desto mehr behinderten sich die schwerfälligen Fahrzeuge gegenseitig.

»Seht, Herr und König«, rief einer der Großen des Reiches, »seht, Artemisia hat ein hellenisches Schiff versenkt!«

Beim Großkönig schien jedoch keine rechte Freude aufzukommen. »Ich glaube«, sinnierte er, »unsere Männer sind zu Weibern geworden, und unsere Weiber kämpfen wie Männer.« Bei diesen Worten sah er Daphne an, die stumm dasaß und die gefalteten Hände zwischen die Knie preßte. Das Schweigen der Hetäre erzürnte den Großkönig, und er geiferte sie an: »Ich weiß, für wen dein Herz schlägt, Griechin, aber deine frommen Gebete sind vergebens!«

Da verzog Daphne die Mundwinkel zu einem spöttischen Lächeln, und aus ihren Augen funkelte ohnmächtige Wut: »Mag sein«, zischte sie, »daß du den heutigen Tag überlebst, König der Könige, aber für deine Männer da unten auf den Schiffen gibt es keine Rettung mehr. Die Griechen werden sie schlagen, denn sie allein kämpfen für die gerechte Sache, und die olympischen Götter werden nicht hinnehmen, daß die Barbaren ihre Tempel geschleift und ihre Standbilder gestürzt haben.«

»Schweig du, Hetäre!« polterte Xerxes los, »oder ich lasse dich auspeitschen wie eine nichtsnutzige Sklavin!«

Die Worte des Großkönigs vermochten Daphne nicht einzuschüchtern. In ihren Augen glühten Tränen, als sie erwiderte: »Ja, schlag doch zu, schwinge die Riemen deiner Peitsche; denn das ist es ja, was die Barbaren vor allem auszeichnet, daß sie mit Gewalt erzwingen, was der Verstand ihnen versagt.«

Erschreckt hielt Daphne inne. Wie konnte ihr nur dieser Satz entschlüpfen!

Die Augen aller richteten sich auf König Xerxes. Der blickte Daphne fassungslos an, sein schwarzer Bart zitterte, und mit den Fingern zupfte er verlegen am Verschluß seines Gewandes. Dann, nach einer endlos scheinenden Pause, rief er mit krächzender Stimme nach dem Chiliarchen, obwohl dieser dicht hinter ihm stand. Xerxes schnaubte, hob den Kopf, daß sein Bart beinahe waagerecht stand, und schrie, während er auf Daphne zeigte: »Schlag ihr ins Gesicht, zerschlage ihr das Gesicht, ich will sehen, wie du sie schlägst, bis das Blut schießt!«

Der Chiliarch, ein Riese in lederner Uniform mit geschorenem Kopf und behaarten Armen, wuchs vor Daphne wie ein Stier aus dem Boden, mächtig und unbezwingbar. Daphne sah ihn an, offen, scheinbar furchtlos, und dieser Blick verwirrte den Chiliarchen. Er kannte nur Angst und Schrecken, nie hatte ihm so viel Furchtlosigkeit und so natürliche Anmut ins Auge geschaut. Er konnte sich auch nicht erinnern, jemals Mitleid gehabt zu haben mit einem, dem er das Schwert in die Brust stieß oder den Kopf abschlug. Aber vielleicht war es gerade das, er sollte das Mädchen mit der Hand schlagen, sie züchtigen, ihr weh tun, was in ihm eine Sperre errichtete. Der Riese fühlte, obwohl er Daphne bewegungslos ansah, den Blick des Großkönigs auf sich gerichtet, nagend wie ein Feuerbohrer im ausgehöhlten Gestein. Da holte er aus und schlug zu. Der Kopf der Hetäre flog zur Seite wie ein wollenes Knäuel, das der Spinnerin entgleitet. Ihre Augenlider zitterten, doch Daphne sah den Chiliarchen mutig an.

»Zuschlagen, habe ich gesagt!« rief Xerxes in höchster Erregung, »du sollst ihr das Gesicht zerschlagen!«

Der Riese zögerte, dann holte er ein zweites Mal aus und knallte dem Mädchen seinen knochigen Handrücken brutal ins Gesicht. Daphne wankte und breitete unsicher die Arme aus, um das Gleichgewicht nicht zu verlieren. Aus ihrer Nase rann helles Blut, benetzte die Lippen und lief aus dem rechten Mundwinkel über das Kinn. Die Hetäre fühlte das warme Blut auf ihrer Haut, doch noch ehe sie richtig zu sich kam, traf sie ein neuer Schlag des Chiliarchen, daß das Blut spritzte. Die Wucht war so groß, daß sie strauchelte und mit dem Gesicht nach unten auf dem golddurchwirkten Teppich liegenblieb.

Im Sund von Salamis hatte sich inzwischen das Blatt gewendet. Die Griechen trieben mit Poseidons hilfreichem Wind die Barbarenschiffe zurück. Jetzt zeigte sich, wie gefährlich die doppelten Rammsporne der schnellen Griechenschiffe waren, wenn sie in voller Fahrt die persischen Trieren aufschlitzten und mit ein paar schnellen, kräftigen Ruderschlägen aus der Gefahrenzone zurückwichen. Ihre Wendigkeit verschaffte den Hellenen darüber hinaus den Vorteil, daß die Geschosse der Perser meist ihr Ziel verfehlten, während die athenischen Bogenschützen es leicht hatten, die persischen Steuermänner und Hopliten von den Schiffen zu schießen. Und im Kampf Mann gegen Mann waren die Hellenen ohnehin die Tapfereren.

In der Meerenge machte sich das Grauen breit. Das sonst so friedliche Gewässer, in dem sich tintenblau der Himmel von Hellas spiegelte, war rotgefärbt vom Blut der getöteten Soldaten. Die Ertrinkenden klammerten sich an alles, was sie zu greifen bekamen, doch auch sie blieben von den Pfeilen der Griechen nicht verschont.

Die Barbaren hatten die Seeschlacht bereits aufgegeben. Im Osten, nach Phaleron hin, versuchten die ersten feindlichen Schiffe sich abzusetzen, zu fliehen; doch Eurybiades schickte ihnen die Spartaner entgegen, die sie unerbittlich rammten und den größten Teil auf den Grund des Meeres schickten.

Als Xerxes erkannte, daß die Schlacht verlorenging, begann er zu zetern: »O Ahura Mazda, warum hast du dein huldvolles

Antlitz von mir abgewandt? Habe ich dir nicht ganze Herden von Rindern geopfert mit weißen, zum Himmel gerichteten Hörnern? Ist dein Widersacher Ahriman stärker als du? Ich, Xerxes, König der Könige, frage dich, Ahura Mazda, warum hast du dich abgewandt?«

Dabei reckte er die Arme zum Himmel und rollte beschwörend mit den Augen. Aus dem Hintergrund traten die Priester hervor, in weite schwarze Umhänge gehüllt, schwenkten Räuchergefäße und murmelten in brummendem Singsang unverständliche Gebete, und die Großen des Reiches schlugen die gefalteten Hände gegen die Stirn und nickten mit den Köpfen und fielen ein in das vielstimmige Gebet.

»Ich werde den Sund zuschütten«, tobte der Großkönig, »damit meine Truppen trockenen Fußes nach Salamis gelangen und niemand behaupten kann, die Flotte der Achämeniden sei in der Meerenge von Salamis untergegangen. Es soll keinen Sund mehr geben, versteht ihr?«

Ein Bote meldete die Ankunft des Mardonios, der das Landheer befehligte. Mardonios, ein kleiner, drahtiger Typ mit listigen Augen, salutierte mit einem markigen Schlachtruf. Dabei fiel sein Blick auf das regungslos auf dem Boden liegende Mädchen. Xerxes bemerkte den fragenden Blick und sagte verärgert: »Ich mußte sie züchtigen. Die Hetäre hat ihre Stimme gegen mich erhoben.«

Mardonios bückte sich, ergriff Daphnes blutverschmierte Hand und ließ sie zurück auf den Boden fallen. Dann drehte er das Mädchen auf den Rücken, daß ihr blutiges Gesicht zum Vorschein kam, hielt sein Ohr an ihre Brust und sagte zu einem Diener: »Bringt sie in den Harem. Sie soll uns noch von Nutzen sein!«

An den Großkönig gewandt, meinte er: »Bei meinem Vater Gobryas, nie im Leben habe ich eine so verheerende

Schlacht gesehen. Unsere Flotte ist um zweimal hundert Schiffe geschmälert; doch dies soll dich nicht betrüben, Größter der Könige. Denn der endgültige Sieg wird nicht mit Rudern und Segeln entschieden, sondern mit Reitern und Rössern. Ich, Mardonios, Neffe, Schwiegersohn und Schwager des großen Dareios, werde die Hellenen für diese Tat bestrafen.«

»Nein, nein, nein!« fuhr Xerxes dazwischen, »die Götter der Hellenen sind übermächtig. Sie bezwingen sogar den großen Ahura Mazda.«

»O König aller Länder, Herrscher aller Völker, nicht die Perser haben diese Schlacht verloren, nein, die feigen Phönizier, die schwerfälligen Ägypter, die nichtsnutzigen Kyprier und die furchtsamen Kiliker sind schuld an unserer Niederlage. Laß mich mit deinem Heer, mit den Medern, den furchtlosen Asiaten, gegen die Griechen ziehen, und ich werde sie vernichten wie die Hauptstadt der Athener!«

Die markigen Worte seines Feldherrn gefielen dem Großkönig. Er wolle sich den Vorschlag bis zum folgenden Tag überlegen. Dann nahm er Mardonios beiseite: »Du hast noch keine Niederlage erlitten, Feldherr, du bist: der Tapferste. Wirst du mein Leben schützen?«

Angst stand dem Barbarenkönig ins Gesicht geschrieben. Er, den Meder, Saker, Baktrier und Inder fürchteten, obwohl sie selbst wegen ihrer Grausamkeit gefürchtet waren, er zitterte vor der Tapferkeit des Griechenvolkes. »Herr«, sagte Mardonios, »ich habe dir den heiligen Eid geleistet, mein Leben für das Vaterland zu geben. Du bist das Vaterland, König, und ich werde dich schützen mit meinem eigenen Leben.«

Xerxes kam noch näher, er flüsterte, als schämte er sich seiner Worte vor den Großen des Reiches: »Hör mich an, Mardonios, ich fürchte die Götter der Griechen mehr als ich den unseren vertraue. Wenn die Hellenen nun unsere Götter bestochen haben ...«

»Götter sind unbestechlich, Herr!«

»Aber wie konnten die Griechen unsere Flotte so vernichtend schlagen? Du weißt, welche Opfer Ahura Mazda von mir erhalten hat!«

»Ich weiß es, König der Könige, ganze Rinderherden mußten ihr Leben lassen!«

»Wenn aber die Hellenen mit ihren schnellen Trieren zum Hellespont segeln und unsere Schiffsbrücken abbrechen, dann sind wir in diesem Land gefangen und es gibt kein Entrinnen mehr.«

»Das, großer König, mußt du nicht befürchten; denn all unsere verbliebenen Schiffe haben sich nach Kap Sunion zurückgezogen. Die Flotte der Hellenen liegt drüben vor Salamis. Um zum Hellespont zu gelangen, müßten die griechischen Trieren das Kap umschiffen. Wir werden das zu verhindern wissen.«

»Nun gut«, antwortete König Xerxes, »ich will dir glauben. Begleite mich in mein Zelt, du Tapferster meiner Männer, ich möchte weinen.«

Auf einen Wink nahmen die Sklaven den Thron auf und trugen den Großkönig zu seinem goldstrotzenden Zelt, vor dem ein hochloderndes Feuer leuchtete.

Über der Meerenge von Salamis zogen die Sterne auf, friedvoll, als wäre nichts geschehen. Von der Insel her leuchteten die Feuer der Griechen, auf den Anhöhen des Ägaleos waren die Wachtfeuer der Barbaren zu erkennen, und dazwischen trieben auf dem Meer noch immer die brennenden Wracks der persischen Flotte, glimmende Planken und rotglühendes Gebälk, das der kühlende Südwind auf das attische Festland drückte. Bisweilen bäumte sich eine der brennenden Trieren auf wie ein verwundetes Tier, das sich mit letzter Kraft gegen seinen Peiniger zur Wehr setzt, und versank zischend, brodelnd und kochend in den Fluten.

Unzählige Holz- und Wrackteile, zerbrochene Ruder von Griechen und Persern, wurden in dieser unheimlichen Nacht an die Küste von Kolias gespült, wo sie liegenblieben und später den Griechen als Brennholz dienten. Damit war der Orakelspruch des Wahrsagers Lysistratos aus Athen Wahrheit geworden. Die Griechen hatten ihn damals nicht verstanden, als er prophezeite:

»Frauen von Kolias werden mit Rudern die Gerste rösten.«

Kapitel 12

Als Daphne die Augen öffnete, glaubte sie zu träumen, und das wiederholte sich jeden Morgen: das Zelt, so groß wie ein griechisches Stadion, mit Nischen, Erkern und tausend Baldachinen, Liegen und Polstern, abgeschirmt von buntgemusterten Vorhängen und Stellwänden, verzauberte den Harem des Großkönigs in eine Märchenwelt.

Ein Heer von Eunuchen war um das Wohl der auserwählten Schönen bemüht. Wenn einschmeichelndes Saitenspiel den Beginn des Tages ankündigte, reichten sie Schüsseln mit süß duftendem Rosenwasser und in Minze getränkte Tücher und erkundigten sich nach dem Kleiderwunsch für diesen Tag.

Seit ihrer Aufnahme in den Harem des persischen Großkönigs fühlte Daphne sich gefangen wie ein Vogel im goldenen Käfig. Es fehlte ihr an beinahe nichts – nur an der Freiheit. Die übrigen Mädchen kümmerten sich kaum um die neue Griechin, jedenfalls gab es keine Rivalität. *Ein* Mädchen mehr oder weniger, das fiel kaum auf unter dreihundert Schönen.

Ein Mann konnte den Verstand verlieren im Haremszelt des persischen Königs, so viel Schönheit, Nacktheit und Begierde wurde hier zur Schau gestellt – nur, den wenigsten bot sich die Gelegenheit; denn der Harem gehörte Xerxes ganz allein, und es war ein ganz besonderer Freundschaftsbeweis, wenn der Achämenide einem Günstling die Tür zu diesem Zelt der Lust öffnete.

Nicht einmal Daphnes lockiges Blondhaar war eine Besonderheit in diesem üppigen Garten. Hochgewachsene Hethiterinnen mit langen Beinen und schweren breiten Brüsten und Nordländerinnen vom Schwarzen Meer trugen ihr goldenes Haar ebenso wie sie. Pechschwarze Ägypterinnen bestachen durch ihre anmutige Figur und die Schminkkunst, mit der sie ihr Gesicht verzierten. Phönizierinnen besaßen die schönsten Kleider, sie waren meist rothaarig wie die hübschen Mädchen aus Elam. Haut wie Alabaster trugen die kindlichen Frauen von den Kykladen zur Schau, die sich auch nicht genierten, wenn zwei von ihnen vor aller Augen der Liebe huldigten. Es gab aber auch dunkelhäutige Nubierinnen, von edlem Glanz wie feinstes Ebenholz, mit krausem Haar und sinnlich breiten Lippen, die ihre weichen Brüste im Takt der Musik schwingen ließen, wenn es gewünscht wurde.

Aufseher dieses sinnenverwirrenden Harems war Hermontimos aus Pedasan, der geachtete Herrscher eines Eunuchen-Heeres. Die Sklavenkäufer des Großkönigs hatten ihn auf dem Markt in Sardes erstanden. Damals war Hermontimos gerade 25 Jahre alt gewesen und von seinem grausamen Herrn, einem Kaufmann von der Insel Chios, kastriert worden. Das prädestinierte ihn zum Eunuchen.

Daphne hatte von vornherein Zutrauen zu Hermontimos, weil er ihr mit Achtung begegnete. Ja, er versuchte sogar, sie über den Verlust des Vaterlandes hinwegzutrösten, indem er ihr erklärte, Vaterland sei immer dort, wo man sich wohl fühle.

»Da magst du schon recht haben«, entgegnete Daphne, »ich will auch nicht sagen, daß es mir unter deinem Schutz schlecht geht, aber deswegen kann ich nicht behaupten, daß ich mich wohl fühle!«

Hermontimos verstand das Mädchen nicht. »Sprich, Daphne, fehlt es dir an schönen Kleidern? Willst du eine eigene Sklavin, die dir zu Diensten ist? Oder soll ich dich beim Spaziergang in die thessalischen Wälder begleiten?«

»Das ist es nicht, Hermontimos!« Daphne schüttelte den Kopf und zog sich den safranfarbenen Chiton über, den ihr der Eunuch reichte. »Ich bin eine Gefangene im eigenen Land. Sie pferchen mich alle paar Tage zusammen mit anderen Mädchen in einen Wagen, dessen Türen verriegelt werden, und schaffen mich an einen anderen Ort, wie ein Stück Vieh, das man auf dem Feldzug mitführt – so lange, bis es vom Schlachter gebraucht wird.«

»Daphne!« erwiderte der Eunuch mit seiner seidenweichen Stimme, »es herrscht Krieg! Auch wenn wir beide von hellenischer Abstammung sind, wir stehen auf Seiten der Barbaren, und der Großkönig befindet sich auf dem Rückzug!«

Das Mädchen setzte sich auf das weiche Polster seines Erkers, stützte den Kopf zwischen beide Hände und sagte mit einem Seufzer: »Ich weiß, teurer Hermontimos, aber ich bin eine freie Griechin und gewohnt, dorthin zu gehen, wohin ich will. Ich konnte mich auch nie mit dem zurückgezogenen Leben der hellenischen Frauen abfinden, die sich einem Mann hingeben und ein Leben lang hinter den Mauern des Hauses verschwinden; deshalb wurde ich zur Hetäre. Aber auch als Hetäre bin ich gewohnt, mich nur mit *dem* Mann zu vergnügen, der mir gefällt, und nicht Sinneslust zu heucheln auf königliches Kommando.«

»Pst, nicht so laut!« mahnte Hermontimos, »das Zelt hat hundert Ohren.«

Daphne ließ sich nicht einschüchtern. »Was ich zu sagen habe, kann jeder hören. Der Großkönig kennt meine Haltung.«

»Deine Liebeskunst ist berühmt. Ihr Ruf drang über die

Grenzen des Landes, sogar bis an den Achämeniden-Hof. Man erzählt, ein athenischer Pferdezüchter schenkte dir sein Landgut für ein einziges Lächeln.«

»Nichts hält sich besser als ein Gerücht«, lachte Daphne, »der Pferdezüchter, von dem du sprichst, bedachte mich in seinem Testament – ob ich gelächelt habe oder nicht, war dabei einerlei.«

»Und Themistokles, der Feldherr der Athener?«

Daphne starrte vor sich hin und schwieg.

Hermontimos nickte. »Man sagt, er sei ein Freund der Barbaren. Aber der Großkönig ist in Zweifel, ob er es ehrlich meint. Themistokles schickte einen Boten mit dem Angebot, die drei Neffen des Xerxes gegen dich auszutauschen.«

»Ich weiß. Warum tat er es nicht, der Großkönig?«

»Xerxes ist froh, daß er die Schwestersöhne los ist! Er fürchtet jeden in der Familie, der ihm die Stellung streitig machen könnte. Deshalb wird er dich nie freigeben!«

Stumm sann die Hetäre über das Schicksal nach, das ihr nun bevorstand, da trat der Chiliarch hinter dem Vorhang hervor, hob die Hand zum Gruß und sagte zu Hermontimos: »Befehl des Großkönigs. Seine Majestät, Xerxes, König der Länder, segelt morgen von Eion nach Asien zurück. Die Truppen sollen unter Mardonios in Thessalien überwintern. Der Großkönig wünscht, daß ihn sechzig seiner Haremsdamen begleiten, eine aus jedem Volksstamm – und die griechische Hetäre.«

Hermontimos nickte, schlug mit der Faust auf die Brust und verschwand. Daphne sah zu Boden, aber sie spürte den Blick des Chiliarchen auf sich gerichtet. Umständlich begann der oberste Leibwächter des Königs: »Ich habe es nicht gerne getan.«

»Du hast mich ins Gesicht geschlagen wie einen Sklaven, der sich am Vermögen seines Herrn vergriffen hat.«

»Ich tat es auf Befehl des Königs. Hätte ich mich ihm widersetzt, ich hätte meinen Kopf verloren. Es tut mir leid, bei Ahura Mazda!«

»Es tut dir leid?« Daphne sah den Chiliarchen an. Sie wollte einfach nicht glauben, daß dieser kaltherzige Leibwächter, für den Töten zur Tagesordnung gehörte, solche Worte über die Lippen brachte.

»Ich mußte noch nie eine Frau züchtigen, es tut mir leid«, wiederholte der Chiliarch, und nach einer Weile fügte er hinzu: »Es ist töricht, sich gegen den Großkönig zu sträuben; denn in seiner Hand liegt die Macht der Welt. Ein Fingerzeig von ihm, und man wird dich zwischen die Mühlsteine legen und deinen schönen Körper zermalmen.«

Der Leibwächter bemerkte, wie Daphne bei diesen Worten zusammenzuckte, und versuchte, die Wirkung seiner Rede abzuschwächen: »Dabei könntest du ein Leben führen, den Göttern gleich!«

»Ja, den Göttern gleich«, entgegnete die Hetäre verbittert, »wenn ich mich einem Mann hingebe, den ich abgrundtief hasse, den ich verachte und der mir zuwider ist wie ein stinkender Entenzüchter aus Messenien!«

»Schweig, Hetäre!« rief der Chiliarch, weil er fürchtete, daß ihr Gespräch belauscht würde.

Doch Daphne entgegnete: »Dann schlag doch zu, Chiliarch des Königs der Könige, Grund genug hast du ja.«

Da faßte der hochgewachsene Leibwächter das zierliche Mädchen an beiden Armen und sagte: »Wenn du mir nur glauben würdest, daß ich es gut mit dir meine!«

Über Athen, oder besser, dem, was die Barbaren von der Stadt übriggelassen hatten, lag noch immer der beißende Qualm schwelender Ruinen. Die Tempel der Götter, die Hallen des

Volkes, die Denkmäler und Altäre waren geschleift, gebrandschatzt und ausgeraubt, und auf den Märkten, wo früher das bunte, laute Treiben geschäftstüchtiger Händler und feilschender Kunden herrschte, jagten streunende Katzen und Hunde dunkle Ratten mit abscheulichen nackten Schwänzen. Säulenstümpfe kündeten allenthalben, daß die Barbaren die Stadt der Athener zwar zerstört hatten, aber ausgelöscht war sie nicht. Und da auf der Akropolis, hoch über der Stadt, einzelne Tempelwände unversehrt waren, begannen die Athener hier sofort mit dem Wiederaufbau.

Heil geblieben waren auch die Tribünen der Pnyx, auf denen die Volksversammlung tagte. Dort trafen sich die athenischen Männer, um über die Zukunft der Stadt zu beratschlagen. Themistokles, der Held von Salamis, der sich bei jeder nur erdenklichen Gelegenheit feiern ließ, beklagte die Gleichgültigkeit der Athener gegenüber ihren Helden:

»Ich fordere von euch kein Gold für den Sieg, den ich errungen habe; aber ihr könntet eurem Feldherrn die Achtung zuteil werden lassen, die mir von den verbündeten Spartanern entgegengebracht wurde. Sie überreichten mir den Olivenkranz als Auszeichnung für Klugheit und Gewandtheit und schenkten mir den schönsten Wagen, den man in ganz Lakonien finden konnte.«

Timodemos, ein junger Emporkömmling, sprang auf und rief dazwischen: »Meinst du nicht, Themistokles, daß wir *alle* den Sieg von Salamis errungen haben? Die Hopliten ebenso wie die Ruderer, die Bogenschützen wie die Lanzenschwinger?«

Als die Athener dem Jüngling lautstark applaudierten, entgegnete der Feldherr: »Mir scheint, ich bin für euch nichts weiter als ein Platanenbaum, unter dem ihr euch im Unwetter zusammendrängt, und wenn der Himmel wieder heiter ist, dann reißt ihr Zweige und Blätter von diesem Baum.«

Das brachte die Athener vollends in Rage. Timodemos gab zu bedenken, Themistokles habe den Ruhm nicht sich selbst, sondern seiner Vaterstadt zu verdanken. Im übrigen gehe das Gerücht, er habe sich das Feldherrnamt mit Geld erkauft. »Themistokles gehört nämlich zu den Männern«, schloß Timodemos, »die zwar dem Eisen widerstehen, aber nicht dem Gold!«

Da brach ein Tumult aus. Die Athener bedrohten den Feldherrn mit Fäusten, und nur mit Mühe gelang es Themistokles, seine Mitbürger zu beschwichtigen: »Laßt mich selbst aus dem Spiel, ihr Männer von Athen, aber vergeßt nicht Pallas Athenes ruhmreiche Stadt. Ihr sollt wissen, daß mit dem Sieg von Salamis die persische Gefahr noch nicht gebannt ist. Die Barbaren lagern in Thessalien. Sie werden wiederkommen und uns von neuem angreifen, deshalb müssen wir die Stadt befestigen. Wir müssen Mauern haben, die den Geschossen der Feinde trotzen, und wir brauchen einen befestigten Hafen. Deshalb flehe ich euch an, Athener, nehmt die Grabsteine eurer Ahnen, die Fundamente unserer Denkmäler, und türmt sie zu Mauern, die von Athen bis zum neuen Hafen von Piräus reichen!«

»Themistokles frevelt die Götter!«

»Er will sich selbst ein Denkmal errichten!«

»Das Scherbengericht über Themistokles!«

Die Männer in der Volksversammlung schrien wild durcheinander. Lykomedes, der mit seiner Triere bei Salamis das erste Barbarenschiff versenkt hatte, riet zur Besonnenheit: »Bevor ihr über Themistokles den Stab brecht, solltet ihr seine Pläne sorgsam überdenken! Erinnert euch des Spruchs, den das Orakel von Delphi uns gab. Damals herrschten viele Meinungen um den Sinn der Worte des pythischen Apollon. Nur Themistokles besaß den nötigen Weitblick, um den Spruch richtig zu deuten. Warum sollte Themistokles nun diesen Weitblick verloren haben?«

Xanthippos, der Sohn des Ariphron, den die Athener vor Jahren verbannt, vor der Schlacht von Salamis aber zurückgeholt hatten, wo er sich vor allen anderen heldenhaft auszeichnete, sprach ebenfalls mahnende Worte: »Ihr seid schnell bei der Hand mit euren Scherben und kritzelt den Namen dessen darauf, der euer Mißtrauen erregt. Doch allzuoft ist dieses Mißtrauen das Ergebnis von Neid und eigenem Unvermögen. Es darf nicht Sitte werden, daß rechtschaffene Männer, deren Gedanken schneller sind als die der übrigen, der Verbannung anheimfallen. Ich habe es am eigenen Leib erlebt, was es heißt, fern der Heimat tatenlos zusehen zu müssen, wie gnadenlos jene mit dem Vaterland umgehen, die einen in die Verbannung geschickt haben unter dem Vorwand, das Vaterland sei in Gefahr. Wenn ihr so weitermacht und immer dann nach dem Scherbengericht ruft, wenn einer aus eurer Mitte neue Ideen kundtut, dann werden bald die besten Männer des Staates auf die Inseln verbannt sein.«

Die Rede des Xanthippos stimmte jene Schreihälse unter den Athenern, die soeben noch nach dem Scherbengericht gerufen hatten, nachdenklich; denn der Sohn des Ariphron aus dem Demos Cholargos hatte vor Salamis mit so viel Einsatz gekämpft, daß viele forderten, ihm das Strategenamt anzutragen.

So kam es denn zur Abstimmung über die Pläne, und die Athener, von denen soeben noch die Verbannung des Themistokles gefordert worden war, entschieden sich nun mit großer Mehrheit für den sofortigen Mauerbau und die Errichtung des befestigten Hafens von Piräus. Und sie gelobten, für die Mauern weder ihre Häuser noch die Denkmäler der Stadt und die Grabsteine der Ahnen zu schonen.

Ein Bote meldete die Ankunft des Makedonenkönigs Alexandros mit einer Botschaft.

Alexandros, der Sohn des Amyntas? Was hatte das zu bedeuten?

Mißtrauisch beäugten die Athener den Nachbarn aus dem hohen Norden, der, gekleidet wie ein griechischer Reisender und in Begleitung von sechs unbewaffneten Gesandten, der Rednerbühne zustrebte. Der Makedone war eigentlich kein Feind der Athener, doch die Barbaren hatten ihn gezwungen, auf ihrer Seite zu kämpfen.

In der Volksversammlung wurde es grabesstill, als Alexandros zu reden begann: »Männer von Athen, mich schickt Mardonios, der Feldherr der Barbaren. Er unterbreitet euch folgendes Friedensangebot: Vergessen soll sein, was sich die beiden Völker angetan! Ihr werdet frei sein wie bisher, und alles Land von Hellas wird euch zurückgegeben, ja, ihr sollt euch ein weiteres Land aus dem Besitz des Großkönigs dazuwählen. Die Perser machen euch sogar das Angebot, alle zerstörten Heiligtümer wiederaufzubauen. Seid nicht von Sinnen und führt den Kampf gegen den Großkönig fort; ihr habt ja gesehen, wie groß die Streitmacht der Barbaren ist. Habt ihr *ein* Heer besiegt, so tritt an seine Stelle ein neues, noch viel größeres. Deshalb rate ich, Mardonios, den man auch ›Freund der Griechen‹ nennt, den Männern von Athen, mit Xerxes Frieden zu schließen, auf daß in Zukunft die Feinde der Perser auch eure Feinde seien.«

Es blieb still, nachdem Alexandros geendet hatte. Das Friedensangebot kam so unerwartet, daß die meisten zweifelten, ob sich nicht eine List der Barbaren dahinter verbarg. Hie und da begannen die Männer zu tuscheln, zu raunen, und allmählich erwuchs ein wildes Geschrei, bei dem ein jeder lauthals eine andere Meinung vertrat. Eine Horde wildentschlossener

Athener bemächtigte sich der Rednerbühne und umstellte Alexandros und seine Begleiter und machte Anstalten, die Makedonen abzuführen.

»Stürzt die Verräter in den Brunnen!« riefen sie im Chor, und immer mehr fielen in den Aufruf ein.

Ein junger Mann mit langem blondem Haar drängte wutschnaubend zum Podium und versuchte, sich mit lauter Stimme Gehör zu verschaffen. Sein Name war Lykidas. »Was seid ihr für Toren, ihr Männer von Athen, nur, weil ihr mit Hilfe der olympischen Götter eine einzige Schlacht gewonnen habt, glaubt ihr, die Barbaren für alle Zeiten besiegen zu können. Soll unser Land nicht ganz in Schutt und Asche sinken, dann gibt es nur das eine: Nehmt das Angebot des Makedonen an.«

Lykidas wollte weiterreden, doch er kam gegen das hektische Geschrei der Athener nicht an. Von irgendwoher aus der Menge flogen Steine, doch Lykidas ließ sich nicht einschüchtern.

»Schlagt ihn tot, den Verräter!« schallte es aus der Menge.

»Verbannt Lykidas zu den Persern!«

Nun hagelte es Tonscherben, mit denen die Athener zur Abstimmung schreiten sollten. Eine traf Lykidas an der Stirne, daß Blut über sein Gesicht rann. Der Redner sank lautlos zu Boden, und wie auf ein Kommando klatschten Hunderte von faustgroßen Steinbrocken auf den leblosen Körper. Die Athener haßten die Perser wie den Tod, und Lykidas, der wie ein Barbar geredet hatte, erschien der aufgebrachten Menge auf einmal als die Verkörperung des Persertums.

Atemlos verfolgten Alexandros und die makedonischen Gesandten das unerwartete Blutgericht der athenischen Männer. Die verzweifelten Rufe des Feldherrn Themistokles, der, um dem Steinhagel zu entgehen, selbst hinter einer Säule Schutz suchen mußte, blieben ungehört.

»Perser!« – »Meder!« – »Barbar!«

Jeder Stein wurde von einem derartigen Schreckensruf begleitet. Und wäre Themistokles in diesem Augenblick dem tobenden Mob entgegengetreten – sie hätten ihn ebenso gesteinigt wie Lykidas. Der Feldherr schämte sich vor den Makedonen, denen hier auf makabre Weise vor Augen geführt wurde, wie wildentschlossen die Hellenen alles Barbarische bekriegten.

So unerwartet plötzlich, wie er begonnen hatte, endete der Steinhagel. Ein paar junge Männer erklommen die Rednerbühne, luden den leblosen Körper des Lykidas auf ihre Schultern und bahnten sich mühsam eine Gasse durch die Volksversammlung. Fassungslos sah ihnen Alexandros hinterher. War dies das angesehene Volk der Hellenen?

Themistokles, der die Gedanken des Makedonen zu erraten schien, hob beschwichtigend die Arme und ergriff das Wort. »Ihr Männer aus dem Norden! Bedarf es nach diesem Vorfall überhaupt noch einer Antwort? Ihr habt mit eigenen Augen gesehen, wie sehr den Athenern die Freiheit am Herzen liegt. Mögen die Barbaren noch so mächtig sein, solange die Sonne ihre Bahn zieht, werden Griechen sich nicht dem barbarischen Diktat beugen.«

Da johlten die Athener und riefen durcheinander: »Rache für die zerstörten Wohnungen unserer Götter! Nieder mit dem Barbarenpack!« Und sie hoben Steine auf und wandten sich gegen die Makedonen.

Mit Mühe gelang es Themistokles, sich Gehör zu verschaffen. »Haltet ein, Athener, dies sind unsere Freunde, die ihr seit vielen Jahren kennt. Sie wollen euer Bestes!«

»Unser Bestes? Daß wir uns den Barbaren unterwerfen?«

»Jagt sie aus der Stadt!«

»Steinigt sie!«

Themistokles atmete auf, als er Alexandros und seine Begleiter unversehrt aus der Volksversammlung gebracht hatte. Waren das noch jene Athener, die einen Solon hervorgebracht hatten, einen Kleisthenes?

Die phönizische Triere, die den Großkönig nach Ephesus bringen sollte, tanzte wie eine Nußschale auf den tobenden Wogen des Ägäischen Meeres. So sehr sich die Ruderknechte auch gegen den peitschenden Nordsturm stemmten, sie vermochten dem Schiff keine andere Richtung zu geben.

Xerxes klammerte sich ängstlich an den goldenen Thron, der an den Mast gekettet war, und zeterte gegen den Steuermann, der sich mit aller Kraft in sein Ruder warf: »Du Sohn einer phönizischen Hure! Willst du deinen König den Wellen opfern?«

Ein schwerer Brecher schlug über die Planken, und unter Deck, wo Daphne mit den anderen Haremsdamen eingepfercht kauerte, hörte man Schreie von Todesangst. Hermontimos versuchte, die Schönen mit lauter Stimme zu beruhigen; doch das Brüllen des Meeres war stärker. Und jedesmal, wenn eine Woge das Schiff überrollte, schwappte das salzige Wasser kübelweise in den hölzernen Bauch der Triere. Daphne betete stumm zu Poseidon.

Mühsam hangelte Hermontimos sich durch das verwirrende Gebälk des Schiffsbauches zu einer Luke und brüllte nach oben: »Wir saufen ab, wenn wir nicht Wasser schöpfen!«

Der Steuermann verstand ihn nicht und hielt eine Hand an sein Ohr, da schlug ihm eine Woge das Ruder aus der anderen Hand; er strauchelte, fiel rückwärts auf die Planken und knallte mit dem Kopf gegen die Reling. Einen Augenblick blieb er benommen liegen, dann schüttelte er kräftig den Kopf und rappelte sich hoch. Hermontimos, der aus der Luke ragte, deutete verzweifelt nach unten. Der Steuermann begriff nun und gab seinen Ruderknechten den Befehl, die Ruder einzuziehen und eine Kette zu bilden, um das Wasser mit Holzkübeln auszuschöpfen.

Xerxes wagte nicht, sich von seinem Thron zu erheben. Die schweren Stoffe seiner Kleidung hatten unter dem Einfluß der Nässe die Steifheit eines Panzers angenommen und hinderten ihn an jeder Bewegung.

»Rette deinen König!« rief er weinerlich dem Steuermann zu. »Rette den König der Könige!« Die letzten Worte erstickte eine Woge, hoch wie ein Haus, die das Schiff in eine drehende Bewegung versetzte, daß es zu kentern drohte.

Breitbeinig, sich mit einer Hand an der Reling festhaltend, arbeitete der Steuermann sich zum Mast vor, der in seiner Verankerung ächzte und krachte. »Das Schiff ist überladen!« brüllte der Phönizier gegen die tobende See. »Ich habe bei der Abfahrt in Hellas gewarnt!«

»Rette deinen König!« schrie Xerxes zurück. »Ich werde es dir mit Gold lohnen!«

Der Steuermann klammerte sich mit beiden Händen an den Thron und mühte sich, das Auf und Ab der Triere mit beiden Beinen abzufangen. »Wenn ich dich retten soll, König«, schrie er Xerxes ins Ohr, »dann müssen wir die Hälfte der Passagiere loswerden!«

»Bist du sicher, Phönizier?«

Der hob die Schultern: »Wir haben zuviel Tiefgang, das Schiff ist überladen.«

Inzwischen hatten die Ruderer das Schöpfen aufgegeben. Das Unternehmen erschien aussichtslos. Doch noch ehe sich die Phönizier auf ihre Bänke schnallen konnten, kommandierte der Steuermann alle Ruderknechte an Deck.

»Die Weiber auch!« rief der Großkönig.

Sie kreischten, heulten und schlugen wie von Sinnen um sich, als der Eunuch eine nach der anderen durch die Luke an Deck schob. Daphne stürzte, blieb liegen und klammerte sich verzweifelt mit bloßen Händen an die Planken, um nicht hinweggespült zu werden, wenn die gewaltigen Brecher über der Triere zusammenschlugen. Obwohl es Tag war, hatten tiefe schwarze Wolken den Himmel so verfinstert, daß der glänzende Schiffsschnabel bisweilen nicht zu erkennen war.

Das Deck glich einem Schlachtfeld. Als hätten sie sich ihrem unausweichlichen Schicksal ergeben und warteten nur noch auf den Todesstoß, lagen Frauen und Männer aneinandergeklammert auf den glitschigen Planken, und bei jedem Wellenstoß, unter dem sich die phönizische Triere aufbäumte, um kurz darauf in ein endlos scheinendes Tal zu fallen, schrien die Frauen schrill wie Verurteilte unter den Mühlsteinen.

Starr und aufrecht wie eine archaische Statue kämpfte der Großkönig mit seiner Stimme gegen das Brüllen des Meeres: »Wir werden alle untergehen«, rief er schluchzend, »weil Ahriman, der Gott des Bösen, es so will. Aber ihr könnt mich, euren König, vielleicht retten, wenn jeder zweite von euch ins Meer springt; denn unser Schiff ist überladen.«

Xerxes hatte kaum geendet, da krochen die phönizischen Ruderer, einer nach dem anderen, auf allen vieren zum Thron des Großkönigs, küßten ihm ein letztes Mal die Füße und stürzten sich mit einem lauten Schrei in die todbringenden Fluten. Der König betrachtete das Opfer mit Wohlgefallen.

»Wieviele Ruderknechte benötigst du, um die Küste ohne Segel zu erreichen?«

»Zwanzig!« rief der Steuermann, »mindestens!«

Da hob Xerxes die Hand und schrie: »Genug, ihr tapferen Männer, nun die Frauen des Harems!«

Aber es geschah nichts. Da richtete sich der König in seinem Thron auf, holte tief Luft und brüllte: »Ahriman soll euch alle holen, nutzloses Weibergesindel!«

Hinter dem Mast tauchte der Chiliarch auf. Er hielt ein nasses Tau in der Hand. Xerxes deutete mit einer unwilligen Handbewegung auf die wimmernden Frauen. Dann holte der Leibwächter aus und ließ das Tau auf die zuckenden Körper niedersausen.

Daphne verkrampfte sich, wagte nicht zu atmen. Den Kopf in der rechten Ellenbeuge vergraben, wartete sie auf den ersten furchtbaren Hieb. Bewegungslos vor Angst vernahm sie neben sich die gnadenlosen Einschläge des Taus, das furchtbare Klatschen gegen nackte Körper und die angstvollen Schreie. Welche Marter im Angesicht des Todes!

Was tun? Jede Woge, die über das Deck hereinbrach und mit ungeheurer Gewalt auf die Frauen niederschlug, wirkte wie ein schmerzhafter Hieb des Leibwächters. Sie kreischten schrill und zuckten unter den Wassermassen zusammen wie gepeitschte Tiere. Das nasse Tau des Chiliarchen traf den Hals eines Mädchens, dessen langes schwarzes Haar in triefenden Strähnen den Kopf verhüllte, und im selben Augenblick schoß Blut hervor und färbte ihr nasses Kleid und die dunklen Planken in helles Rot.

In Daphnes Gehirn hämmerten wirre Gedanken. Aufspringen, dem Leibwächter das Tau aus der Hand reißen, auf den Großkönig einschlagen, bis er kein Lebenszeichen mehr von sich gab, einfach über Bord springen, Poseidon zum Opfer, dem grausamen Leben ein Ende setzen.

Leben? In Windeseile zogen die 25 Jahre ihres Lebens an ihr vorüber. Die Kindheit auf Lesbos, der Raub durch die Perser, der Verlust ihres Vaters Artemidos, die schicksalhafte Fügung bei Marathon, ihre Zeit als Hetäre, die kurze Episode von Wohlstand und Glück, und dann Themistokles, der ihrem Leben neuen Inhalt gegeben hätte. Themistokles!

Die Barbaren hatten ihr den Vater entrissen, den Geliebten geraubt, jetzt wollten sie ihr noch das Leben nehmen. Und all dem sollte sie tatenlos zusehen?

Zorn, Wut und Haß stiegen in ihr auf, während sie wehrlos auf den Planken lag. Sie bemerkte nicht, wie die Ruderknechte auf ein Zeichen des Königs ein Mädchen nach dem anderen ergriffen und über Bord stießen. Ein Schrei – dann hatten sie die Wogen verschluckt.

»Und das Gold im Bauch des Schiffes?« rief der phönizische Steuermann.

Xerxes fuchtelte mit der Hand in der Luft herum: »Nehmt lieber alle Weiber.«

Plötzlich wurde Daphne gepackt und mit hartem Griff emporgehoben.

»Nicht diese!« rief der Großkönig. Daphne hörte es nicht. Sie schlug um sich wie ein Tier in Todesangst, und es gelang ihr, sich aus den Armen der Ruderknechte zu befreien. Da traf sie das Tau des Chiliarchen, wickelte sich schmerzhaft um ihre Brust und raubte ihr den Atem. Die Ruderknechte wichen erschreckt zurück. Wie ein Löwe sprang Daphne dem Leibwächter an die Gurgel, krallte ihre Nägel in seinen Hals und schüttelte ihn mit allen Kräften, deren sie noch fähig war.

Der Chiliarch schrie auf, versuchte, sich aus der verbissenen Umklammerung zu befreien und schleuderte die Hetäre in die Luft. Als er merkte, daß er auf diese Weise den grausamen Griff des Mädchens nicht lockern konnte, schleppte er sich an die Reling und drückte Daphne mit dem Rückgrat über das Geländer. Das Mädchen gab einen durchdringenden Schrei von sich, aber nicht wegen der Wehrhaftigkeit des Leibwächters, sondern weil ein schwerer Brecher sie hochriß und im nächsten Augenblick in die Tiefe zog. Schnaubend klammerte sich der Chiliarch an die Reling und blickte in die gähnende Tiefe.

»Ihr nach!« rief der Großkönig, der den Vorfall mit Schrekken verfolgt hatte. »Ich will die Hetäre haben!«

Da kam der gelbe Chiton Daphnes auf einem Wellenkamm zum Vorschein, wirbelte wild um die eigene Achse und verschwand ebenso schnell, wie er aufgetaucht war, in einem schwarzen Wellental. Keiner der Männer an Deck fühlte sich von dem wahnsinnigen Befehl des Königs angesprochen. Doch wenn überhaupt noch ein Funke Hoffnung bestand, die Hetäre zu retten, dann mußte es gleich geschehen.

Hermontimos, der Eunuch, schwankte auf die Reling zu, drehte sich noch einmal um und warf einen fragenden Blick auf den Großkönig, dann stürzte er sich in die schäumende Flut.

Ziellos wie ein Blatt im Wind wurde Daphne von Poseidons tobenden Wogen emporgehoben, herumgewirbelt, in unergründliche Tiefen gestoßen, bis ihr, mühsam nach Luft schnappend, die Sinne schwanden und sie sich willenlos ihrem Schicksal ergab.

Sie kam zu sich, als klatschende Wellen in unregelmäßigen Abständen an ihre Fußsohlen schlugen und den warmen Sand unter ihrem Körper zerrinnen ließen. Noch immer jagten tiefe Wolken über den Himmel, doch am westlichen Horizont brachte ein graumelierter Silberstreif die fernen Wasser zum Leuchten.

Daphne setzte sich auf. Sie sah an sich herab. Von ihrem Chiton hingen nur noch Fetzen am Leib. Bauch und Brüste waren aufgeschunden, an den Schenkeln spannte die Haut. Wie nach einem furchtbaren Traum versuchte die Hetäre, tief und befreit einzuatmen, aber es schmerzte in der Seite. Da ließ sie sich rücklings auf die Ellenbogen sinken, warf den Kopf in den Nacken und versuchte, mit geschlossenen Augen nachzuvollziehen, was geschehen war.

Poseidon hatte sie nichtsahnend an Land gespült wie einst im Zorn den Dulder Odysseus. Aber wo war sie? Müde öffnete Daphne die Augen und erkannte die Umrisse hügeligen Landes, über dem sich die Dämmerung wölbte. War es die Küste Lydiens, Karien oder eine Insel der Sporaden, an die sie der Sturm getragen hatte?

»O Poseidon, Sohn des Chronos und der Rhea, der du mit deinem Dreizack den Stürmen gebietest, du hast mich errettet.« Unmerklich bewegte Daphne die Lippen und wiederholte immer wieder diesen einen Satz, als wollte sie sich einreden, daß sie noch am Leben war. Dann wälzte sie sich zur Seite, um sich aus der Reichweite der Brandung zu bringen. Es schmerzte.

Erschreckt hielt sie inne: im nassen Küstensand war der Fußabdruck eines Menschen zu erkennen, dort ein zweiter, eine Spur führte schräg über den Strand und verlor sich irgendwo in der Dunkelheit.

Daphnes Herz schlug bis zum Hals. Sie lauschte. Aber man hörte nur das Rauschen des Meeres, keinen Vogelschrei, keine Grille, nichts. Sie fühlte sich schwach auf den Beinen und schleppte sich taumelnd an den Fußstapfen entlang, die sich in der Dunkelheit verflüchtigten. Nach fünfzig Schritten ging der Sand in Kies und Geröll über, und die Spur verlor sich vollends. Daphne begann zu frösteln. Die nassen Fetzen auf ihrem Körper kühlten eher, als daß sie wärmten, und sie entledigte sich ihrer.

Nackt schlich die Hetäre durch die Dunkelheit, nahm einen abgestoßenen Knüppel auf, bizarres Treibgut von entfernten

Küsten, und suchte auf die naheliegende Anhöhe zu gelangen, um sich zu orientieren. Dornen blautraubiger Schlehen ritzten ihre Waden. Ihre Sohlen schmerzten auf spitzen Steinen. Daphne keuchte.

Allmählich gewöhnten sich ihre Augen an die Dunkelheit, und sie fand einen Pfad, der bergan unter breit ausladenden Bäumen und zwischen gewaltigen Felsbrocken hindurchführte, die Poseidons Sohn Polyphem in verzweifelter Liebe zur schönen Galatee hierhergeschleudert zu haben schien.

Die Hetäre hielt inne. Weiter oben hatte sich ein Stein gelöst und polterte in hohen Bocksprüngen zu Tal. Sie schlich weiter, bog Zweige, die ihr den Weg versperrten, beiseite und erreichte endlich den Kamm des bewaldeten Hügels. Dort riß sie die Augen weit auf, um sich im Finstern zurechtzufinden, doch sie erkannte nur die knorrigen Stämme verwachsener Bäume, die ihr wie gramgebeugte Greise erschienen.

Obwohl sie nichts sehen konnte und kein verdächtiges Geräusch vernahm, fühlte Daphne sich beobachtet, von neugierigen Augen verfolgt. Eine unbeschreibliche Angst schnürte ihr die Kehle zu. Daphne umklammerte den Knüppel mit beiden Händen. Sie wagte kaum zu atmen. Da – dicht neben ihr hörte sie das Knicken dürrer Äste; dann war es wieder still, unheimlich still.

Mit geöffnetem Mund musterte sie die Umrisse eines jeden Astes, den sie erkennen konnte, ob er sich regte. Vorsichtig drehte sie sich um die eigene Achse. Dort! Bewegte sich dort nicht ein Ast? Nun, da sie ihn pausenlos anstarrte, regte sich nichts.

Behutsam, den Zweig nicht aus den Augen lassend, zog Daphne sich zurück. Sie war nahe daran, laut zu schreien. Sie wollte einfach weglaufen; doch daran hinderte sie die Dunkelheit. So setzte sie einen Fuß hinter den anderen, starrte furchtsam nach vorne und wartete, daß irgend etwas passierte, sie wußte nicht was.

Der finstere Wald, die knorrigen alten Bäume um sie herum, bekamen auf einmal tausend Augen, verschlangen gierig ihren nackten Körper. Lustvoll reckten sich die niederen Zweige der Bäume nach ihr, streichelten ihre Beine. Daphne wich weiter zurück. Wie im Traum fühlte die Hetäre plötzlich einen starken Arm, der sich von hinten um ihre Taille legte und sie gegen einen Körper preßte. Die zweite Hand wühlte sich langsam durch ihr nasses Haar, strich beinahe zärtlich von hinten über die Wange und drückte gegen ihren offenen Mund.

Zu unerwartet, zu ruhig und selbstverständlich geschah das alles, als daß Daphne hätte schreien können. Ja, erst als sie mühsam nach Luft schnappte, wurde ihr vollends bewußt, daß sie nicht träumte.

»Bleib ruhig«, vernahm sie eine Stimme. »Ich bin es, Hermontimos.«

Im Morgengrauen landete die phönizische Triere mit dem Großkönig an Bord an der kleinasiatischen Küste. Schwarzer Qualm, den die hochlodernden Opferfeuer verbreiteten, hüllte den Hafen von Ephesos in geheimnisvolles Dunkel.

Die kunstvolle Takelage des Seglers baumelte am Mast wie nach einer verlorenen Schlacht. Teile des Großsegels hingen in Fetzen herab. Die Mastspitze war gebrochen, der eherne Schnabel verloren. Tief lag der breite Bauch der Triere im Wasser, so daß die übriggebliebenen Ruderknechte alle Mühe hatten, das Schiff mit kräftigen Ruderschlägen fortzubewegen.

»Heil dir, gütiger Gott Ahura Mazda!« riefen die Menschen am Kai. »Heil dir und Dank für die Errettung des Königs der Könige!«

Die Großen des Reiches, die die Überfahrt unbeschadet überstanden hatten, erwarteten den König in Reih und Glied, angetan mit den kostbarsten Gewändern. Mitten unter ihnen Artemisia, die ihr eigenes Schiff zusammen mit zwei Söhnen des Xerxes über das Ägäische Meer gesteuert hatte.

Als der Achämenide von Bord ging, hob der Chiliarch sein Krummschwert und rief: »Nieder mit euch vor dem König der Könige!« Und alle fielen Xerxes zu Füßen und küßten die Erde.

Erst jetzt fand der senile Herrscher, der im Sturm auf See bereits mit seinem Leben abgeschlossen hatte, wieder zu sich, hob huldvoll die Arme und sprach: »Ihr seht mich hier, weil die persischen Götter stärker sind als das hellenische Meer! Ich werde es auspeitschen und zuschütten lassen mit den Trümmern von Hellas!«

Die Großen des Reiches lächelten besänftigend. Zwei Diener brachten frische Kleider, und Xerxes begann, sich ungeniert vor aller Augen der alten Sachen zu entledigen. »Wisset, ihr Großen des Reiches«, sagte er, während er sich das golddurchwirkte Gewand überstreifte, »daß der phönizische Steuermann es war, der mir das Leben rettete. Bringt mir deshalb einen Lorbeerkranz aus purem Gold, damit ich ihn dem Phönizier aufs Haupt drücke!«

Die Zeugmeister nickten und verschwanden mit tiefen Bücklingen.

»Was macht ihr so betretene Gesichter?« erkundigte sich der Großkönig, als er die verhaltenen Mienen der Würdenträger erkannte.

»Herr!« erwiderte Artemisia, »aus Hellas kommen schlechte Nachrichten.«

»Schlechte Nachrichten? Hat meine Flotte eine neue Schlacht geschlagen? – Diese Stümper, diese liederlichen Seefahrer«, begann Xerxes zu toben. Doch Artemisia unterbrach ihn:

»Nicht die Flotte, Herr!«

»Mardonios?«

Artemisia nickte stumm.

Xerxes begann von neuem: »Dieser unbedarfte Hauptmann, dieser Emporkömmling aus der Verwandtschaft ... Was ist mit ihm?«

»Er fiel bei Platäa in Böotien gegen die griechischen Reiter.«

»Mardonios tot?«

»Ebenso wie Makistios, der Befehlshaber unserer Reiterei.«

»Habe ich ihm nicht verboten, auf dem Schimmel in die Schlacht zu reiten. Sicher kämpfte er auf seinem Schimmel!«

Artemisia hob die Schultern und sagte: »Die griechischen Hopliten sind tapferer als alle anderen Männer auf der Welt. Sie kämpfen verbissen bis zum Umfallen. Und noch im Sterben schleudern sie ihre Lanzen gegen den Feind.«

»Wie heißt ihr Anführer? Themistokles?«

»Nein. Pausanias. Ein Spartaner.«

»Und meine tapferen Soldaten?«

Artemisia wagte nicht zu antworten. Erst auf den bohrenden Blick des Königs hin entgegnete sie: »Deine tapferen Soldaten, König der Könige, wurden aufgerieben und hingeschlachtet wie Opfertiere. Nur wenige konnten sich auf die Schiffe retten und asiatisches Land erreichen. Die Griechen haben das persische Heerlager erstürmt und alle unsere Schätze erbeutet, Prunkwaffen, Wagen und Geschirr, deinen Schmuck und alle kostbaren Gewänder.«

Da schwoll an der Stirne des Großkönigs eine blutrote senkrechte Ader an. Er faßte sein Gewand an der Brust mit beiden Händen und riß es zum Zeichen der Trauer entzwei. Die Großen des Reiches folgten seinem Beispiel und weinten.

Die Zeugmeister brachten einen aus Gold getriebenen Lorbeerkranz. »Der phönizische Steuermann soll vortreten!« rief Xerxes.

Dieser trat vor den Großkönig, kniete nieder und wartete, daß der Herrscher ihm den Lorbeerkranz aufs Haupt drückte.

»Weil du das Leben deines Königs gerettet hast«, rief Xerxes und hielt den goldenen Kranz in die Höhe, »schenke ich dir dieses Schmuckstück aus meinem Schatz.« Dabei setzte er ihm den Kranz aufs Haupt. Doch als der Phönizier sich erheben wollte, drückte ihn der Großkönig sanft zu Boden und sprach: »Weil du aber so viele meiner Frauen und tapferen Männer hast zugrunde gehen lassen, lasse ich dir den Kopf abschneiden.«

Ein Aufschrei des Entsetzens ging durch das Volk. Und während Xerxes noch immer den Steuermann niederdrückte, trat der Chiliarch mit seinem Krummschwert hinzu, holte mit beiden Armen aus und ließ es auf den Hals des Phöniziers niedersausen.

Die Männer schluchzten, die Frauen kreischten und verbargen ihre Gesichter hinter vorgehaltenen Händen, als der Kopf auf das Steinpflaster des Hafens purzelte wie ein Krautkopf vom Karren eines böotischen Bauern.

Sie mochten zwei Stunden gegangen sein, über steinige Pfade und Hügel, an deren Hängen der Mastixstrauch blühte. Die Sonne kämpfte sich im Osten tief durch den Dunst, und Hermontimos meinte, sie seien wohl an das kleinasiatische Festland gespült worden, nach Ionien. Da tauchten vor ihnen auf dem begrünten Hügel gegenüber die Säulen eines Heiligtums auf, keine fünf Stadien entfernt, und Daphne fiel dem Eunuchen, der ihre Nacktheit gar nicht wahrzunehmen schien, in die Arme.

»Es ist ein Griechentempel!« jubelte Daphne, »jetzt wird alles gut.«

Hermontimos beschleunigte seine Schritte; er sagte nichts und musterte das Heiligtum mit prüfendem Blick, ob nicht irgendwo ein Priester zu erkennen sei. Doch je näher sie kamen, desto unheimlicher schien die Totenstille, die sie umgab.

»Beim Zeus und allen olympischen Göttern«, rief Hermontimos vor dem Eingangsportal, »ist hier niemand?« Behutsam drückte er die grünschimmernde schwere Tür auf und trat in das geheimnisvolle Dunkel, gefolgt von der fröstelnden Hetäre. Es dauerte eine Weile, bis sich ihre Augen an das innere Dunkel gewöhnt hatten: Eine verwirrende Ansammlung von Nymphen, Chariten und bergbewohnenden Musen, von Palmen und schlangenheiligen Erddämonen ließ vermuten, daß es sich um einen Apollontempel handelte.

Daphne erschrak, als eine der zahllosen Statuen plötzlich zum Leben erwachte, die Arme bewegte, sich vom Boden erhob, den Eindringlingen entgegenkam und mit hohler Stimme tönte: »Wollt ihr Apollon, der wie die Nacht einherschreitet, in seinem eigenen Hause freveln?« Bei diesen Worten hielt er den Blick auf die nackte Hetäre gerichtet.

Hermontimos rang nach Worten, er wollte fragen, erklären, sich rechtfertigen – alles zur gleichen Zeit. Schließlich stammelte er: »Der Sturm hat uns an dieses Land gespült, hoher Priester des Apollon, wir sind Griechen wie ihr.«

Der Priester in seinem vielfaltigen weißen Chiton wurde wieder zur Statue. Er stand bewegungslos, nicht einmal seinem Gesicht war eine Regung abzulesen, und erst nach einer endlos scheinenden Pause formten seine Lippen die Antwort: »Dies ist das Haus des Apollon Phanaios, und ich hüte es wie meinen Augapfel. Und wer es entweiht, den trifft mein Schwert wie die Schlange des Python.«

Blitzschnell hob der Priester ein Schwert vom Boden auf, streckte es weit von sich und trat mit schweren Schritten auf die Hetäre zu. Doch anstatt zu fliehen, warf Daphne sich auf den Boden, berührte mit der Stirne den weißen Marmor und rief: »Nichts liegt mir ferner, als Apollon zu freveln. So flehe ich denn zu deinem Gott, er möge mir Asyl gewähren in seinen Mauern.«

Da verschwand der Priester wortlos hinter der Cella des Tempels und kehrte mit einem Männerchiton zurück. Den warf er Daphne zu. Und während ihn das Mädchen überstreifte, fragte Hermontimos, der Eunuch: »Wo sind wir, Priester?«

Allmählich wich das Mißtrauen aus dem Blick des Apollonpriesters und er antwortete: »Chios, die Insel der Glücklichen, ist euer Asyl.«

»Chios!« rief der Eunuch, »hörst du, Daphne, wir sind in Chios gelandet, auf griechischem Land!«

»Auf barbarischem Land!« korrigierte der Priester.

»Ja, bei allen Göttern, die Barbaren halten es besetzt; aber deshalb bleibt es doch griechisches Land.«

»Seid ihr die einzigen?« erkundigte sich der Priester, »ich meine, gab es keine anderen Überlebenden?«

Hermontimos überlegte, ob er dem Mann des Apollon die ganze Wahrheit offenbaren sollte, doch er wußte nicht, wie jener reagieren würde, wenn er erfuhr, daß eine Frau aus dem Harem des Großkönigs und dessen oberster Eunuch vor ihm standen. Also berichtete er, ein Handelsschiff habe sie in Eion an der Mündung des Strymon aufgenommen mit dem Ziel Ephesos. Im Strom sei das Schiff zerschellt, und die Wogen des Meeres hätten sie dank einer gütigen Fügung Poseidons an Land gespült. Nein, sie glaubten nicht, daß noch jemand außer ihnen den Schiffbruch überlebt habe.

Die Worte des Eunuchen rührten den Priester, und er geleitete die beiden aus dem Tempel. Dort überflutete sie das gleißende Licht des beginnenden Tages. Er zeigte auf Hermontimos' zerschlissenes Gewand und meinte: »Ich werde dir einen neuen Chiton bringen, Grieche, und gewiß plagen euch Hunger und Durst.«

Daphne nickte, und der Priester verschwand.

»Auf Chios«, wiederholte der Eunuch und blickte über das fruchtbare, hügelige Land. Und während sie sich auf den Stufen des Tempels niederließen, hatten beide denselben Gedanken: Flucht!

Daphne faßte ihn zuerst in Worte: »Hermontimos«, begann sie zögernd.

»Was?« fragte der Eunuch zurück, ohne sie anzusehen.

»Wenn die Götter schon wollen, daß wir auf einer Griecheninsel strandeten, dann kann es doch nicht ihr Wille sein, zu den Barbaren zurückzukehren. Was meinst du?«

Hermontimos antwortete nicht, und Daphne sah ihn mit flehendem Blick an. Sie kannte den Eunuchen zu wenig, als daß sie sich seiner Haltung sicher sein konnte.

Der Priester kam und brachte einen zweiten Chiton, legte ihn neben Hermontimos auf die Stufen und verschwand.

»Du willst zurück nach Griechenland«, fragte der Eunuch, »wo kein Stein mehr auf dem anderen steht?«

Daphne nickte. Hermontimos fuhr fort: »Es würde dir nicht schlecht gehen am Hofe des Großkönigs, gewiß nicht.«

»Mag sein«, antwortete Daphne, »aber gut geht es einem Griechen nur dort, wo Freiheit ist. Den Barbaren ist Freiheit ein Fremdwort, und deshalb werden sie einem Hellenen immer fremd bleiben.«

Hermontimos schwieg. Und während ihr Blick über das fruchtbare grüne Eiland schweifte, überkamen sie Zweifel, ob das, was sie eben ausgesprochen hatte, ihre Überzeugung war.

War es nicht eher jener Mann in Attika, der sie, die Ionierin, nach Griechenland lockte? War es nicht das Gefühl, jenes unsagbare Drängen und Sehnen, das sie veranlaßte, den Weg zurück einzuschlagen. Noch immer glühte in ihr ein winziger Funken Hoffnung, ihr Vater Artemidos könnte am Leben sein, lebte vielleicht wirklich am Hofe des Satrapen in Magnesia, eine knappe Tagesreise von hier entfernt – im Reich der Barbaren freilich.

Und doch: Stärker als die Liebe zu ihrem Vater schien Daphnes Sehnsucht zu sein, Themistokles wiederzusehen. Sein starker Blick, seine sanften Berührungen, das bezwingende Glück seiner Nähe, all das überlagerte sämtliche Gefühle, welche der Hetäre bisher begegnet waren. Bei Aphrodite und allen Göttern des Olymp, warum durfte eine Hetäre sich nicht verlieben?

Über Daphnes Gesicht huschte, kaum wahrnehmbar, ein verschmitztes Lächeln. Männer hatten ihr bisher nicht allzuviel bedeutet im Leben. Für sie waren sie Spielzeug, Mittel zum Zweck. Mochten sie auch von hoher Abstammung, von edlem Gemüt, von großem Geist, von unsagbarem Reichtum sein, es endete immer gleich – zwischen ihren Schenkeln.

Nicht, daß sie das angewidert hätte, bei Aphrodite, nein! Aber dieses unbeschreibliche Gefühl der Hingabe und Geborgenheit, das hatte sie nur bei *ihm* erlebt, und dieses Gefühl war stärker als alles andere.

Der Priester kam zurück mit zwei Henkelkrügen Wasser und Wein. In einem Korb trug er Fladenbrot und bröckeligen Ziegenkäse: »Die Stärkung wird euch guttun!«

Daphne und Hermontimos aßen gierig. Seit drei Tagen hatten sie nichts gegessen, nichts getrunken. Der dunkle rote Wein schmeckte süß wie Honig und war ohne Wasser nicht zu trinken. Nun schlürften sie ihn in sich hinein wie durstige Gäule nach einem bergigen Ritt.

»Du bewachst allein den Tempel des Apollon?« erkundigte sich der Eunuch und wischte sich mit dem Arm über den Mund.

»Wir sind unser drei«, entgegnete der Priester, »die beiden anderen haben sich auf den Weg in die Hauptstadt gemacht, über die Berge, zwei Tage von hier. Schlechte Zeiten für die olympischen Götter. Bevor die Barbaren kamen, lebten hier dreißig heilige Männer, aber nun ... Wir müssen froh sein, daß sie das Haus des Gottes nicht geschleift und den Tempelschatz geraubt haben. Es war wohl die Einsamkeit des Heiligtums, die sie friedfertig stimmte. Jedoch die kräftigsten Tempelpriester nahmen sie mit. Ich bin alt und gebrechlich, das hat mir vielleicht das Leben gerettet.«

»Wohin hat man sie verschleppt?« fragte Daphne.

Der Alte hob die Schultern: »Es gibt da in der Hauptstadt einen Sklavenhändler. Sein Name ist Panionios ...«

»Schweig!« rief der Eunuch; doch der Alte verstand ihn nicht und fuhr fort: »Er lebt davon, daß er schöne Jünglinge, die Sklavendienste verrichten, ihren Herren abhandelt und sie entmannt. In Sardes und Ephesos verkauft er sie auf dem Markt für teures Geld als Eunuchen für die Harems der Barbaren.«

Daphne erkannte zuerst das Zucken um die Mundwinkel des Hermontimos, der nun die Augenlider zusammenpreßte, als stoße er sich den Dolch in die Brust. Und auf einmal rannen Tränen über die Wangen des Eunuchen. Er verbarg sein Gesicht auf den Knien.

Der Priester sah die Hetäre an, so als wollte er fragen: »Habe ich etwas Falsches gesagt?«

Zärtlich streichelte Daphne den Nacken des Eunuchen. »Er

hat«, sagte sie und sah den Priester an, »er hat das nämliche Schicksal erlitten.«

Der Alte erschrak. Er wollte den Gastfreund nicht verletzen. Doch nun, da er sah, was er angerichtet hatte, litt er mit ihm: »Verzeih meine Taktlosigkeit«, bat er flehend.

Hermontimos hielt die angewinkelten Beine umfaßt und wischte mit den Knien seine Tränen ab. »Du konntest das nicht wissen, Priester«, sagte er tonlos, »ich stamme aus Karien und geriet in die Fänge dieses gottlosen Menschen, als er in Halikarnass weilte. Ich hatte gutes Brot bei einem rechtschaffenen Herrn; doch er starb über Nacht an einer rätselhaften Krankheit, und so wurde ich an den Sklavenhändler verkauft ...«

»Wie kann ich dir helfen?«

»Helfen?« Der Eunuch lachte verbittert. »Man hat mich von einem Mann zu einem Nichts gemacht, verstehst du, zu einem Nichts. Und du fragst, wie du mir helfen kannst. Ja, du kannst mir helfen, du kannst mir sagen, wo dieser Panionios lebt.«

»Ihm gehört das schönste Haus im Hafen, groß wie ein Palast und mit einem Tor so hoch wie dieser Tempel.«

Daphne unterbrach den Priester: »Wenn du uns wirklich helfen willst, dann verrate uns, wie wir von dieser Insel nach Athen gelangen können. Sprich!«

Der Priester blinzelte in die Sonne, die höher stieg, und meinte: »Der Hafen wird von den Barbaren bewacht, es gibt also kaum eine Möglichkeit, von dort zu entkommen. Aber die meisten Bewohner von Chios hassen die gottlosen Barbaren ...« Der Alte machte eine Pause. »Es gibt da einen Fischer namens Phylakos«, fuhr er endlich fort, »er lebt im gebirgigen Westen. Sein Schiff ist alt und träge, aber es trotzte bisher allen Stürmen Poseidons. Oft bleibt er tagelang auf See, wenn die Netze leer sind.«

»Du meinst, Phylakos würde den Weg über das Ägäische Meer wagen?«

»Er hat sieben hungrige Mäuler zu stopfen, ein bißchen Silber und Gold wird ihn gefügig machen!«

»Aber woher sollen wir Gold und Silber nehmen?« entgegnete die Hetäre entrüstet.

Da erhob sich der Priester und bedeutete den beiden, ihm zu folgen. Hinter dem Tempel führte eine schmale Steintreppe nach unten wie zu einem Brunnenhaus. Die schwere erzbeschlagene Tür ließ jedoch anderes vermuten.

»Der Zugang war zugeschüttet, als die Barbaren kamen«, erklärte der Apollonpriester und drückte die Türe auf. Im kargen Licht des Türspalts konnte man kostbares Gerät, Krüge, Pfannen und Schüsseln, Becher aus Gold und Karaffen aus Glas erkennen. Der Alte öffnete *eine* von einem halben Dutzend Truhen aus schwarzem Ebenholz, die neben- und übereinandergetürmt standen. »Hier, nehmt«, sagte er und griff lustvoll in den Schatz von Gold- und Silbermünzen. »Dafür bringt euch der Fischer bis zu den Pforten des Herakles!«

Hermontimos erhielt noch einen Dolch, und Daphne versprach, das Gold nach gelungener Überfahrt dem Apollon von Delphi zurückzugeben.

Der Fischer war ein schweigsamer Mann, der an der steinigen Westküste seinem kargen Broterwerb nachging, und es dauerte eine ganze Weile, bis Daphne und Hermontimos das Vertrauen des Phylakos gewonnen hatten. Erst als die Hetäre erwähnte, die Priester des Apollontempels hätten ihnen das Gold für die Überfahrt vorgestreckt, wurde der Fischer gesprächiger.

»Ihr müßt wissen«, sagte er, während er am Strand ein blankes Holzschiffchen kunstvoll durch die Maschen des Netzes fädelte, »es wimmelt auf der Insel von Spionen, seit sich das

Barbarenpack hier aufhält. Ich frage euch, wie lange will Zeus diesem gottlosen Treiben noch zusehen?«

»Die Olympischen gehen oft verschlungene Pfade«, antwortete Daphne, »aber sei gewiß, sie werden Griechenland nicht untergehen lassen. Unsere Götter sind stärker als die Götzen der Barbaren.«

Phylakos legte sein Netz beiseite und fragte unvermittelt: »Also gut, was zahlt ihr?«

Der Eunuch griff in die Falten seines Gewandes und ließ zehn Goldmünzen von einer Hand in die andere gleiten. »Hundert Drachmen sofort und weitere hundert, nachdem wir Attika erreicht haben.«

»Zweihundert Drachmen?« Der Fischer schien wie von Sinnen. »Zweihundert Drachmen, beim Zeus und seinem meerschäumenden Bruder Poseidon, nie habe ich so viel Geld auf einem Haufen gesehen, geschweige denn besessen! Wenn ihr mit meiner alten Schaluppe vorlieb nehmen wollt, wann soll's denn losgehen, he?«

»Sobald wie möglich«, antwortete Daphne.

Einen Tag und eine Nacht, meinte der Fischer, werde er schon brauchen, bis das Schiff für die Überfahrt gerüstet sei, sie könnten inzwischen in der Kajüte Zuflucht finden.

Die harten Planken der Kajüte waren ein bequemes Ruhelager im Vergleich zur Unsicherheit der Wildnis, in der sie während der vergangenen Tage genächtigt hatten. Das Boot schaukelte sanft hin und her und ächzte und stöhnte wie ein ausgedienter Sklave, der zur Arbeit angetrieben wird. Am Himmel über Chios hingen die Sterne des Südens, und der Mond zeichnete sanfte Schatten in die Kajüte.

Obwohl bleierne Schwere in ihren Gliedern lag, konnte Daphne keinen Schlaf finden, und der Eunuch an ihrer Seite atmete kurz und unregelmäßig, als läge ein schwerer Stein auf seiner Brust. Welche Gedanken ihn wohl plagten, den Karier? Am Hofe des persischen Königs war er ein angesehener Mann, Sklave zwar, aber aufgrund seiner Vertrauensstellung beliebt und beneidet. Und bei Xerxes fand er stets ein offenes Ohr. All das gab er nun auf, wenn er mit ihr nach Attika segelte. In Athen würde man ihn als Sklaven betrachten. War er nicht im Begriff, eine Unfreiheit gegen eine andere einzutauschen?

»Hermontimos?« fragte Daphne in das Dunkel.

»Ja, Daphne!« kam es aus der Dunkelheit zurück.

Die Hetäre starrte mit hinter dem Kopf verschränkten Armen an die Decke der Kajüte, wo der Mond im Spiegel der Wellen verspielte Linien zeichnete. »Willst du noch immer mit nach Attika segeln? Ich meine, es ist nicht deine Heimat, du kommst von der ionischen Küste.«

Hermontimos schwieg, und Daphne fühlte sich in ihren Zweifeln bestätigt. »Du mußt selbst entscheiden«, begann die Hetäre von neuem, »wenn du sagst, du willst zurück nach Asien, dann fahre ich allein. Was willst du tun, Hermontimos?«

Noch immer gab der Eunuch keine Antwort; aber sein unruhiger Atem verriet, wie sehr er mit sich kämpfte. Was mochte in seinem Kopf vorgehen?«

Auf einmal richtete Hermontimos sich auf. Daphne erkannte in der Dunkelheit, wie der Eunuch in den Falten seines Chitons fingerte; dann knallte er die Münzen auf die Planken, daß einige davonkullerten, und sagte: »Hier ist das Geld, Daphne. Für den Fall, daß ich bis zum Morgengrauen des nächsten Tages nicht zurück sein sollte, laß den Fischer das Segel setzen. Aber, beim Zeus, ich werde dasein!«

Noch bevor Daphne antworten, noch ehe sie eine Frage stellen konnte, war der Eunuch verschwunden. Sie hörte, wie er an Land sprang, und seine Schritte sich in Richtung der Hügel entfernten. Dann war es wieder still; nur das Schiff ächzte in der Brandung.

»Alles Stückwerk!« schimpfte Themistokles, der mit seinem Freund Sikinnos über die Akropolis schlenderte, wo Hunderte Handwerker mit dem Wiederaufbau der zerstörten Heiligtümer beschäftigt waren. »Man müßte Pallas Athene einen neuen Tempel bauen, so groß, so prächtig, daß er selbst den gottlosen Barbaren Respekt einflößte wie der Artemistempel von Ephesos.«

»Herr!« sagte Sikinnos – er sprach Themistokles noch immer so respektvoll an –, »die Athener nennen dich ohnehin schon den Maulwurf, weil du überall die Erde aufwühlst. Das schafft dir nicht nur Freunde.«

Themistokles blieb stehen und faßte Sikinnos am Arm: »Was willst du damit sagen, Freund?«

»Nun ja«, entgegnete Sikinnos, »es ist ja kein Geheimnis, daß du die Aristokratie gegen dich hast. Der Adel der Stadt fühlt sich vernachlässigt, zurückgesetzt und bedroht, weil der Einfluß des Volkes immer stärker wird. Früher hatten die Großgrundbesitzer das größte Ansehen, jetzt sind es die Baumeister und Schiffseigner. Athen befindet sich im Umbruch. Aber wem sage ich das!«

Themistokles streckte den Arm aus und zeigte zum südlichen Horizont auf das Meer: »Dort, mein Sikinnos, liegt die Zukunft Athens. Und ich werde nicht müde, es den Athenern immer wieder und wieder einzuhämmern. Wir sollten die Rednerbühne in der Volksversammlung so anbringen, daß die Redner aufs Meer blicken. Vielleicht verstehen sie dann endlich meine Politik!«

Sikinnos schüttelte den Kopf: »Es ist nicht Aufgabe eines

Freigelassenen, seinem Herrn Mäßigung aufzuerlegen, so nimm denn den Rat des Freundes: Du hast dir schon genügend Feinde geschaffen, weil du vor deinem Haus jenen Tempel zu Ehren der Artemis errichtet und ihn mit einer Tafel ›Zum Dank für allseits richtigen Rat‹ versehen hast. Wenn die Athener etwas hassen, dann ist es die Unfehlbarkeit.«

»Ich weiß«, entgegnete Themistokles, »sie lassen es mich auch allenthalben spüren. Jetzt haben sie neben dem Heiligtum einen Platz errichtet, wo die Henker die Leichen der Gerichteten hinwerfen, und die Kleider und Stricke derer, die sich entleibt haben.«

Der Freund des Feldherrn schwieg und blickte gen Süden, wo die neuen Mauern schnurgerade zum Hafen von Piräus führten. Die gewaltige Befestigung der Stadt bereitete den Athenern ein Gefühl neuer Sicherheit. Und seit dem zweifachen Sieg über die Barbaren zu Wasser und zu Lande sah sich jeder einzelne ohnehin als Held. Wie anders war die Niederlage der Perser, die als unbezwingbar galten, zu erklären?

Natürlich wußte Themistokles, daß sein Stern im Sinken war, und das verbitterte ihn. Es war ein schwacher Trost, daß die Athener seit jeher die Besten ihrer Männer davongejagt hatten. Nun drohte ihm das gleiche Schicksal wie Alkibiades, wie Miltiades, wie Aristides. Würden die Athener so weit gehen und ihn in die Verbannung schicken?

Die Massen hatten schon ihr neues Idol, Kimon, den Sohn des Miltiades. Der ging stets inmitten einer Horde gutgekleideter junger Leute durch die Stadt, und wenn ihnen ein zerlumpter Armer begegnete, dann mußte einer von ihnen die Kleider mit ihm tauschen. Er riß die Zäune seiner Ländereien ein und gestattete jedermann, sich an seinen Obstplantagen schadlos zu halten. In seinem Haus in der Stadt hatte er sogar eine Speisehalle eingerichtet für Arme und Bedürftige. So fand er seine Anhänger.

Singen und Kithara zu spielen, pflegte er beim Wein zu verkünden, habe er zwar nicht gelernt, aber er verstehe es, eine Stadt groß und wohlhabend zu machen. Listenreich hatte er außer den kleinen Leuten auch die spartafreundlichen Aristokraten für sich gewonnen, denen Themistokles, der Emporkömmling, stets ein Dorn im Auge war. Nein, gegen Kimon war Themistokles chancenlos.

In diesen bangen Tagen erinnerte sich Themistokles der Kontakte zu den Barbaren während der Schlacht bei Salamis.

»Glaubst du«, erkundigte er sich bei seinem Freund Sikinnos, während sie die steilen Stufen von der Akropolis zur Agora hinabstiegen, »der Großkönig hat gemerkt, daß sich hinter deiner Botschaft eine Kriegslist verbarg?«

Sikinnos verzog das Gesicht und hob die rechte Schulter. »Wohl kaum«, meinte er im Gehen, »denn noch heute kennen nur wir beide dieses Geheimnis.«

Themistokles dachte nach. Als sie die große Freitreppe vor dem neuerstandenen Buleuterion überquerten, blieb der Feldherr plötzlich stehen: »Sikinnos, Freund, würdest du noch einmal zu den Barbaren gehen und dem Großkönig eine Botschaft überbringen?«

Sikinnos blickte sich ängstlich um, ob niemand ihre Unterhaltung belauschte. »Ist es wegen dieser Hetäre?« fragte er schließlich. Und ohne die Antwort abzuwarten, gingen sie weiter in Richtung des Heiligen Tores. »Das Weib geht dir nicht aus dem Kopf«, fuhr Sikinnos fort, »wenn du nur einsehen könntest, daß sie für dich verloren ist! Angenommen, sie hat den Rückzug der Barbaren überlebt, dann schmückt sie heute den Harem des Großkönigs, und nur ein Krieg könnte sie daraus befreien.«

Es schien, als hörte Themistokles gar nicht zu, als hätte er längst einen Plan gefaßt. Denn plötzlich sagte er ganz unvermittelt: »Du wirst nach Ephesos reisen mit einer Botschaft an Xerxes. Aber niemand darf davon erfahren.«

»Wie soll das geschehen, Herr?«

»Ganz einfach. Du fährst zu Schiff nach Delos mit einer nebensächlichen Nachricht an die Verwalter des athenischen Bundesschatzes. Das Schiff schickst du zurück, und wenig später besteigst du ein anderes in Richtung Ephesos.«

»Und welche Nachricht soll ich dem Großkönig überbringen?«

»Komm!« sagte Themistokles, und sie strebten dem Haus vor den Mauern der Stadt zu.

In der Abenddämmerung erreichte Hermontimos die Inselhauptstadt Chios. Barbarische Bogenschützen und Lanzenträger bewachten den Hafen, wo geschäftiges Volk zwischen dickbauchigen Frachtkähnen wimmelte. Hermontimos ließ sich in einer der beiden Kneipen nieder, die die Zufahrt zum Kai einrahmten, und erkundigte sich bei dem Wirt, einem glatzköpfigen Fettwanst, ob er Panionios, den Sklavenhändler, gesehen habe.

Er müsse wohl zu Hause sein, meinte dieser, weil sein Wagen im Park stehe, Panionios gehe nie zu Fuß.

Ob er wohl ein paar Sklaven zu verkaufen habe?

Der Fettwanst zeigte auf eine aus Holzbalken gezimmerte Hütte an der Außenmauer des Parks. Die sei voll von Sklaven, meistens jedenfalls. In schlechten Zeiten wie diesen herrsche Sklavenüberschuß. Von wo er komme.

Von drüben, sagte Hermontimos geistesabwesend und zeigte auf die Berge im Westen. Der Wirt schaute ungläubig, und der Eunuch ging ohne Gruß. Er strebte dem Eingang der pompösen Villa zu, doch als er sich außer Sichtweite glaubte, schlich er die Mauer entlang zu dem Schuppen, in dem die Sklaven gefangen waren. Im Schutz einer tiefhängenden Platane beobachtete er den Park und das Haus. Im Innern brannte Licht, der Schuppen lag im Dunkeln, da schwang sich Hermontimos über die Mauer.

»Pst! He da!« Der Eunuch trat an das Eisengitter heran, hinter dem ein Dutzend Sklaven dahindämmerte. Aber keiner nahm von dem späten Besucher Notiz. Erst als Hermontimos mit seinem Dolch an dem schweren Schloß herumhantierte, wurde es unruhig. Es dauerte auch gar nicht lange, und das Schloß sprang auf. Hermontimos öffnete das Gittertor und schlüpfte hinein.

»Keine Angst, Männer«, flüsterte der Eunuch, »ich bin einer wie ihr, ich bin Hermontimos.« Die Stimme des Fremden flößte den Sklaven Vertrauen ein.

»Was hast du vor?«

»Hört mich an, Männer! Mir ist es nicht anders ergangen als jedem von euch. Panionios, dieser Gottloseste der Gottlosen, hat mich gekauft und verschnitten, um aus mir einen Krüppel zu machen. Das ist zehn Jahre her. Aber damals schwor ich einen heiligen Eid – und mir ist, als sei es gestern gewesen – es diesem Ungeheuer gleichzutun, wenn er mir je unter die Finger käme. Heute ist dieser Tag gekommen.«

»Beim Zeus, du willst ...?«

»Ich will diesen Mann genauso zum Nichts machen, wie er es an uns verbrochen hat. Und ihr sollt mir dabei helfen.«

Hermontimos hatte große Mühe, in dem Sklavenkäfig die Ruhe wiederherzustellen. »Wer ist dabei?« fragte er schließlich.

Der Eunuch glaubte, *alle* Sklaven würden auf seiner Seite

stehen, doch die meisten zögerten. »Man wird euch den Kopf abhacken, wenn sie euch fassen!«

»Weil wir Gleiches mit Gleichem vergelten?«

»Wir sind Sklaven. Er ist ein Herr!«

Drei der Gefangenen stellten sich schließlich auf die Seite des Eunuchen, der versprach, sie nach geglückter Aktion mit dem Schiff nach Attika zu bringen.

»Ihr kennt die Räumlichkeiten des Hauses?« fragte Hermontimos, während sie im Schutz der duftenden Büsche und Gewächse durch den Park schlichen.

Lampon, ein Phryger aus Kleinasien und der Älteste unter ihnen, nickte: »Ich bin schon beinahe neun Monde hier und habe bereits alle Dienste in dem Haus verrichtet, die eines Herrn unwürdig sind. Einen alten Kerl wie mich verkauft man nicht so leicht, weißt du.«

Hermontimos blieb stehen. Aus sicherer Entfernung beobachtete er den Wächtersklaven, der gelangweilt auf der Treppe des Eingangs saß und vor sich hindöste.

»Ist er der einzige Wächter?« wollte der Eunuch wissen.

»Nein«, erwiderte Lampon, »nachts wird auch der hintere Eingang von einem Sklaven bewacht.«

»Und wohin führt der rückwärtige Eingang?«

»In den Vorratsraum, von dort zur Küche und in die Eingangshalle.«

»Gut«, sagte Hermontimos zu Lampon, »dann nimmst du *einen,* der zweite bleibt bei mir. Ihr kümmert euch um den Wächter am Hintereingang, wir nehmen uns diesen Burschen vor.«

»Was soll mit ihnen geschehen?« jammerte einer der Sklaven, »es sind Sklaven wie wir.«

»Maulaffe«, zischte Hermontimos, »ihr sollt sie ja nicht töten, nur ausschalten. Fesselt sie, knebelt sie, schlagt sie bewußtlos!«

»Der Vorratsraum«, meinte Lampon, »hat ein kleines Verlies, in dem Amphoren und Kratere von Wein aufbewahrt werden, es ist mit einer schweren Holztür gesichert. Dort hinein sperren wir die Wächter.«

»Gut«, flüsterte Hermontimos, »also los. Und – keine Geräusche!«

Lampon und der eine Sklave verschwanden. Hermontimos schlich mit dem zweiten näher an die Freitreppe heran. »Beim Zeus, der schläft!« Hermontimos mußte kichern. Mit ein paar schnellen Schritten sprang der Eunuch auf die Treppe und würgte den Wächter von hinten. Erstarrt ließ er sich, ohne einen Laut von sich zu geben, hinter das Haus schleifen, wo die beiden anderen ihre Tat bereits vollendet hatten.

Im Obergeschoß des Hauses brannte Licht. Hermontimos zog seinen Dolch und ging voraus. Die Sklaven schlichen auf Zehenspitzen. Hinter einem glänzenden Vorhang, der einen kleinen, intimen Raum von der großen Halle abschirmte, erkannte man ein großes Liegebett. Darin rekelte sich eine spärlich bekleidete Frau, als bewege sie sich zu den unhörbaren Tönen einer Flötenspielerin. Wenn der Eunuch sich nach vorne beugte, erkannte er den kraushaarigen Kopf des Sklavenhändlers, der vor dem Bett kniete und versuchte, die Füße der Frau zu küssen. Sie wehrte sich, entzog ihm die leinenweißen Beine und schnurrte wie eine Katze. Ihr helles Lachen schien den Sklavenhändler besonders zu erregen; denn er schnappte immer wieder wie ein Hund nach ihren Füßen, was die Schöne mit einem neuerlichen Lachanfall beantwortete.

Das kokette Spiel der beiden erregte quälende Gefühle bei den Sklaven. Dieser Mann da, der sich so ahnungslos der Leidenschaft hingab, hatte eben jenes Gefühl bei jedem von ihnen mit brutaler Gewalt gemordet. Gewiß, sie waren Sklaven, sie hatten kein großartiges Leben vor sich, aber wer gab diesem Menschen das Recht, das einzige, was sie besaßen, wodurch sie sich auch als Knechte nicht von ihren Herren unterschieden, zu nehmen?

Nie mehr im Leben eine Frau zu lieben, in Leidenschaft zu einer edlen Hetäre zu entflammen, damit mußte sich ein Mann erst einmal abfinden! Jeder von ihnen *hatte* sich damit abgefunden; aber keiner konnte vergessen, wer ihm diese Schmach angetan hatte: dieser widerliche Lüstling Panionios. Er war skrupellos genug, mit ihrem bedauernswerten Schicksal Geschäfte zu machen. Gewöhnliche Sklaven gab es genug, aber ein Sklave, der sich unter Garantie nie an die Frau des Hauses heranmachte, der bei den Priesterinnen der Artemis und Kybele seinen Dienst ebenso verrichten konnte wie im Harem eines Asiaten, der war sein Geld wert – auch jetzt.

Mit Abscheu beobachteten die Sklaven, wie Panionios sich mit Küssen an ihren Beinen hocharbeitete, wie er ihr den winzigen Peplos vom Leib zog und sich an ihrem nackten Anblick ergötzte. »Nimm mich!« flehte die Schöne und bäumte sich unter den Berührungen des Widerlings auf. Da konnte Hermontimos nicht mehr an sich halten.

Den Dolch im Anschlag, rannte er in das Zimmer, gefolgt von den drei anderen. Die Frau erkannte den Überfall zuerst, sie stieß einen Schrei aus und wälzte den Mann von sich, genau vor Hermontimos, der dem Sklavenhändler die blitzende Waffe unter die Nase hielt. »Keinen Laut!« sagte der Eunuch drohend, und während Panionios immer kleiner zu werden schien, brach es aus Hermontimos hervor: »Du kennst mich nicht, du Scheusal? Ich werde dir auf die Sprünge helfen. Es ist schon zehn Jahre her, seit du mich meiner Männlichkeit beraubt hast. So wie ihn, den und jenen da. Du hast mein Gesicht vielleicht vergessen, gut, aber deine häßliche Larve ist mir all die Zeit nie aus dem Sinn gekommen.« Und ganz langsam näherte Hermontimos den Dolch der Nasenwurzel des Sklavenhändlers.

Der stammelte: »Was willst du? Gold? Meine Frau?«

»Mit beidem wissen wir nichts anzufangen!« griente der Eunuch, er sprach betont langsam. »Wir wollen auch nicht unverschämt sein. Wir wollen dir nur nehmen, was du auch *uns* geraubt hast.«

Panionios verstand. Er zitterte mit einemmal am ganzen Körper. »Das darfst du nicht!« hauchte er tonlos. »Hörst du, das darfst du nicht! Das könnt ihr doch nicht tun!«

»Du hast es uns doch so trefflich vorgemacht, du, ein angesehener Händler aus dem gepriesenen Chios! Sollte es Unrecht sein, dem edlen und geachteten Panionios nachzueifern?«

Lampon faßte die nackte Frau an den Handgelenken, zog sie hoch und stieß sie auf einen stoffbespannten Sessel vor dem Bett. Mit einer Borte, die er von der Wandbespannung riß, fesselte er die Schöne auf den Stuhl: »Dir wird nichts geschehen!« sagte er ohne die geringste Regung, »solange du nicht schreist. Wenn du schreist, drücke ich dir die Kehle zu.«

Ohne den zitternden Sklavenhändler aus den Augen zu lassen, griff Hermontimos nach dem dünnen Peplos der Frau, formte mit der Linken ein Knäuel und stopfte ihn Panionios in den Mund. Die beiden anderen Sklaven stellten sich zu beiden Seiten des Bettes auf und hielten Panionios an Armen und Beinen fest, dessen Körper inzwischen von heftigen Zuckungen geschüttelt wurde.

Ruhig, als hätte er die furchtbare Tat schon hundertmal in Gedanken durchgeführt, vollzog Hermontimos seinen Racheakt. Der Dolch blitzte auf, das Bett färbte sich blutrot, und ein gedämpfter Schrei brach aus Panionios hervor, den der eine Sklave vollends erstickte, indem er ihm beide Hände auf den Mund preßte. Die Frau hing in dem Stuhl, als hätte sie die Besinnung verloren, und auch der Sklavenhändler lag jetzt ruhig da.

»Kommt!« Hermontimos hatte sich zuerst wieder in der Gewalt.

»Wohin?« fragte Lampon.

»Nach Westen über die Berge! Dort wartet ein Fischerboot auf uns.«

Als Daphne die vier von den Höhen herabkommen sah, glaubte sie zunächst, Hermontimos sei gefangengenommen; doch dann tauchte auf dem Hügelkamm eine zweite Gruppe auf, von der die vier offensichtlich verfolgt wurden. Wilde Gedanken marterten ihr Gehirn, was in der vergangenen Nacht wohl geschehen war. Natürlich ahnte die Hetäre, daß der Eunuch sich gerächt haben könnte an dem skrupellosen Sklavenhändler. Aber was war mit den anderen?

Der Fischer, dessen Schiff zum Auslaufen bereitlag, hielt die Hand über die Augen und blickte mißtrauisch auf die Hügel. »Da stimmt doch etwas nicht!« wiederholte er immer wieder und rannte unruhig herum. »Wenn es barbarische Besetzer sind, dann kenne ich euch nicht. Weder dich noch den Eunuchen, verstehst du?«

Die Hetäre glaubte jetzt Hermontimos unter den vier Männern der ersten Gruppe ausmachen zu können. Sie suchten hinter einer steil abfallenden Felswand Deckung. Die Verfolger, ein gutes Dutzend, waren mit Bogen und Lanzen bewaffnet; aber im Augenblick hatten sie die vier aus den Augen verloren und lauerten, die Waffen im Anschlag.

»Bei allen Göttern!« jammerte der Fischer, »wir sind verloren! Sieh nur, es sind Barbaren!« Jetzt erkannte auch Daphne die spitzen, schwarzen Helme und sank auf die Knie. Die Hoffnung, den verhaßten Barbaren zu entkommen, nach

Griechenland zurückzukehren und ein neues Leben zu beginnen, hatte nur einen Tag und eine Nacht gedauert. Nun war alles zu Ende. Sie wollte schreien, Hermontimos zurufen, sich zu ergeben, aber ihre Stimme versagte.

Sie sah, wie einer der vier sich hinter dem Felsvorsprung hervorwagte und in gebückter Haltung zu der vorgelagerten Gruppe wildwuchernder Bäume hastete. Dabei befand er sich einen Augenblick im Schußfeld der lauernden Bogenschützen, und dieser Augenblick genügte: ein Pfeil traf den Kopf des Flüchtenden, daß Daphne das Blut spritzen zu sehen glaubte. Er bäumte sich auf, riß die Arme hoch, als wollte er auf einen unsichtbaren Gegner einschlagen, und sank lautlos zusammen.

Da sprang die Hetäre vom Schiff an Land, hetzte durch das Gestrüpp zu dem Abhang und machte sich durch Rufen und Winken bemerkbar: »Ergebt euch, Hermontimos, es hat doch keinen Zweck. Ihr seid umzingelt!« Sie hielt inne, lauschte – nichts. Keuchend kletterte sie weiter nach oben. Es war ihr egal, ob sie damit nun selbst ihr Leben aufs Spiel setzte, sie konnte einfach nicht zusehen, wie die Barbaren einen nach dem anderen abschossen, der sich hinter dem Fels hervorwagte. Sollten sie ihre Pfeile doch auf *sie* richten. Besser ein schneller Tod als ein Dahinsiechen in einem dunklen Verlies oder das trostlose Vegetieren im Harem des Großkönigs.

Jetzt, da sie Hermontimos und seine Begleiter aus den Augen verloren hatte, erkannte sie die finsteren Gesichter der Barbaren, die abwechselnd hinter den Felsvorsprüngen hervorlugten. Und aus einem Gefühl ohnmächtiger Wut und furchtbarer Todesangst riß sie ihren Chiton auf, reckte den Soldaten die nackten Brüste entgegen und schrie mit tränenerstickter Stimme: »Hier, schießt doch, ihr gottlosen Gesellen. Ich bin Daphne, die Hetäre, aus dem Harem des Großkönigs!«

Mit geschlossenen Augen wartete Daphne auf den tödlichen Pfeil. Die Zeit von einem Herzschlag zum anderen wuchs zu einer Ewigkeit. Und jedesmal, wenn sie von neuem das laute Pochen vernahm, wußte sie, daß sie noch lebte.

Erst kam einer, dann ein zweiter Barbar, schließlich einer nach dem anderen hinter dem Felsen hervor. Das mutige Verhalten der Hetäre hatte sie so überrascht, daß sie die Waffen sinken ließen. Auch Hermontimos und seine Begleiter krochen aus ihrem Versteck. Ohne auf die persischen Soldaten zu achten, ging Daphne den Griechen entgegen. Den Blick starr auf Hermontimos gerichtet, blieb sie stumm. Doch ihr Mienenspiel verriet den Groll, die Verständnislosigkeit, die sie dem Eunuchen entgegenbrachte – so, als wollte sie sagen: »Hast du nun deine primitiven Rachegelüste befriedigt? Bist du jetzt zufrieden mit der niederen Vergeltung?« Ihre Augen funkelten zornig. Und vielleicht hätte sie dem Eunuchen auch irgendein Schimpfwort an den Kopf geworfen – »du dummer Tor!« oder einfach »Barbar!« Aber dazu kam es nicht. Denn beinahe wäre sie über die Leiche des Flüchtlings gestolpert, über dessen Blut sich bereits die Fliegen hermachten.

Der Mund Daphnes wurde schmal wie ein Strich, und auf der Stirn bildeten sich senkrechte Falten, als sie den zerplatzten und bis zur Unkenntlichkeit entstellten Kopf des Mannes erblickte. Seitlich an der Schläfe war der Pfeil eingedrungen, hatte den Schädel durchstoßen und ragte an der gegenüberliegenden Seite heraus. Daphne würgte und wandte sich entsetzt ab; doch im selben Augenblick traf sie ein furchtbarer Schlag.

Nicht die stumpfe Wucht einer Keule, auch nicht die scharfe Schneide eines Schwertes, nein, ein unsichtbarer Blitz schlug in ihren Kopf, fuhr durch den ganzen Körper bis zu den Zehenspitzen, und, als stünde sie unter der zwingenden Macht eines Seherpriesters, wurde sie steif wie eine archaische

Statue, unfähig, Arme, Beine oder den Kopf zu bewegen. In Bruchteilen von Sekunden versuchte ihr Gehirn zu bestätigen, was sie soeben gesehen hatte: da war der zerschmetterte, blutverfärbte Kopf des Flüchtlings, Knochensplitter, Fliegen, wirre Haare. Und da auf der Brust lag – kein Zweifel – das Amulett mit der Taube, *ihr* Amulett, jenes Amulett, von dem ihr Vater Artemidos zwei gleiche Exemplare hatte anfertigen lassen, als sie zehn Jahre alt war. »Mein Täubchen« – so hatte er seine Tochter damals genannt.

Die Hetäre griff zur Brust, umklammerte ihr Amulett mit festem Griff und riß es vom Hals. Dann drehte sie sich um und ließ ihren Blick langsam von den Füßen bis zum Kopf des Toten schweifen, so, als versuchte sie, jeden Fleck dieses Körpers zu identifizieren. Am Amulett blieb ihr Blick hängen, und Daphne kniete nieder. Langsam öffnete sich ihre schmale Faust. Behutsam, als fürchtete sie einen Blumenteppich zu zerstören, legte sie ihr Amulett neben das des Toten. Daphne weinte keine Träne.

Kapitel 13

An Armen und Beinen aneinandergekettet, brachten sie Daphne und den Eunuchen nach Sardes, wo der Großkönig mit seinem Heer Quartier bezogen hatte. Die Pferde preschten mit dem schweren Wagen über die staubigen, unbefestigten Straßen, und jeder Stein, jedes Schlagloch, das die eisenbewehrten Räder überwanden, schmerzte wie der gnadenlose Hieb eines Peinigers.

Daphne hockte, an die Wagenwand gelehnt, auf dem Boden des schaukelnden Gefährts, die Arme auf die Knie gestützt; Hermontimos tat es ihr gleich. Durch die Fensteröffnung, deren lederner Vorhang sich verschoben hatte, erkannte die Hetäre die unüberwindlichen Mauern der lydischen Hauptstadt, aus roten und weißen Steinen gefügt, mit Zinnen bewehrt und von berüchtigten Bogenschützen bewacht. Schlanke Türme, hochgemauerte Tore, die keine Säulen kannten wie die Tore von Hellas, und ein schmuckloses, nicht enden wollendes Häusermeer unterschieden die Stadt ganz und gar von denen der Griechen.

Dichte Reihen von Streitwagen hatten einen uneinnehmbaren Gürtel um die Stadt gezogen, und zwischen unzähligen runden Zelten mit spitzen Dächern loderten Hunderte von Lagerfeuern. Auf ein geheimes Zeichen öffneten sich dem ankommenden Wagen die Tore, und die schwarzgepanzerten Wächter zu beiden Seiten stellten ihre Lanzen senkrecht.

Wie durch einen Schleier, der ihr die klare Sicht verwehrte, nahm Daphne das bunte, lärmende Treiben in den unübersehbaren Gassen der Lyderstadt wahr. Über Häusern, Straßen und Palmbäumen lag der dicke graue Staub eines heißen Sommers und lechzte nach dem Herbstregen, der schon zwei Jahre ausgeblieben war. Sie hatte mit ihrem Leben abgeschlossen. Was auch geschehen würde, es war ihr gleichgültig.

Vor dem prunkvollen Palast des Satrapen von Sardes, in dem der Großkönig für die Dauer seines Aufenthaltes in Lydien logierte, hielt der Wagen an. Der Begleiter löste ihre Fesseln, und zwei Soldaten geleiteten Daphne und Hermontimos durch den hohen Bogen des hundertfach bewachten Haupteingangs. Als wollte er noch einen letzten Blick auf diese bunte, brodelnde Welt werfen, drehte der Eunuch sich um und nickte stumm, bevor er hinter dem Portal verschwand.

Mit ehrerbietigen Handbewegungen führten die Soldaten die beiden durch ein verwirrendes Labyrinth von Hallen und Korridoren, wo dicke, bunte Teppiche die Schritte dämpften. Die Hetäre blieb stehen, um einen der vielarmigen Kerzenleuchter zu bewundern, die die Gänge erhellten. Sie erwartete, im nächsten Augenblick von einem der Soldaten vorwärts gestoßen zu werden, aber nichts dergleichen geschah. Die Waffenträger lächelten höflich, verneigten sich und komplimentierten die beiden weiter.

Hermontimos und Daphne sahen sich verblüfft an. Sie dachten wohl dasselbe: Warum, beim Zeus, begegneten ihnen die Männer mit solcher Höflichkeit?

Unter einem tiefhängenden Baldachin aus bunten Tüchern empfing sie Xerxes, umgeben von Satrapen, Artemisia und den Großen des Reiches. Er erhob sich von seinem Thron, streckte ihnen beide Hände entgegen und jubelte: »O ihr Kinder des Ahura Mazda, der gütige Gott hat euch errettet. Nehmt Platz an meiner Seite, ihr Kinder des großen Gottes! Denn ihr habt mir das Leben gerettet!«

Die Rettung der beiden Schiffbrüchigen erschien dem Großkönig wie ein Wunder; denn außer Daphne und Hermontimos hatte keiner von jenen, die während des Unwetters von Bord gesprungen waren, überlebt.

Xerxes klatschte in die Hände: »Speisen und Trank für die Kinder des Ahura Mazda!« Diener in langen Gewändern mit hohen roten Kappen auf dem Kopf trugen kleine runde Tischchen herein, vollgeladen mit allerlei orientalischen Köstlichkeiten. Und Daphne und Hermontimos mußten auf golddurchwirkten Polstern Platz nehmen.

Der Eunuch blickte verstohlen um sich, während er sich den deliziösen Genüssen hingab. Er kannte den Perserkönig sehr genau und wußte nur zu gut um den Wankelmut des Potentaten. Auf die Fragen des Königs antwortete er ängstlich und zurückhaltend. Erst als Xerxes auf den Sklavenhändler zu sprechen kam, den er kastriert hatte, und sich krachend auf die Schenkel schlug, wich sein Mißtrauen. »Recht hast du getan, Eunuch, ich kann den Kerl auch nicht ausstehen! Zwar verdanke ich ihm die besten Hüter meines Harems; aber Panionios ist ein Ausbeuter. Er fordert die höchsten Preise in ganz Ionien.«

Daphne fühlte Artemisias stechenden Blick auf sich gerichtet. Sie wagte nicht aufzusehen und kostete zaghaft von den erlesenen Speisen. O wie sehr sie diese Frau haßte, ihre provozierende Sinnlichkeit, das Anbiedern ihrer Reize beim König! Frauen wie sie fand man in Athen unter den Hafenhuren. Nein, sie konnte dieses Weib nicht ausstehen.

Als hätte sie ihre Gedanken erraten, begann die Ionierin spöttisch zu reden: »Man erzählt, du habest auf der Insel Chios einen armen Fischer verführt, damit er dich mit seinem Boot nach Griechenland bringe. Du wolltest angeblich fliehen.«

»Ich bin eine Griechin«, antwortete Daphne.

»Du bist eine Sklavin des Großkönigs!« rief Artemisia erbost. »Du bist Beute des Königs, und Xerxes wird mit dir umgehen, wie es ihm beliebt. Du bist zur Hure erzogen, mehr hast du nicht gelernt, also wirst du den Tapfersten der Soldaten als Auszeichnung zu Willen sein.«

Daphne kochte vor Wut. Am liebsten hätte sie diesem Weib die Augen ausgekratzt, aber es galt, die Fassung zu bewahren. »Ich bin«, sagte sie ruhig, »eine griechische Hetäre, und meine Ehrbarkeit ist nicht geringer als die deine.«

»Eine Hure bist du, nichts weiter.«

»Eine Hure ist eine Frau, die sich den Männern anbietet. Das habe ich, bei Aphrodite, nie getan – im Gegensatz zu dir, Artemisia.«

Da sprang die Ionierin auf, griff nach einer Amphore und schleuderte das Gefäß auf Daphne. Doch die sah das Geschoß kommen und drehte sich blitzschnell beiseite, so daß die Amphore Xerxes an der Schulter traf, zu Boden stürzte und zerbrach.

Der Großkönig trommelte mit den Fäusten gegen die Brust, so wie er es immer tat, wenn Zorn ihn übermannte, und er kreischte: »Bringt sie weg, schafft diese Ionierin fort, ich will sie nicht mehr sehen!«

Der Chiliarch packte Artemisia am Arm. Und schon im Gehen rief die Ionierin: »Habe ich nicht für dich gekämpft wie ein Mann? Ist das der Dank?«

Bestürzt sahen sich die Großen des Reiches an, und ohne

ein Wort zog sich einer nach dem anderen zurück, indem er sich tief verneigte. Xerxes, Daphne und der Eunuch waren allein.

»Du bist nicht nur schön, mein Kind«, sagte der Großkönig, »du bist auch klug und besonnen.«

Daphne schwieg mit niedergeschlagenen Augen. Komplimente des Achämeniden waren ihr von Anfang an verhaßt.

Da wandte sich Xerxes an den Eunuchen: »Wäre sie nicht eine würdige Erste meines Harems, was meinst du, Hermontimos?«

Der sah erst Daphne an, dann den König, der ein gezwungenes Lächeln aufgesetzt hatte, und antwortete: »Gewiß, Herr, wenn es euer Wunsch ist.«

»Es ist mein Wunsch und mein Befehl! Rufe die Badesklaven für die griechische Hetäre. Lasse sie waschen und salben und mit den kostbarsten Gewändern ausstatten und geleite sie wieder hierher. Ich will mich an ihr crfrcucn.«

Daphne hob den Kopf, sah dem Großkönig mutig in die Augen und sprach: »Herr und König aller Völker. Ich bin deine Sklavin, hervorgegangen aus den schrecklichen Wirren des Krieges, und als Sklavin kannst du mich benützen, wie immer du wünschst. Du kannst mich schlagen und auspeitschen, auf die Folter spannen und den Soldaten als Preis vorwerfen. Du kannst mich zwingen, dir zu Willen zu sein, aber du kannst mich nicht dazu zwingen, auch nur irgendein Gefühl zu zeigen. Ich werde kalt sein wie eine Marmorstatue.«

»Das hast du mir schon im Heerlager in Hellas angedroht«, entgegnete Xerxes gereizt.

»Und seither hat sich nichts geändert!«

»Ich glaube doch!« Über das Gesicht des Königs huschte ein heimtückisches Lächeln. Er klatschte täppisch in die Hände, rief nach dem Chiliarchen und flüsterte ihm etwas ins Ohr. Der warf einen verächtlichen Blick auf die Hetäre und verschwand.

In der düsteren Halle hingen Schwaden von duftendem Räucherwerk. Durch die bogenförmigen Öffnungen in der Decke fielen gleißende Lichtstrahlen und zeichneten Wände wie Glas auf die dunklen Teppiche. Und aus einer dieser Lichtwände tauchte auf einmal, unfaßbar wie eine Erscheinung im Totenorakel von Ephyra, die Gestalt des Sikinnos auf, des treuen Freundes von Themistokles.

»Du hier?« Daphne erhob sich und ging ein paar Schritte auf Sikinnos zu, als wollte sie sich vergewissern, daß dies kein Trugbild war. Sikinnos zwang sich zu einem wehmütigen Lächeln, dann fielen sich beide in die Arme.

Natürlich brannte Daphne nur die eine Frage auf den Lippen: was macht Themistokles? Aber die Hetäre wagte nichts zu sagen. Sie konnte sich die Anwesenheit des Freundes nicht erklären. War das eine Falle? Beim Zeus und allen olympischen Göttern, was wurde hier gespielt?

»Ich sehe, ihr kennt euch«, bemerkte König Xerxes hämisch. »Sikinnos kam mit einer Botschaft des Themistokles nach Sardes. Er bittet mich, den Großkönig, um Asyl.«

»Das glaube ich nie und nimmer!« rief die Hetäre erregt. »Themistokles ist bis in die Tiefe seines Herzens ein Hellene. Er würde sein Vaterland nie verleugnen.«

Xerxes hob beschwichtigend die Hände: »Im Angesicht des Todes verleugnen Menschen ihre Götter, ihre Väter und ihre Kinder. Das Vaterland hat da noch die geringste Bedeutung.«

»Sag, daß es nicht wahr ist!« wurde Sikinnos von Daphne bestürmt. »Themistokles ist kein Vaterlandsverräter.«

Betroffen blickte der Freund zu Boden, so als geniere er

sich, die Wahrheit zu berichten. »Sie haben ihn durch das Scherbengericht verbannt«, begann er stockend. »Die Athener fürchteten seine Macht. Ich ging mit ihm nach Argos; doch auch dort verfolgte ihn das Schicksal. Die Spartaner klagten ihn in Abwesenheit des Hochverrats an. Leobotes, der Sohn des Alkmaion aus Agryle, hatte meine Mission zum Großkönig vor der Schlacht bei Salamis verraten. Darauf wurde Themistokles verurteilt, und aus Furcht, die Leute von Argos würden ihn ausliefern, flohen wir unerkannt nach Kerkyra. Der Großkönig ist seine letzte Hoffnung.«

»Welch ein Volk!« sagte Daphne mit tränenerstickter Stimme, »die Athener schicken die besten ihrer Männer in die Verbannung.«

»Nun, Hetäre«, grinste der König, »nun liegt es an dir, die Irrfahrten des Themistokles zu beenden.«

»An mir?«

»Aber gewiß, an dir! Das heißt, es bedarf meines Einverständnisses, damit man den Hellenen ins Land läßt und ihm nicht den Kopf abschlägt, wenn er asiatischen Boden betritt. Schließlich ist er der Todfeind der Achämeniden, er hat mich bei Salamis besiegt, und noch heute ist ein Kopfgeld von zweihundert Talenten auf seine Ergreifung ausgesetzt.«

Nun fiel Daphne zu Boden, daß ihre blonden Locken auf dem Teppich verstreut lagen. »Ich bitte dich kniefällig, König der Könige, gewähre dem Athener Themistokles Asyl!«

Aufgeblasen wie ein stolzierender Pfau genoß der Großkönig den Triumph, die stolze Hetäre zu seinen Füßen flehen zu sehen. Die Linke in die Hüfte gestemmt, wippte er mit dem rechten Bein und sprach: »*Dein* Wunsch ist es, den athenischen Feldherrn wiederzusehen. *Mein* Wunsch ist es, mit der athenischen Hetäre zu schlafen. Nicht mit einer Statue aus kaltem Marmor, sondern mit einer Frau, deren Heißblütigkeit so berühmt ist wie das Feuer der griechischen Soldaten.«

Gebannt starrten Sikinnos und Hermontimos auf die Frau, die noch immer zu Füßen des Königs lag. Auf einmal erhob sich die Hetäre, wischte mit der flachen Hand die Tränen von ihrem Gesicht und sah den Großkönig tief und lange an. Langsam glitt ihre Hand zur Schulter und löste die Fibel, die ihren Chiton zusammenhielt. Das Kleidungsstück sank lautlos zu Boden. Nackt und schön wie Aphrodite stand Daphne vor dem König.

Natürlich haßte sie dieses Ungeheuer noch immer. Und hätte ihr am Morgen dieses Tages ein Seher prophezeit, sie würde sich noch vor Sonnenuntergang dem Großkönig aus freien Stücken hingeben – sie hätte ihn ausgelacht. Nun aber stand sie unter einem seltsamen Zwang, und was ihr noch vor wenigen Augenblicken undenkbar erschienen wäre, hatte auf einmal seinen Schauder verloren. Im Gegenteil, die Züge des Mannes vor ihr verwandelten sich von einem Augenblick auf den anderen: die buschigen schwarzen Brauen wurden rund und schmal, die fleischige Nase klein und edel, und die breiten, wulstigen Lippen nahmen die Form eines Griechenmundes an. Vor ihr stand Themistokles, der Geliebte. Und sie kniete vor ihm nieder und öffnete die goldenen Spangen seines Gewandes.

Nach langen Irrwegen landete Themistokles im Hafen von Kyme an der Küste Asiens, von wo aus man an klaren Tagen im Nordwesten die Berge der Insel Lesbos sehen konnte. Allein und nur mit dem Nötigsten in einem Reisesack hatte sich der Feldherr von Epirus über die Berge nach Makedonien durchgeschlagen, bei Viehhirten genächtigt und auf den Märkten gegessen. In Pydna, an der Ostküste Makedoniens, hatte er einen Kaufmann gefunden, der bereit war, ihn für ein halbes Talent mit nach Asien zu nehmen.

Nun lagen sich Themistokles und sein Freund Sikinnos in den Armen, und sie schämten sich ihrer Tränen nicht.

»Seit drei Wochen«, sagte Sikinnos, »beobachtete ich jedes einlaufende Schiff, jeder Sturm schürte meine Furcht, dir könnte etwas zugestoßen sein ...«

»Hast du etwas von Daphne gehört?« unterbrach Themistokles den Freund.

Sikinnos wußte, daß Themistokles diese Frage auf den Nägeln brannte. Und es war ihm klar, daß er ihm nie die ganze Wahrheit sagen durfte. Also sprach er: »Daphne lebt im Harem des Großkönigs. Xerxes ist gut zu ihr.«

»Im Harem?«

Sikinnos nickte stumm.

Es dauerte eine Weile, bis sich die Antwort im Bewußtsein des Griechen festgesetzt hatte: Daphne in einem barbarischen Harem! Aber sie lebte! Und er lebte! Er würde um sie kämpfen, und kostete es sein Leben.

»Hat der Großkönig mein Asylersuchen angenommen?«

»Er ist wankelmütig und unberechenbar«, antwortete Sikinnos, »selbst wenn er sein Wort gegeben hätte, nützte das wenig. Xerxes spricht heute so und morgen so.«

Themistokles blickte ängstlich um sich, ob sie niemand beobachtete. »Beim Zeus, dann darf mich hier niemand erkennen?«

Sikinnos schüttelte den Kopf. »Angeblich ist noch immer ein Kopfgeld von zweihundert Talenten auf dich ausgesetzt. Deshalb müssen wir auf schnellstem Weg nach Sardes gelangen, und du mußt Xerxes dein Gesuch selbst vortragen. Er wird gnädig gestimmt sein.«

Die Worte des Freundes schmerzten den stolzen Griechen.

Er, der Bezwinger des Großkönigs, auf die Großzügigkeit des Barbaren angewiesen, mußte um Gnade flehen wie ein Sklave, der sein Leben verwirkt hat.

»Man wird dich nicht erkennen«, begann Sikinnos, »ich habe einen Wagen gemietet, wie ihn die Barbaren zum Transport ihrer Frauen verwenden. Du weißt, Frauen werden hierzulande streng bewacht, und kein fremdes Auge darf sie sehen. Deshalb benutzen sie auf der Reise hölzerne Wagen, die auf allen Seiten dicht verhängt sind.«

In einem solchen Wagen gelangte Themistokles wohlbehalten nach Sardes an den Hof des Satrapen, der dem Großkönig als Quartier diente. Es herrschte Aufbruchsstimmung; denn Xerxes hatte sich zum Rückzug nach Babylon entschlossen. Das griechische Abenteuer war zu Ende. Nun reihte sich Wagen an Wagen in eine endlose Schlange vor dem Palast, um all die Kostbarkeiten aufzunehmen, die dem Achämeniden in Kriegszeiten das Leben verschönten.

Themistokles und Sikinnos wandten sich an den Chiliarchen Artabanos, er möge sie vor den Großkönig führen. Der willigte ein, stellte jedoch zur Bedingung, der Grieche müsse sich persischer Sitte fügen und vor Xerxes den Kniefall tun. Der Feldherr versprach es – was blieb ihm anderes übrig.

Er hatte viel von König Xerxes gehört, doch nun, da er ihm auf einmal gegenüberstand, fremdartig, orientalisch, prächtig, erschien er dem Themistokles ganz anders, als er ihn sich vorgestellt hatte: erhabener, unnahbarer, menschenverachtender. Der Athener erhob sich und sprach: »Herr der Könige Asiens, ich bin Themistokles aus Athen und flehe um deine Gnade, weil ich verbannt und als angeblicher Verräter verurteilt bin. Nimm mich auf in deinem unendlich großen Reich, das so vielen Menschen Raum bietet. Ich weiß, ich habe den Persern Leid zugefügt; aber ich habe nur meine

Pflicht getan gegenüber dem Vaterland, so wie du deine Pflicht tust. Ich habe jedoch den Persern auch gute Dienste geleistet. Dieser mein Bote hat dir bei Salamis die Fluchtpläne der Hellenen verraten. Daß der Kampf letztendlich anders ausging, geschah nach dem Willen der Götter. Außerdem habe ich dir und deinen Soldaten den Rückzug über den Hellespont ermöglicht, so daß du der Verfolgung durch die Griechen entgingst. Mein Schicksal lehrt mich, auf alles gefaßt zu sein. Doch ich bin gekommen, die Gnade eines Königs zu empfangen, der sich mir huldvoll zeigt. Wenn du mir dies verweigerst, dann stirbt ein Mann, der zum Feind der Griechen geworden ist.«

Sikinnos übersetzte die Rede des Freundes und beobachtete jede Regung im Mienenspiel des Großkönigs. Dieser hielt den Kopf schräg geneigt und kniff die Augen zusammen, als mißtraue er dem Griechen. Schließlich meinte er: »Woher nimmst du den Glauben, Athener, daß ich dich, meinen Todfeind, schone?«

»Die Götter gaben mir ein Zeichen, König der Könige.«

»Ein Zeichen?«

»Ja, ein Zeichen. Am Gestade des Meeres hatte ich auf der Flucht vor meinen Häschern einen Traum: Eine Schlange ringelte sich um meinen Leib bis zum Hals. Als sie meinen Kopf berührte, verwandelte sie sich in einen Falken. Der breitete schützend seine Schwingen um mich, hob mich hoch in die Lüfte und ließ mich auf asiatischen Boden fallen, wo ich alle Freuden des Lebens wiederfand.«

Dem wundergläubigen Großkönig gefiel die Erzählung des Atheners, und er entgegnete, nun sei er, Xerxes, ihm, Themistokles, wohl zweihundert Talente schuldig. Und auf die ungläubigen Blicke des Griechen erklärte der König, nachdem noch immer diese Summe auf seinen Kopf ausgesetzt sei und er sich selbst gestellt habe, müsse der Betrag doch wohl auch ihm gegeben werden.

Themistokles lachte, das Eis schien gebrochen. Nur Sikinnos, der die Unberechenbarkeit des Achämeniden kannte, blieb skeptisch, ob sich nicht vielleicht eine teuflische List dahinter verberge. Und deshalb gab er dem Freund heimliche Zeichen, er möge sich fürs erste zufriedengeben; doch Themistokles sah es nicht.

»Ich bin«, fuhr er fort, »mit meinen Bitten noch nicht am Ende. Du, Herrscher Asiens, bist im Besitz von Daphne, der Hetäre, zu der ich in Leidenschaft entflammt bin. Ich kann in diesem Land nicht sein, wo ich ihre Nähe weiß, ohne diese Frau zu besitzen. Für sie gäbe ich mein Leben.«

»Du stellst hohe Forderungen für einen, der Asyl sucht«, antwortete der Großkönig und ordnete die runden Locken seines Bartes.

»Aber ist es nicht persische Sitte, einem Asylanten eine königliche Gnade zu erweisen?«

»Bei Ahura Mazda, du kennst unsere Gebräuche.«

»In Athen erzählt man sich, der Spartaner Demaratos habe nach seiner Flucht aus Lakonien den Wunsch geäußert, mit der Krone des Großkönigs durch die Straßen von Sardes zu gehen.«

»Fürwahr, dem Kerl fehlte das Gehirn, das diese Krone bedecken sollte!« kicherte Xerxes. »Ich gebe zu, dein Wunsch ist der bessere. So soll er in Erfüllung gehen. Der Chiliarch wird dich geleiten.«

Themistokles wußte nicht, wie ihm geschah. Mit einem Mal war alles Unglück vergessen, das ihn verfolgte. Sein Herz machte einen Luftsprung, und sein Hirn hämmerte nur das eine Wort: »Daphne, Daphne, Daphne!«

Die Hetäre erwartete Themistokles in einem Pavillon des

Palastes, der nur durch einen üppigen Park zu erreichen war. Wie im Traum schritt Themistokles durch die blühenden Gärten und sog den betörenden Duft des Frühlings in sich hinein. Er glaubte zu schweben, wollte tanzen und springen. Welch ein Tag!

Daphne sah ihn kommen, den Geliebten, und rannte blind auf ihn zu, in ihn hinein, er würde, er müßte sie auffangen. Und als sie nur noch wenige Schritte voneinander entfernt waren, da breiteten beide die Arme aus, als wollten sie fliegen wie Ikaros. Daphne fiel dem Athener um den Hals, und Themistokles drehte sich um die eigene Achse und schleuderte das Mädchen herum wie ein leichtgedrehtes Tau und lachte und rief »Daphne, Geliebte!« und sie rang nach Luft und antwortete »Themistokles, mein Geliebter!«

Als er sie endlich nach endlosen Umdrehungen auf den Boden gestellt hatte, zog Daphne den Athener mit beiden Händen in den goldglänzenden Pavillon, drückte ihn auf eines der lavendelfarbenen Polster, die überall auf den Teppichen herumlagen, und reichte ihm eine gläserne Schale mit dunklem rotem Samoswein.

Doch Themistokles griff nicht nach der Schale, er faßte ihren Arm, zog sie zu sich herab und betrachtete sie ruhig. Der furchtbare, endlose Krieg, er war auch an ihr nicht spurlos vorübergegangen. Um ihre Augen hatten sich Fältchen gebildet, die er nun zum erstenmal sah, und er liebte diese Fältchen, die das Strahlen ihrer Augen einrahmten. Er hätte alles geliebt an dieser Frau, alles, was ihn an anderen Frauen gestört hätte. »Daphne«, sagte er, nur »Daphne«. Dann erst trank er aus der Schale und reichte sie der Hetäre zurück.

Schweigend saßen beide nebeneinander, als wollten sie den Genuß des Augenblicks nicht durch Worte stören. Jeder fühlte den anderen, obwohl sie sich nicht berührten. Jeder hörte den

Atem des anderen, und Daphne versuchte, in seinen Rhythmus zu kommen. Sie lächelte und schloß die Augen und öffnete sie erst, als Themistokles zu reden begann.

»Du hast Schlimmes durchgemacht?«

Daphne schüttelte den Kopf. »Und du?«

Auch Themistokles verneinte. »Du würdest Athen nicht wiedererkennen. Die Stadt lag in Schutt und Asche, dein Haus genau wie alle anderen; aber Athen wird schöner aufgebaut als je zuvor.«

Die Hetäre schwieg, und Themistokles versuchte, das Thema zu wechseln. »Ich hätte mir nicht träumen lassen, dich je wiederzusehen – nach allem, was geschehen ist. Daß es ausgerechnet hier sein würde, im barbarischen Lydien, das will mir jetzt noch nicht in den Schädel.«

»In deinen dicken, sturen Schädel«, wiederholte Daphne und tippte dem Geliebten mit dem Zeigefinger auf die Stirn. »Oder hast du dich verändert?«

»Verändert?« Themistokles lachte und hob die Schultern. »Der Mensch verändert sich tagaus, tagein, schon in normalen Zeiten. Erst recht im Krieg. – Du bist noch schöner geworden.« Vorsichtig legte er seine Hand auf ihren Schenkel und einen Augenblick spürte er die Kühle ihres safrangelben Peplos, der jedoch sofort die Wärme ihres Fleisches preisgab.

Wie oft hatte Daphne sich nach dieser zarten Berührung gesehnt, wie oft hatte sie in ihren einsamen Phantasien dieses unerklärliche Vibrieren erträumt, das jetzt durch beider Körper strömte. Im Sitzen zog sie die Beine noch enger an den Körper, weil sie wußte, er würde sie aufs neue berühren, noch näher, noch intensiver.

So als sinne er gedankenverloren ihrem Schicksal nach, schob Themistokles die flache Hand zwischen die angewinkelten Schenkel der Hetäre. Aber diese Berührung war wohl geplant, gelenkt von der Begierde, von ihr umschlossen zu sein und ihre Wärme zu genießen. Daphne reagierte, indem sie die Knie zusammenpreßte wie ein Mädchen, das um seine Unschuld fürchtet. Und dieser Druck erregte den Athener. Mit Gewalt drängte seine Hand tief zwischen die Schenkel, und als er nicht mehr weiterkam, ließ er das Kinn ermattet auf ihre Knie sinken.

So gefangen, döste Themistokles vor sich hin, bis er Daphnes Zeigefinger auf seinen Lippen fühlte. Die begannen sogleich die runde Kuppe zu liebkosen, zu streicheln und zu lekken, und allmählich glitt der Finger in seinen Mund, und er umschloß ihn mit Gaumen und Zunge und saugte daran wie ein junges Lamm an den Zitzen seiner Mutter.

Es kostete die Hetäre große Anstrengung, den Finger zu befreien, doch nicht, um sich ihm zu entziehen, nein, zielbewußt schob sie nun Zeige- und Mittelfinger in seinen Mund, als wollte sie ihre Lust verdoppeln. Ihr Bewußtsein geriet ins Taumeln.

Von irgendwoher fühlte Daphne die Linke des Geliebten zwischen ihre Brüste gleiten. Sie atmete tief, um ihm den Weg zu erleichtern, und hielt die Luft an, bis er die Spitzen ihrer Brüste zu fassen bekam.

Wie Gebete murmelnde Priester bewegten sie im Sitzen ihre Körper langsam vor und zurück; doch statt frommer Lieder war nur ein inniges Winseln zu vernehmen, wie es junge Hunde von sich geben. Ein jeder lauschte den Regungen des anderen, und so schaukelten sie sich in eine die Sinne tötende Ekstase, die die Welt um sie herum in warmen, weichen Wolken versinken ließ.

Plötzlich kippte Daphne zur Seite, und da sie ihre Schenkel geschlossen hielt, zog sie auch Themistokles sanft zu Boden. Der ließ es geschehen und beobachtete mit wohligen Gefühlen, wie die Hetäre sich des dünnen Peplos' entledigte und ihn heftig zur Seite schleuderte. Kniend goß sie aus einem schlanken Krater Samoswein in die Trinkschale und führte sie, mit der anderen Hand den Kopf des Geliebten stützend, an seine Lippen. Themistokles trank gieriger als zuvor.

Während sie über ihm kniete, begann die Hetäre den Athener zu entkleiden. Entkleiden war ein hartes, nüchternes, ein unangemessenes Wort für diesen schmeichelhaften Vorgang. Nie im Leben war Themistokles so sorgsam, so zärtlich aus den Kleidern geschält worden. Er genoß jeden Zug, jede einzelne Bewegung, bei der Daphne sorgsam darauf bedacht war, den aufwärts drängenden Phallos des Geliebten nicht zu berühren. Gerade das aber steigerte seine Leidenschaft noch mehr. Bettelnd reckte er ihr den Körper entgegen. Erst als er ihren Atem spürte, ließ er sich niedersinken und schloß die Augen.

Der süße Samos tat seine Wirkung. Er ließ sein Blut wallen und hob ihn mit seinen Empfindungen in die Luft, als ob er schwebte, und die leiseste Berührung wurde zu einem heftigen Stoß in das Zentrum seiner Lust. »O Daphne – du!« stammelte er willenlos, als ihr Mund seinen Phallos umfing. Der gefiederte Pfeil eines Barbaren hätte ihn in diesem Augenblick mitten in die Brust treffen können – er hätte es als Lust empfunden.

»Komm, komm!« flehte Themistokles in höchster Ekstase und versuchte zaghaft, sich zu befreien, aber Daphne ließ sich nicht abschütteln. Der Athener wurde von Schauern gepackt und war nahe daran zu explodieren. Dem zu entgehen, warf er sich plötzlich zur Seite, die Hetäre kippte auf den Rücken, Themistokles war blitzschnell über ihr und versuchte, in sie einzudringen. Schon bald war der Widerstand gebrochen, und Daphne sog ihn förmlich in sich hinein, hielt ihn fest, stieß ihn zärtlich von sich und holte ihn sogleich wieder zurück. O wie sie diesen Mann liebte! Sterben wollte sie mit ihm, in diesem Augenblick höchster Verzückung. Bei Aphrodite, der Schaumgeborenen, nichts anderes als sterben, ihm nahe sein für ewig.

Aber Themistokles war jetzt ganz der heißblütige Feldherr, der souveräne Kämpfer. Langsam öffnete sich Daphnes Mund, und tief aus ihrem Inneren kam ein Schrei, ein hilfloser, demütiger Schrei – ein zweiter, ein dritter. Und der Athener empfand diese Laute als aufpeitschenden Jubel und liebte nun mit all seiner Kraft, bis ihn das Bewußtsein verließ, sich der Riemen einer Peitsche um seinen Körper schlang, ein um das andere Mal, bis er, ausgewunden wie ein löchriger Schwamm von der Insel Kos, neben ihr niedersank, schwer atmend und selig wie noch nie in seinem Leben.

Eine Weile spürte er noch die Wärme, die von ihrem Körper ausging, sog er ihren süßen Duft ein, dann vernebelte der schwere Samos sein Bewußtsein. Als wollte er die Geliebte festhalten, griff seine Rechte in Daphnes üppige Locken. Themistokles schlief ein.

Wie lange mochte er geschlafen haben? Als er erwachte, fühlte er Blei in seinen Gliedern, und noch bevor er in der Lage war, die schweren Lider zu öffnen, spürte er ihr Haar in seiner Hand und begann, sie zu kraulen. Zuerst hörte er ein zärtliches Schnurren, das sich jedoch zu einem deutlichen Fauchen steigerte, je heftiger er ihr ins Haar fuhr. Da öffnete Themistokles die Augen.

Vor ihm auf dem glänzenden Polster lag eine schwarze Katze. Ihre Augen funkelten zornig, das Maul war zu einer bedrohlichen Fratze verzogen. Zum Sprung bereit, geiferte das Tier den Athener an.

Themistokles setzte sich auf und blickte um sich. »Daphne?« rief er zaghaft. Er wollte sich gerade erheben, da fiel sein Blick auf einen Papyros, der neben ihm lag.

»Mein Geliebter!« stand darauf zu lesen, und Themistokles, auf einmal hellwach, verschlang die Zeilen: »Es war die schönste Nacht meines Lebens. Denn ich habe nie einen Menschen mehr geliebt als dich. Und doch, mein Geliebter, soll diese unsere erste Nacht auch unsere einzige bleiben. Vergiß nicht, ich bin eine Hetäre und nicht für *einen* Mann geschaffen. Vor dir gab es schon viele Männer in meinem Leben. Du sagtest zwar, das sei dir gleichgültig; aber früher oder später wäre es für uns zum Problem geworden. Wahre Liebe muß immer unerfüllt bleiben. Erinnerst du dich, als wir darüber sprachen? Deshalb liebe mich, so wie ich dich immer lieben werde. Aber suche nicht nach mir, es wäre sinnlos. Ewig dein – Daphne.«

Das Papier verschwamm vor seinen Augen, die sich mit Tränen gefüllt hatten. Er blickte auf und erkannte Sikinnos in der Tür. Er hielt ihm den Papyrus hin, so als wollte er fragen: »Hast du das gesehen?«

Sikinnos nickte. »Der Großkönig«, sagte er, »ist heute nacht mit dem gesamten Hofstaat in Richtung Babylon aufgebrochen.«

»Und Daphne?«

»Auch.«

Da schleuderte der Athener das Papier weit von sich, versetzte der schwarzen Katze auf dem Polster einen Fußtritt, daß sie schreiend davonstob, und wollte gerade den Pavillon verlassen, als er vor sich auf dem Kissen ein schimmerndes Etwas erblickte, das Medaillon mit der Taube.

Themistokles hob es auf, liebkoste es mit den Augen, und seine Faust umklammerte es wie einen kostbaren Schatz.

Themistokles, der Held von Salamis, erhielt vom Perserkönig die Stadt Magnesia als Lehen. Um 460 v. Christus starb er dort in den Armen seiner Frau Archippe, die auf abenteuerliche Weise nach Asien gelangt war. Von Daphne, der Hetäre, hatte man nie wieder etwas gehört.

»Seine Bestseller sind Reiseführer in die Vergangenheit.« FOCUS

In einem mitreißenden Roman erzählt Erfolgsautor Philipp Vandenberg die abenteuerliche Lebensgeschichte von Howard Carter. Der verspottete Amateur-Ausgräber stieg auf zum »König von Luxor«. Doch er fand ein tragisches Ende und nahm ein großes Geheimnis mit ins Grab.
Das größte Abenteuer der Archäologie gerät bei Vandenberg unversehens zur schönsten Liebesgeschichte des vergangenen Jahrhunderts – einer Geschichte, die den Geist der ausgehenden Kolonialzeit atmet und bis in die aufregenden zwanziger Jahre reicht.

ISBN 3-404-14956-4

BASTEI
LÜBBE

Philipp
VANDENBERG
Das versunkene Hellas
Die Wiederentdeckung des alten Griechenland
Philipp
VANDENBERG
Das fünfte Evangelium
Roman
Philipp
VANDENBERG
Der Schatz des Priamos
Wie Heinrich Schliemann sein Troja erfand
Das versunkene Hellas
3-404-64070-5
Das fünfte Evangelium
3-404-12276-3
Der Schatz des Priamos
3-404-61423-2
Philipp
VANDENBERG
Der Meister des archäologischen Thrillers
Der Fluch des Kopernikus
3-404-12839-7
Das Pharao-Komplott
3-404-11883-9
Der Pompejaner
3-404-11366-7
Philipp
VANDENBERG
Der Fluch des Kopernikus
Roman
Philipp
VANDENBERG
Das Pharao-Komplott
Thriller
Philipp
VANDENBERG
Der Pompejaner
Roman